Katie Jay Adams
Ziemlich sicher Liebe

AF202242

Das Buch

Der perfekte Ort für eine kuschelige Auszeit und einen sonnigen Neuanfang? So würde die liebenswerte Konditorin Mila das verregnete Hamburg nicht gerade beschreiben. Erst recht nicht die verfallene Gründerzeitvilla, die ihr wohlhabender Vater ihr als neues Zuhause anpreist. Sie soll das Haus auf Vordermann bringen – in nur 28 Tagen! Der griesgrämige Mieter Henning ist dabei keine echte Hilfe, wirbelt aber Milas Gefühlswelt ordentlich durcheinander. Auch er scheint seine eigenen Gründe zu haben, in diesem Haus bleiben zu wollen, weshalb er ihr einen verrückten Deal vorschlägt. Was verbirgt er vor ihr? Und kann Mila vielleicht doch glücklich werden in dieser fremden Stadt, die ihr Herz im Sturm erobert?

Die Autorin

Katie Jay Adams lebt mit ihrem Mann und den beiden Kindern auf dem Land, hat eine ausgeprägte Spinnenphobie und ist ein echter Kaffeejunkie. Die Liebe zu Buch und Film wurde ihr bereits in die Wiege gelegt. Inspirationen zu ihren »süßen Geschichten mit ernstem Hintergrund« findet sie überall – im ganz normalen Alltag. Denn: Was ist schon normal?

Alle ihre Bücher sind BILD- und Amazon-Bestseller, hielten sich wochenlang in den Buch-Charts und wurden tausendfach verkauft.

KATIE JAY ADAMS

ZIEMLICH SICHER

Liebe

Roman

Montlake

Deutsche Erstveröffentlichung bei
Montlake, Amazon Media EU S.à r.l.
38, avenue John F. Kennedy, L-1855 Luxembourg
Dezember 2021
Copyright © der deutschsprachigen Ausgabe 2021
By Katie Jay Adams
All rights reserved.

Umschlaggestaltung: bürosüd° München, www.buerosued.de
Umschlagmotiv: © Ayman alakhras/Shutterstock; © Svetolk/Shutterstock;
© Foxys Forest Manufacture/Shutterstock; © YamabikaY/Shutterstock;
© Romanova Ekaterina/Shutterstock; © Volurol/Shutterstock;
© spass/Shutterstock; © New Africa/Shutterstock;
© Nadezda Barkova/Shutterstock
1. Lektorat: Marketa Görgen
2. Lektorat und Korrektorat: Media-Agentur Gaby Hoffmann,
www.profi-lektorat.com
Gedruckt durch:
Amazon Distribution GmbH, Amazonstraße 1, 04347 Leipzig /
Canon Deutschland Business Services GmbH, Ferdinand-Jühlke-Straße 7,
99095 Erfurt /
CPI books GmbH, Birkstraße 10, 25917 Leck

ISBN 978-2-49670-750-2

www.montlake.de

Für meine Eltern

Manche Menschen machen die Welt wunderbar,
indem sie einfach nur da sind.

– Verfasser unbekannt –

INTRO

Timothy Foster, genannt Tix, 17 Jahre alt

Wir wissen nicht, was morgen passiert. Aber wir können abschätzen, wie sicher es ist, dass etwas Bestimmtes eintreten wird. Geburtstage zum Beispiel treten ziemlich sicher jedes Jahr ein – wenn man nicht vorher stirbt. Auf Fußballergebnisse werden Wetten abgeschlossen. Dass täglich die Sonne auf- und wieder untergeht, weiß jeder. Aber dass an so einem schönen Tag wie heute etwas Schlimmes passiert, das hätte ich nicht gedacht. Erst recht nicht, als ich mit Jessica in der Pause ein Eis gegessen habe. Jessica ist auf der Skala der hübschesten Mädchen mindestens eine Neun und sie ist nett. Alles war perfekt.

Mein Bruder hat mich von der Arbeit abgeholt. Das macht er öfter, wenn meine Schicht bis abends geht. Ich hab mich von den anderen in Gittes Friseursalon verabschiedet und kurz darauf ist es dann passiert, einfach so. Und nun sind wir hier.

Eine Windböe weht durch die Finkenstraße und wirbelt meine Haare durcheinander. Ich ziehe den Trenchcoat enger um meinen Körper, schlage den Kragen hoch und schiebe die

Hände in die Taschen. Ich mag Trenchcoats, sie haben etwas von einem echten Agenten und man sieht meinen kleinen Bauch nicht so gut. Wärmer könnte der Mantel aber sein, mir ist kalt.

Mein Bruder sitzt nach vorn gebeugt auf dem Bordstein, die Ellenbogen auf den Knien abgestützt. Sein Gesicht sehe ich nicht, weil er die Hände davorhält. Schade, Henning hat so ein hübsches Gesicht. Der Gehsteig, auf dem er sitzt, ist ganz sauber. Da hat der Hamburger Straßenreinigungsdienst mal wieder ganze Arbeit geleistet. Wir sind jetzt allein unter den alten Kastanienbäumen. Der Einzige, der eben vorbeikam und uns angeschaut hat, war ein alter Mann mit Gehstock und Schlapphut. Er ist einfach weitergegangen, aber seinen starren Blick kann ich nicht vergessen.

Mit einem lauten Seufzen lege ich den Kopf in den Nacken. Diese Jammerlaute rutschen mir häufiger heraus, sogar, wenn es nichts zu jammern gibt. Ein Auto braust vorbei, aber das interessiert mich nicht. Das Kennzeichen-Ratespiel, das Henning und ich sonst gern spielen, ist im Moment wohl fehl am Platze.

Von oben herab betrachte ich meinen großen Bruder. *Was sollen wir bloß tun? Sag was! Du weißt doch sonst immer alles.*

Ich sehe mich um. Die Finkenstraße in Hamburg ist eine ziemlich feine Gegend mit schicken Vorgärten. Gar nicht fein sind aber die hellroten Spritzer, die es auf meine Turnschuhe geschafft haben. Meine Lieblingsschuhe, Converse, zwei Jahre und elf Monate alt. Ich merke, wie sich meine Stirn in Falten legt. Das tut sie immer, wenn ich anfange, ganz doll nachzudenken. Ich überlege nämlich, was genau heute Abend schiefgelaufen ist. Was war anders und warum?

In der Ferne heulen Polizeisirenen auf und mein Atem beschleunigt sich automatisch. Mir wird ganz heiß. O Gott! Sie werden Henning mitnehmen. Bestimmt werden sie das. Er sitzt immer noch bewegungslos auf dem Bordstein, das Gesicht von mir abgewandt. Ich versuche, die Umgebung zu scannen, und warte auf den Streifenwagen. Aber meine Gedanken fühlen sich an wie eine graue Staubwolke. Alles erscheint verschwommen und durcheinander. Ich liebe meine Turnschuhe so sehr und meinen Bruder noch viel mehr. Im Gefängnis sind nur echte Verbrecher, und er ist keiner. Henning ist einer von den Guten, das müssen die Polizisten doch sehen.

Was wird Mama dazu sagen? Sie wird sich sicher aufregen, und dann wird sie weinen – wenn Henning wirklich ins Gefängnis muss.

Nein, kein Gefängnis. Das geht nicht, das werde ich nicht zulassen.

Wir haben jede Menge geplant: Ich möchte irgendwann mit ihm für den Führerschein üben, eine eigene Wohnung mieten. Henning ist immer für mich da, er unterstützt mich in allem.

Ich muss mich unbedingt beruhigen und so cool wie möglich sein. Soll die Polizei ruhig kommen, ich sage ihnen nichts. Es ist ja auch nichts passiert. Rein gar nichts …

… bis auf die Blutspritzer auf meinen Turnschuhen.

Moin

Hamburg, Schanzenviertel
Zwei Monate später, Mittag

Mila

»Das soll mein Erholungsort für die nächsten Wochen sein?«
Ungläubig starrte Mila das Gebäude an, das sich von den anderen
in der Straße deutlich abhob – im negativen Sinne. Leider. Es
gab keine Hausnummer an der heruntergekommenen Fassade,
zur Tür führten vier verfallene Steinstufen ohne Geländer – und
das war noch das geringste Übel. Auf dem breiten, zur Straße
ausgerichteten Fenster erinnerten einzelne Klebebuchstaben
daran, dass hier zuvor ein türkischer Gemüsehändler ansässig
gewesen sein musste. Es roch nach frischem Herbstlaub, aber
auch nach Abgasen. Logisch, mitten in einer Millionenstadt.

Für all das hatte sie sechs Stunden Zugfahrt von München
nach Hamburg in Kauf genommen – und fühlte sich jetzt noch
erschöpfter und verlorener als zuvor. Gut, Dad hatte etwas von
»Erholung und Abenteuer« gesagt. Aber in erster Linie sollte sie
doch zu Kräften kommen. Resigniert ließ sie die Reisetasche und
den Schlafsack neben sich auf den Asphalt sinken und legte eine

Hand in den schmerzenden Nacken. Viel hatte sie nicht einge-packt, was daran lag, dass ihre übrig gebliebenen Habseligkeiten aus zwei Pullovern, einem Shirt, einer Jeans, Unterwäsche und dem Kleid, das sie trug, bestanden. In der nächsten Sekunde ergriff der Wind auch noch ihren geliebten Strohhut, den sie sich vor der Abfahrt aufgesetzt hatte, und ließ ihn über den Gehweg davonrollen wie ein verbeultes Wagenrad. Schnell hastete sie hinterher. Ungeachtet ihres glitzernden Cocktailkleidchens bückte sie sich immer wieder nach dem Hut, der genau in dem Moment woandershin wehte. Es war nicht schlau gewesen, als Reise-Outfit dieses Kleid anzuziehen – reine Seide –, aber wenn man nur eine Handvoll Sachen besaß, war die Auswahl eben eingeschränkt. Die rotblonden Strähnen flogen durch ihr Sichtfeld. Nannte man das hier im Norden Wind oder war das schon Sturm? Der Hut wehte weiter, doch Mila gab nicht auf. Zwar verhüllte ein wahrer Luxusstoff ihren Körper, ihre Füße steckten allerdings in uralten Laufschuhen, die aktuell ihr einzi-ges Schuhwerk waren. Nach dem Brand hatten sich ihre Beine wochenlang bleischwer angefühlt – zu schwer, um sich in der Stadt neu einzukleiden. Ihre Freundinnen hatten ihr etwas geliehen, ja sogar teilweise geschenkt, aber sie wollte nicht alles behalten. Die Mädels hatten genug für sie getan und es kam ihr nicht richtig vor. Es war einfach alles schrecklich und kein Ende des Schreckens in Sicht. Von einer Frau mit Kinderwagen, die in ihr Handy sprach, und einem Jugendlichen, der ihr mit dem Fahrrad auswich, erntete sie verständnislose Blicke. Sie alle hatten ja keine Ahnung. Keine Ahnung, dass Mila vor nicht allzu langer Zeit noch eine gefeierte Ladenbesitzerin gewesen war. Im Münchener Feinschmecker-Magazin hatte sie über »Kulinarisches vom heimischen Balkon« referiert, Hochbeete gebaut, gekocht und gebacken. Und jetzt?

Jetzt war sie ein Verkehrshindernis mit einem Fast-Burn-out … in einem glitzernden Abendkleid.

»Sie da, können Sie mir helfen?« Ihren Stolz hatte sie anscheinend gleich mit verloren – zwischen verbrannten Möbeln, verschmorten Elektrogeräten, Rauch und Asche. »Hey, Sie.«

Hatte er sie nicht gehört oder wollte er sie nicht hören? Sie stellte sich ihm in den Weg. Schwer atmend ging der Jogger vor ihr in die Hocke. Er sah nicht aus wie ein Typ, dem an einem Sonnenhut gelegen war, und erst recht nicht wie jemand, der gern angesprochen wurde. Zur engen Radlerhose trug er ein dunkles Feinripp-Unterhemd. Mit seinen etwas längeren Haaren, dem ungepflegten Bart und dem finsteren Blick ähnelte er einem kampferprobten Barbaren, dessen Sprachschatz sich vermutlich aus Lauten und Ein-Wort-Sätzen zusammensetzte.

»Was?«

Sie hatte es gewusst. Sichtlich genervt zog er den In-Ear-Kopfhörer aus der Ohrmuschel. Die Aufschrift »Ich hasse Menschen« in Brusthöhe seines Shirts hätte sie nicht verwundert. Aus den Augenwinkeln registrierte sie, dass der Hut eine Erholungspause auf der Fahrbahnmitte einlegte. Sie sprintete wieder los. Wie eine Möwe im Sturzflug warf sie sich in Richtung Kopfbedeckung. Volltreffer. Um sie herum quietschten Bremsen, ein Geländewagen raste auf sie zu, jemand hupte. Der Barbar packte sie grob an der Taille und zog sie in letzter Sekunde von der Straße.

»O Gott!«, keuchte sie.

»Sie dürfen Henning zu mir sagen.«

Wie um alles in der Welt hatte er so schnell bei ihr sein können? Er schien schier übermenschliche Reflexe zu besitzen, wie in einem paranormalen Psychothriller. Aber wenn er nicht da gewesen wäre … Sie presste die Lippen aufeinander.

»STD – M 202«, äußerte er monoton.

Sie sah ihn fassungslos an, ihr Atem ging stoßweise. »M 202?«

Seine stahlgrauen Augen durchleuchteten sie wie ein Röntgengerät. »Der Wagen, der Sie fast umgefahren hätte, kam aus Stade«, erklärte er, ließ sie endlich los und versuchte, sein heillos verknotetes Kopfhörerkabel aufzudröseln, was ihm innerhalb weniger Sekunden gelang.

»Danke. Stade?« Sie klopfte das Strohgeflecht des Huts in Form. »Ist das eine wichtige Info für mich?«

»Nicht für Sie, aber für den Polizeibeamten, der den schweren Verkehrsunfall aufgenommen hätte.« Er trat zwei oder drei Schritte nach hinten. Eine junge Frau mit Hund grüßte ihn im Vorbeigehen, er grüßte erstaunlich freundlich zurück. »Hat sich ja vorerst erledigt. Das da«, er deutete auf ihre Aufmachung, »sieht eher nach einer Preisverleihung aus. Bis auf die Schuhe.«

»Das ist Guido Maria Kretschmer. Also, das Kleid.«

Schweiß perlte von seiner Stirn. »Okay. Ich kenne niemanden, der seiner Kleidung Namen gibt.« Er wandte sich zum Gehen. »Ich werde dann mal wieder ...«

»Moment.« Ohne zu überlegen, hielt sie ihn am Oberarm fest, ließ ihn jedoch direkt wieder los, weil sie selbst nicht wusste, warum sie das getan hatte. Verzweiflung, Angst vor dem Alleinsein, alles war möglich nach den letzten Wochen. Verlegen räusperte sie sich, schluckte Wut, Enttäuschung und Tränen hinunter und drückte das Kreuz durch. Es war echt peinlich, er war ein Fremder und seine Haut außerdem ziemlich verschwitzt.

»Kommt da noch was?«, fragte er belustigt. »Ich habe andere Pläne, als Ihre Lippen zu lesen.«

Was für Pläne? Die Welt retten?

»Noch mal danke ...«, stammelte sie. Was tat sie hier überhaupt? »Sie wissen nicht zufällig, welche Hausnummer das Gebäude hinter Ihnen hat?« Ihre Aufmerksamkeit richtete sich wieder auf den renovierungsbedürftigen Altbau.

»Sie sind komisch«, stellte er fest und kratzte sich an der Nase. »Das ist die Siebenundzwanzig.«

Die 27 also. Ihn schätzte sie auf frostige Anfang bis Mitte dreißig.

»Hätten Sie sich die anderen Nummern angesehen, wüssten Sie, dass das die Siebenundzwanzig ist.« Er tippte sich an die Stirn. »Bisschen mitdenken.«

»Ich glaube nicht, dass Ihnen ein Urteil über meine Art zu denken zusteht.« Betont lässig strich sie Guido Maria Kretschmer in Form.

»Alles klar.« Er schob die Kopfhörer zurück in die Ohren. »Ich wohne in diesem Haus«, polterte er dann, als müsste er die Musik, die in seinen Gehörgang drang, übertönen. Er sprang die Stufen zur Tür hinauf. Oben angekommen zog er einen Stöpsel aus dem Ohr und drehte sich zu ihr um. »Kann ich Sie allein lassen, ohne dass Sie sich vor das nächstbeste Auto werfen?« Seine Stimme ließ den ironischen Wortwitz, der Fragen wie diese üblicherweise begleitete, vermissen.

»Pfff«, entfuhr es ihr. Glaubte der im Ernst, sie hätte versucht, sich etwas anzutun? »Mir geht es sehr gut.« Ja, es lief momentan alles andere als rund bei ihr. Aber deshalb warf sie doch nicht gleich das Handtuch. Auch wenn es Erinnerungen und Gegebenheiten gab, die sie unendlich belasteten. Ach, es wäre sinnlos, ihm das alles zu erklären – mal abgesehen davon, dass er es sicher nicht hören wollte.

Schon drehte Henning den Schlüssel im Schloss. »Na dann«, entgegnete er so enthusiastisch wie ein Toastbrot.

Gott sei Dank hatte sie wenigstens den Hut gerettet – eine lieb gewonnene Erinnerung an ihre verstorbene Mutter, die ihr darüber hinweghalf, dass das Leben manchmal ungerecht war. Sie setzte ihn auf und zog ihn so tief in die Stirn, dass sie kaum mitbekam, wie Mister Neunmalklug mit dem Zeigefinger in der Luft herumfuchtelte. Er fuchtelte und belehrte anscheinend gern.

»Künftig bitte links-rechts gucken beim Straßenüberqueren. Ich habe nicht immer Zeit, auf Sie aufzupassen. Das Kleid steht Ihnen übrigens … irgendwie. Bloß der Hut und die Schuhe … nun ja. Bis dann.« *Rums.* Er ließ die Tür hinter sich ins Schloss fallen.

Das war zweifelsohne die ungewöhnlichste Unterhaltung gewesen, die sie je geführt hatte.

Mila hob die Reisetasche und den Schlafsack vom Boden auf. Da er in diesem Haus lebte, musste er wohl Herr Foster sein. Herr Foster hatte einen festen Griff um ihre Hüfte bewiesen, und wenn er sich bei allen Frauen so herzlos benahm wie eben, war es kein Wunder, dass er allein und vereinsamt im Obergeschoss lebte.

Nachdenklich rieb sie über den hellen Kranz, den der Ehering auf der Haut ihres Ringfingers hinterlassen hatte. Erst vor der Abfahrt nach Hamburg hatte sie es geschafft, sich von dem Schmuckstück zu trennen und ihn beim Juwelier zu versetzen. Ihre Ehe war mittlerweile seit einem Jahr geschieden, mehr als Freundschaft war es im Nachhinein nie gewesen. Sie hatten sich gerngehabt. Die gemeinsame Leidenschaft für Backen, Kochen und Yoga hatte sie zusammengeschweißt, aber nicht das heftige Prickeln und Herzstolpern ersetzen können, das Mila sich so sehr von einer Beziehung wünschte. Trotzdem hätte sie sich in diesem Moment am liebsten in die Arme ihres Ex-Mannes geworfen, um jemanden an ihrer Seite zu haben, der ihr über Schmerz und Verlust hinweghalf.

Wie immer legte sie zur Beruhigung – trotz des Gepäcks – die Hände ineinander, ohne zu beten.

Überwiegend sah es ganz nett in dieser Straße aus, nur dieses eine Haus fiel aus dem Rahmen. Die Kastanienbäume und die säuberlich geschnittenen Hecken hatten es ihr angetan.

Optimisten würden ihre Situation als Neuanfang bezeichnen – Pessimisten als das Ende. Sie musterte die bröckelnde Fassade der Siebenundzwanzig, die morschen Fensterumrandungen, die angelehnte Haustür, die deutlich erkennbar nicht verlässlich schloss. Das hatte Dad sich ja fein ausgedacht.

Das Klingeln ihres Mobiltelefons durchkreuzte ihre Gedanken. Sie zog es aus einer Lasche des Schlafsacks. Wenn man den Teufel beim Namen nannte. Es gab nichts, auf das sie gerade lieber verzichtet hätte als auf diesen Anruf. »Dad.«

»Mila, bist du gut in Hummel-Hummel angekommen?« Ein kehliges Lachen.

»In Hamburg? Ja, ich bin da.«

»HH wie Hummel-Hummel. Witzig, oder?« Das Bewusstsein dafür, wie wenig sie diese Art von Humor momentan schätzte, fehlte ihm.

»Ich glaube, man sagt hier Moin, Dad.«

»Jaja, scheint bei euch die Sonne?«

Sie drückte den Strohhut, der mit der nächsten Windböe eben wieder abheben wollte, energisch zurück auf den Kopf. »Sonne ja, Wind auch. Ich glaube, er weht aus dem Norden.«

»Du bist im Norden, da herrscht immer Gegenwind. Und, was sagst du zu dem Haus?«

»Dad, es ist so unglaublich.«

»Faszinierend, nicht wahr? Keine Zeit gehabt, mich drum zu kümmern. Leider. Wie das so ist.«

»Ich wollte sagen, es ist so unglaublich … alt.«

»Nun, es ist ein Gründerzeithaus.« Sie hörte seinen Tausende Kilometer entfernten Verdruss lauter als die Sirenen des Krankenwagens, der an ihr vorbeibrauste. »Du musst ja nicht bleiben, wenn du nicht willst. Niemand verlangt das von dir. Wir dachten nur, ein Ortswechsel würde dir guttun.« *Wir*, das waren Milas leiblicher Vater, von dessen Existenz sie bis vor fünf Jahren nichts geahnt hatte, und seine Frau Rachel. Sie lebten in den USA und der plötzliche Familienzuwachs hatte Peter Wirthz damals völlig aus der Bahn geworfen. Er wusste zwar, dass Mila existierte, doch sie hatten nie zuvor Kontakt gehabt. Die Wahrheit hatte sich so ähnlich ergeben wie Milas Ehe – rein zufällig. »Ich erinnere dich nur ungern, aber du hast kein Dach mehr über dem Kopf.«

Punkt für ihn. »Ja. Es ist nur …«

»Komm zur Ruhe«, sagte er so sanft, als wäre er der Vater, den sie all die Jahre vermisst hatte. »Bis der neue Käufer das Haus übernimmt, hast du jede Menge Zeit. Pass mir allerdings mit diesem Herrn Foster auf. Merkwürdiger Zeitgenosse. Aber die Miete kommt immer pünktlich.«

»In Ordnung, Dad.« Sie wollte das Gespräch schnellstmöglich beenden. Das Gepäck wurde schwer und an die unbehagliche Begegnung von vorhin mochte sie auch nicht erinnert werden.

»Und denk an Sebastian.« Peter Wirthz wäre nicht ihr Vater, wenn er nicht das letzte Wort gehabt hätte. »Ich habe dich angekündigt. Du hast doch früher nebenbei in dieser Kanzlei in München gejobbt, weißt also, wie es in so einem Betrieb abläuft. Und mein Bruder braucht jemanden, der ihn unterstützt. Es ist ja auch zu deinem Besten. Auf diese Weise bist du abgelenkt und kannst nicht Trübsal blasen – wegen der Katze und so. Bloß, weil sich gerade alles so anfühlt, Mila, muss es nicht das Ende der Welt sein.«

Der Katze und so. Mein Ein und Alles. Typisch Dad, sehr emphatisch. Eine raue Heiserkeit breitete sich in ihrem Hals aus. Sie versuchte erst gar nicht, mit ihm darüber zu reden.

»Ach, noch was, Sebastian hat von einer Boutique gesprochen, die neben seiner Kanzlei ist. Secondhand. Vielleicht kannst du dir dort günstig neue Kleidung zulegen. Du brauchst sicher Geld dafür. Soll ich dir etwas leihen? Sieh Hamburg doch als Auszeit, in der du dir überlegst, was du möchtest. Ob du wieder so ein Backdings-Geschäft eröffnest oder lieber etwas Richtiges arbeitest.«

Backdings. Okay. »Ich brauche kein Geld von dir.« Sie bedankte sich trotz allem und beendete das Gespräch. Angestrengt kramte sie in ihrer Reisetasche nach den Schlüsseln, als sich die Haustür wieder öffnete.

»Sie stehen ja immer noch hier.« In Tatortkommissar-Manier legte Foster den Kopf schief und nahm sie ausgiebig unter die Lupe. Ein frischer Duftmix aus Ozean-Waschmittel und Minz-Duschgel umgab ihn. Sie konnte ihn bis auf die Straße riechen. In Jeans und Shirt sah er gar nicht mehr so möchtegern-gefährlich aus wie vorher. Schwarz war wohl seine Lieblingsfarbe – oder die einzige, die er im Schrank hängen hatte. Bedächtig kam er die Stufen hinunter. »Stalken Sie mich?«

»Sehe ich so aus?«, antwortete sie und bewegte sich mit Schlüsselbund und Reisegepäck vorwärts.

»Nun ja. Sie sehen vor allem aus wie ein Mädchen, das nicht weiß, wo es hingehört.« Er kreuzte die Arme über der breiten Brust. Ein amüsiertes Zucken schlich um seine Mundwinkel. »Und mit Verlaub, wie die glitzernde Version einer Vogelscheuche. Aber das nur nebenbei bemerkt.«

»Und Sie«, sie drängte sich an ihm vorbei zum Hauseingang, »spielen hier den harten, furchterregenden Kerl. Aber so etwas beeindruckt mich nicht im Geringsten. Niemals.«

»Soso. Sie gehen in die falsche Richtung, der Bürgersteig ist hier unten.« Er machte eine ausladende Handbewegung über den geteerten Gehweg. »Ich kann Ihnen aber auch gern erklären, wie Sie schnellstmöglich zurück zum Bahnhof, zum Flughafen oder auf irgendein Getreidefeld kommen.«

»Nein, danke.« Sie winkte ihm vom Treppenabsatz aus zu – ungeachtet des wenig glamourösen Bildes, das sie abgab. »Die glitzernde Vogelscheuche wohnt ab heute in demselben Gebäude wie Sie. Lustig, oder?«

»Eher nicht.« Unglaube und Missmut verdunkelten seinen Blick. »In dem Haus gibt es keine Apartments – außer meinem.« Sie lachte, was bei ihm die entgegengesetzte Reaktion hervorrief. Er zog eine Grimasse, sein Kinn wirkte dadurch noch kantiger. »Das fehlt mir ja gerade noch, dass jemand wie Sie hier einzieht«, grummelte er, drehte sich um und ging.

Ja, hat mich auch gefreut, Sie kennenzulernen. Warum sollte es in der Siebenundzwanzig nur ein einziges Apartment geben? So ein Blödsinn! Kein Stil und keine Ahnung von Architektur. Dabei war die genauso leicht zu verstehen wie ein Tortenrezept: Es existierte meistens mehr als eine Etage. Sie schloss die Tür auf, im Hausflur war es düster. Auch nach dem Betätigen des Lichtschalters wurde es nicht heller. Mila betrachtete das herunterhängende blanke Leuchtmittel. Eine Wand-Metallleuchte wäre nett, aber sie war kein Elektriker. Und vermutlich müsste man dazu Stromkabel versetzen. Als Nächstes stieg ihr ein moderiger Geruch in die Nase, weshalb sie die Haustür eine Zeit lang aufhielt und sich umsah. Auf der linken Seite hingen drei marode Briefkästen, einer war mit »H. F.« beschriftet.

Unter den Kästen auf den Fliesen, die streckenweise dicke Risse aufwiesen, lagen Zeitungen, Werbeprospekte und einzelne Kastanienblätter, die der Wind in den Flur gefegt hatte. Die Betonwand schimmerte grau in grau, die Tür zum ehemaligen Gemüseladen ging vorn rechts ab, die Wohnungstür direkt dahinter. Das hatte sie schon auf dem Grundriss, den Dad ihr per Mail geschickt hatte, gesehen. Ein Stockwerk höher, im Obergeschoss, lag das Foster-Apartment. Darüber befand sich noch ein Dachgeschoss, das laut Plan als Abstellmöglichkeit diente. Dad hatte ihr alle Schlüssel per Kurier zukommen lassen, und sie versuchte es mit dem erstbesten an der Wohnungstür im Erdgeschoss. Sie musste sich mit voller Wucht dagegen werfen, um den Eingang zu ihrer »Auszeit« aufzustoßen.

Puderige Wolken wirbelten umher. Hinter dem Nebel aus Dreck und Vergangenheit bot sich ihr ein Anblick, den sie lieber nicht gehabt hätte.

Henning

Dieses Mädchen bedeutete Ärger, jede Menge Ärger. Alle Männer im Umkreis von zwei Meilen würden auf sie hereinfallen, doch er nicht. Ihre Stupsnase und die großen Kulleraugen konnten ihn nicht darüber hinwegtäuschen, dass etwas mit ihr nicht stimmte. Er hatte gelernt, Menschen zu lesen – obwohl er zugeben musste, dass seine Fähigkeit bei ihr aus irgendeinem Grund versagte.

Hier wohnen. Pah! Dass er nicht lachte. Sie hatte sich in diese Gegend verlaufen, und er gab ihr keine zwei Wochen, bis sie freiwillig floh. Seit Jahren hatte niemand außer ihm in diesem Haus gewohnt. Der aktuelle Eigentümer hatte ihm so viele Male telefonisch versprochen, Keller, Erdgeschoss und vor allem den Flur inklusive des Treppenhauses zu renovieren, dass Henning aufgehört hatte mitzuzählen. Sein Apartment, das musste man den großzügigen hundertdreißig Quadratmetern lassen, bot einen herausragenden Blick auf die Rote Flora, das selbst ernannte Autonome Zentrum Hamburgs. Nicht jeder schwärmte für das bunte Restgebäude des ehemaligen Flora-Theaters, doch ihn störte der Anblick nicht. Vielleicht war er über die Jahre tatsächlich abgestumpft. Seine Ex-Freundin hatte ihm bei der Trennung vorgeworfen, dass sich seine Seele verändert habe und er verschlossener geworden sei. Er wusste nicht, ob das stimmte, aber der Satz hatte sich bei ihm eingebrannt. Hätten sie sich nicht getrennt, hätte er ihre Gefühle nur noch mehr verletzt. Sie pflegten mittlerweile eine rein freundschaftliche Beziehung zueinander, was deutlich besser lief als das, was sie vorher versucht hatten. Ansonsten hatte er zahllose unverbindliche Abenteuer gehabt, bei denen es keine Verpflichtungen, keine Fragen und kein bedingungsloses Geliebtwerdenwollen gab. All das raubte ihm sowieso nur Energie, die er anderweitig dringender benötigte. Er hatte sich langfristig in dieser Wohnung eingerichtet, in der er sehr gut allein leben konnte. Kein Thema. Schäden wie den defekten Abfluss oder die kaputte Heizungsanlage hatte er eigenhändig repariert. Auf seinem gemütlichen Balkon, von dem viele in der Stadt träumten, saß er oft bis tief in die Nacht. Nicht nur, weil diese kleine Oase das Wohnen unter dem Dach im Sommer erträglich machte, sondern weil er es liebte. Von wegen *Seele verändert*. Er besaß einen Berg an Gefühlen, möglicherweise sogar zu viele, um sie permanent auszuleben.

Deshalb war es ihm nicht entgangen, wie emotional das Strohhut-Mädchen auf dieses Haus reagiert hatte. Wenn er sich nicht täuschte, hatten ihre rehbraunen Augen für eine Millisekunde wässrig geglänzt. Doch gleich darauf war ihre Wehmut verdunstet und ein Wildfang hatte sich den Weg gebahnt. Nein, danke. Unkontrollierte weibliche Stimmungsschwankungen waren wahrlich das Letzte, was er gebrauchen konnte. Und dieser pinkfarbene Nagellack in Kombination mit dem wilden Geglitzer ihres Kleides! Sie hatte ausgesehen wie ein poppiger Weihnachtsbaum. Er schüttelte sich, als hätte er ein Glas Salzwasser auf ex getrunken.

Jedenfalls hatte sie einen angeschlagenen Eindruck auf ihn gemacht, als sie sich das Gebäude ansah. Gesagt hatte sie nichts dergleichen. So oder so, das Haus passte nicht zu ihr. Henning konnte sie sich beim besten Willen nicht unten in dieser gottverlassenen Wohnung vorstellen. Eher frisch geduscht, gestriegelt und gebügelt mit einem Krönchen auf dem Kopf.

Auf einem Thron. In einem Schloss. Auch wenn ihr die Prinzessinnenschuhe fehlten.

Er tadelte sich, weil er zu viel über sie nachdachte, und beschleunigte seine Schritte beim Blick auf die Uhr. Kurz nach vier. Er würde sich verspäten, und das nur wegen dieser unsinnigen Hut-Aktion. Der Fetzen, für den sie sich auf die Straße geworfen hatte, war nicht mal einen Euro wert, und sie hatte schon eine unschöne Narbe am Unterarm, die er im letzten Moment bemerkt hatte, bevor er ihren Körper umfasst hatte. Darunter auf der zarten Haut des Handgelenks ein tätowierter Schriftzug: »Courage« für Mut. Alles nicht sein Problem. Das Zuspätkommen hingegen durchaus. So etwas passierte ihm nie. Erst recht nicht, wenn er versprochen hatte, pünktlich zu sein. Er sprang in wenigen Schritten über die breite Hauptstraße, durchquerte die kleine Seitengasse, vorbei an dem bekannten Graffiti des durchs Netz surfenden Seemanns, bis er vor Gittes Friseursalon stand. Hier hielt er einer älteren Dame mit Pudel die Tür auf und betrat dann selbst das Geschäft. Es roch nach frisch gebrühtem Kaffee, nach Tannenzapfen und Advent, obwohl es noch lange nicht so weit war.

»Wenn du doch ein einziges Mal eine andere Farbe am Körper tragen würdest, Junge. Weiß wäre hübsch.« Gitte drückte ihn beherzt an sich, zupfte an seinem Shirt und tippte ihm auf die Brust. So fest, dass sich ihre spitzen Nägel in seine Haut bohrten.

»Ich trage manchmal Dunkelgrün oder Schwarz-Rot-Kariert«, verkündete er und strich über seinen Bart. Gitte, das stellte er jedes Mal erneut fest, war die Beste – auch wenn sie unaufhörlich diesen Weltverbessererblick aufsetzte und versuchte, ihn zu einem bunteren Menschen zu machen. »Wo ist er?«

»Du bist ein bisschen spät heute.« Sie nestelte weiter am Kragen seines Shirts herum, als würde es dadurch die Farbe wechseln. »Das kenne ich gar nicht von dir.«

»Aber er ist noch da?«, wiederholte er und bemühte sich, nicht nervös zu klingen.

»Alles gut, ja. Er hilft Jessica und hat eine weitere Kundin angenommen. Ich hätte dich angerufen, wenn du in den nächsten zehn Minuten nicht gekommen wärst.« Kritisch beäugte sie seine zu langen Barthaare, die er zwischen den Fingerspitzen zwirbelte. »Brauchst du eine neue Form?«

»Nee, das mach ich selbst.«

»Dann wird er wieder krumm und buckelig«, beschwerte sie sich und zog ihn am Arm mit auf den nächsten freien Stuhl. »Damit fühlst du dich doch auch nicht wohl.«

Und ob. Er mochte es nicht, bevormundet zu werden. Aber Gitte ließ er gern gewähren – obwohl oder gerade, weil sie sich aufspielte, als wäre sie seine Mutter.

»Ah, schau. Tix hat dich entdeckt.« Sie deutete in die entgegengesetzte Richtung, als könnte Henning seinen Kopf um mehr als neunzig Grad drehen. »Er kommt sicher gleich. Soll ich deine Frisur auch in Ordnung bringen?« Sie fuhr ihm durch die widerspenstigen Haare und zückte die Schere aus ihrem Umhängegurt. »Bart, Haarschnitt und ein helles Shirt.« Freudig klopfte sie ihm auf die Schulter. »Würdest Weltklasse aussehen, mein Junge.«

»Henning!« Zwei weiche Arme landeten schwungvoll um seinen Hals. Doch bevor Henning sich auf dem klobigen Stuhl auch nur einen Zentimeter bewegen konnte, wurde er schon zurechtgewiesen. »Du hast mich vergessen.« Der Ton seines kleinen Bruders traf ihn erst vorwurfsvoll, dann behutsam, und bei der letzten Silbe tat seine Stimme einen belustigten Hüpfer. Henning kannte alle Nuancen dieses Klangs.

»Quatsch. Ich hab dich nicht vergessen, Tix. Ich bin einem kaputten Strohhut hinterhergejagt«, antwortete er wahrheitsgetreu und beobachtete, wie sich die Mundwinkel seines Bruders vor Aufregung bis zu seinen mandelförmigen Augen hoben.

»Einem Hut?«, hakte Tix sofort nach. »Erzähl.«

Mila

Der erste Abend in diesem Haus fing grauenhaft an. Mila hatte bereits einige blöde Abende erlebt, zum Beispiel, als sie wegen einer akuten Blinddarmentzündung in der Hochzeitsnacht ins Krankenhaus eingeliefert wurde, aber dieser hier übertraf alles. Es war laut, vermutlich weil keine ordentlichen Fenster verbaut waren, die den Straßenlärm abhielten. Die Wohnung war zwar voll möbliert, geschlafen hatte aber seit bestimmt hundert Jahren keiner mehr hier. Der Kronleuchter an der Wohnzimmerdecke hing schief, da er nicht vernünftig befestigt war, und der Putz bröckelte nach unten. Der Boden war schmutzig, die Möbel abgewetzt. Alles ungefähr so wie bei Dornröschen, nur dass es zusätzlich muffig roch und aus der Leitung rostfarbenes Wasser lief. Sie hätte eine Kur beantragen sollen. Völlig unverständlich, dass Dad ihr vorgeschlagen hatte, nach Norddeutschland zu reisen. In diesem Kasten sollte sie zu sich selbst finden? Noch unverständlicher, dass sie seinen Vorschlag angenommen hatte. Zu ihrer Verteidigung musste man sagen, dass sie von etwas Romantischerem ausgegangen war, als er von einem nahezu leer stehenden Altbau in Hamburg gesprochen hatte.

Das Wasser war kalt, sie erfror fast beim Duschen und war viel zu müde, um direkt am ersten Tag ihr Übergangszuhause in Ordnung zu bringen. Wo hätte sie anfangen sollen? Es gab unzählige Baustellen. Vom letzten Bargeld, das sie im

Portemonnaie gefunden hatte, hatte sie sich beim Bäcker nebenan ein Franzbrötchen und einen Kaffee zum Mitnehmen gekauft. Sie hätte das Geld ihres Vaters für den Übergang nicht ausschlagen sollen, nur weil sie zu stolz gewesen war, etwas von ihm anzunehmen. Zum Glück hatte die Bank ihr bereits vor dem Brand einen großzügigen Dispositionsrahmen eingeräumt.

Sie nippte am Kaffee. Das Getränk war nur noch lauwarm, tiefschwarz, mit zwei Stück Zucker, und besaß obendrein die wunderbare Eigenschaft, ihre Müdigkeit wegzuwischen. Mila setzte sich auf den Fußboden und schrieb auf, was sie alles brauchte: auf jeden Fall Putzzeug. Gab es hier einen Staubsauger? Nachdenklich biss sie in das Gebäck, als die Haustür draußen zufiel.

Gleich darauf dröhnten schrille Gitarrenklänge, düsterer Sound und eine tiefe Bassstimme durch die Decke. Sie rollte mit den Augen – Foster war wieder da. Sang er ernsthaft mit? Sie hätte sanfte Kaffeehausklänge zur Förderung ihrer Motivation bevorzugt, stattdessen wurden alle Versuche, sich auf ihre eigenen Gedanken zu fokussieren, im Festivalgetöse einer Hardrock-Band erstickt. Irgendwann hörte sie wieder seine Schritte im Treppenhaus, dann krachte es. Ein Poltern auf der Treppe nach oben. Er ruinierte den Flur, falls das noch möglich war. Das durfte ja wohl nicht wahr sein!

In Top und Schlafshorts riss sie die Wohnungstür auf. Vor ihr stand – wie erwartet – Herr Foster und hievte – unerwartet – einen alten Bauernschrank durchs Treppenhaus nach oben. »Sind Sie übergeschnappt?«

»Hey, Sie leben! Das ist mehr oder weniger erfreulich für die meisten von uns.« Er hielt an und wischte sich den Schweiß von der Stirn. »Ich bin ganz sicher nicht übergeschnappt. Aber kann es sein, dass man Sie bei der Hexenjagd im Jahr 1692 übersehen hat?«

»Das ist nicht witzig.« Sein Humor hatte dieselbe Farbe wie seine Kleidung. »Ich habe noch nicht einmal warmes Wasser hier drin.« Sein Bart war auf eine manierliche Länge gestutzt und die Haare gekürzt, was seine markanten Gesichtszüge zur Geltung brachte und die raue Optik milderte. Allerdings nur die Optik, wie sich sofort herausstellte.

»Na, Sie haben ja Probleme.« Er machte sich an den Weitertransport des Schranks. »Kaltes Wasser hat noch niemandem geschadet. Hexen Sie es einfach warm.«

»Stellen Sie erst einmal das Geheule leiser und hören Sie bitte um alles in der Welt auf zu singen.«

»Ziehen Sie doch wieder aus, Mäuschen, wenn Ihnen das alles hier zu doof ist.«

Das war ja wohl die Höhe! Sie stampfte mit dem Fuß auf und wünschte sich sofort, sie hätte es nicht getan. Unbeeindruckt schob er das hölzerne Ungeheuer eine Stufe weiter. »Höflichkeit, Rücksichtnahme und Fürsorge für andere«, referierte sie. »Davon haben Sie noch nie etwas gehört, oder?«

»Ich habe Ihnen heute das Leben gerettet. Ich denke, das ist für den ersten Tag Fürsorge genug. Finden Sie nicht?«

»Jau«, machte sie gezwungen zustimmend und nicht altersgerecht. »Haben Sie den da gestohlen?« Skeptisch wanderte ihr Blick über das Möbel, dann über seine dunkle Jeans, geziert von weißen Malerflecken. »Wo arbeiten Sie denn?«

»Normalerweise in der Garage, aber der Schrank muss nach oben. Ich arbeite an alten Möbeln.« Er stieß einen Karateschrei aus, während er den Klapperkasten zwei Stufen auf einmal hochbugsierte.

Super. Sie war mit einem Irren in einem Haus in Hamburg gefangen. Und sie hatte keine Lust, sich seine Provokationen länger gefallen zu lassen. »Viel Glück. Und noch mal, stellen Sie bitte die Musik leiser. Schönen Abend.« Wenn sie ihn nicht sah, war er quasi weg. Befreit knallte sie die Tür zu. Aus den Augen, aus dem Sinn – nur Letzteres funktionierte nicht so, wie sie sich das vorstellte. Die dumpfen Bassklänge schossen ihr weiterhin in den Magen, und auf eine absonderliche Art und Weise gefiel es ihr, dass sie an diesem rohen Steinklotz all ihre aufgestaute Wut und Enttäuschung loswerden konnte.

Henning

Stöhnend strich Henning mit der Handkante über die Vorderseite des hundert Jahre alten Schranks. Was der schon alles erlebt hatte, Wahnsinn. Aber so konnte das gute Stück auf keinen Fall bleiben: Er würde ihn komplett überarbeiten, etwas gegen den Holzwurm auftragen und einen der Holzfüße ersetzen, erst dann konnte er mit dem Streichen beginnen. Weiß – wie alles in seiner Wohnung war. Aufregung gab es genug, er brauchte keine knalligen Farben. Eine seiner Kundinnen hatte bereits im Vorfeld Interesse bekundet, gegebenenfalls würde er das Prachtstück verkaufen. Dieses Jahr würde er nur mit der Steuer aufpassen müssen, wenn es weiterhin so gut lief. Er drehte die Musik lauter und breitete eine Plastikplane im Wohnzimmer aus, auf die er den Schrank abstellte, um den selbst verlegten Parkettboden zu schützen. Als er endlich – singend – damit beginnen wollte zu arbeiten, klingelte es Sturm. Die Katastrophe aus dem Erdgeschoss.

»Ich kann überhaupt nicht denken. Mein Kopf explodiert gleich. Hier – schauen Sie sich das an.« Sie hielt ihm demonstrativ die flache Hand hin, vermutlich um ihm zu zeigen, wie sie zitterte.

Er sah gar nichts. Sie hatte kein einziges Mal Luft geholt beim Sprechen, dabei hatte er lediglich vergessen, dass sie ihn eben darum gebeten hatte, die Musik leiser zu stellen. Ein Schicksalsschlag, ein Todesfall, irgendetwas musste in ihrem Leben passiert sein. Oder sie war eine Furie. Beides denkbar.

»Gut.« Mehr sagte er nicht.

Sie sah ihn von unten an. Nicht, weil sie klein gewesen wäre, eher, weil er einen Meter zweiundneunzig maß. Als Jugendlicher hatten sie ihn ausgelacht wegen seiner Größe, heute half ihm seine Statur, sich Respekt zu verschaffen, ohne Worte. Überall.

Außer bei ihr.

»Was nun?« Sie verzog den Mund. »Stellen Sie sie leiser?«

Wie egal es ihr doch war, wie sie in ihrem Schlafkostüm um acht Uhr abends aussah. Unweigerlich stellte er sich vor, wie sie ihren Kopf an seine Schulter legte und dabei ganz ruhig wurde. Wo kam das denn jetzt her? Es war zwar nur eine Fantasie, aber vielleicht sollte er trotzdem etwas freundlicher sein.

»Ich bin keine direkten Nachbarn gewohnt. Es tut mir leid.«

Sie versuchte, an ihm vorbei in seine vier Wände zu spähen, was ihr kaum gelingen durfte, weil er sich breitbeinig im Türrahmen aufbaute, um sie daran zu hindern. Neugierig war sie also auch noch.

»Ich werde in der unteren Wohnung ein wenig aufräumen«, sagte sie.

»Wer sind Sie?«

Sie zog die Nase kraus, wohl wegen seines scharfen Tonfalls. »Mila Winter«, stellte sie sich vor, die Hand reichte sie ihm nicht – was für eine alberne Trotzreaktion. »Die Tochter des Eigentümers Peter Wirthz.«

»Interessant. Winter gefällt mir besser als Wirthz.« Ab jetzt würde er aufpassen, was er sagte und wie er sich verhielt. Vielleicht konnte sie ihm sogar behilflich sein. »Sie wissen, dass Ihr Vater mir gekündigt hat?«

»Ja, verständlicherweise hat er das.«

Okay, sie war ihm eher nicht behilflich. O Mann! Ehrlich gesagt, war sie exakt die Version Frau, mit der er nichts zu tun haben wollte. Eine eingebildete Schnepfe mit einem Unternehmer-Daddy, der ihm seine Bleibe unterm Hintern wegziehen wollte. Aber geschenkt, sie konnte ja nicht wissen, wie viel ihm diese Wohnung bedeutete.

»Mein Vater hat das Haus verkauft und der neue Käufer möchte es nach der Übernahme selbst nutzen«, erklärte sie und verschränkte die Arme über der Brust.

»Hätte gereicht, wenn der neue Besitzer mir gekündigt hätte.« Er musste seinen Unmut darüber im Zaum halten, sie konnte nichts dafür.

»Das hätte er sofort getan wegen Eigenbedarf. Ist also gehüpft wie gesprungen.«

»Klar, dass jemandem wie Ihnen die Details egal sind.« Unangenehmes Schweigen breitete sich aus. »Warum wollen Sie überhaupt angesichts des Verkaufs unten aufräumen?«

»Sie sind eher der vorwitzige Typ, oder?« Sie schaute hinter sich ins Treppenhaus, als müsste sie dringend weg.

»Träumen Sie weiter.« Ein gelangweilter Ton untermalte seine Sätze. »Als würde mich interessieren, was Sie tun.«

»Warum fragen Sie dann?« Keck nahm sie ihren Rotschopf zusammen und knotete das Zopfband von ihrem Handgelenk drumherum. »Ich habe gleich einen Online-Kochkurs«, setzte sie hinzu.

»Sie haben da unten doch gar keine richtige Küche. Und kein WLAN.«

»Ich habe das XXL-Datenpaket bei meinem Mobilfunkanbieter.« Es juckte sie nicht, was er sagte. Unglaublich. Sie drehte sich um und hüpfte die Stufen hinunter. »Danke, dass Sie sie abschalten«, flötete sie nach oben.

»Wen?«

»Die Musik. Und Ihre schlechte Laune.«

Wie gern hätte er nun umgehend die Lautstärke erhöht, weil sie unverschämt war, weil sie ihm nicht vernünftig zuhörte, weil sie nicht mit sich reden ließ und weil er sie trotzdem süß fand. Ein bisschen.

Er stellte die Musik aus. Irgendwie musste er diese Tochter des Eigentümers um den Finger wickeln. Am liebsten würde er seinen Frust in einen Sandsack hauen. Aber im Boxclub hatte er Hausverbot und den Trainingsplatz seiner Arbeitsstelle durfte er zurzeit auch nicht betreten.

TRANSPARENZ

Mila

Sie hatte sich nie darüber Gedanken gemacht, aus welcher Richtung der Wind wehte. Am liebsten und bis zuletzt hatte Mila Rückenwind gehabt, aber der hatte sich offenbar gedreht. Sehr zu ihrem Bedauern musste sie dann heute Morgen feststellen, dass Guido Maria dringend in eine Reinigung gehörte und ihre an den Knien zerrissenen Jeans für Onkel Sebastians feinen Laden nicht das Richtige waren. Eine Anwaltskanzlei. Das war etwas anderes als ihr kleines Spezialitäten-Lädchen, in dem sie hatte herumlaufen können, wie sie wollte. Auf der Suche nach einem Bekleidungsgeschäft mit bezahlbaren Preisen trieb der Weg sie vorbei an antik wirkenden Buchhandlungen sowie türkisch und indisch geprägten Lebensmittel- und Möbelläden. Obwohl sie den Hamburger Hafen zu keinem Zeitpunkt sehen konnte, kam es ihr vor, als könnte sie das Meer trotzdem riechen … und den Duft von frisch gebrühtem Kaffee. Die Mischung aus angesagten Cafés und den Residuen der Widerstandsbewegung der Achtzigerjahre verlieh dem Schanzenviertel eine außergewöhnliche Attraktivität, die nur schwer in Worte zu fassen war.

Sebastians Kanzlei lag in den Sternenhöfen, und wie Dad gesagt hatte, befand sich dort auch eine kleine Boutique. Tür an Tür, wie praktisch. Die hippen Backsteingebäude bestanden aus sanierten Lagerhallen, die früher dem Viehgroßhandel gedient hatten. Mittlerweile waren darin Büros, Restaurants und eben ein Bekleidungsgeschäft untergebracht. Mila kam sich vor wie eine Einbrecherin, als sie die Klingelschilder nach dem Kanzleinamen inspizierte, um zu checken, wo genau die Sozietät ihres Onkels angesiedelt war. Da sich die Morgensonne in den großen Fensterfronten spiegelte, waren die Gebäude von außen kaum einsehbar.

Eine Mittvierzigerin in einem Marokko-Kleid mit golden glitzernden Schnürbändern kam aus *Cleos Boutique*, deren Name das Schild über dem Eingang preisgab. Die Frau zündete sich eine Zigarette an und nahm einen tiefen Zug. Sie stöhnte so erleichtert auf, als hätte sie einen Halbmarathon absolviert. Milas Ex-Mann hatte auch geraucht und Mila hatte es nicht gemocht. Eine der wenigen Marotten, in denen sie nicht miteinander übereingestimmt hatten. Aber musste man in allem eins sein, um eine glückliche Beziehung zu führen?

Der rote Webteppich lud zum Betreten des Geschäfts ein und erinnerte sie an ihre eigene Selbstständigkeit: an die Lampions, die im Sommer den Eingangsbereich ihres Lädchens gesäumt hatten, an die leuchtenden Fackeln an kalten Winterabenden und daran, dass all das nicht mehr existierte. Sie stöhnte ebenfalls. Ihr Blick traf auf den der Raucherin.

»Nicht leicht, oder?«, sagte die Frau, was immer sie damit meinte, und löschte ihre Zigarette in dem auf einem Metalltischchen bereitstehenden Aschenbecher. Kalter Rauch stand in der Luft, als sie vor Mila ins Geschäft ging. »Ist das Ihr einziges Kleidungsstück? Sieht so aus, als trügen Sie es schon eine Weile.«

»Woher wissen Sie ... ach ja.« Mila versuchte, den Stoff ein wenig zusammenzuraffen. »Es ist das Kleid, das ich anhatte, als mein Haus niederbrannte. Ich war als Gastjurorin auf einer Genuss-Gala eingeladen. Zum ersten Mal.« Ausgerechnet hier vor einer wildfremden Person rutschte ihr alles heraus. Sie wandte sich ab.

Doch die Frau ignorierte die Geschichte geflissentlich. »Sie sind ein Kleidertyp«, meinte sie stattdessen.

»Eigentlich trage ich lieber Hosen.«

»Die rücken Sie nicht ins richtige Licht.« Sie schob die Hornbrille auf der Nase zurecht, als könnte sie Mila dadurch besser begutachten. »Üppige Oberweite, schmale Taille, lange Beine. Sehr weibliche Formen. Womit kann ich Ihnen denn Ihrer Meinung nach weiterhelfen?«

Eine neue Wohnung ohne diesen Miesepeter und etwas mehr Geld auf dem Konto würden es fürs Erste tun. Sie schluckte ihre Antwort hinunter. »Ich werde vermutlich in einer Kanzlei arbeiten und habe, wie Sie eben bemerkt haben, nichts Vernünftiges zum Anziehen. Es sollte nicht so viel kosten.«

»Wir finden schon etwas, was zu Anwälten und Akten passt. Damit kenne ich mich aus.« Die Frau wuselte zwischen den Kleiderständern herum. »Wie wäre es mit diesem Einteiler?« Sie zog einen blauen, mit braunen Blättern bedruckten Jumpsuit von einer Stange. »Weil Sie sagten, dass Sie lieber Hosen mögen.« Kopfschüttelnd betrachtete sie Mila von oben bis unten. »Oder Sie versuchen das hier.« Sie nahm ein langes, gebatiktes Hippiekleid von einem Garderobenhalter. Den Rücken zierte ein fein gehäkelter Einsatz. »Es ist gediegen, aber nicht zu extrem. Es hat das gewisse Etwas für einen akzeptablen Preis. Vertrauen Sie mir.«

Mila wusste nicht, warum sie den blau-weißen Stoff überhaupt anprobierte, doch die weiche Baumwolle fühlte sich an, als gehörte sie zu ihr, nur zu ihr und zu niemand anderem. Und als sie dieses Mal in den Spiegel sah, musste sie zugeben, dass sie nicht mehr nur wie die Frau mit der Narbe von einst aussah, sondern wie eine Diva. Der Flower-Power-Bewegung allerdings.

»Dazu dieser weiße Blazer, wenns kühler wird. Und die braunen Schuhe. Sie haben achtunddreißig, nehme ich an?«, vervollständigte die Verkäuferin das Outfit. »Es ist auf seine eigene Art elegant-schön und abgefahren.«

»Cleo …« Ein Mann, optisch das jüngere Ebenbild von Milas Vater, schritt in den Laden, die Hände lässig in den Taschen seiner Anzughose. Seine pure Ausstrahlung verschlug Mila für einen Moment die Sprache.

»Onkel Sebastian.« Sie hatte nicht mit ihm gerechnet – zumindest nicht jetzt und hier, in einem Klamottenladen.

»Mila. Wie schön!« Er schien sie gerade erst wahrzunehmen, sagte aber: »Ich habe dich durchs Schaufenster gesehen.« Langsam kam er auf sie zu und drückte sie an seinen feinen Zwirn. »Du siehst gut aus. Noch nicht so, als ob du Paragrafen rückwärts aufsagen könntest, aber dennoch überzeugend. Das ist die halbe Miete in unserem Job.«

»Danke.« Mila wunderte sich, dass Sebastian, der sie erst wenige Male in seinem Leben gesehen hatte, sie überhaupt so schnell wiedererkannt hatte. »Schicker Anzug.«

»Unsere Kleidung ist wichtig für den ersten Eindruck bei den Klienten«, erklärte er und lächelte. »Du bist seit gestern in Hamburg, richtig? Hat alles gut geklappt bisher?«

Sie nickte mehr oder weniger zustimmend.

»Da du schon mal hier bist, müssen wir uns ja nicht bis heute Nachmittag gedulden. Das freut mich. Zieh dich um und komm direkt mit mir rüber in die Kanzlei. Passt das bei dir?«

Umziehen? Zurück in Guido Maria Kretschmer und die alten Treter springen? Mila geriet in Panik. Hoffentlich bekam sie keine hektischen Flecke am Hals. »Na klar.«

Cleo, die bis jetzt höflich distanziert an der Kasse gewartet hatte, fing ihren verkrampften Blick auf. »Komm zu mir rüber, Sebastian. Sie ist bereits angezogen. Ich muss nur kurz was schauen. Frauenkram, du weißt schon.« Sie zwinkerte ihm zu.

Während Milas Onkel in den Wartebereich schlenderte und sein Handy aus der Hosentasche zog, eilte die Verkäuferin zu Mila in die Kabine und schnitt die verräterischen Schildchen ab. »Ich packe Ihre andere Kleidung in eine Tüte und lagere sie hinten. Sie können später bezahlen«, flüsterte sie ihr verschwörerisch zu, als wären sie ein Team. »Und Sie sehen bezaubernd aus. Das Kleid fällt allerdings schöner, wenn Sie sich aufrecht halten.«

Erst in diesem Augenblick fiel Mila auf, dass sie in letzter Zeit viel zu oft mit zusammengesackten Schultern herumlief. Kein Wunder, dass ihr ständig der Nacken wehtat. Milas Mundwinkel hoben sich zaghaft. Sie wollte nicht übertreiben, aber *Cleos Boutique* war wie eine Vorher-Nachher-Zeitkapsel. Na ja, fast. Immerhin hatte sie das Licht am Ende des Tunnels kurz erahnen können.

Alles würde wieder gut werden. Ganz bestimmt.

Henning

Die rauen Gitarrenklänge in seinen Ohren konnten nicht fordernd genug sein, genauso wie die Eisenscheiben, die er auf der Hantelstange aufgetürmt hatte. Er umklammerte das Gestänge und drückte das Gewicht mit den Armen ohne Hast nach oben. Dieses Prozedere wiederholte er einige Male, verlangsamte es, bis seine Muskulatur zitterte. Es tat verdammt gut, an einem Ort zu sein, wo es nur darum ging, sich zu verausgaben, sich auf das Heben und Senken der Eisenkilos zu konzentrieren und nicht nachzudenken. Außerdem war nicht viel los in der Muckibude, wie sein Bruder das Fitnessstudio nannte. Keine abgestandene Luft wie sonst, fast alle Geräte waren frei und die Fenster gekippt.

»Kannst du nicht mehr, Henning?« Tix bediente die Rudermaschine wie ein kleiner Vollprofi.

Ein Lächeln machte sich auf Hennings Gesicht breit und er zog die Stöpsel aus den Ohren. »Vielleicht brauche ich wirklich eine Pause«, antwortete er und fuhr sich mit dem Handtuch über den verschwitzten Nacken. Er beobachtete, wie Tix gleichmäßig vor- und zurückglitt und leise mitzählte. Acht, sieben, sechs, fünf … Die wichtigsten Eckpfeiler im Leben seines Bruders hatte Henning so verinnerlicht, als wären es seine eigenen. Auf gesunde Ernährung zu achten war für Tix zum Beispiel nicht so leicht. Er hatte sich wenig unter Kontrolle, wenn es um Naschereien ging. Deshalb hatte Henning ihm eine App aufs Handy geladen, die seinen täglichen Bedarf und die Menge der Kalorien, die er zu sich genommen hatte, anzeigte. Menschen mit Downsyndrom besaßen oft eine schwächere Muskulatur und schlaffere Bänder. Punkt zwei war also Sport. Seit Jahren gingen sie gemeinsam ins Fitnessstudio, nur normalerweise nicht am frühen Vormittag wie heute. Und ja, manchmal war einiges an Überredungskunst notwendig, denn Tix hatte häufig null Bock. Drittens war da noch die Sprachtherapie. Nicht jeder konnte seinen Bruder immer gut verstehen, obwohl sich seine Aussprache ausgezeichnet entwickelt hatte. Ihre Mutter hatte von Anfang an darauf geachtet, mit Bildern, Lauten und Tönen zu üben. Womöglich erwiesen sich ihre Ausbildung als Sozialpädagogin sowie Tix' genetische Voraussetzungen als entscheidende Pluspunkte.

»Ich hab eine neue Mitbewohnerin im Haus.« Er setzte sich neben der Rudermaschine auf den Fußboden, um nicht von der Hantelbank aus hinüberrufen zu müssen.

»Gut. Du bist nicht mehr allein. Wie heißt sie?«

»Nicht wirklich gut. Sie ist ultranervig und heißt Mila.«

Sein Bruder kicherte – ganz der siebzehnjährige Teenager, der er war. »Sei lieb zu Mila«, sagte er, als ahnte er, was sich am Vortag abgespielt hatte.

»Ich versuch's. Zukünftig.« Beinahe hätte Henning sich an den drei Worten verschluckt, als ihm von hinten eine Hand auf die Schulter knallte und sein Oberkörper sachte nach vorn geschoben wurde. Er erschrak nur mäßig, weil er wusste, wer ihn als Einziger hier aufgespürt haben konnte. Robert, sein langjähriger Kollege, bester Freund und zwanghafter Verfechter von Recht und Ordnung – liebevoll ausgedrückt.

Robert pflanzte sich neben ihn auf den Gummiboden und hatte ebenfalls ein Handtuch über der Schulter hängen. Er trug dieselbe dunkle Boyband-Frisur wie seit fünfzehn Jahren, und es war unwahrscheinlich, dass er jemals etwas an diesem Look ändern würde. Die Haare sahen sogar nach dem Sport aus wie vorher. Auch eine Form der Kontinuität. »Hey, Kumpel, mir fehlt mein Sparringspartner im Club.«

»Steigst du heute mit jemand anderem in den Ring oder bist du zum Gerätetraining hier?«

»Erst mal nur Geräte. Wie lange bist du noch fürs Boxen gesperrt?«

»Ich habe keine Ahnung, wie lange der Zustand noch andauert.« Mit einem Kopfnicken in Tix' Richtung deutete Henning an, dass er das Thema vor seinem Bruder nicht unbedingt vertiefen wollte. Allzu oft hatte Tix negative Stimmungen im Kern erspürt und entsprechend darauf reagiert. Das wollte er lieber vermeiden.

»Wir vermissen dich.« Robert zog die Knie enger an seinen Körper und stützte die Ellenbogen darauf ab. »Du bist der Boss. Ohne dich ist der Job nicht derselbe.«

Henning ertrug es kaum, das zu hören. Noch weniger ertrug er jedoch, dass er seine Leute im Stich lassen musste und seiner Verantwortung nicht nachkommen konnte. Und das alles nur wegen eines einzigen Moments, an den er ungern erinnert wurde. Er hoffte, dass die Stellvertreterin auf seinem Dienstposten gut klarkam, aber davon war auszugehen.

»Guck mal, Robert.« Tix legte eine extra schnelle Rudereinheit hin und Robert applaudierte begeistert. Es war die Art von Freude und Stolz, die Henning gern bei seinem Vater gesehen hätte. Doch der hatte sich noch vor Tix' Geburt aus dem Staub gemacht. Er wolle nicht dazu gezwungen werden, sein Leben diesem Kind zu opfern, hatte er gesagt, und von jetzt auf gleich war seine Mom eine alleinerziehende Mutter gewesen – bis heute.

»Darf ich auch mal rudern, Tix?«, fragte sein Kumpel und stand auf.

»Nö. Zusatzeinheit. Bin noch nicht fertig«, antwortete der, zuckte mit den Schultern und machte in seinem üblichen Tempo weiter. »Hinten anstellen.«

Robert schüttelte mit dem Kopf und zog ein gespielt beleidigtes Gesicht. »Für welches Mädel tust du das, Ticki?«

»Eins?« Tix grinste breit. »Ich tue das für alle. So wie du.«

Sie lachten. Diese Augenblicke waren so bedeutsam und lebendig. Sollten sie Henning doch im Boxclub sperren und auf der Arbeit beurlauben. Ein verächtlicher Laut verließ seine Kehle.

»Du stehst das durch, Kumpel.« Robert nahm ihn am Arm und zog ihn vom Rudergerät weg. »Pass nur eine Zeit lang auf, was du zu wem sagst. Zur Sicherheit.«

»Ich lass mir ungern einen Maulkorb verpassen.« Zum wiederholten Mal wischte Henning sich die Hände am Frotteestoff seines Handtuchs ab, obwohl sie längst trocken waren.

»Das wissen wir alle. Aber ausnahmsweise musst du dich an das halten, was man dir vorgibt. Wir brauchen dich. Mach es nicht kaputt.«

»Du glaubst mir doch, oder?«

»Ist das eine ernsthafte Frage?« Robert zog die Brauen hoch. »Ich verlasse mich in ganz anderen Situationen auf dich. Natürlich glaube ich dir.« Er streckte sich und versuchte mal wieder, größer zu wirken, als er war. Dennoch überragte Henning ihn um mindestens einen Kopf.

»So eine Sch…, echt.« Henning verschränkte die Hände im Nacken wie ein Gefangener und schloss für einen Moment die Augen. »Es ging alles so schnell.«

»Tja. Meistens haben solche kleinen Idioten Väter, die im Geld schwimmen, und sie haben nie gelernt, was Respekt bedeutet. Ist immer so.«

»Ich weiß, und deshalb hätte ich ihn komplett ignorieren müssen. Ich war zu impulsiv.« Er nahm die Hände wieder runter.

»Es war nur eine Reaktion. Wir wissen ja nicht, wen er unterwegs alles getroffen hat und was er davor oder danach angestellt hat.« Robert neigte den Kopf zur Seite. »Es ist nicht das erste Mal, dass wir so etwas herausfinden müssen. Das ist unser Job.«

»Ich habe jedenfalls nicht zugeschlagen. Das würde ich niemals tun.«

»Natürlich nicht. Du hast ihm höchstens eine Backpfeife verpasst.« Jetzt flüsterte sein Kumpel. »Ja, das war falsch. Aber ich hätte genauso gehandelt.«

»Nein. Ich habe ihn gar nicht angefasst. Wirklich nicht. Der Junge hat auch nicht geblutet. Nichts.«

»Ich weiß ja nicht, was da los war, aber«, Robert hob und senkte die Schultern wie bei einer Aufwärmübung, »wir finden es heraus.«

Und was, wenn nicht, wollte Henning entgegnen, doch sein Freund hinderte ihn mit erhobener Hand am Sprechen.

»Nein, sag nichts mehr. Und nenn ihn nicht immer einen Jungen.« Jetzt wurde Robert doch laut, was so gut wie nie passierte. Aus Verärgerung und Loyalität vielleicht. »Er heißt Magnus und ist zweiundzwanzig Jahre alt. Er ist ein Mann wie du und ich.« Er packte Henning wieder am Arm, fester als zuvor. »Er wusste ganz genau, was er tat, glaub mir.« Eine Frau in engen Sportklamotten ging an ihnen vorbei und hob die Brauen, weshalb Robert ihn losließ.

Wie immer, wenn Tix keinen anderen Ausweg sah, begann er, vor sich hin zu summen. Er hatte sicher etwas mitbekommen, mindestens Roberts abschließenden Monolog. Die meisten Songs, die sein Bruder summte, kannte Henning. Es waren Klassiker der Sechziger- und Siebzigerjahre. Aber diese Melodie war neu.

Roberts angespanntes Stirnrunzeln glättete sich sofort, als er die Töne ebenfalls wahrnahm. Er klopfte Henning wortlos auf die Schulter und marschierte zurück zum Rudergerät, um Tix mit einem High five abzulösen. Als er sein Handtuch auf dem Sitz ausbreitete, sah er noch einmal auf. »Du bist der Beste, Ticki. Lass dir bloß keinen Blödsinn von irgendwem einreden. Hörst du?« Er machte eine bedeutungsschwere Pause und stellte das Gerät auf seine Werte ein. »Es sei denn, es geht um etwas anderes und das Mädchen ist hübsch.«

»Mhm«, grummelte Tix und überlegte. »Ist sie«, erwiderte er schließlich vergnügt.

Henning liebte es, diesen Ausdruck auf dem Gesicht seines Bruders zu sehen. Zu wissen, dass es ihm gut ging, machte sein eigenes Leben so viel besser.

Mila

»Mila, Mila, was ist nur passiert?« Onkel Sebastian schaute ihr über den Rand seines Kaffeebechers in die Augen. Gemeinsam stiegen sie in den leeren Aufzug.

»Ich war zu dieser Genuss-Gala eingeladen und dann ...« Sie spielte an ihrer Handtasche herum. »Den Rest hast du sicher von Dad gehört.«

»Ich wollte nicht unhöflich sein, deshalb habe ich nachgefragt. Aber ja, ich weiß bereits alles von deinem Vater«, gab er zu. Er zog eine Plastikkarte über das Scanfeld und drückte die Eins. »Mach dir keine Sorgen wegen des Brandes. Die neuen Versicherungsverträge sind so aufgebaut, dass man dem Kunden entgegenkommt – besonders in einem Fall wie deinem.« Sie stiegen aus und traten in einen von Neonleuchten erhellten Gang. Vor dem Getränkeautomaten machte er halt. »Nimm dir was. Du wirst es brauchen.«

»Mein Vertrag ist schon ein paar Jahre alt. Ich habe ihn abgeschlossen, als ich das Geschäft eröffnet habe.« Geistesabwesend betätigte sie die Taste für Orangenlimonade, obwohl sie viel lieber Zitrone mochte.

»Mit ›neue Verträge‹ meine ich die Aktualisierung deiner Versicherungspolicen. Oder war in deinem alten Vertrag die grobe Fahrlässigkeit schon mitversichert? Hattest du darauf geachtet?« Sebastian öffnete den Knopf seines perfekt sitzenden Sakkos und steckte eine Hand in die Hosentasche. »Du ... hast doch darauf geachtet, oder?« Für eine Sekunde, in der sie nicht reagierte, hielt er inne. Ein professionelles Lächeln folgte. »Jeder tut das. Du erinnerst dich sicher nur nicht daran. Lies es nach.«

Ein flaues Gefühl machte sich in Milas Magengegend breit, doch sie verdrängte es bis zum Nordpol und lenkte sich mit der brandneuen Umgebung ab. Je tiefer sie in das Großraumbüro hineingelangten, das zusätzlich zwei Eckbüros aus Glas beherbergte, umso mehr Männer und Frauen wuselten um sie herum, trugen Akten und telefonierten mit Headsets. Alle schienen einer wichtigen Aufgabe nachzugehen.

»Luna!«, rief Sebastian in die Menge und setzte einen Blick auf, als hätte er einen Flaschengeist heraufbeschworen. Und: Wow! Eine Art Fee in einem rosafarbenen Tüllkleid trat hervor und steuerte direkt auf sie zu: zart, wasserstoffblonder Pixie-Haarschnitt, Porzellanhaut. In einer Hand balancierte sie eine dünne Papierakte.

»Da bin ich. Sebastian, ich habe hier den Fall Mertens gegen Mertens. Sie erwarten eine dringende Rückmeldung von dir in den nächsten circa zehn Minuten.« Im Gegensatz zu ihrem Aussehen klang sie ziemlich bestimmt. Sebastian nahm ihr die Akte aus den Händen, klappte sie auf und warf ihr einen Blick zu, als verstünden sie sich ohne Worte.

Daraufhin drehte die Schönheit sich zu Mila um. »Hallo, ich bin Luna, Sebastians persönliche Assistentin«, stellte sie sich vor und schenkte ihr das umwerfendste Lächeln, das Mila je gesehen hatte. »Und du musst … warte, ich komm gleich drauf. Sind sicher die Schwangerschaftshormone, die mich so durcheinanderbringen.« Amüsiert tippte sie sich gegen den kaum vorhandenen Bauch. »Mila«, sagte sie dann freudig und strahlte. »Du musst Mila sein.«

Sebastian murmelte etwas halbwegs Entschuldigendes, weil er das Kennenlernen verpasste, überflog die Dokumente und zog sich mit seinem Handy zurück.

»Lieber wäre ich manchmal jemand anderes.« Mila schielte zu ihrem Onkel hinüber. »Aber ja. Ich muss Mila sein.«

»Hier duzen sich alle«, erklärte Luna. »Und entschuldige, wenn ich eben zu direkt war, was mich betrifft.«

»Ach was. Ich finde das sympathisch. Ich bin neu in Hamburg … und nicht schwanger.« Die ungezwungene Art dieser Frau sprang auf sie über. »Dafür aber geschieden.«

»Oh, schön, dich kennenzulernen.« Sie gaben sich die Hand.

»Fall erledigt. Zack, bumm.« Sebastians Präsenz kehrte wie ein Donnerschlag zurück und seine Stimme klang so durchdringend, dass einige Mitarbeiter den Kopf hoben. Er steckte das Handy weg.

»Glück gehabt«, kommentierte Luna anerkennend.

»Du weißt ja, was ich darüber denke. Glück hat man nicht, man sorgt dafür.« Er griff nach einem Stapel Papier, der auf einem hohen Regal lag. »Was ist das denn? Anschreiben an einen unserer Mandanten? Das geht nicht, dass so etwas offen herumliegt. Sieh dir das an, Mila, genau deshalb brauchen wir dich.« Resigniert ließ er die Blätter sinken und trat dicht neben sie. »Also, wann fängst du an? So, wie du angezogen bist, könntest du sofort starten. Du bringst frischen Wind in unser Büro.«

»Das Kleid kommt mir bekannt vor«, rätselte Luna.

»Es ist aus der Boutique nebenan.«

»Ah.« Sie lächelte wissend, doch bevor sie weitersprechen konnte, wurden sie von Sebastian unterbrochen.

»Ab übermorgen, vier Stunden an drei Tagen als Aushilfe?« Er legte die Blätter zurück auf das Regal. »Was hältst du davon? Luna, zeigst du ihr bitte alles? Ich muss noch mal telefonieren. Dringender Call. Sorry«, verabschiedete er sich. »Melde dich, bevor du gehst.«

Das Gebäude hatte insgesamt drei Stockwerke, zwei davon beherbergten die Kanzlei, eins die Cafeteria. Luna führte Mila herum und stellte sie den Mitarbeitenden vor. Sie liefen von einem zum anderen, passierten etliche Glastüren, und die Frau mit den kurzen Haaren plapperte wie ein Wasserfall. »Bei

Wirthz und Partner sind wir absolut transparent. Es gibt keine Geheimnisse. Jeder sieht alles, jeder weiß alles. Das ist unser Erfolgsrezept.« Vor einer Schreibtischbox im zweiten Stock hielt sie abrupt an. »Das ist dein Tanzbereich, wenn ich das richtig mitbekommen habe. Deine Kiste. Meine ist direkt daneben.« Sie deutete auf den Schreibtisch nebenan, vor dem sich ein Bürostuhl und ein Sitz-Gymnastikball befanden. »Super, oder?«

Eigentlich hatte Mila geglaubt, erst in hundert Jahren in einer Kiste zu landen, wenn überhaupt. Der Arbeitsbereich war von Glaswänden umschlossen und erinnerte an den gläsernen Sarg von Schneewittchen. So viel zur Transparenz. Super war das nicht gerade.

»Deine Arbeitszeiten kannst du flexibel gestalten wie wir alle«, führte Luna weiter aus. »Homeoffice ist in deinem Fall nicht möglich, weil die Akten und Kunden hier sind. Wir haben vieles digitalisiert, aber nicht alles.« Sie strich über ihren Bauch, als könnte der weglaufen. »Was machst du eigentlich in Hamburg?«

Mila atmete tief ein und setzte sich auf den Schreibtischstuhl. »Ich habe familiäre Angelegenheiten zu regeln.« Das fasste es wohl am besten zusammen.

»Arbeitest du deshalb bei deinem Onkel?«

»Vielleicht.«

»Wohnst du bei ihm?«

Gott bewahre. Sebastian lebte, soweit Mila wusste, mit seiner dritten Lebensgefährtin seit seiner zweiten gescheiterten Ehe zusammen, und sie hatte kein Interesse daran, diese Abgründe näher zu erkunden. Niemand wusste, wer die Frau an seiner Seite war, aber dass jemand existierte, war so sicher wie die Schiffe, die im Hafen lagen.

»Ich wohne in der Finkenstraße. Ich weiß nicht, ob du die kennst.«

»Ja«, sagte Luna nachdenklich. »Ich kannte mal jemanden, der wohnte auch da. Na ja, kenne ich immer noch. Es ist kompliziert. Bestimmt genauso wie deine Familiensachen.«

»Ich weiß nicht. Ich glaube, viel komplizierter als bei mir gehts nicht.«

»Dann kennst du mein Leben nicht.« Luna setzte sich auf eine Ecke des Schreibtischs und spielte mit den Stiften im Stifthalter herum. »Wie wäre es, wenn wir das morgen Abend bei einem Drink oder einer Pizza besprechen? Und du brauchst Kulis. Du hast nur Bleistifte in deiner Box.«

Sie würde sich wohl daran gewöhnen müssen, dass sie ab heute einen Teil ihrer Zeit wie ein Rennpferd in einer Box verbringen würde.

Die blonde Fee zückte ein Handy mit Glitzerhülle und öffnete das Tastaturfeld. »Deine Nummer? Du kannst mir die Adresse per Nachricht schicken, dann hole ich dich morgen ab. Ich kann mir im Moment alles so schlecht merken.«

Nachdem sie ihre Handynummer diktiert, den PC hochgefahren und Mila sich testweise angemeldet hatte, war sie für heute entlassen. Ihr war gar nicht bewusst gewesen, wie viele verschiedene Funktionen und Programme man in diesem Job nutzen musste. Es würde auf jeden Fall spannend werden.

Anschließend holte sie die schicke Papiertüte in *Cleos Boutique* ab und kaufte gleich noch ein paar Klamotten mehr, um fürs Erste ausgestattet zu sein.

Zurück in der Wohnung stellte sie die große Tüte und ihre Handtasche auf dem Küchentisch ab. Gegen das geschniegelte Büro und Lunas warmen Empfang kam ihr das neue Zuhause schäbig und kalt vor. Das Ehepaar, dem das Gebäude gehört hatte, war in eine altersgerechte Wohnsiedlung gezogen. Milas Vater hatte das Haus so gekauft, wie sie es zurückgelassen hatten. Erfreulicherweise waren die Möbel in der Wohnung nicht völlig unbrauchbar. Es war nur ein wildes Durcheinander verschiedener Holzarten, vorwiegend Eiche rustikal. Wenn wenigstens alles inklusive des Hausflurs freundlicher gestrichen wäre, würde das sofort für mehr Leichtigkeit sorgen – und es wäre ein Gegengewicht zu Fosters dunkler Gothic-Wolke. Der Schrank, den sie im Flur seiner Wohnung hatte aufblitzen sehen, war jedoch – sehr zu ihrer Verwunderung – schneeweiß gewesen.

Wohl oder übel entschied sie sich heute zunächst einmal dafür, es mit Entrümpeln und Säubern zu versuchen. Die – wenn auch gruselige – Tapete mit Vögeln drauf und die rote Chaiselongue besaßen Retro-Flair. Die Fronten der Küche waren in einem neutralen Cremeton gehalten, und für die Zeit, die sie sich in Hamburg aufhalten würde, genügte ihr das.

Irgendwann zeigte die digitale Backofenuhr sechzehn Uhr dreißig an. Sie hatte aufgeräumt, Sachen in den Keller gebracht und den Boden geputzt. Dann hatte sie die Schränke abgestaubt und ausgewischt, ausgeräumt waren sie schon. Per Onlineshopping hatte sie Handtücher und Bettwäsche bestellt, sie konnte ja nicht ewig im Schlafsack nächtigen. Wenn doch nur endlich geklärt wäre, ob und wann das Geld der Kadeka-Versicherung wegen des Brandes eintrudelte. Einerseits verstand sie nicht, was so lange dauerte, andererseits beschlichen sie nicht erst seit dem Vormittag ungemütliche Gefühle bezüglich der Versicherungsleistung. Sie drehte den Wasserhahn auf – kaltes Wasser, etwas weniger orangefarben – und klopfte sich die Hände an der Jeans trocken. Ihr Vater hatte ihr versichert, dass der Hausmeisterdienst, den er eigens engagiert hatte, ab und an das Wasser aufgedreht hätte, um die Bildung von Keimen zu verhindern. Hoffentlich.

Es hämmerte durchs Haus. In ihrem Putzwahn hatte Mila den Nachbarn von oben völlig vergessen. Sie ließ sich auf dem wackeligen Zwei-Mann-Küchentisch nieder und schaukelte vor und zurück. Dann griff sie in die neu gekaufte

Gummibärchentüte, drehte ein Bärchen in der Hand und biss ihm den Kopf ab. Entweder war Foster arbeitslos oder er werkelte tatsächlich an alten Möbeln herum, wie er beteuert hatte. Es hämmerte und hämmerte. Sie beschloss, ihn wegzuatmen, wie sie es in einem Yogakurs gelernt hatte. Ein, aus, ein, aus, ein Gummibärchen in den Mund, ein, aus. Nach dem dreißigsten Gummibärchen stand sie auf und ging ans Fenster. Seit fünfzehn Minuten atmete sie wie eine Verrückte, damit er aus ihrer Wahrnehmung verschwand. Keine Chance. Und nun? Bis eben hatte sie kein einziges Mal aus dem Fenster in den Hinterhof gesehen. Jetzt entdeckte sie dort eine Wiese, Blumen, ein Hochbeet und einen Walnussbaum. Wie hübsch! Hinter dem Haus ließ es sich mit Sicherheit befreiter meditieren. Blitzschnell griff sie nach dem Schlüssel und verließ die Wohnung. Den Kellerzugang kannte sie bereits von ihrer Räumaktion. Ein schmaler Korridor führte vorbei an zwei abschließbaren Kellerverschlägen mit Raumtrenngittern, wovon in einem ein Mountainbike an der Wand hing. Am Ende des Gangs gab es eine Werkbank, Säcke mit Blumenerde und Flaschen mit Düngemittel. Sicher vom Hausmeister.

Eine schwere Klimatür brachte sie nach draußen. Drei Treppenstufen hoch und sie befand sich auf der Wiese. Der kleine Garten und der ausladende Walnussbaum, unter dem eine Holzbank stand, waren im Gegensatz zu allem anderen ein Grund, sich wohlzufühlen. Im Hochbeet deutete eine ganze Reihe Gartenkräuter darauf hin, dass jemand gern kochte. Sie wischte über die Bank und setzte sich. Das morsche Holz war an einigen Stellen aufgeplatzt, was den eingeschnitzten Herzchen in der Rückenlehne nichts ausmachte.

Das Klingeln ihres Handys unterbrach den besinnlichen Moment. Fast zeitgleich hörte das Hämmern aus dem ersten Stock auf. Ironie des Schicksals.

»Hallo, Lieblingstochter.« Sie war seine einzige Tochter, wenn auch nicht sein einziges Kind. »Keine Sorge, ich rufe dich nicht jeden Tag an, aber ich mache mir Gedanken und wollte hören, wie es bei dir läuft.«

»Ganz okay, Dad. Sebastian hat mir eine Aushilfsstelle angeboten und ich habe die Wohnung entrümpelt. Teilweise.«

»Du klingst besser als gestern. Gefällt es dir in Hummel-Hummel?«

»Ehrlich gesagt …« Sie war es nicht gewohnt, offene Gespräche mit ihrem Vater zu führen. Tatsächlich telefonierte sie erst seit dem Brand häufiger mit ihm, oder besser, er mit ihr. »Ich möchte baldmöglichst wieder zurück nach München. Allein diese Bürokisten in Sebastians Kanzlei … die sind so beklemmend.« Sie knickte einen Holzspan um, der sich aus der Bank nach oben bog, und bemerkte dabei, dass es an der Zeit war, den rosa Lack von ihren Fingernägeln zu entfernen. »Ich glaube, das ist hier nichts für mich.«

»Sooo super war es in München zuletzt für dich auch nicht.«

Sie hielt sich mit einer Antwort zurück. Was wusste er schon? Das *180 Grad* war lukrativ gewesen, sie hatte Routine gehabt, kreative Freiheit, Freunde und ein geregeltes Leben. Er kannte sie gar nicht. Aber er bemühte sich, zumindest mehr als sonst.

»Schade. Ich hätte dir das Haus gern gegeben.« Es klang, als wäre er unsicher, ob er das Richtige sagte.

Mila fragte sich hingegen, ob sie ihn richtig verstanden hatte. Welches Haus? »Wovon redest du?«

»Von dem Haus in der Finkenstraße. Ich hätte es dir gern überlassen, aber egal.« Er räusperte sich und es entstand eine längere Pause.

Mila schluckte. »Du … du möchtest mir ein Haus schenken? Einfach so?«

»Natürlich …« Er war Peter Wirthz, Inhaber eines internationalen Unternehmens für Backwaren. »Natürlich nicht einfach so. Das wäre ja Wahnsinn, Mila. Wir sprechen nicht von einem grünen Monopoly-Haus. Du darfst es behalten, wenn du es innerhalb eines Monats renovierst und dir eine neue Existenzgrundlage schaffst. Ich biete dir sozusagen die Chance auf einen Neuanfang. Ich möchte, dass du glücklich bist. Nicht für fünf Minuten, sondern für immer.«

»Aber«, Mila brachte kaum einen Ton heraus, »ein Monat ist Wahnsinn für eine Renovierung, Dad. Kompletter Wahnsinn. Das sind ja nur dreißig Tage.«

»Es ist leider die einzige Möglichkeit. Genau genommen habe ich sogar nur achtundzwanzig Tage Zeit, um von dem Vorab-Kaufvertrag zurückzutreten. Ich habe standardmäßig eine Rücktrittsklausel inklusive Frist in all meinen Vorab-Immobilienverträgen. In achtundzwanzig Tagen läuft die Frist ab. Bis dahin kööönnte ich also offiziell zurücktreten.« Er zog das Ö wie Kaugummi in die Länge, während er wohl in den Werkhallen seines Betriebs herumlief. Sie hörte die Maschinen im Hintergrund rattern. »Ich müsste nur die Rücktrittskosten übernehmen. Das Haus wäre dann wieder in meinem Besitz bzw.«, er sagte wirklich b-z-w-Punkt für beziehungsweise, »in deinem. Es ist ein Angebot, Mila. Mehr nicht. On top würde ich dir ein kleines Renovierungsbudget zur Verfügung stellen.«

Was redete er da? Als Kind hatte sie ungern ihre Hausaufgaben erledigt, hatte sich auch nicht mit Geld, Süßigkeiten oder lobenden Worten bestechen lassen. Vorgaben und Regeln mochte sie genauso wenig wie Rosenkohl und Spinat, aber das konnte Dad ja nicht wissen. Mit ihrer frei denkenden Einstellung hatte sie in München im Erfolg gebadet und nie jemanden verletzt oder gar verloren. Das hatte sich fatalerweise geändert.

»Nur zur Info, ich investiere immer in den höchsten Versicherungsschutz und erneuere meine Policen natürlich auch, wenn nötig«, fügte er hinzu.

»Warum sagst du das jetzt?«

»Sebastian hat angedeutet, dass du komisch auf das Thema reagiert hast. Ja, ich habe schon mit ihm gesprochen. Aber das ist nicht der alleinige Grund. Du bist meine einzige Tochter. Es wäre schön, wenn das Gründerzeithaus unser Herzensprojekt sein könnte, auch wenn du es dir erarbeitest.«

Sie sagte nichts, weshalb er wieder das Wort ergriff. Stille hielt er anscheinend nur schwer aus. »Nostalgischer Unsinn, ich weiß.«

Mila dachte nach. In ihrer misslichen Lage war es eine großzügige Offerte, die sich jedoch aus irgendeinem Grund wie eine eiskalte Pistole auf ihrer Brust anfühlte. Für den großen Wirthz war sie doch nur die kleine Chaotin, die er quasi in einer Tombola gewonnen hatte. Eher der Trostpreis als der Hauptgewinn. Die verloren geglaubte Tochter, die nicht danach gefragt hatte, ob sie heimkehren durfte.

Das Gebäude innerhalb eines Wimpernschlags in ein Schmuckstück zu verwandeln und gleichzeitig eine neue Existenz aufzubauen, war wirklich unmöglich – für jeden. Allein die Sache mit dem kalten Wasser, den Fliesen und dem Flur. Der Keller schien feucht zu sein. Wie stand es um die Bausubstanz? Den Geschäftsbereich? Es würde sie Kraft kosten, die sie nicht hatte. Geld für die Renovierung hatte sie genauso wenig, je nachdem, wie der Versicherungsfall ausginge. Außerdem hatte sie keine Idee für ein neues Geschäftsmodell. Und was um alles in der Welt sollte sie mit einem Haus in Hamburg, das zudem von einem lärmenden Griesgram bewohnt wurde?

»Nein!«

»Mila, es ist ein wertvolles Objekt in einem Topviertel«, startete er einen bescheidenen Überzeugungsversuch.

Mit einem deutlicheren Nein nahm sie ihm den Wind aus den Segeln. »Ich möchte es nicht. Auf keinen Fall. Ich erhole mich hier, lerne neue Leute kennen und helfe Sebastian. Sobald die Versicherung die Schadenssumme erstattet hat, bin ich wieder in München und baue dort mein Geschäft neu auf.«

Jetzt kam kein Stöhnen mehr, sondern ein resignierter Seufzer. »In Ordnung. Wie du meinst. Dann kann der neue Käufer, dieser Herr König, ja zwischendurch schon ein paar Messungen vornehmen.«

»Logo.« Sie stand auf und ging auf das Hochbeet zu. »Er wird seine helle Freude am Garten haben: die Blumen, die Bäume, der Schnittlauch.« Sie las die Kräuternamen auf den kleinen Schiefertäfelchen und wunderte sich, wie viel Liebe in diesen Details steckte. »Er ist märchenhaft.«

»Dann scheint der Hausmeisterservice ja doch für etwas gut zu sein. Bei Foster klang das immer so, als ob die Jungs vom Service unzuverlässig sind.«

»Das glaub ich dir.« Foster hatte sicher weder Sinn für Menschen noch für Pflanzen, wenn überhaupt konnte sie sich bei ihm höchstens pechschwarze Tulpen vorstellen. »Entschuldige, Dad. Dein Angebot ist so großzügig und selbstlos. Sei mir bitte nicht böse, dass ich es nicht annehme.«

»Ach, es war ja nur ein Hirngespinst.« Aber es klang so, als hätte sie ihn mit ihrer Absage zutiefst enttäuscht.

Kein schönes Gefühl.

DAS ANGEBOT

Mila

Früher hätte Mila sein Angebot als Herausforderung angesehen. Und sie musste zugeben, dass sie darüber nachgedacht hatte, es doch anzunehmen. Den ganzen Abend und
den halben Vormittag. Sogar beim Einkaufen war es ihr nicht
aus dem Kopf gegangen. Nicht, weil sie das Haus so über-
ragend fand, sondern weil sie in München nicht wusste, wo
sie anfangen sollte. Nachdem das Gebäude ausgebrannt war,
hatte sie sich darum gekümmert, es abzusichern, denn die
kläglichen Überreste waren statisch gesehen nicht länger tra-
gend. Vorübergehend war Mila dann zu einer Freundin gezogen, und auch ihre langjährige Mieterin Frau Schmitz hatte
sich eine neue Bleibe suchen müssen. Es war zum Heulen.
Die beiden teuren Küchenmaschinen, die Brokattischdecken
und das Designergeschirr, die letzten Anschaffungen für ihren
kleinen Laden, das *180 Grad* – das alles gab es nicht mehr.
Dafür jede Menge Ausgaben: Innerhalb kürzester Zeit hatten
die Kosten für die sogenannte Verkehrssicherungspflicht –
ein kompliziertes Wort, das sie vorher nie gehört hatte – ihre
gesamten Ersparnisse verschlungen. Und die Versicherung
hatte ihr bisher lediglich zugesagt, den Versicherungsschutz zu

prüfen. Mehr war in den letzten zwei Wochen nicht passiert. Ach doch, sie hatte einen potenziellen Käufer in petto, der ihr einen Spottpreis für das Grundstück in dem Münchener Stadtteil in Aussicht gestellt hatte. So oder so, wenn die Versicherungsgesellschaft den Schaden nicht übernahm, war sie arm wie eine Kirchenmaus. Ende, aus, pleite.

Beklommen stellte sie die restlichen Einkäufe in den altertümlichen Kühlschrank, der sich anhörte wie eine Mikrowelle kurz vor der Explosion. Auch wenn das Mobiliar sehr altbacken daherkam, war die voll ausgestattete Wohnung in Hamburg ein Segen.

Und trotzdem gelangte sie nach all den Überlegungen immer wieder zu demselben Ergebnis: Weder wollte sie in dieser Stadt alt werden, noch von ihrem leiblichen Vater abhängig sein. Einerseits konnte er nichts dafür, dass sie all die Jahre keinen Kontakt gehabt hatten. Es war die Entscheidung ihrer Mutter gewesen, die damalige Affäre niemals offiziell zu machen. Das hatte Dad ihr zumindest so erklärt und ihr Onkel hatte es bestätigt. Folglich hatte Mila nichts von ihrem leiblichen Vater gewusst, und dann hatte sie nicht mehr die Gelegenheit gehabt, mit ihren Eltern darüber zu sprechen, weil sie einfach so gegangen waren. Andererseits ... hätte Peter Wirthz sich früher für den Verbleib seiner Tochter interessiert, wenn er sich gemeldet hätte, dann wäre es nicht so lange ein Geheimnis gewesen. Doch er hatte es nie versucht. Wie dem auch sei, jetzt brauchte sie seine Hilfe auch nicht mehr, egal, wie mittellos sie in Zukunft wäre. Sie schniefte. Das Leben hatte ihr beigebracht, dass Eigenständigkeit und Unabhängigkeit wichtig waren. Das würde sie nicht wegen eines kleinen Vorfalls aufgeben. Okay, eines ziemlich großen Vorfalls.

Eines riesigen Vorfalls.

Henning

Welchen Blödsinn hatte sich die Neue nun wieder ausgedacht? Henning sah durch die Scheiben von Timurs ehemaligem Gemüseladen, wie sie in dem leer stehenden Raum im Kreis tigerte. Er nahm die Post aus dem Briefkasten, sprang die ersten vier Stufen hoch, hielt auf der fünften inne und fühlte sich dann doch genötigt, ihr Gesellschaft zu leisten. Sie war ihm total egal, es war einzig und allein seinem überbordenden Helfersyndrom geschuldet, mit dem ihn die Kollegen immer aufzogen. Stöhnend stieg er die Treppenstufen wieder hinunter und öffnete langsam die Tür zum Verkaufsraum.

»Wenn Sie so weitermachen, haben Sie gleich einen Drehwurm«, sagte er, weil sie nicht die Absicht zu haben schien, anzuhalten. »Oder Sie schrauben sich kilometertief in die Erde.«

Sie zuckte zusammen, weil er sie angesprochen hatte, schaute ihm kurz in die Augen und wandte sich dann wieder ab. »Man könnte so viel hieraus machen.«

Er beobachtete, wie sie hinter den ehemaligen Verkaufstresen trat und den Staub von der Platte blies. Sie hatte ja wohl hoffentlich nicht vor, sich hier einzunisten. Mit den Fingernägeln, die nicht mehr bunt angemalt waren, knibbelte sie so etwas wie harten Flüssigkleber von der Holzfläche, vielleicht auch getrocknetes Harz.

»Passen Sie auf, das ist …«

»Verdammt«, fluchte sie gar nicht damenhaft und starrte entsetzt auf ihren Daumen.

Er hätte gern die Augen verdreht, aber er hielt sich zurück. »Ich wollte Ihnen sagen, dass es exotisches Holz ist und ziemlich marode.«

»Warum haben Sie es dann nicht gesagt?«, fauchte sie trotzig. Mit der freien Hand fummelte sie an ihrer Fingerkuppe herum. »Wissen Sie eigentlich, was alles passieren kann, wenn sich so etwas entzündet?«

»Nein. Aber Sie bestimmt.« Wäre er doch bloß nicht in diesen Raum gegangen.

»Ich bekomme das nicht raus«, sagte sie panisch. »O Gott, exotisches Holz! Was denken Sie? Muss ich ins Krankenhaus?«

»Nein.«

»Sie sind ja eine echte Hilfe«, zischte sie.

»Haben Sie eine Pinzette?« Er hatte seinem Bruder schon gefühlt tausendmal geholfen, einen Splitter zu entfernen, aber noch nie einer hysterischen Frau, die zwischen Ohnmacht und Erschütterung schwankte.

»Dieser blöde Tisch, diese blöde Platte und das ganze Haus. Ich habe natürlich keine Pinzette in der Hosentasche, Sie Scherzkeks. Morgen reise ich wieder ab.«

Er hatte es gewusst: Sie würde es hier nicht lange aushalten. »Alles klar. Soll ich Ihnen nun zur Hand gehen oder nicht?«

»Zur Hand?« Sie starrte ihn an, als hätte er gerade den schlechtesten Witz aller Zeiten gerissen. »Nein, danke.« Ihre Augen funkelten, ihre Haltung hatte etwas Schmerzerfülltes.

Meinte sie Nein oder war das ein verkapptes Ja und der schwache Versuch, ihre Contenance zu wahren? Bei der Frau brauchte man mindestens einen Doktortitel in Psychologie. »Lassen Sie mal sehen.«

Sie presste die Lippen zusammen. Es ärgerte sie offenbar mehr, dass sie in seiner Gegenwart Gefühlsregungen zeigte, als der Schmerz an sich. »Was wollen Sie denn tun?«

»Wollen ist relativ. Ihnen den Holzsplitter aus dem Finger ziehen«, erklärte er sanfter, als sie es verdiente, und trat auf sie zu. Er hielt die Hand auf, in die sie ihre nicht legen wollte. Eigensinnig hob sie nur den Daumen in die Höhe.

»Zu weit weg.« Er packte sie vorsichtig am Handgelenk und drehte es mit einem gekonnten Griff so, dass er die betroffene

57

Stelle unter die Lupe nehmen konnte. Dabei nahm er den Geruch ihres Parfums wahr – angenehm, zimtig. Er mochte es.

»Bisher dachte ich, Sie würden heimlich in einer Rockband singen. Auf Notfallsanitäter bin ich nicht gekommen.«

Ihre zittrige Hand beruhigte sich, je länger sie in seiner lag. Ihre Blicke trafen sich, sie wich ihm aus und musterte die Schachbrettfliesen, als suchte sie nach einer verlorenen Haarnadel.

»Ich brauche eine Pinzette.« Er quetschte die Haut an der Fingerkuppe zusammen. Das würde schnell erledigt sein, der Splitter saß nicht tief drin.

»Okay.«

Keine Widerworte von ihr? Sie entzog sich ihm und ging aus dem Raum. Zwei Minuten später war sie wieder da und hatte ein Schminktäschchen im Tigermuster dabei. Er war eigentlich der Meinung, dass es ausschließlich Tieren gebührte, diese Muster zu tragen, nicht einer Plastiktasche. Na ja. Sie reichte ihm die Pinzette und, ohne zu zögern, auch wieder ihre Hand. Vertraute sie ihm plötzlich? Mit Bedacht setzte er die Enden an ihre Haut.

Sie fing an, sich zu bewegen und hektisch draufloszureden. »Vielleicht plaudern wir vorher ein bisschen? Nicht, dass ich Angst hätte zu sterben oder so. Aber wir kennen uns gar nicht.« Sie trat von einem Bein auf das andere.

»Sie müssen schon stillhalten«, maßregelte er sie so einfühlsam wie möglich. »Bei Ihrem Gezappel kann ich den Splitter nie im Leben entfernen.« Es gefiel ihm, dass sie sich daraufhin kerzengerade hinstellte und den Daumen so drehte, dass er besseren Zugriff hatte. »Mutig«, kommentierte er deshalb. Fragend hob sie eine Braue, als sei sie kein Lob gewohnt.

»Ich weiß ja nicht, ob das Ihr Privatvergnügen ist, was Sie da mit den Möbeln machen. Aber so richtig viel Engagement sehe ich bei Ihnen nicht. Sie sind ja ständig unterwegs.«

Er versuchte sachte, die Haut ein wenig einzureißen. Sie hatte recht. Heute Morgen war er in Tix' Schule gewesen, um sich zu vergewissern, dass sein Förderschulabschluss nicht gefährdet war. Seine Mutter hatte ihn gebeten, das Gespräch an ihrer Stelle zu führen. Tix hatte einmal wiederholt, aber dieses Mal, da waren sich alle einig, würde er es schaffen. »Sie stalken mich also doch.«

»Nein, kein Interesse.« Im Hohlkreuz lehnte sie sich gegen den Tresen und drückte die Brust raus. *Heißes Kleid!* »Stalkerinnen sind besessen von jemandem«, fuhr sie fort und war sich ihrer aufreizenden Wirkung offenbar nicht bewusst.

»Ich bin nicht besessen von Ihnen.«

»Na dann.« Umso besser. Jedwede Eskapaden mit Mila Winter waren ohnehin undenkbar, obwohl sie ihn auf eine unanständige Art reizte. Doch die Hypochonderin lebte mit ihm unter einem Dach. Und: Sie hatte einen gewaltigen Knall. Im Bett war sie sicher total zurückhaltend. Gut, das mit dem Bett hatte er nicht denken wollen. Es war nur das Erstbeste, was ihm in den Sinn kam. Vielleicht nicht das Beste, aber das Erste. *Mein Gott, Henning.* Er schüttelte den Kopf.

»Was ist? Wie lange dauert das?« Sie hielt den Daumen nah vor ihre Augen, dabei war noch gar nichts passiert. »Oje, ich glaube, Sie haben ihn tiefer in die Haut gedrückt.«

Er wusste, dass sie das sagen würde. So was von sonnenklar. Er griff wieder nach ihrer Hand. Natürlich könnte er sie jetzt zappeln lassen, aber das wäre unmoralisch. Außerdem hatte er keine Lust mehr auf das Gezeter wegen eines Holzstückchens, das sich morgen oder übermorgen sowieso von selbst gelöst hätte. »Singen Sie ein Lied. Oder zählen Sie Schafe. Ganz egal, was Sie tun – in zwei Sekunden ist der Spuk vorbei.«

Und dann tat sie etwas Sonderbares. »Habe nun, ach! Philosophie, Juristerei und Medizin und leider auch Theologie durchaus studiert, mit heißem Bemühn. Da steh ich nun, ich armer Tor, und bin so klug als wie zuvor«, trug sie mit einer Hand über den Augen vor. Sie setzte die Betonungen genau an den richtigen Stellen, sprach in mäßigem Tempo und in einer lieblichen Tonlage. Er hätte ihr ewig zuhören können und sich fast in ihren Worten verloren. Bei »Medizin« hielt er bereits den Splitter zwischen den Spitzen der Pinzette, ohne sie zu informieren. Sie hatte es nicht gemerkt, keinen Schmerz empfunden, weshalb er ihre Hand weiterhin gehalten hatte, bis zum Ende.

»Goethes Faust?« Er ließ sie abrupt los und strich das winzige Holzstückchen an seiner Jeanshose ab.

»Ich bin beeindruckt. Danke.« Mit einem Strahlen im Gesicht begutachtete sie ihren Finger. »Mussten Sie früher in der Schule keine Textpassagen auswendig lernen? Lenkt von unnötigen Empfindungen ab, weil der Kopf damit beschäftigt ist, die richtigen Worte zu finden.«

»Klingt eher so, als würden Sie vor Ihren Gefühlen flüchten. Warum?« Wie konnte man Kunst nur derart zweckentfremden? Es gab anderes, das ihn deutlich mehr ablenkte – ihre Brüste in dem Kleid zum Beispiel oder die Vorladung des Gerichts, die er mit der restlichen Post auf dem Tresen abgelegt hatte. Er schob den Katalog eines Sportbekleidungsherstellers über das Schreiben. »Wissen Sie, was das Schöne gerade an schlechten Gefühlen ist?«

Sie zuckte mit den Schultern »Nein.«

»Sie lügen nie.«

Nachdenklich ging sie zu dem großen Fenster und kippte es prüfend. Straßenlärm drang nach drinnen. »Ja, vielleicht.«

Er wusste nicht, ob er erwartet hatte, dass sie ihm aus lauter Dankbarkeit um den Hals fallen oder die Konversation vertiefen würde – nicht erwartet hatte er jedenfalls, dass sie einen Zollstock aus der Tasche zog und das Fensterglas ausmaß.

Sein Handy klingelte. Es war seine Mutter. Keine Frage, er musste rangehen, sie rief nie grundlos an. Er zog sich in eine

Ecke des Raumes zurück, damit die Neue ihn nicht belauschte. Das war allerdings ohnehin unwahrscheinlich, sie lief nämlich am Fenster auf und ab und zog ebenfalls das Smartphone hervor, um … Fotos zu schießen? *Klick. Klick.* Sie knipste Teile des Fensterrahmens. Okay … Vielleicht knipste sie gleich noch die Staubkörner auf dem Boden. Er beschloss, gar nicht erst darüber nachzudenken, an wen sie diesen brüchigen Holzausschnitt per Messenger schicken würde. *Klick.* Es fiel ihm dennoch schwer, sie auszublenden, und noch schwerer, ihr nicht das Handy aus der Hand zu reißen und gegen die Wand zu pfeffern. Angespannt drehte er sich weg und nahm den Anruf entgegen. »Alles okay bei euch?«

»Tix hat eine kleine Krise, Henning.« Er hörte seiner Mutter an, dass heute einer dieser Tage war, an denen sie verzweifelte, was sie einem Fremden gegenüber niemals zugeben würde. Sie hatte im Vergleich zu anderen Familien mit Downsyndrom-Kindern wenige Momente wie diese. Aber es gab sie, die schattigen Seiten. *Man kann nicht immer in der Sonne stehen*, so bezeichnete sie diese Phasen bis heute. »Könntest du zu uns kommen?«, fragte sie zaghaft. »Tut mir leid, wenn ich dich damit belaste.«

Was maß Mila Winter denn da mit dem Zollstock an der Wand? Es war ein Fehler, sich wieder zu ihr umzudrehen. Sie klappte den Zollstock ein und durchschritt den Raum wie ein Soldat. »Ich melde mich, wenn ich losfahre, okay, Mom?« Er würde das Auto noch einmal anwerfen und nach Osdorf fahren. Sei's drum. »Bis nachher.«

Bedächtig steckte er das Telefon weg und sammelte seine Post vom Tresen. »Jetzt mal ehrlich: Sie wuseln durchs Haus wie ein Architekt und können doch eh nicht bleiben, weil es verkauft ist. Was tun Sie dann hier?«

»Zacharias König hat es gekauft.« Sie setzte sich auf die breite Fensterbank. »Ich kenne den Mann nicht, aber mein

Vater sagt, er besitzt einige Immobilien in Hamburg. Ein sogenannter dicker Fisch.«

»Eher ein Rhinozeros. Zacharias König hat überall seine Finger im Spiel. Er verfügt über Immobilien, Autos, Jachten, Restaurants. Er kauft alles, was er haben will. Und er macht jeden platt, der sich ihm in den Weg stellt. Ich mag diesen Mann nicht.« Am liebsten hätte er mit dem Fuß gegen die Wand getreten oder die Faust zum Einsatz kommen lassen. Stattdessen biss er sich auf die Unterlippe, um die Worte, die gegen seine Zähne drückten, zurückzuhalten.

»In Ihrer Situation könnte ich ihn auch nicht leiden.« Sie sah ihn mit ihren großen Rehaugen unschuldig an.

Wie meinte sie das?

»Weil Sie seinetwegen Ihre Wohnung verlieren, meine ich«, vollendete sie ihren Satz. »Haben Sie schon eine neue gefunden?«

»Ach so, nein.« Die Anspannung in seinen Schulterblättern löste sich, er durchforstete die Post und lehnte sich in der Pose eines Mannes, der sich keine Sorgen machte, in den Türrahmen. »Es ist schwierig, in Hamburg etwas Brauchbares aufzutreiben, und die Mietpreise haben sich gewaschen, aber das wird schon.«

»Ich kenne mich damit nicht aus.« Sie verschränkte die Arme eng vor ihrer Brust. »Ich entspanne hier nur.«

»Sie sehen aber nicht besonders relaxed aus.«

»Ja.« Sie seufzte. »Ich bleibe nicht lange, hoffe ich.«

»Wollten Sie nicht morgen abreisen?«

»Am liebsten.« Sie klappte ein Teilstück des Zollstocks mehrfach ein und wieder aus, was ein klackerndes Geräusch produzierte, das in dem leeren Raum widerhallte. »Andererseits …« Noch geräuschvoller schloss sie das Fenster hinter sich. Anschließend fuhr sie mit dem Zeigefinger über das Glas. Eine klare Linie erschien in dem Film aus Staub und Dreck. Sie bemerkte es und fügte weitere Linien an, die zu einem Stern verschmolzen. »Café Sternschanze«, wisperte sie. »Das hier könnte ein tolles Café werden.«

»Nein.« In wenigen Schritten war er bei ihr und zog mit seinem Finger ein Quadrat um den Himmelskörper. Er war nie ein bemerkenswerter Zeichenkünstler gewesen, seine Talente lagen in der Arbeit mit Holz, in der schweren Ermittlung und im Sport.

»Ein Stern in einem Karton?« Ihre Mundwinkel hoben sich. »Hübsch, aber was bedeutet das, Picasso?«

»Ganz einfach. Schanzen-Möbel. Ein Möbelgeschäft für restauriertes Shabby-Chic-Mobiliar.«

Jetzt brach sie in ein Lachen aus, das den ganzen Raum mit einem Schlag erhellte. »Ihre Möbel und meine Kuchen sind so klischeehaft. Davon gibt es wirklich genug, oder? Wir müssen uns etwas Besseres einfallen lassen, wenn wir erfolgreich sein wollen.«

»Es ist erfrischend, Sie zur Abwechslung lachen zu sehen.« *Und faszinierend.* Er betrachtete sie, dann riss er sich zusammen und fiel zurück in den Umgangston, den sie von ihm gewohnt war. »Weil Sie ja sonst eher zickig sind.« Seine Schultern verspannten sich wieder und er wanderte in Richtung Ausgang.

»Danke, dass Sie mich in letzter Sekunde an den Freak in Ihnen erinnert haben. Ich hätte dem Notfallsanitäter fast mein Herz ausgeschüttet.«

»Sagt die Frau, die vorhin beinahe an einem Holzsplitter krepiert wäre.« *Sei lieb, Henning.* Er verkniff sich eine zusätzliche Bemerkung. »Sie können jederzeit mit mir reden, wenn Sie wollen«, bot er ruhig an. »Sie wissen ja, wo ich wohne. Ich bin ein guter Zuhörer.« Er schaute ihr in die Augen und hoffte, sie würde verstehen, dass er es ernst meinte. Wenn er sich nicht täuschte, hatte sie nicht weniger als ein zartes Lächeln auf den Lippen, als er ging.

Mila

Kaum, dass er fort war, schickte Mila sich wieder an, Kreise im Raum zu drehen. So konnte sie immer am besten nachdenken. Sie wartete darauf, dass seine Wohnungstür zuschlug und die Musik einsetzte. Sie musste zugeben, dass Foster sich bei der Splittersache wie ein Fels in der Brandung verhalten hatte, wohingegen ihr Ex-Mann es grundsätzlich vorgezogen hatte, den Kopf in den Sand zu stecken, egal, um was es ging. Wie die meisten Männer, die Mila kennengelernt hatte. Vielleicht lag es an ihr. Vielleicht war sie zu dominant, zu tatkräftig. Aber dieser Kerl ließ es nicht zu, dass sie sich überlegen fühlte. Im Gegenteil. Foster verleitete sie dazu, ihre Schwächen zuzulassen. Instinktiv hatte sie eben keine Veranlassung gesehen, ihre schwache Seite vor ihm zu verbergen.

Mila schlenderte zur elektrischen Heizung auf der linken Außenseite des Raumes, betätigte den Drehknopf und stellte fest, dass sich nichts tat. Sie funktionierte nicht.

Die Musik von oben setzte ebenfalls nicht ein und damit auch nicht die vertraute Feindseligkeit. Stattdessen klingelte ihr Handy, und in der Hoffnung, es könnte endlich die Kadeka-Versicherung sein, zog sie es schnell hervor. Aber es war nur die Nummer ihres Vaters, wieder einmal.

»Dad, ich hab dir doch gestern bereits mitgeteilt, dass ich dein Angebot nicht annehmen kann.«

»Entschuldigung, aber ich bins«, flüsterte eine weibliche Stimme, die sie seit Ewigkeiten nicht mehr gehört hatte – so verhalten, dass Mila die Lautstärke ihres Telefons höher stellen musste. »Ich hatte deine Nummer nicht, deshalb habe ich sein Handy genommen. Ihr hattet telefoniert und er redet seit Tagen von nichts anderem mehr als von dir.«

Rachel, Dads Frau. Es war ungewöhnlich, dass sie anrief. Mila wusste gar nicht, wann sie das letzte Mal mit ihr gesprochen hatte.

Aufgrund der Zeitverschiebung von sechs Stunden musste es in Hazelwood im Staate Delaware später Vormittag sein. Normalerweise war Rachel mit ihrer Föhnwelle um diese Zeit entweder in einem Fitnesskurs, bei ihrer Kosmetikerin oder beim Einkaufen. Ein Schluchzen am anderen Ende der Leitung vereitelte alle Überlegungen. »Ist etwas passiert, Rachel?«

»Dein Vater ...«, presste die Frauenstimme heraus. In dem leeren Ex-Gemüseladen gab es keine Sitzgelegenheit, weshalb Mila sich mit dem Rücken zur Wand auf den Boden setzte. »Er ...«

»Rachel, sprich bitte weiter.« Das Gestammel machte Mila nervös. Sie wippte mit dem angewinkelten Bein hin und her. »Hatte Dad einen Unfall? Wo ist er? Gib ihn mir bitte.«

»Peter ist mit dem Krankenwagen ins Krankenhaus eingeliefert worden«, sprudelte es endlich aus Rachel heraus. »Er hatte einen kleinen Schlaganfall, vermuten die Ärzte. Der Mundwinkel hing plötzlich so komisch und seine Aussprache war ganz verwaschen. Wir waren zusammen in der Firma. Ich habe direkt den Notruf gewählt.«

»O mein Gott!« Mila winkelte das zweite Bein an und federte mit beiden Knien gegeneinander. Sie schloss die Augen. »Und jetzt?«

»Jetzt? Ich weiß es nicht ... ich weiß es einfach nicht.« Rachels Stimme zitterte. »Mila, ich verstehe das nicht. Er war doch kerngesund. Wie konnte das nur passieren?«

Mila fiel die Konversation von gestern Nachmittag ein, ihr deutliches Nein, seine Enttäuschung. »Was sagen die Ärzte?« *Bitte, bitte, sag, dass es ihm gut geht.*

Nun weinte Rachel, und Mila wurde schmerzlich bewusst, dass sie die Frau, die am anderen Ende der Welt in ein Taschentuch schnäuzte, kaum kannte. »Er liegt auf der Intensivstation und hat Medikamente bekommen. Die Symptome haben sich zurückgebildet. Der Arzt, der das MRT begutachtet hat, meinte, es sei mehr als knapp gewesen. Dein Vater übernimmt sich oft.«

Sie war die schlechteste Tochter auf dem Planeten. Milas Magen zog sich krampfartig zusammen und sie fühlte sich hundeelend. Hätte es ihr gestern auffallen müssen? »Wird er wieder gesund?«

»Peter lässt sich nicht unterkriegen.« Trotz aller Sorge klang ihre Stiefmutter plötzlich zuversichtlich, als könnte eine andere Haltung die Situation verändern. »Wir denken positiv, immer positiv.«

»Kann ich von hier aus etwas tun?«

»Du bedeutest ihm viel, Mila. Ich möchte, dass du das weißt.«

Als sie irgendwann auflegten, dämmerte es bereits. Wie versteinert blieb Mila mit dem Handy in der Hand auf dem Fußboden sitzen. Es war still, selbst die Autos in der Finkenstraße hörte sie kaum. Kein schräger Männergesang von oben. Sie war allein. Mit dem Saum ihres Shirts tupfte sie sich die Wangen ab. Ihre Jeans war am Hosenboden verschmutzt, ihr Make-up verwischt. Sie war fix und fertig. Benommen stand sie auf und ging in ihre Wohnung, wo das Handy erneut vibrierte.

Eine Nachricht, dieses Mal von Luna. Die Verabredung mit der Kollegin hatte Mila total vergessen. Sie schaute in den länglichen Flurspiegel, der von altertümlichem Holz eingerahmt war – Eiche, so wie alles hier Eiche war. Sie würde eine ganze Flasche Concealer gegen diese Augenringe benötigen. War sie überhaupt in der Lage, locker mit einer Bekannten zu plaudern?

Hey, du hast mir deine Adresse nicht geschickt. Ich hole dich um sieben Uhr ab, wenn dir das passt. Wo?

Finkenstraße, tippte sie in ihr Handy und begutachtete die zerlaufene Wimperntusche. Dad würde wollen, dass sie sich einlebte. Nummer 27.

Tatsächlich?, schrieb Luna zurück. Ich freue mich.

Bestimmt war die Kanzlei-Fee durchgehend bester Laune, hatte einen zauberhaften Freund und eine riesige Familie, die sie in der Schwangerschaft unterstützte. Mila wünschte es ihr.

Henning

»Ich will so sein wie die anderen. Und ich will eine ...« – Tix hatte die Tränen hinuntergeschluckt, schwer geatmet und es dann doch herausgeschrien – »... eine richtige Freundin.« Seine grünen Augen schimmerten wässrig.

Ihre Mutter saß am Küchentisch, die Hände ineinander verhakt, die Brille in ihre dichte Lockenmähne geschoben. Sie seufzte. Es gab nicht viele Frauen in ihrem Alter, die problemlos lange Haare tragen konnten, graue lange Haare. »Komm zu mir«, sagte sie mit warmer Stimme, aber Tix hatte keine Lust, sich wie sonst von ihr beruhigen zu lassen. Er hatte einen Wunsch, und den konnte sie ihm nicht so einfach erfüllen, als wenn er sich Schokopudding wünschte oder einen Trenchcoat tragen wollte.

»Du bist wie die anderen. Du hast so viel Liebe, viel mehr als irgendwer sonst, den ich kenne.« Das war der letzte Satz, bevor Henning seinen weinenden Bruder in die Arme schloss. Tix haderte nicht oft, aber manchmal brach es aus ihm heraus, bahnte sich seinen Weg wie ein Fluss durch die Landschaft, egal, wie grün es am Ufer war. Tix hatte viel erreicht, er würde bald seinen Abschluss in der Tasche haben, er arbeitete stundenweise in einem Friseursalon. Aber manches blieb eben erst einmal unerreichbar und manches brauchte Zeit, viel Zeit.

»Ich will aber nicht für immer allein sein«, flüsterte Tix, und Henning rieb mit der Hand über seinen Rücken.

»Das wirst du ganz sicher nicht.« Und das war so gewiss wie Hennings Schüsse, die grundsätzlich in die Mitte der Zielscheibe trafen. »Du bist erst siebzehn und auch für andere Jugendliche sind manche Dinge schwierig. Das ist normal, Tix.« Und trotzdem war heute einer dieser Tage, an denen Henning es unfair fand, dass Tix das erleben, seine Mutter sich hilflos fühlen und er selbst Vater und Sohn in einer Person sein musste. Doch mindestens genauso oft wollte er lieber alles so behalten, wie es war, als alles zu verlieren. Das war sein Leben, seine Familie.

Als seine Mutter ihn einige Zeit später zur Haustür begleitete, sagte sie: »Er braucht seinen Garten, Henning. Wenn ihm das genommen wird … Ich weiß nicht, wie ich das auffangen soll. Es ist für ihn …«

»Der schönste Ort auf der ganzen Welt. Ist schon klar, Mom.«

»Ich kann ihm das hier in meiner kleinen Stadtwohnung nicht bieten«, bedauerte seine Mutter und umarmte ihn zum Abschied. »Ich habe noch nicht einmal einen Balkon.«

»Mach dir keine Gedanken. Es wird alles so bleiben, wie es ist.« Es klang wie ein Versprechen, das er nicht mehr zurücknehmen konnte.

Mila

Es war einer dieser Abende, die mehr an den Winter als an den Herbst erinnerten, obwohl der Kalender etwas anderes anzeigte.

Selbst in der Wohnung wurde es kalt. Die Elektroheizung hatte sich genauso wenig in Gang gesetzt wie das warme Wasser. Wie lange würde sie es noch aushalten, täglich eiskalt zu duschen? Das Haus hatte eine beträchtliche Wohnfläche, ansonsten war es das sprichwörtliche Fass ohne Boden.

Es klingelte an der Tür, als Mila gerade damit fertig war, ihren Körper warm und die Haare trocken zu föhnen. Weil sie Luna nicht unnötig in das Chaos bitten wollte, zog sie in Windeseile die braunen Schuhe und den roten Wollmantel an, der sich zwar mit ihrer Haarfarbe biss, aber laut Cleo unverwechselbar war. Und günstig, das wohl schlagendste Argument. Sie schlüpfte aus der Tür. Um halbwegs akzeptabel auszusehen, hatte sie ordentlich Concealer aufgetragen und die Wangen mit Rouge aufgefrischt. In der Jeans aus *Cleos Boutique* und dem weißen Spitzenoberteil, das die auffällige Narbe am Arm bedeckte, fühlte sie sich wohl. Luna trug dagegen ein raffiniertes Strickkleid, welches ihre filigrane Erscheinung einmal mehr unterstrich. Der feine Stoff umschmeichelte ihre Hüften und unter der Teddyfelljacke war das Bäuchlein kaum zu erahnen.

»Hallo. Ich musste es erst sehen, um es zu glauben«, sagte sie und zeigte auf das oberste Klingelschild. »Dass du hier wohnst, direkt unter meinem Ex-Freund.«

Mila beugte sich so weit vor, bis sie fast mit der Nase gegen das Messingschild stieß, obwohl sie genau wusste, wer oder was auf dem Schild eingraviert stand. »Henning Foster ist dein Ex?«

»Ist er.«

Diese grazile Disney-Fee war mit dem Fürsten der Finsternis zusammen gewesen? Schwer vorstellbar. Er musste einen Zwillingsbruder haben.

»Wir waren nicht verlobt oder so.« Luna begutachtete mal wieder ihren Bauch, strich mit einer Hand verliebt über die Wölbung und sah Mila so bedeutungsschwer an, dass ihr ganz flau wurde. »Natürlich sind wir weiterhin in Kontakt. Ist ja logisch.« Dann hakte Luna sich bei ihr ein und zog sie mit sich die Stufen hinunter, bevor Mila auf das eben Gesagte reagieren konnte. »Aber wir wollten doch heute über dich reden. Ich habe in einer Trattoria einen Tisch für uns reserviert. Du wirst staunen. Die *Pasta amoroso* schmeckt wie ein Sommer in Italien.«

»Ehrlich gesagt, ich möchte nichts essen.« Es entsprach der absoluten Wahrheit, sie würde heute keinen Bissen herunterbekommen, obwohl sie Pasta über alles liebte. »Aber ich gehe gern mit dir dorthin.«

»Du hast keine andere Wahl, Schätzchen. Dann trinkst du eben den Wein, den ich nicht trinken darf«, antwortete ihre Kollegin ausgelassen und richtete mit der freien Hand ihren Haarschnitt. »Manche gehen sogar nur wegen der Atmosphäre und der Cocktails hin. Und um den Mann fürs Leben zu finden, aber das ist für mich ja vorbei. Demnächst laufe ich mit Baby im Arm in Birkenstocks herum. Wer will mich dann noch? Nur Henning fände das gut. Er hatte schon immer Angst, ich könnte in meinen hohen Schuhen umknicken oder mir etwas brechen.«

Mila verbot sich, zu viel in das hineinzuinterpretieren, was sich ihr aufdrängte. Blaue und rosa Strampler erschienen vor ihrem inneren Auge. War Henning Foster der Vater?

»Und jetzt ab ins *La Piazza*. Ab-so-lu-ter Insidertipp«, schwärmte Luna den ganzen Weg über von dem italienischen Restaurant, das auf den ersten Blick kaum einer heimeligen Eckkneipe Konkurrenz machte. Vorn im Eingangsbereich konnte man den Pizzabäckern durch eine Glasscheibe bei der Arbeit am Steinofen zusehen. Eine Menschentraube hatte sich davor versammelt, um Bestellungen abzuholen. Ein schmaler Gang führte in einen weiteren Raum, in dem sie von einem untersetzten Mann mit Halbglatze und karierter Schürze erwartet wurden.

»Ciao. Meine Name ist Alberto. Wir gehen in unsere wunderhübsche Cortile.«

»Der Innenhof«, wisperte Luna ihr zu.

Alberto führte sie durch die Sitzgruppen im Innenbereich, weiter durch eine zweiflügelige Tür hinaus in den so gar nicht typisch italienischen Cortile. Vier Trompetenbäume waren mit Lichterketten hell erleuchtet und der Hof in barockem Stil herbstlich geschmückt. Bastkörbe mit Äpfeln, Kürbissen und Walnüssen, dazu prunkvolle Leuchter und fünf Käfige, in denen exotische Vögel zwitscherten. Den Steinboden zierten Orientteppiche und zwischen normal hohen Esstischen gab es bunte Sitzkissen, auf denen Gäste in Kuscheldecken gehüllt an kniehohen Tischchen saßen. Pompös bemalte, hohe Porzellanvasen mit rosafarbenem Pampasgras markierten die Ecken des Hofes.

»So etwas habe ich noch nie gesehen.« Für einen Moment vergaß Mila alles, was sich in den letzten Stunden in ihrem Leben abgespielt hatte. Der emsige Italiener, dessen Küchenschürze seinen ganzen Körper zu bedecken versuchte, führte sie an einen Zweiertisch auf der rechten Außenseite, direkt neben einem Papageienkäfig.

»Was kann ich für die Damen tun? Martini? Hugo? Aperol?«

Während Luna mit Wasser in den Abend startete, orderte Mila auf Albertos Anraten hin einen italienischen Weißwein. Sie war kein großer Fan von Alkohol, erst recht nicht auf nüchternen Magen. Meist wurde ihr hinterher übel oder sie bekam einen dunkelroten Hautausschlag auf den Wangen wie bei einer Sonnencremeallergie. Aber Alberto hatte sie so gewinnend beraten, dass sie ihm sogar eine Flasche teuren Whiskey abgekauft hätte.

»Also, was ist die geheimnisvolle Familienangelegenheit, die du hier in Hamburg regeln musst?« Luna bestellte eine große Pizza Margherita und dazu pikantes Öl.

»Mein Haus in München …«

»Eine Pizza Margherita, eine Vino, eine Wasser. Korrekt? Keine Pizza für die zweite Dame?«, fiel Alberto ihr geschäftig ins Wort.

Mila winkte ab. »Nein, danke.«

»Nessun problema.« Für Alberto war wohl nichts ein Problem.

»Dein Haus in München ist abgebrannt«, beendete Luna Milas vorherigen Satz. »Das habe ich schon von Sebastian gehört.«

Wie ein kleiner Tornado wirbelte der Kellner um ihren Tisch herum und deckte gemäß der Order ein. Er stellte ein Glas Weißwein vor Mila ab, die zugehörige Flasche positionierte er in einem Flaschenkühler im Ständer neben dem Tisch.

»Ich hatte nur ein Glas bestellt, keine Flasche.«

»Si, ma … lass ich immer Pinot Grigio ganz da.« Er machte das markante italienische Zeichen für »vorzüglich«, indem er sich auf die zusammengepressten Zeigefinger- und Daumenkuppen küsste. Dann rollte er zum nächsten Tisch.

»Ich rede nicht gern darüber, aber meine Mutter und mein Stiefvater leben nicht mehr.« Mila atmete schwer aus. »Und mein leiblicher Vater hat mir nach dem Brand angeboten, vorübergehend sein Haus in Hamburg zu nutzen. Deshalb bin ich hier.«

»Keine Freunde in München, wo du unterkommen konntest?« Mit Bedacht entfaltete Luna die Serviette.

»Doch, da war ich zuerst auch. Aber ich stand kurz vor einem Burn-out. Ich habe so unglaublich viel gearbeitet in den letzten Jahren, dann der tödliche Autounfall meiner Eltern und jetzt der Brand … es war einfach zu viel.«

»Warte. Deine Eltern sind bei einem Autounfall …?« Die Papierserviette rutschte aus Lunas Hand und segelte in ihren Schoß.

»Mein Vater ist gefahren. Ja. Ich saß auf der Rückbank. Ich habe als Einzige überlebt.« Instinktiv griff Mila nach ihrem Arm und streichelte über das Shirt, das die verräterische Narbe verdeckte. Jenen hellen Hautteil, der anders aussah als der Rest und sie für immer an das, was passiert war, erinnern würde. Sie schluckte.

»Es tut mir total leid, dass du so etwas Schreckliches erleben musstest.« Luna griff über den Tisch nach Milas Hand.

Mila kannte diese Reaktionen auf ihre Geschichte. Es waren jedes Mal die gleichen, alle hatten Mitleid und das war nicht immer leicht auszuhalten. Deshalb winkte sie ab. »Ist in Ordnung. Mach dir keine Sorgen. Es geht mir gut.«

»Okay.« Bedrückt zog Luna ihre Hand zurück und breitete die Serviette ordnungsgemäß aus, während Alberto das Brotkörbchen zwischen ihnen auf den Tisch plumpsen ließ.

»Ist Parmesanbutter mit eine kleine bisschen Gewürz. Überraschung.« Er zwinkerte, als sei alles paletti, und dampfte wieder ab.

»Durch den Tod meiner Mutter habe ich erfahren, dass ich einen leiblichen Vater in den USA habe. Sie hat es mir erzählt, kurz bevor sie starb. Das war so … wie soll ich es ausdrücken? Hart. Richtig hart. Auch, dass sie mir das all die Jahre verschwiegen hatten.« Mila atmete tief ein. Es tat gut, alles loszuwerden. »Ich habe eine Reha gemacht, um damit klarzukommen. Alles wurde besser. Und dann habe ich auch noch geheiratet. Den Koch-Therapeuten aus der Klinik.«

»Einen Koch-Therapeuten? So etwas gibt es?« Jetzt lachte Luna und griff nach einer hauchdünnen Brotscheibe, auf der sie einen Berg Parmesanbutter aufschichtete. »Auch echt krass mit deinem leiblichen Vater. Du hast wirklich viel erlebt.« Sie biss in die Butter mit Brot und leckte sich die Lippen. »Himmlisch. Dieses Parmesandings musst du unbedingt probieren, Mila. Alberto ist auch eine Art Koch-Therapeut.«

Schwups tauchte eben Genannter auf, goss Wein und Wasser nach und verschwand an den nächsten Tisch.

Mila spürte, wie sich ihre Mundwinkel hoben. Ganz klar, Lunas Art tat ihr gut, und das Ambiente der Trattoria lockerte die angespannten Themen auf. »Alberto könnte auch Anti-Aging-Therapeut sein. Hast du gesehen, dass er keine einzige Falte hat? Der wird bestimmt niemals so etwas wie Hyaluron oder Botox brauchen.«

»Botox«, plapperte der Papagei im Käfig neben ihnen nach, und Luna lachte so sehr, dass ihr das Brotmesser herunterfiel. »Seit der Schwangerschaft bin ich echt grobmotorisch«, witzelte sie. »Henning hat das auch schon festgestellt.« Der Vogel neigte den Kopf zur Seite. Er hätte das Wort *grobmotorisch* sicher mit Vorliebe wiederholt, wenn es nicht so schwierig gewesen wäre. »Botox«, kreischte er stattdessen noch einmal.

»Ist null peinlich«, sagte Luna zu dem Vogel und biss noch einmal in die Brotscheibe.

»Ganz ehrlich? Manchmal weiß ich nicht, wie ich weitermachen soll.« Ein Seufzer rutschte Mila heraus und sie drehte den Stiel des Weinglases zwischen ihren Fingern. »Aber irgendwie geht es dann doch immer, stimmt's?«

»Gibt es etwas, was ich für dich tun kann?«

»Das ist lieb, aber nein. Nicht wirklich.«

»Ich fühle mich auch oft wie du und weiß keine Lösung mehr. Aber eine Schwangerschaft geht tatsächlich immer weiter. Da wird man nicht gefragt. Vielleicht ist das ganz gut so. Der Kindsvater und ich, wir sind nämlich nicht zusammen, weißt du.« Sie senkte den Blick. »Ich werde das Kind allein großziehen müssen.«

Wieder dieses seltsame Gefühl. »Kümmert sich der Vater des Kindes denn gar nicht um dich?« Wenn sich ihr Verdacht bestätigte und es sich um Foster handelte, konnte er sich ja nicht um Luna kümmern. Schließlich hatte er alle Hände voll damit zu tun, Mila das Leben zu retten. Sie schluckte.

»Doch, na ja. Aber wir wohnen nicht zusammen, werden wir bestimmt auch nie, und ich bin froh, meine Mutter zu haben.« Luna griff nach dem Amulett, das sie um ihren Hals trug. »Ist voll kitschig, aber ich trage sie ständig bei mir. Sie ist mein Ratgeber. Ich brauche jemanden, der mir sagt, dass ich Malzkaffee statt normalem Kaffee trinken soll und keinen Rohmilchkäse essen darf.« Sie ordnete das Besteck wie eine Linkshänderin andersherum an. »Die meisten meiner Freundinnen sind jünger als ich, keine bekommt ein Baby.« Erschrocken presste sie die Hand vor den Mund. »Du meine Güte, wie kann ein Mensch nur so trampelig sein? Ich rede die ganze Zeit von mir und dann auch noch von meiner Mutter, während deine …«

Mila kannte das Stechen im Magen, wenn sie daran erinnert wurde, dass sie ihre Eltern verloren hatte. Aber gleichzeitig hatte sie auch gelernt, damit umzugehen. Zumindest an solchen Abenden. »Wäre ja schlimm, wenn deswegen mir gegenüber keiner mehr seine Eltern erwähnen dürfte. Es muss schön sein, so eine Mutter zu haben wie du, vor allem in deiner Situation.« Im Grunde war sie sogar froh, nicht mehr über ihre eigene Vergangenheit reden zu müssen, und dankbar für Lunas Abwechslung.

»Bist du sicher?«, hakte die Kollegin nach und starrte sie ungläubig an.

Mila zuckte mit den Schultern. Sie beschloss, ehrlich zu sein. Sie mochte diese Frau. »Es ist nun inzwischen eine Weile her und manchmal fehlen Mama und Papa mir so sehr, dass ich es kaum aushalte. Aber an anderen Tagen komme ich ganz gut klar. So wie jetzt. Also, erzähl mir bitte mehr über dich und deine Mutter.« *Und über deinen Ex-Freund*, fügte sie in Gedanken hinzu, als Luna das Amulett um ihren Hals öffnete und Mila das darin befindliche Bild zeigte.

»Das ist sie: meine Mama. Andere tragen ihren Mann bei sich. Ich nicht. Hab ja keinen.«

»Das ist doch …« Mila stand auf und fiel Luna fast in den Ausschnitt, um das Foto genauer zu betrachten.

»Meiner Mutter gehört die Secondhand-Boutique neben der Kanzlei. Cleo. Sie ist seit ewigen Zeiten mit deinem Onkel befreundet. So kam ich auch an den Job bei ihm, der mir echt gut gefällt.«

Alberto bog mit einem Pizzateller und einer Ölflasche, in der Chili und andere Gewürze schwammen, um die Ecke. Es duftete verführerisch und die Pizza war dermaßen groß, dass die Ränder über den Teller hingen.

»Ist das Öl nicht zu scharf für dich und das Baby?«

»I wo. Wird mir halt noch heißer.« Luna zog die Teddyfelljacke aus und hängte sie über ihre Stuhllehne. »Mir ist ständig warm.« Die Außentemperatur sagte etwas anderes. Mila behielt ihren Mantel und auch ihren schwarzen Schal an.

»Ich hatte in München ein Geschäft aufgebaut, das *180 Grad*, in dem es irgendwie alles gab. Von Kuchen und Torten über Panini und Sandwiches bis hin zu Tassen und Kissen. Eine Bistro-Ecke war auch dabei. Es lief unglaublich gut. Und dann habe ich vergessen, diese blöden Kerzen zu löschen. Teelichter.«

»Sind die nicht in Haltern? Da kann doch nichts passieren, oder?«

»Leider stimmt das nicht so ganz. Man muss wirklich gut aufpassen damit.« Mila leerte das zweite Glas und goss sich aus der Flasche nach. Luna schenkte ihr derweil einen betretenen Blick, weshalb sie beschloss, das Thema zu wechseln. »Also, was muss ich wissen, um bei Sebastian zu überleben?«

»Kurzfristig oder langfristig?« Ihre Kollegin grinste. »Dein Onkel ist streng. Aber solange du deinen Job gut machst, ist alles okay. Du solltest dich nur nie in einen Fall einmischen, der dich nichts angeht. Wir sind transparent, aber jeder hat seine eigenen Aufgaben. Ich denke, er traut dir eine Menge zu, weil du in München ein eigenes Geschäft hattest. Du hast auch mal in einer Kanzlei gejobbt?«

»Ja.« Sie sprachen über die Firma und die Leute. Luna aß die komplette Pizza Margherita und war immer noch hungrig, während Mila den Wein genoss, der ihr das Gefühl gab, die Welt hätte sich trotz allem weitergedreht. Nach dem dritten Glas Pinot Grigio in Kombination mit dem kostenlosen Mafioso, den Alberto ihr aufgenötigt hatte – heißer Amaretto, Sahne und Kaffee –, legten sich Nebelschwaden über Milas Gehirnzellen. Als sie schließlich aufstand und sich die Trompetenbäume auf sie zu bewegten, wurde ihr klar, dass sie eindeutig zu viele Promille und zu wenige Kalorien zu sich genommen hatte.

»Ich glaube, ich bin angetrunken.« Mila stützte sich ächzend auf der Tischplatte ab. »Das tut mir voll leid. Ich bin das nicht gewohnt.«

Sie wusste, an diesem Abend hatte sie einen ihrer schwächsten Momente: Dad lag im Krankenhaus, die Erinnerungen an ihre Eltern, den Brand und nach wie vor keine Rückmeldung von der Versicherung. Der Alkohol tat nur sein Übriges.

»Du hättest etwas essen sollen«, befand Luna, zog ihre Jacke an und rief nach dem Kellner. »Bestellst du uns ein Taxi, Alberto?«

»Si.« Er begutachtete Mila, als sei ihm so eine Ungeheuerlichkeit – vor allem direkt nach seinem hauseigenen Mafioso – noch nie untergekommen. Dann holte er das Telefon aus seiner Schürzentasche.

Im Taxi fühlte es sich an, als hätte Mila nur zwei Möglichkeiten: sich zu übergeben oder dummes Zeug zu reden. Sie entschied sich für Letzteres. Luna hielt ihre Finger auf den Bauch und den Kopf gegen die Nackenlehne der Rückbank gepresst.

»Das Kind.« Mila deutete auf Lunas Hand. Ihre Zunge bewegte sich automatisch. »Ist das Kind von Henning Foster? Darf ich das so fragen?«

Luna lachte. »Henning? Was glaubst du, wie der geguckt hat, als ich ihm das gesagt habe? Hast du seinen Bruder schon kennengelernt? Man muss ihn einfach gernhaben.« Sie hielt kurz inne. »Weißt du, mir gehts wirklich gut, und ich bin froh, dass es so ist, wie es ist«, sagte sie, als müsste sie es sich selbst einreden. Sie hatte unbeschwerter gewirkt, bevor die Sprache auf ihre Schwangerschaft gekommen war.

Prompt verspürte Mila einen Druck im Magen, verbunden mit einem leichten Würgereiz. Sie schwieg und konzentrierte sich darauf, den Mageninhalt nicht in den holpernden Mercedes zu spucken.

»Ich hoffe, du bist morgen fit für deinen ersten Arbeitstag.« Luna bedeutete dem Taxifahrer zu warten und begleitete Mila zum Eingang des Hauses Nummer 27.

»Du wirst garantiert eine gute Mutter«, hörte Mila sich auf den Treppenstufen säuseln. »So toll, wie du dich um mich kümmerst.«

»Erwarte nicht von mir, dass ich dir ein Gutenachtlied singe«, entgegnete Luna grinsend und hakte sich bei ihr unter.

Mila beschlich ein schlechtes Gewissen, weil diese zierliche Frau versuchte, sie zu stützen. Dennoch war ein beruhigendes Wiegenlied eine furchtbar nette Vorstellung. Sie blinzelte. Dieser verdammt leckere Mafioso benebelte sie ganz schön und vor allem machte er sie rührselig.

»Lulu?«, fragte eine dunkle Stimme hinter ihnen. »Was zur Hölle tut ihr zwei da?«

»Wer ist Lulu?« Außer ihr und Luna war niemand zu sehen.

»Pack mal mit an, Henning«, sagte Luna etwas zerknirscht. »Das ist meine neue Kollegin. Wir waren Pizza essen. Also, ich. Sie hat nur getrunken.«

Na prima. Unter seinem forschenden Blick fühlte Mila sich augenblicklich schwerelos. Sie hob die Hand zum Gruß. Mehr ging nicht.

»Sie arbeitet mit dir in der Kanzlei?«, fragte er verblüfft und spähte von einer zur anderen. Dann schlug er sich mit der flachen Handfläche gegen die Stirn. »*Wirthz und Partner*. Klar, sie ist eine Wirthz.« Er scannte sie wie ein Security-Flughafenmitarbeiter. Ihr Gesichtsausdruck und die Art, wie sie ihre Zeigefinger auf die Schläfen presste, sprachen offenbar Bände. »Na, ihr beide hattet ja offensichtlich einen sehr lustigen Abend. Trotzdem hättest du ihr doch etwas wegen des Alkohols sagen können, Lulu.«

Was für ein Spielverderber, und das gegenüber der Frau, die er geschwängert hatte. War er noch bei Trost?

»Sie hat nichts gegessen.«

»Tut mir leid, das sollte nicht so oberlehrerhaft klingen, wie es sich angehört hat«, entschuldigte er sich bei Luna alias Lulu. »Ich freu mich, dass ihr Spaß hattet.« Energisch schob sich sein trainierter Arm unter Milas Achsel und sie hob ein Stückchen vom Boden ab, was sich gar nicht so schlecht anfühlte, fast wie Fliegen. »Ich helfe ihr in die Wohnung. Und du fahr bitte nach Hause, Lulu. Schon dich. Du solltest sie in deinem Zustand nicht stützen. Das ist bestimmt nicht gut für dich.«

Wenn Mila das richtig mitbekam, gab ihre Kollegin ihm zum Abschied ein Küsschen auf die Wange. Oha!

Henning

Nach den aufreibenden Stunden mit Tix war Henning zu Robert gegangen, der zu Hause einen kleinen, aber feinen Trainingsraum besaß. Er hatte sich bei und vor allem mit seinem

Freund völlig verausgabt, weshalb er danach nur noch eins wollte: duschen und ins Bett fallen. Er wollte nicht: eine durchgeknallte Schnapsdrossel vor seinem Hauseingang auflesen.

Jetzt stand Henning im Hausflur, den Arm unter Milas Schulter positioniert. Er konnte sehr gut zwischen angetrunken und betrunken unterscheiden, und sie war glücklicherweise nicht komplett unzurechnungsfähig. »Meine Güte, bist du blass. Gib mir deinen Wohnungsschlüssel«, befahl er. »Es ist kurz vor elf. Ich bin hundemüde und du solltest auch dringend schlafen.« Die unnahbare, superwichtige Tochter des Eigentümers hatte sich in einen Menschen verwandelt. »Tut mir echt leid, Mila, aber ich werde dich ab heute duzen. Ob dir das passt oder nicht.« Er schloss die Tür auf und katapultierte sie ins Bad, wo er sie anwies zu duschen – er wusste ja, dass das Warmwasser in ihrer Wohnung nicht funktionierte. Nach all dem Alkohol nicht das Schlechteste. Im Schlafzimmer fand er einen kurzen Pyjama, den er ihr durch den Türspalt ins Bad reichte. Nur um sicherzugehen, dass alles in Ordnung war und sie es ins Bett schaffte, setzte er sich auf die Chaiselongue und wartete.

Doch dann kam sie aus der Dusche, roch nach Kokos und Mandelmilch und ließ sich einfach so auf seinen Schoß fallen, wo sie auf der Stelle einschlief. »Das ist mein Sofa«, murmelte sie erleichtert, und ihr Kopf sank an seine Brust. Das konnte ja wohl echt nicht wahr sein! Sie hatte ihn wie einen Verbrecher an ein fragwürdiges Achtzigerjahre-Sofa gekettet – und das nur mit ihrem Körper. Verdrehte Wirklichkeit. Aber sie jetzt zu wecken, kam ihm wie ein noch viel größeres Verbrechen vor. Sie hielt die Augen geschlossen und wirkte vollkommen sorglos. Ihre Haut fühlte sich samtig an. Mitnichten stand er auf kleine Hexen, die ihn ständig beschimpften, doch in diesem Augenblick war sie irgendwie anmutig. Na, es gab halt auch hübsche Hexen.

Er schüttelte den Gedanken ab und richtete sich gemütlicher ein, indem er die Beine auf den Couchtisch legte, wodurch ihr Oberkörper enger an ihn heran kippte. Er hatte nun einmal entschieden, sie nicht zu wecken, und auch wenn er morgen früh Rückenschmerzen hätte, blieb es dabei. Als ihr Handy klingelte, zog er das Gerät schnell aus ihrer Handtasche, die sie beim Nachhausekommen achtlos auf den Couchtisch befördert hatte. Sie sollte einfach nicht aufwachen – nicht, weil er es ihr nicht gegönnt hätte, den Schaden zu spüren, den sie ihrem Körper zugefügt hatte, sondern weil Lulu ihm berichtet hatte, dass Mila morgen ihren ersten Arbeitstag haben würde. Bisher deutete alles auf einen formidablen Start hin. Bei der Formel 1 würde man sie bereits jetzt aus dem Rennen ziehen.

Eine Nachricht poppte auf Milas Display auf, er musste versehentlich eine Taste berührt haben.

> Mir geht es schon besser, danke. Sie versorgen mich hier gut. Nur Rachel ist fertig mit den Nerven, die Arme. Was uns beide betrifft, Mila: Du hattest recht. Du musst das Angebot deines alten Vaters wegen des Hauses in der Finkenstraße nicht annehmen. Du brauchst mein Haus in Hamburg nicht.
>
> Du gehörst nach München.
>
> Ich liebe dich. Dad

Hatte er sich verlesen? Henning drückte die Aus-Taste und der Text erlosch. Ihr Vater verhandelte mit ihr über das Haus in der Finkenstraße? Dieses Haus? Das war doch längst verkauft.

Mila gab ein Stöhnen von sich. Viele Frauen hatten schon in seinen Armen gestöhnt, aber nicht auf diese Weise. Seine Bewegungen, als er nach dem Handy griff und es dann zurück an seinen Platz legte, waren zu hastig gewesen. Er verhielt sich mucksmäuschenstill und sah sich um. Sie schlief wieder ein. Er spannte die Bauchmuskulatur an, um sich mit ihr im Arm zu erheben. Das Schlafzimmer war nur ein paar Meter entfernt. Nie hatte er eine Frau irgendwohin getragen, weshalb er sich wie in einem Slapstick vorkam, als er mit ihr über die Schwelle trat, als ob er geheiratet hätte, was er natürlich niemals tun würde. Behutsam legte er sie auf dem Doppelbett ab und breitete den Schlafsack über ihr aus. War dieser Plastikstoff alles, worin sie schlief? Dass sie nicht viel Gepäck hatte, hatte er am ersten Tag registriert, aber er hatte erwartet, dass sie einiges zukaufen würde.

Mila drehte sich zur Seite und schnarchte leise. Herrje, die Frau brachte sein Leben durcheinander. Als wäre es noch nicht durcheinander genug. Er ging in die Küche: kein Wasser und keine Kaffeemaschine. So würde sie den Tag morgen nie überstehen. Er ließ die Haustür einen Spaltbreit offen, lief die Stufen hoch in seine Wohnung, holte zwei Aspirin und eine Flasche Mineralwasser. Beides stellte er neben ihrem Bett ab. Nicht, weil er sie mochte, sondern weil er sie nicht so daliegen lassen konnte. Helfersyndrom. In der Dämmerung merkte er, wie sie ihn durch halb geöffnete Lider anblinzelte. »Danke«, murmelte sie heiser.

»Gern.« Er setzte sich auf die Bettkante. Es war nur eine Frage, ein paar belanglose Worte. »Was hat dein Vater dir angeboten, Mila?«

»Das Haus. Wenn ich es renoviere und auf eigenen Beinen stehe.« Ein raues Lachen verließ ihre Kehle. »Pfff. Auf eigenen Beinen«, führte sie noch einmal aus und drehte sich zur anderen Seite. »Das ist unmöglich«, klang es in die Nacht hinein.

»Schlaf jetzt«, sagte er einen Tick zu heftig. Er stand auf, nahm den Klebezettelblock, den er mit nach unten gebracht hatte, aus seiner Tasche und schrieb mit einem Kugelschreiber »Aspirin nehmen und viel trinken« auf die erste Seite. Den Zettel pinnte er an die Flasche, bevor er die Wohnung verließ.

Im Hausflur ließ er den Oberkörper nach vorn sacken und atmete dreimal tief aus wie nach einer harten Boxeinheit. Auf keinen Fall würde er aus diesem Haus ausziehen, egal, was passierte. Er musste Mila Winter unbedingt dazu bringen, das Angebot ihres Vaters anzunehmen und seine Kündigung zurückzuziehen.

Früher oder später würde Henning dann allen beweisen, dass er die Wahrheit gesagt hatte.

DER IMMOBILIEN-KÖNIG

Mila

Donnerstagmorgen, sechs Uhr dreißig. Mila lag im Bett. Ihre Knie zitterten und die Müdigkeit pulsierte von innen gegen ihre Schläfen. Heute war sie keine Frühaufsteherin, absolut nicht. Zudem war sie verkatert und bekam ihre Tage – perfekte Aussichten für einen erfolgreichen Jobstart. Gedankenfetzen waberten wie Seifenblasen durch ihr Gehirn. Das Peinlichste an gestern Abend war, dass Henning Foster sie in diesem Zustand erlebt, ja sogar im Arm gehalten hatte. Stöhnend fasste sie sich an die Stirn, löste die Aspirintablette im Mineralwasser auf und ging ins Bad. Ihr Körper signalisierte Übelkeit und ein Endzeitgefühl. Sie wünschte sich, sie hätte gestern doch den großen Teller *Pasta amoroso a la Alberto* verdrückt. Die zweite Dusche innerhalb weniger Stunden hinterließ immerhin ein belebendes Gefühl auf ihrer Haut, zwar nicht wie von der Morgensonne geküsst, aber so ähnlich. Deutlich wacher schlüpfte sie in die Secondhand-Kleidung: Rock, Bluse und Pumps. Anschließend öffnete sie ihr Portemonnaie. Gähnende Leere. Kein Bargeld für den Kaffeeautomaten beim Bäcker, was ernüchternd war, im wahrsten Sinne des Wortes. Sie schreckte zusammen, als es an der Wohnungstür klingelte. Um diese Uhrzeit?

»Hey, ich habe gesehen, dass du keine Maschine hast.« Foster hielt ihr einen Coffee-to-go-Becher und eine Papiertüte, aus der es herrlich nach frischen Brötchen duftete, unter die Nase. »Der Kaffee ist schwarz wie deine letzte Nacht.« Bildete sie sich das ein oder flackerte da ein gewisses Amüsement in seinen Augen auf? »Zucker und Dosenmilch sind in der Tüte. Kopfweh?«, fragte er.

»Danke und guten Morgen.« Sie nahm die Mitbringsel entgegen. »Das ist wirklich ... freundlich.« In seiner Anwesenheit fielen ihr Bruchstücke des vergangenen Abends ein, bis zu dem Moment, als sie sich in ihren Schlafsack gekuschelt hatte. Die Wärme, die auch in diesem Augenblick wieder von seinem Körper ausging, erinnerte sie daran, wie sie an ihn gelehnt auf der Couch eingenickt war. Ihre Wangen glühten. Wenn sie es mit klarem Verstand betrachtete, hatte sie versucht, ihren Kummer im Alkohol zu ertränken, und sich dann unaufgefordert auf Hennings Schoß gesetzt. Warum grinste er denn so?

»Es tut mir leid wegen gestern.« Sie hoffte, ihn damit aus der Tür zu komplimentieren. »Es ist mir schrecklich unangenehm. Ehrlich.«

»Kam mir nicht so vor.« Sein Grinsen wurde breiter. »Du hast einfach zu wenig gegessen. Kann passieren.« Er deutete auf die Tüte. »Ich hab dir belegte Brötchen gekauft, aber ich wusste nicht, was du magst. Iss am besten beide. Ich hoffe, das gestern war nicht das Resultat irgendeiner wahnwitzigen Diät.«

Nötig hätte sie es vielleicht. Sie hatte tatsächlich an Form verloren, weil es ihr in letzter Zeit egal gewesen war, womit sie sich vollstopfte. Eine ihrer Münchener Freundinnen hatte sie sogar schon ermahnt, etwas anderes zu essen als Nachos mit Käsesoße und Schokolade. Aber das konnte Foster unmöglich meinen. Sie versuchte krampfhaft, die Distanz aufrechtzuerhalten.

»Noch mal danke, dass Sie sich um mich gekümmert haben.«
Sie schaute in die Bäckertüte. »Ich mag beides. Was bekommen
Sie dafür?«

»Unbezahlbar«, erwiderte Foster lächelnd und klang so
charmant, dass ihr sofort noch schlechter wurde. »Ungesundes
Fasten reduziert die Kilozahl auf der Waage, sonst nichts.
Eventuell auch die Gehirnzellen. Auf gute Nachbarschaft, Mila.«
Er drehte sich um und marschierte in Richtung Hauseingang.

Hatte er nicht an diesem Bauernschrank zu arbeiten? Sie
schloss die Wohnungstür, lehnte sich dagegen und biss in das
Salamibrötchen. Eine gute Grundlage für alles irgendwie.
Erleichtert nippte sie an dem Kaffee. Die notwendige Dosis
Koffein – und sogar noch warm.

Dass die Kanzlei nur einen Steinwurf von ihrer Wohnung entfernt lag, kam Mila heute wie eine göttliche Fügung vor. Feiner
Nieselregen begleitete sie auf dem Weg dorthin. Es schüttete
nicht wie aus Eimern, doch der rote Wollmantel, der ein bisschen nach Pizzeria roch, wurde trotzdem klamm. Einzelne
Sonnenstrahlen kämpften sich durch die Wolkendecke und
das Nieseln wirkte wie Glitzer über den Sternenhöfen. Ein
Regenbogen erschien. Ein gutes Zeichen?

Im Büro angekommen, stellte Luna eine Tasse schwarzen
Tee mit Zitrone auf Milas Schreibtisch ab. »Tipp von Cleo.
Schwarzer Tee hilft so ziemlich gegen alles: Kopfschmerzen,
Stress, Insekten.« Sie schlug nach der letzten Fruchtfliege des
Spätsommers, die sich in das Gebäude verirrt hatte, und lachte.

In den folgenden zwei Stunden sortierte Mila Akten in chro-
nologischer Reihenfolge, stapelte die Unterlagen ihres Onkels
alphabetisch, räumte sein Büro auf und organisierte – da sie
Zugriff auf seinen Planer hatte – sogar seinen Terminkalender
mit vielen bunten Markierungen um. Sie legte ihm alles heraus,
was ihrer Meinung nach gleich brauchte.

»Ich finde hier ja nichts mehr wieder«, stieß Sebastian entsetzt aus, als er gegen zehn Uhr eintrudelte. Er griff nach der dschungelähnlichen Topfpflanze, die sie für ein besseres Raumklima vom Besuchertisch auf seinen Schreibtisch verfrachtet hatte. »Wo ist meine Baseballkarten-Sammlung hin?« Mit dem Ficus im Arm drehte er sich suchend um die eigene Achse. Sein Anzug saß wie angegossen.

»Obere Schublade, links.« Mila stemmte die Hände in die Hüften. »Und, was sagst du zu der neuen Ordnung?«

Sebastian schwieg beharrlich wie ein Mönch im Schweigekloster. Ein junger Anwalt schüttelte im Vorbeigehen den Kopf und blieb dann doch stehen. »Hi, ich bin Mason. That was not the best idea, Honey«, raunte er ihr zu. »Hast du den Schreibtisch verstellt? Sebastian is not so much into change«, was so viel hieß wie »Sebastian hasst Veränderungen«, nur etwas netter ausgedrückt. »Nice to meet you.« Er eilte weiter.

»In New York, wo Mason herkommt, wäre das vermutlich cool, wenn der Tisch so schräg stehen würde.« Sebastian ruckelte ihn wieder zurück an seinen Platz. »Sehen wir, wie ich das finde«, kam die desillusionierende Antwort. Er setzte die Pflanze auf dem Boden ab und zupfte seine Krawatte zurecht. »Zum wichtigen Teil, du begleitest mich gleich in ein Meeting.« Sein Zeigefinger deutete in ihre Richtung, als hätte er einen Dartpfeil geworfen. »Der Fall des Jahres erwartet uns. Mach dich bereit.«

Darauf war sie nicht vorbereitet. »Aber ich bin doch nur die kleine Aushilfe.« Sie nahm die Pflanze vom Boden auf und stellte sie wenigstens zurück auf den Besuchertisch.

»Klein vielleicht, der Rest nein. Du bist nun ein Mitglied dieser Kanzlei und ohnehin ein vollwertiges Mitglied meiner Familie. Gewöhn dich daran, gefordert zu werden.« Damit schob er sie in Richtung Tür. »Oval Office, um halb zehn. Es geht um den Fall Immobilien-König. Schau dir die Akten dazu an.«

Hatte er das Büro des amerikanischen Präsidenten als Treffpunkt genannt? »Dads neuer Käufer heißt auch König.«

»Genau der ist es.« Ihr Onkel ließ sich auf seinem Schreibtischstuhl nieder.

»Also vertreten wir ihn?«

»Niemals. In unserem Fall geht es um ein Gebäude mit Charakter im Karolinenviertel. Es beherbergt eine soziale Einrichtung, KaroLIVE e. V., einen eingetragenen Verein, der sich um in Not geratene Familien kümmert. König wollte den unteren Bereich zu Luxuswohnungen umbauen, was okay ist. Die oberen Geschosse, die an KaroLIVE e. V. vermietet sind, sollte so bleiben wie bisher. Sozial von ihm – so hat er jedenfalls die Geschichte allen verkauft, als er das Haus übernommen hat.«

»Klingt auch erst mal in Ordnung.« Mila lehnte sich an den Glastürrahmen.

»Ja, aber nun hat er den Mietern gekündigt. Angeblich wurde Schimmel in den Mauern gefunden und man müsse das Gebäude komplett sanieren. Von jetzt auf gleich. Der Verein bezweifelt die Richtigkeit der Angaben. Und wir wissen, dass er von vornherein geplant hatte, das Haus abzureißen, um dort einen seiner modernen unverkennbaren Luxusbauten hinzuzementieren. Wir haben unsere Quellen.«

»Jetzt klingt es kompliziert.«

»Es liegt zum ersten Mal eine Klage gegen diesen König vor und ich bin derjenige, der ihn zur Strecke bringen wird. Auf die eine oder andere Weise.« Er klang wie einer der vier Musketiere, klopfte sich auf den Anzug und zog die Schreibtischschublade auf, um einen Blick auf seine Baseballkarten zu werfen. Ein anderer Anwalt drückte sich geschäftig an Mila vorbei in Sebastians Büro.

Ausgerechnet heute – mit den Kopfschmerzen des Jahres – sollte sie mit diesen Karrieretypen dem Fall des Jahres – womöglich des Jahrhunderts – beiwohnen?

In dem weiß getäfelten Raum mit der Aufschrift »Toiletten« stützte Mila die Hände auf dem ebenfalls porzellanweißen Waschbecken ab, sah sich im Spiegel in die Augen und hoffte auf eine Eingebung, um den Tag unbeschadet zu überstehen. Es war der einzige Raum, der nicht aus Glaswänden und -türen bestand. Das Wasser spritzte ihr entgegen, als sie den Automatismus des Wasserhahns bediente. Ihr roter Bleistiftrock war in Nullkommanichts durchnässt, und das an der unvorteilhaftesten Stelle. Mist! Sie sah sich um, das Trockengerät war so aufgebaut, dass man nicht mehr als die Hände hineinschieben konnte, wie bei McDonald's. Sie könnte den Rock ausziehen und in das Ding hängen, aber niemand wusste, wie er danach aussehen würde, und einen zweiten Brand konnte sie nun wirklich nicht gebrauchen.

Sie riss eine Handvoll Papiertücher aus der Halterung und versuchte, den Stoff mittels Reibung zu trocknen, was ihr nicht gelang. Dafür bildete das Papier komische Körnchen.

»Was tust du da?« Luna warf Mila einen fragenden Blick zu, bevor sie hastig hinter der ersten Toilettentür verschwand. »Hätte nicht gedacht, dass es so anstrengend ist, schwanger zu sein«, hallte es durch die Tür. »Ich muss alle paar Minuten pieseln und habe ständig Angst, mit dem Bauch irgendwo anzustoßen.«

»So groß ist er doch noch gar nicht.« Es hätte sicher bessere Momente dafür gegeben, aber es fiel Mila genau in dieser Sekunde ein: Henning, der auf ihrer Bettkante saß. Henning, der ihr Aspirin hinstellte und Brötchen vorbeibrachte. Ihr Magen krampfte sich zusammen, es fühlte sich an, als hätte sie *Lulu* gestern Nacht betrogen. Dabei war gar nichts passiert.

Foster mochte sie nicht einmal und sie ihn auch nicht – zumindest meistens.

»Der Installateur hat den Wasserhahn nicht richtig angebracht«, rief Luna aus dem Off. »Das hätte ich dir sagen können. Du musst immer einen Sicherheitsabstand einhalten.«

»Zu spät. Ich habe in zwanzig Minuten mein erstes Meeting.« Mila drehte den Rock. Nein: Reißverschluss vorn, Fleck hinten war auch keine Lösung.

»Hab schon gehört. Du wirst im Team König beziehungsweise gegen König eingesetzt. Das wird super.« Eine erleichterte Luna kam aus der Kabine. In ihrem blauen Hosenanzug sah sie aus wie das blühende Leben. »Wenn du magst, weise ich dich kurz in das ein, was du wissen musst. Die Anwälte im Team sind pedantisch und die Gegenseite ist mächtig unter Druck. Es ist auch ein politisches Thema, wegen der sozialen Arbeit des Vereins. Mason ist Experte in Bezug auf Immobilienrecht und hatte bereits einige Fälle dieser Art. Er ist sehr qualifiziert in dem Bereich, wartet schon länger auf seine Beförderung. Ich denke, er möchte Partner werden. Und er ist ein Idiot. Ein zweisprachiger, ziemlich charmanter Idiot. Lass dich nicht von ihm einwickeln oder verunsichern. Und stell keine dummen Fragen.«

Charmant, keine Fragen stellen, nicht dumm sein. Der Druck auf Milas Brustkorb wuchs. Aus ihrem einst heimeligen Lädchen in München kannte sie derartige Situationen nicht. Sie wäre viel lieber im Hintergrund und nicht ganz vorn im Schützengraben positioniert worden – mit Experten auf einem Gebiet, von dem sie keine Ahnung hatte. Ob das gut ging? »Wie lange dauert so ein Meeting?«, fragte sie hoffnungsvoll.

»Bestimmt zwei Stunden.« Luna tippte auf die Uhr.

Mila schnaufte.

»Deine erste Überstunde, und du solltest dir mehr zutrauen. Die beißen nicht. Willkommen bei Wirthz und Partner.«

Innerhalb weniger Minuten hatte Luna ihr erklärt, dass der Kläger nicht nur der Immobilien-König, wie sie ihn nannten, sondern auch einer der mächtigsten Politiker der Stadt war. »Es ist verzwickt, niemand legt sich gern mit ihm an. Und jetzt gehen wir erhobenen Hauptes da raus und du machst deinen Job«, wies sie sie mit Engelsstimme an und öffnete die Tür.

»Malheur passiert, Honey?«, erkundigte sich Mason heiter und lehnte sich so schnell an den Türrahmen, dass er Mila auf engstem Raum gegenüberstand. »Du hast übrigens tolle Beine in dem Teil.«

»Halt die Klappe, Maze«, feuerte Luna überraschend zurück. Er stolzierte davon, nicht ohne ein triumphierendes Macho-Grinsen. »Niemand sieht den Fleck, wenn du sitzt«, ermutigte sie Mila wie eine echte Mama in spe.

»Ich glaube, ich habe heute Morgen einen Zitronenkern von der Zitronenscheibe verschluckt, die ich mir in den Tee gepresst habe.« Mila war nicht bei der Sache und überlegte fieberhaft, wie sie sich durch eine nicht-gläserne Geheimtür ins Nirgendwo verabschieden könnte, ohne dass es jemand merkte. Leider würde sie dann aber niemals erfahren, was sich hinter diesem König, der Dads Haus gekauft hatte, verbarg. Und Geld verdiente sie so auch keins.

»Jetzt wächst ein Zitronenbaum in deinem Bauch. Ist doch eine feine Sache«, quietschte Luna, und Mila war davon überzeugt, den Heiligenschein über dem Kopf ihrer Kollegin leuchten sehen zu können. Wie konnte man nur dauernd so gut gelaunt sein?

Den großen gläsernen Raum, der auf den Namen Oval Office hörte, betrat Mila wie eine Ballerina, die darauf bedacht war, nicht aus der Reihe zu tanzen. Mason schaute ihr auf den Rock, dann auf die Brüste – sie ignorierte es und suchte sich einen freien Platz neben Sebastian und den Männern auf der einen Seite des Tisches. Gegenüber saßen zwei Herren, die aussahen, als wollten sie der Menschheit das Lachen stehlen. Grauer Nadelstreifenanzug, dunkelgraue Krawatte, blasser Teint, Glatze. Sie gehörten nicht hierher.

»Ich denke, wir kommen zu keiner Einigung, wenn Sie sich gegen ein erneutes Gebäudegutachten sperren«, sagte Sebastian streng. »Lassen Sie den Verein wenigstens weiterhin seine Arbeit machen. Sie behindern ihn mit Ihren albernen Absperrungen.«

»Sollen die Leute doch drumherum laufen.« Die Glatze grinste überheblich.

»Die Leute kommen gar nicht mehr zur Beratung. Nicht zuletzt wegen des Schildes, das Sie dort aufgestellt haben. ›Seuchengefahr‹. Das ist nicht rechtens. Wer hat Ihnen das erlaubt?«

»Verklagen Sie uns«, höhnte die Glatze und lachte.

»Sehen Sie mir dabei zu, wie ich gewinne«, entgegnete Sebastian. »Wenn Sie unbedingt Waffen ins Spiel bringen müssen, sollten Sie vorher checken, ob sie geladen sind. Das Schild ist lächerlich.«

Ihr Onkel hatte etwas von einem Pitbull. Breitbeinig lehnte er sich auf seinem Stuhl nach vorn und sprach mit eiserner Miene. Spätestens seit diesem Auftritt wusste Mila, warum seine Kanzlei eine der erfolgreichsten Hamburgs war.

Henning

»Und, was meint dein Staranwalt?«, fragte Robert und stieß Henning mit dem Ellenbogen in die Seite, sodass ihm beinahe die Luft wegblieb. Tix hob den Kopf und sah von seinem Mathebuch auf. »Kann er meinen Boss, also dich, aus der Sache raushauen?«

»Nein. Nichts Neues.« Henning wollte nicht schon wieder darüber reden. Dass das gegen ihn anhängige Verfahren ununterbrochen seine Gedanken beherrschte und ihm den Schlaf raubte, genügte. Er wollte wieder einer Aufgabe nachgehen, die wichtig war. Eine von den Aufgaben, die für normale Menschen unlösbar waren, körperlich wie emotional. Eine, für die er ausgebildet worden war. Er rückte den goldenen Bilderrahmen an der Wand zurecht.

»Du kannst von dem, was du nicht fühlst, nicht reden. (Shakespeare)«, stand in der Mitte der Fassung. Er wusste nicht, wann er damit angefangen hatte, Zitate zu sammeln. Schon in seiner Jugend hatte er eine Schwäche für das Theater und eine noch viel größere für Shakespeare gehabt.

»Die Kollegen und ich haben ein paar Nachforschungen zu diesem Magnus angestellt«, sagte Robert und zog ein Notizbuch mit Stift aus der Hosentasche. Er sah aus wie ein Dorfpolizist, der ein Falschparken-Ticket ausstellte.

»Nicht hier.« Henning warf ihm einen scharfen Blick zu. »Tix, worauf hast du Lust?«, wandte er sich an seinen Bruder.

»Tassenschokopudding«, antwortete der, froh, das Schulbuch zur Seite legen zu können.

»Geh rüber in die Küche und nimm dir einen. Machst du mir auch einen?« Henning hatte Tix gestern aus einem Loch geholt und wollte nicht, dass sich das Drama wiederholte.

»Du kannst ihn nicht ewig beschützen.« Robert ließ sich seufzend auf einem der frisch restaurierten Stühle nieder, als Tix außer Hörweite war.

»Stimmt. Ich muss eher dich beschützen. Dein Pullover wird gleich weiß gestreift sein. Ich hab die Lehne eben gestrichen. Oder warum, glaubst du, steht er auf der Plane?«

»Mann, sag mir doch so was.« Robert sprang auf und versuchte, seine Rückseite zu begutachten.

»Streifenlook steht dir.« Henning lachte. »Du hast ja recht, was Tix betrifft. Aber solange ich kann, werde ich für ihn da sein. Er möchte gern eine Freundin und er redet dauernd von ›ohne Downsyndrom‹. Ich glaube, er steht total auf Jessica aus Gittes Salon.«

»Die, die immer diese Hubba-Bubba-Kaugummiblasen macht? Bist du inzwischen auch noch bei einer Dating-Agentur beschäftigt? Nichts gegen dich, Kumpel, aber so ein Job liegt dir nicht. Du hältst es doch selbst mit keiner Frau länger als eine Nacht aus.«

»Du spinnst. Mom möchte ihm eben dabei helfen.« Henning hob die Arme gen Himmel, als wollte er den Herrn preisen. »So, und nun spuck aus, was du über diesen Magnus weißt. Ich habe Tix extra in die Küche geschickt. Ich möchte nicht, dass er sich aufregt. Du weißt ja, was dann passiert.«

»Nimmt ihn das immer noch so mit?«

»Er ist nicht aus Stahl wie du. Oder wie heißt das Zeug, das Tix gerade in einer Tasse kocht?« Henning lachte und schob seinem Freund einen der Stühle, die nicht frisch lackiert waren, an den Esstisch. »Natürlich nimmt es ihn mit. Sprich ihn bitte nicht mehr darauf an. Es bringt nichts.«

»Gut, verstanden. Zurück zu Magnus König: Er ist zweiundzwanzig Jahre alt und der Sohn von dem Immobilienhai Zacharias König, der alles kauft, was nicht niet- und nagelfest ist, um seine supermodernen Luxuswohnungen in der ganzen Stadt zu verteilen. Aber das wussten wir schon. Auffällig ist, dass er die Grundstücke, wenn man von oben auf einen Stadtplan schaut und die Punkte miteinander verbindet, wie bei einem Mühlespiel anordnet – was darauf hindeutet, dass der Typ sie nicht mehr alle hat. Aus seinem Bekanntenkreis heißt es, er stehe in seiner Ehe ziemlich unter dem Pantoffel – was mich überrascht, aber wohl der Grund dafür ist, dass er eine zwanzig Jahre jüngere Geliebte hat. Sein Sohn Magnus soll in seine

Fußstapfen treten. Nicht in Bezug auf Frauen.« Robert hüstelte. »Sondern in Bezug auf die Übernahme des Unternehmens. Das Vermögen der König-Familie lässt sich schwer schätzen. Immobilien hier und in anderen Ländern, Aktien. Sicher Schwarzgeld auf den Cayman Islands, was weiß ich. Er hat Kohle. Magnus ist auf eine Privatschule in Hamburg und in Kalifornien gegangen. Er studiert Germanistik und hat einen Nachtclub eröffnet – passt seinem Vater logischerweise beides nicht, auch wenn er ihn trotzdem finanziell unterstützt. Für ihn ist das hirnloser Firlefanz. An besagtem Tag war Magnus wohl zuerst in seinem Club, hat die Angestellten eingewiesen, dann war er bei dir und nach dem Zusammentreffen mit dir im Krankenhaus.« Er gestikulierte wild in der Luft herum, vermutlich in Ermangelung eines Whiteboards. »Der ältere Mann, der die Polizei gerufen hat, hat ausgesagt, er habe Gerangel gesehen und wildes Geschrei gehört. An mehr konnte er sich wohl nicht erinnern. Belastet dich also nicht konkret. Hast du dem noch etwas hinzuzufügen?«

Der alte Mann. Henning hatte ihn kaum wahrgenommen. Er hatte einen Gehstock in der Hand gehalten – soweit er ihn sich ins Gedächtnis rufen konnte. »Ich habe diesen Jungen nicht brutal angefasst, Robert.«

»Die Anklage behauptet, du hättest ihn mehrfach geschlagen und … Na ja, bei jemandem wie dir, da müssen sie nicht lange suchen, um dir einen psychischen Folgeschaden wegen deiner Arbeit anzudichten.«

Es klirrte hinter ihnen. Tix hatte die Tassen fallen gelassen, alle beide. Wie erstarrt stand er in der Küchentür und presste eine Hand aufs Gesicht.

Robert runzelte die Stirn und Henning eilte ins Bad, um ein nasses Handtuch zu holen, so wie er es meistens tat, wenn genau das passierte. Tix hatte Nasenbluten.

Mila

»Moin. Neu hier?«, sprach der Postbote Mila an, als sie nach Feierabend die angeschlagenen Steinstufen hinauftrabte. Er hielt einen Brief hoch, sein Blick wanderte zwischen ihr und der Haustür hin und her. »War mir nicht sicher, ob Sie Mila Winter sind. Es kommen ja immer wieder die unterschiedlichsten Frauen aus dem Haus.«

Foster schien ein bewegtes Leben zu führen. *Playboy.*

»Mir entgeht nichts.« Der Postbote sah sich um wie ein Paparazzo, der auf der Lauer lag. Er zog den Umschlag zurück, ehe Mila danach greifen konnte. »Erst mal Ausweis«, verlangte er, als stünde er kurz davor, sie als illegale Bordsteinschwalbe zu enttarnen.

Mila kramte in der Tasche nach ihrem Portemonnaie und zeigte ihm das Dokument. »Hier.«

Aus sicherer Entfernung linste er darauf und händigte ihr widerstrebend den Brief aus. »Dann schön' Tach noch.« Erhobenen Hauptes schritt er eine Hausnummer weiter. Sie steckte das Schreiben in die Manteltasche, ging durch den Flur in den Keller und von dort aus in den Garten. Hier ließ sie sich auf die Holzbank fallen. Was für ein Tag! Sie brauchte unbedingt einen Ausgleich zu den grauen Immobilienmännern. Die König-Anwälte waren unnachgiebig gewesen und es war im Büro entsprechend heiß hergegangen. Ein lautstarkes Wortgefecht nach dem nächsten, und wenn sie bis dahin noch gedacht hatte, Juristen säßen schweigend im stillen Kämmerlein, hatte sie sich getäuscht. Blieb zu hoffen, dass dieser König anders war als seine Männer – umgänglicher, offener, friedfertiger. Als sie die Post hervorkramte, die nur von der Kadeka-Versicherung stammen konnte, der sie kurz vor ihrer Abreise diese Adresse gegeben hatte, zogen dicke Wolken am Himmel auf. Kein gutes

Omen, und das Geräusch, das beim Öffnen des Umschlags entstand, passte dazu. Es klang so, wie sich ihre Seele anfühlte. Zerrissen.

> Sehr geehrte Frau Winter,
>
> … durch die nicht sachgerechte Verwendung von Teelichtern und der Gegebenheit, dass Sie die Kerzen über einen Zeitraum von mehr als fünfzehn Minuten unbeaufsichtigt brennen gelassen haben, liegt der Tatbestand der groben Fahrlässigkeit vor …

Sie hatte versucht, die sogenannte Gegebenheit ihrem persönlichen Ansprechpartner bei der Kadeka-Versicherung, Herrn Heinzen, zu erklären: dass sie in Zeitnot gewesen war und dass sie die Kerzen vergessen hatte. Dass das jedem hätte passieren können. Aber wenn sie ehrlich war, wusste sie, dass sie allein die Schuld an dem Brand trug, es war einfach so. Bis dato hatte sie sich nie die Packungsbeilage von Teelichtern durchgelesen. Ein Fehler. Mittlerweile hatte sie gelernt, dass die stimmungsvollen Lichtchen richtig gefährlich sein konnten und nur in einem Mindestabstand von mehreren Zentimetern – niemals dicht an dicht – entzündet werden durften.

> … Der Verzicht auf den Einwand der grob fahrlässigen Schadensherbeiführung ist nicht in Ihrem Versicherungsumfang enthalten und somit nicht gedeckt. Nach § 81 Abs. II sind wir dazu berechtigt, unsere Leistungen in diesem Fall in einem der Schwere des Verschuldens entsprechenden Verhältnis zu kürzen …

Warum war Versicherungsdeutsch nur immer so kompliziert? Sie würden den Schaden also nicht in vollem Umfang erstatten, sondern nur einen Teil?

> … Wir freuen uns, Ihnen entsprechend mitteilen zu können, dass wir aus Kulanzgründen 10 % des Schadens übernehmen, das entspricht einem Betrag von 70.000 Euro.

> Wir bitten Sie ferner höflich darum, Ihre künftigen Versicherungspolicen so abzuschließen, dass Sie den bestmöglichen Kadeka-Versicherungsschutz genießen.

> Für Ihre private und berufliche Zukunft wünschen wir Ihnen alles Gute …

70.000 Euro, die die Bank sofort einkassieren würde, um die restlichen Hausschulden zu tilgen. Es war vorbei. Sie hatte alles verloren. Sie war schwarz auf weiß finanziell am Ende. Mit der Hand über dem Mund zwang sie sich, nicht laut loszuschreien oder zu heulen. Sie musste einen letzten Versuch wagen, sofort. Mit zittrigen Fingern tippte sie die angegebene Nummer der Versicherungsfirma in ihr Smartphone. Sie landete in der Warteschleife, wie jedes Mal. Nach einer Weile raschelte es in der Leitung.

»Kadeka-Versicherungen, Heinzen mein Name.«

»Mila Winter hier, ich rufe wegen des Schadensfalls zwei-fünf-drei-sechs an.«

Sie hörte, wie Herr Heinzen ihre Daten in den Computer eingab. »Es ist ein Schreiben an Sie rausgegangen und wir haben die Zahlung bereits veranlasst.«

»Ja, aber«, sie holte tief Luft, »zehn Prozent ist so wenig. Viel zu wenig. Meine Wohnung und mein Geschäft waren in demselben Gebäude. Meine ganze Existenz.« Sie presste die Hand auf die Kehle, um das Wimmern zu unterdrücken, das sich immer weiter den Weg nach oben bahnte. »Ich habe noch den Hauskredit abzubezahlen. So viele Kosten. Herr Heinzen, ich weiß nicht, wie ich das schaffen soll. Das ist mein finanzieller Tod.«

»Na, na, na, Frau Winter, sehen Sie mal nicht so schwarz. Also, erstens können Sie froh sein, dass wir Ihnen kulanterweise immerhin zehn Prozent des Schadens ersetzen, und zweitens haben Sie auf unsere Aufforderung, die Police auf grobe Fahrlässigkeit hin zu aktualisieren, seinerzeit nicht reagiert. So haben Sie es selbst verschuldet, dass dieser Tatbestand nicht gedeckt ist. Davon abgesehen – jedes Kleinkind weiß, dass man Kerzen nicht unbeaufsichtigt lassen darf«, sagte er wenig einfühlsam. »Aber ich persönlich entscheide das ja nicht. Das machen die da oben.«

Sie sah in die Baumwipfel, was die Tränen vorerst zurückhielt. »Da war diese Gala … Können wir das nicht anders klären, von Mensch zu Mensch?«

»Frau Winter«, der Mann klang wie ein Roboter, »noch mal, wir versichern durchaus Fälle wie Ihre. Aber nur in den neuen Policen.«

»Bitte, bitte.« Jetzt wurde sie armselig, doch Betteln schien die letzte Option zu sein. Er musste einfach ein Einsehen haben. Sie dachte an den Ablagestapel in ihrem Münchener Büroraum und erinnerte sich daran, wie er höher und höher geworden war. Sie hatte keine Zeit dafür gehabt. Das laufende Geschäft ging immer vor, sie musste präsent sein, den Erfolg nach vorn treiben, backen, kochen, organisieren, sie hatte stets funktioniert.

»Frau Winter, kleiner Tipp: Akzeptieren ist oft einfacher als Verstehen. Es gibt nichts mehr zu diskutieren.«

»Ich habe einen Anwalt«, sagte sie in letzter Not.

»Und ich habe gleich Feierabend«, antwortete Kadeka-Heinzen entspannt. »Der Fall ist eindeutig«, fasste er kurz angebunden zusammen und verabschiedete sich.

Schnell auflegen und bloß nicht zusammenbrechen. Mit dem Handrücken wischte sie sich über die Augen und forschte in ihrem Gehirn hartnäckig nach der Resettaste, um alles ungeschehen zu machen. Aber es gab kein Reset. Mit wem könnte sie darüber sprechen? Dad lag im Krankenhaus, Sebastian hatte alle Hände voll zu tun, Luna wollte sie auf keinen Fall aus der Fassung bringen und ihre Münchener Freundinnen hatte sie lange genug damit belastet. Sie stand auf, begutachtete das Hochbeet und zupfte ein Minzblatt von einem Stängel.

»Hallo, du. Magst du Grünzeug?«

Sie hatte die Worte kaum verstanden, nahm dennoch ertappt die Hände von der Zitronenmelisse. Es war nicht zu übersehen, dass der Junge mit den feinen braunen Haaren – schwer zu schätzen, wie alt er war – das Downsyndrom hatte. Und er hielt eine Gießkanne in der Hand. Mit seiner grünen Arbeitshose und der Jacke erinnerte er an einen Förster.

»Bist du … sind Sie hier der Hausmeister?«, fragte sie und kam sich albern und stocksteif vor.

»Nö.« Ihr Gegenüber schüttelte den Kopf. »Ich nicht. Du?«

»Ich bin auch nicht der Hausmeister. Mein Name ist Mila«, sagte sie und schob eilig den Brief in die Manteltasche.

»Ach, du bist das. Hm.«

Sie hatte das Gefühl, der Junge würde sie zur Begrüßung gern an sich drücken, obwohl er sie nicht kannte. Er traute sich aber wohl nicht.

»Ist das da ein Geheimnis?«, wollte er dafür ohne Umschweife wissen, zeigte auf ihre Tasche und trat näher. »Geheimnisse können gut oder schlecht sein. Meistens sind sie schlecht.« Als er merkte, dass sie nicht bereit war, ihm den Brief zu geben, ließ er Wasser aus dem Gartenschlauch in die Gießkanne laufen, prüfte die Literanzeige und griff zu einer Flasche Düngemittel.

Ein Kloß bildete sich in Milas Hals und ihre Oberlippe zitterte. Warum eigentlich nicht? »Es ist ein Schreiben, das mir sagt, ich hätte mein Zuhause verloren.« War ja kein richtiges Geheimnis, nur Schiffbruch auf ganzer Linie. »Ich habe keinen Cent mehr, dafür aber viele Schulden«, fügte sie hinzu. Sie ließ die Schultern sinken, legte für eine Sekunde den Kopf in den Nacken und atmete durch.

»Du musst ein neues Zuhause finden«, antwortete der Junge und mischte den Flüssigdünger unter. Er hob den Blick und sah sie direkt an. »Ist doch einfach.« Mit der Gießkanne marschierte er zum Hochbeet, zückte eine Gartenschere aus seiner Jacke und schnitt den Salbei zurück, der ungefähr ein Drittel des Beets überwucherte. »Der Strauch gehört in den Boden«, erklärte er und schaute sich stöhnend um. »Ist aber kein Platz hier. Und du? Wo willst du wohnen?«

Mila drehte sich um ihre eigene Achse. Der Junge hatte recht. Es gab keine andere Option für den Salbeistrauch, als da zu bleiben, wo er war. Vielleicht sollte sie sich ein Beispiel daran nehmen und es wenigstens versuchen. »Ich müsste dieses Haus renovieren, dann könnte ich eventuell hierbleiben.« Mit dem Kopf deutete sie in Richtung Kellerausgang.

»Gut.« Er hielt einen Daumen in die Höhe und fuhr mit der anderen Hand über das Basilikum. »Gefallen dir meine …« Es folgte eine kleine Pause, als müsste er überlegen, was er sagte, oder Luft holen, um weitersprechen zu können. »Meine Kräuter?«

Sie trat neben ihn. »Hast du das alles selbst angelegt?«

»Nicht allein.«

Sie ging zur Kellertreppe hinüber und griff nach dem Eimer, den er für den Beschnitt mitgebracht, aber offenbar dort vergessen hatte. Sie stellte ihn neben ihm ab und blickte ihn erwartungsvoll an. Arbeiten war besser als Grübeln. »Kann ich dir helfen?«

»Weiß nicht.« Er lächelte sie liebenswürdig an. »Kannst du?« Dann zeigt er zu dem großen Walnussbaum. »Das Laub.« Wieder diese Pause, die Mila schon kannte. »Das Laub muss zusammengerecht werden.«

»Prima.« Sie ging in den Keller, um die Harke zu holen, die sie beim Ausgang an der Wand entdeckt hatte. Den Wollmantel zog sie ohne viel Aufhebens aus und legte ihn auf der nicht ganz sauberen Werkbank ab. Für Gartenarbeit war sie nicht optimal gekleidet, aber egal.

Draußen betrachtete sie die lichte Baumkrone und ließ den Blick am Stamm bis zur Holzbank mit den Herzchen hinunterwandern. Als Nächstes zog sie die hochhackigen Schuhe aus. Anders als vorher schien der Junge komplett in seine Arbeit vertieft zu sein und beachtete sie nicht mehr.

Nach einer Weile des stillen Schaffens hörte sie Schritte auf der Steintreppe hinter sich. Den harten Aufprall seiner Schuhsohlen. Sie spürte seine Anwesenheit, noch bevor sie ihn sah.

Henning

Wenn Tix aufgeregt war, verschwand er im Garten. Dieses Fleckchen Erde war sein Reich, sein Hobby. Er sah den Kräutern beim Wachsen zu, fühlte sich wohl unter den Ästen des Walnussbaums, genoss das Rauschen der Blätter im Wind und führte begeistert all die Arbeiten durch, die Pflanzen und Jahreszeiten mit sich brachten. Milas roten Mantel hatte Henning unmittelbar wahrgenommen, als er an der Werkbank vorbeilief. Er erspähte sogar einen Brief, der aus der Manteltasche

102

lugte. Ohne stehen zu bleiben, scannte er die Kopfzeile und fokussierte das grüne Logo der Kadeka-Versicherung. Ließ sie sich ihre Post hierherschicken?

Draußen erntete Tix gerade Schnittlauchhalme für das Rührei, das sie zum Abendbrot vorgesehen hatten, und er summte – heute Gloria Gaynor.

»Hallo, Henning!« Er winkte ihm überschwänglich mit beiden Armen zu, als stünde er dreihundert Meter entfernt. »Henning ist mein großer Bruder«, rief er Mila zu.

»Wie ich sehe, hast du meine Nachbarin schon kennengelernt?«

»Hab ich. Mila braucht ein neues Zuhause.« Tix zeigte mit der Gartenschere auf sie, als wäre sie eine alte Bekannte. »Sie hat Probleme mit Geld, weißt du. Wie ich, als ich letztes Mal in der Buchhandlung an der Kasse stand und die Münzen im Portemonnaie nicht gereicht haben.«

Tix war immer ehrlich und Henning merkte, wie unangenehm Mila die Worte seines Bruders waren. Also musste an seiner Aussage etwas dran sein. Die Frau, die auf Nylonstrümpfen auf der Wiese herumtänzelte und Herbstlaub zusammentrug, hatte Tix ihr Innenleben anvertraut.

»Ich kümmere mich um den Baum«, erklärte sie beiläufig. »Wohin mit dem Abfall?«

»Wir haben eine Biotonne.« Henning wies auf einen Verschlag neben dem Haus. Sie beförderte das Laub in den Eimer und trug ihn zur Tonne. Wie ein Fakir lief sie über die kleinen Kieselsteine zwischen Gras und Unterstand. Entweder machten ihr die Steinchen nichts aus oder sie wollte es nicht zugeben.

»Und wo soll dein neues Zuhause sein? Hier ja sicher nicht, oder?«, hakte er nach, als sie wieder zurückkam. Er wusste nicht, wie viel sie noch von ihrer nächtlichen Unterhaltung wusste.

Mila drehte den Stiel des Rechens in der Hand und schien zu überlegen, ob sie ihm vertraute oder nicht. Die feinen Schatten unter ihren Augen fielen ihm heute zum ersten Mal auf. »Es gibt ja diesen Käufer. Zacharias König.« Sie grummelte, als hätte sie plötzlich ein Bild des Kerls im Kopf.

Eine leichte Aggression gegen den Namen stieg in ihm auf, aber er hatte gelernt, damit umzugehen, und mittlerweile konnte man ihn durchaus als wahren Meditationsmeister bezeichnen, was die Kontrolle seiner Emotionen betraf.

»Ich bin der Kräuterkönig.« Tix' lautes Lachen durchbrach die betretene Stimmung. Es war so ansteckend, dass sich Milas Mundwinkel automatisch nach oben bogen. Sie sah süß aus, wenn sie lächelte.

»Können wir dann abendessen, Tix?«

»Yep, bin hier gleich fertig.« Mit dem Schnittlauch in der Hand schlenderte Tix in Richtung Keller. »Du hast vergessen, mich nach meinem Namen zu fragen, Mila.« Er hielt neben ihr an und zog die Brauen eng zusammen. Sie würde ein schlechtes Gewissen bekommen, wenn er sie noch länger so fixierte. Dabei war Tix gar nicht beleidigt oder sauer. Richtig ungehalten wurde er eigentlich nie.

»Das tut mir leid«, entschuldigte sie sich sofort.

»Quatsch. Ist doch kein Problem. Jetzt kennst du ihn ja.« Lächelnd drehte Tix sich um und ging. Schuldbewusst sah sie ihm hinterher.

»Mach dir keinen Kopf.« Henning trat neben sie ans Hochbeet. Er hätte ihr gern die Hand auf die Schulter gelegt, griff aber stattdessen nach der Schere, die sein Bruder vergessen hatte. Die scheue Nachbarskatze machte sich bemerkbar und strich um Milas Beine, weshalb sie sich bückte und das Tier streichelte. Normalerweise ließ die Katze sich von niemandem anfassen. Henning hatte schon einige tiefe Kratzer davongetragen, genauso wie Tix. Doch bei Mila hielt sie still und legte sich ins Gras. Mila krempelte die Ärmel hoch und sein Blick fiel auf ihre Narbe. Ohne ihn anzusehen, zog sie den Stoff schnell wieder herunter, als wäre das eben nur ein Versehen gewesen. Lediglich das Mut-Tattoo blieb sichtbar auf der zarten Haut der Innenseite ihres Handgelenks.

»Dein Bruder ist nett. Heißt er wirklich Hicks, wie ein Schluckauf?«

Henning konnte sich kaum beherrschen vor Lachen. »Auf die Idee ist noch niemand gekommen. Nein. Er heißt Tix, aber eigentlich heißt er gar nicht so. Er hat sich selbst so genannt, als er ein kleines Kind war, und dabei ist es geblieben. Er konnte seinen richtigen Namen nie gut aussprechen. Vielleicht wollte er auch nicht. Manchmal ist er eigensinnig.« Mit einem dumpfen Geräusch ließ er die Gartenschere neben Mila in den leeren Eimer rutschen. Erschrocken hüpfte die Katze zur Seite.

»Wie ist denn sein richtiger Name?« Mila richtete sich auf.

»Er bringt mich um, wenn ich es dir verrate. Das kann ich nicht tun, ich hab keine Chance gegen ihn.«

Sie sah ihn sprachlos an, und er wusste auch ohne ihren Blick, wie er auf Menschen wirkte. Er war groß, breit, unnahbar und kühl – wie ein Kerl, der sich nichts gefallen ließ. Tix dagegen war weich, warm, offen, herzlich. Es hatte Zeiten in seiner Jugend gegeben, da hatte Henning ihn darum beneidet – um die Aufmerksamkeit, die ihm von allen Seiten zuteilwurde, besonders von ihrer Mutter. Und dann kam die Zeit, in der er verstand. »Nur so viel, meine Mutter stand damals tierisch auf einen britischen Filmschauspieler.« Er legte den Zeigefinger an die Lippen. »Und jetzt zu dir. Was ist mit dir und diesem Haus?« Er musste sie dazu bringen, sich ihm anzuvertrauen. Nur so würde er erfahren, wie er seine Wohnung retten konnte.

»Sag mal, hast du uns eben ein bisschen belauscht?«

»War nicht nötig nach letzter Nacht.« Seine Worte klangen bedeutungsschwerer, als sie waren, aber er wollte mehr wissen. »Nicht, dass sonst irgendetwas Aufregendes in deinem Schlafzimmer passiert wäre«, setzte er entsprechend vergnügt hinzu, was sie vollends zu verunsichern schien.

Sie hielt sich die Hände vor die Augen. »Ich erzähle es dir jetzt einfach. Ist auch schon egal. Also, ich habe achtundzwanzig Tage Zeit, dieses Haus instand zu setzen. Falsch. Heute nur noch sechsundzwanzig«, korrigierte sie sich. »Mein Dad stellt sich vor, dass ich es renoviere und am Ende ein Konzept für den Geschäftsbereich und am besten auch für mein Privatleben präsentiere. Aber das kann ich nicht. Kein Geschäft, keine Renovierung, und privat geht schon dreimal nichts.«

Erstaunlich. »Gibst du immer so schnell auf?« Henning hatte früh eine Marschroute für sein Leben entworfen. Gut, sie war ihm wie eine Bombe um die Ohren geflogen. Dennoch hielt er daran fest. Einen Plan zu haben war besser, als gar nichts zu haben. »Ich würde niemals freiwillig das Feld räumen. Egal, wie aussichtslos es ist.«

»Ich hab kein eigenes Geld für eine Renovierung und keine Ahnung von so was.« Erneut strich die Katze um ihre Beine, aber dieses Mal beachtete Mila sie nicht. »Ich kann nicht leisten, was er von mir will«, gestand sie mutlos. »Es ist schlicht unmöglich.«

»Nichts ist unmöglich.« Die Aussicht auf eine minimale Chance traf Henning wie ein Projektil. Ja, es war verrückt, aber es war auf jeden Fall ein Weg, das zu bekommen, was er brauchte. Auch wenn der Weg verdammt steinig wäre. Im Grunde hätten sie alle etwas davon. »Du musst mir versprechen, dass du für dich behältst, was ich dir jetzt sage.«

Neugierig trat sie an ihn heran, so nah, dass er ihr Parfum riechen konnte. »Ich helfe dir«, sagte er und nahm übermütig eine ihrer Haarsträhnen zwischen die Finger, rollte sie leicht an der Spitze auf. Dabei war er sich voll und ganz bewusst, wie chauvinistisch diese Geste bei ihr ankommen musste, aber es war ein Reflex.

»Du hast mir schon genug geholfen.« Sie blinzelte ihn an und wich zurück. Die Strähne entglitt ihm.

»Dieses Mal ist es anders. Ich tue nur etwas für dich, wenn du etwas für mich tust. Win-win.« Er steckte die Hände in die Taschen und trat näher an sie heran.

»Wird das ein unmoralisches Angebot, Foster?«, entgegnete sie matt. »Bei Sex für eine Million Euro wäre ich glatt dabei. Das Geld kann ich gut gebrauchen.«

»Die Krux ist nur, dass dir niemand eine Million für deine Gefälligkeiten zahlen wird.« Er kreuzte die Arme vor der Brust. »Mein Angebot ist besser.«

»Ich will sowieso keinen Sex mit dir«, sagte sie. »Was ich brauche, ist ein Bautrupp.«

»Eben. Und ich helfe dir, in sechsundzwanzig Tagen dieses Haus zu renovieren, wenn du anschließend die Kündigung rückgängig machst und mich weiterhin hier wohnen lässt.«

»Mit dem Trupp hab ich mehr als eine Person gemeint, und das mit dem Wohnen ist ein ziemlich hoher Preis.« Ihr glockenhelles Lachen signalisierte ihm, dass sie ihn nicht ernst nahm. Sie schlenderte zum Walnussbaum und er folgte ihr. »Wie willst du das überhaupt anstellen, Foster? Das ist ein Haus, kein Schrank.«

»Ich bin gelernter Zimmermann. Ich kriege das hin. Ich hab Erfahrung im Hausbau, zufällig Zeit und ich bin nicht dumm.« Er konnte ihr nicht die ganze Wahrheit erzählen. Das hätte sie nur verwirrt. »Wir bekommen es so hin, dass dein Vater es akzeptieren wird. Versprochen.«

»Versprich nichts, was du nicht halten kannst.« Sie bückte sich und hob einen ihrer hochhackigen Pumps in die Luft, ohne ihn anzuziehen.

Anscheinend tat sie seinen Vorschlag nicht als reine Schnapsidee ab. »Ich würde es dir nicht anbieten, wenn ich mir nicht tausendprozentig sicher wäre, dass wir das schaffen«, legte er deshalb nach. »Muskeln und Hirn. Mehr brauchen wir nicht.«

Sie atmete aus. »Ich nehme an, ich bin das Hirn in unserem Projekt?«

»Du bist frech.«

Sie deutete auf seinen Bizeps. »Wenn du dir die Arme nicht nur antrainiert hast, um Frauen im Club zu beeindrucken, dann könnte die Kombination vielleicht tatsächlich funktionieren.«

»Ich korrigiere mich: Du bist extrem frech. Aber wenn du schon das Hirn hier bist … Hast du denn eine bessere Lösung für dein und mein Problem parat als das, was ich dir eben angeboten habe?«

Mit skeptischem Blick steckte sie den Schuh an den Fuß, blieb ihm jedoch eine Antwort schuldig. Erst als sie den zweiten Schuh am anderen Fuß hatte, blickte sie ihm erneut in die Augen. »Das ist totaler Irrsinn.«

Ja, das war es. Er schwieg trotzdem, während sie erneut tief ausatmete.

»Nun gut. Du hast gewonnen.« Sie hielt ihm die Hand hin, aus der er erst kürzlich einen Holzsplitter gezogen hatte. »Abgemacht.«

Vorsichtig umfasste er ihre kühlen Finger, hielt sie länger fest, als nötig gewesen wäre. »Abgemacht.«

»Sollen wir das schriftlich festhalten?«, fragte sie betont teilnahmslos.

»Du vertraust niemandem, oder?« Was wollte sie denn bitte schön festhalten? Ihm hätte die mündliche Zusage gereicht. Aber wenn sie es unbedingt verkomplizieren wollte … »Kein handgeschriebener Vertrag. Wenn, dann möchte ich ein Pfand von dir, das sicherstellt, dass du mir danach auch tatsächlich das Wohnrecht gibst.«

»Du möchtest ein Pfand? Wer vertraut hier wem nicht? Und was bekomme ich dafür?«

»Mich.«

»Wie meinst du das?« Sie rümpfte die Nase.

»Na, meine volle Arbeitskraft.«

»Ach so. Und was hältst du statt der Pfandgeschichte von Blutsbrüderschaft? Das ist doch sicher eher dein Ding.« Sie deutete mit dem Zeigefinger auf den Eimer zu seinen Füßen. »Da ist eine Schere. Und die zugehörigen Narben hast du auch schon.«

Instinktiv fasste er sich an den Hals. Es war eindeutig, was sie meinte, und er erinnerte sich daran, wie es damals gekracht hatte, als es diesen Rückstoß gab. Berufsunfall nannte man das in seinen Kreisen. Er war allerdings davon ausgegangen, dass Mila Winter keine morbiden Vorlieben hatte und sich nicht unnötig verletzen wollte, besonders nach der Aktion mit dem Mini-Holzsplitter. »Ich würde diese Angelegenheit ehrlich gesagt lieber ohne Blutvergießen regeln. Wie normale Menschen.«

»Ich habe aber nichts, was ich dir als Pfand geben könnte. Das ist mein absoluter Ernst.« Sie strich an dem Rockstoff entlang auf der Suche nach Taschen, vermutlich um ihm zu verdeutlichen, dass sich darin nichts befand.

»Du hast einen Strohhut, der alles andere als ein Augenschmeichler ist, für dich aber offenbar einen hohen Wert besitzt.« Hätte sie sich sonst in Lebensgefahr gebracht?

Sie kniff die Augen zusammen, als wollte sie den Hut nicht herausrücken und die Sache lieber platzen lassen. Doch dann zog sie die Nase kraus. »Meinetwegen. Er bekommt aber einen Ehrenplatz und du passt darauf auf«, verlangte sie. »Ich bringe dir den Hut vorbei.« Ihre Brust hob und senkte sich schneller, ein Zeichen dafür, wie angespannt sie atmete. »Wir haben tatsächlich eine Abmachung. Du und ich.« Ehrfürchtig trat sie einen Schritt zurück, als hätte sie gerade einen Pakt mit dem Teufel geschlossen. »Und nun? Entwerfen wir einen Plan?«

Er würde Mila helfen, dieses Haus in ihren Besitz zu bringen. Er würde Tix helfen, weiterhin glücklich zu sein. Und damit sich selbst helfen. Vielleicht konnte er sogar die Zeit zurückdrehen und alles aufklären. Das wäre sein größter Wunsch.

»Nichts funktioniert ohne einen Plan, Mila. Packen wir's an.«

Anwälte und Zuckerpuppen

Mila

Wegen der Zeitverschiebung und weil sie allein sein wollte, hatte Mila bis zum Ende der offiziellen Mittagspause gewartet, um ihren Dad anzurufen. Doch selbst in der mittlerweile leer gefegten Cafeteria hatte sie keine Ruhe vor ihrem neuen Kollegen. Mason war allgegenwärtig. Wenn sie den Anruf heute noch hinter sich bringen wollte, musste sie ihre dreißig Minuten Pause aber trotzdem nutzen. Konzentriert tippte sie die US-Nummer in ihr Handy und versuchte, den jungen Anwalt, der sich am Kaffeeautomaten großspurig in Szene setzte, nicht zu beachten.

»Hey, Myla, auch einen Kaffee für dich?«

Ignorieren gescheitert.

Die englische Aussprache ihres Namens störte sie weit weniger als die Tatsache, dass er augenscheinlich nicht vorhatte, den Raum so schnell zu verlassen. Er lehnte am Automaten und sah aus wie einem Herrenmagazin entsprungen: kurz rasierte schwarze Haare, dunkle Augen, olivfarbener Teint, dazu ein weißes Hemd und eine silberglänzende Uhr.

Statt schnellstmöglich zur Arbeit zurückzukehren, brach er ein Gespräch vom Zaun. »Du musst dich besser tarnen, wenn du dich vor den grauen Nadelstreifenanzügen der Königs in der Cafeteria verstecken möchtest«, sagte er mit Blick auf ihr Batikkleid. »Zu bunt, Honey. Fällt zu sehr auf.« In Zeitlupe presste er die Cappuccinotaste. »Aber du fällst sowieso auf.«

»Pst … Ich telefoniere«, flüsterte sie, obwohl es unsinnig war, leise zu sein, wenn er es nicht war. Die betagte Kaffeemaschine, die in dem modernen Bürokomplex fehl am Platze war, ratterte und wackelte. »Hallo, Dad.« Ihre Muskulatur entspannte sich, als sie seine Stimme hörte. »Geht es dir besser?«

Mason hypnotisierte derweil den Plastikbecher, den die Maschine ausspuckte, bevor die Flüssigkeit hineinlief – als hätte er so etwas nie zuvor gesehen. Er nahm das Getränk und blies es vor ihren Augen in Slow Motion kühl. Mila drehte sich zum Fenster.

»Ich lebe, obwohl das Essen in der Klinik wie eine Giftmischung schmeckt.« Oha, Dad erholte sich offenbar. »Ich weiß gar nicht, was ich hier soll. Ein kleiner Schlaganfall und schon ist man abgeschrieben.« Er unterdrückte ein Husten und räusperte sich stattdessen. »Total übertrieben.«

»Du bist zusammengebrochen und hast auf der Intensivstation gelegen.« Obwohl sie ihm widersprach, verstand sie seine Ungeduld. Sie hatte diese Charaktereigenschaft schließlich von ihm geerbt. Hastig biss sie in ihr Franzbrötchen. Wie hatte sie nur so viele Jahre ohne dieses zuckerige Gebäck überleben können?

»Ich muss mich dringend um mein Unternehmen kümmern«, lamentierte Dad. »Ich kann nicht ewig wie eine Mumie in diesen weißen Laken herumliegen, während mein Betrieb zugrunde geht.«

Ging er nicht. Aber müßig zu erwähnen.

»Bald kommen wieder unsere saisonalen Kuchen mit Spekulatius- und Lebkuchengeschmack ins Sortiment. Da kann ich schlecht krankfeiern.« Die ersten drei Töne von »Last

Christmas« schafften es in Milas Gehirnwindungen. Das Bild eines festlich geschmückten Tannenbaums konnte sie im letzten Moment aufhalten. Sie versuchte, sich auf das Wesentliche zu konzentrieren.

»Stephan ist doch da. Mach dich nicht so verrückt.« Ihr Halbbruder Stephan war geschäftstüchtig und fleißig. Die Zusammenarbeit der zwei Streithähne ging zwar nicht immer konfliktlos vonstatten, aber im Großen und Ganzen lief das Unternehmen wie am Schnürchen. »Du solltest deine Rente genießen und ihm das Ruder überlassen.« Es war mehr eine Erinnerung als ein Vorwurf. Dad stöhnte trotzdem genervt. Rachel hatte sicher schon oft genug erwähnt, dass es für ihn langsam an der Zeit wäre, kürzerzutreten. Und für Mila war es an der Zeit, ihn jetzt aufzuheitern. »Ich habe eine gute Neuigkeit für dich. Du freust dich bestimmt. Ich weiß nur nicht, wie ich es am besten sagen soll.«

»Solange es nicht wieder um den Antritt meines Lebensabends geht, freue ich mich über alles«, erwiderte er und lachte kurz. »Also?«

Tja, wie begann man so etwas? Bestenfalls würde der folgende Satz einiges verändern: die schwierige Beziehung zu ihrem Vater, die explosive Stimmung zwischen Foster und ihr, ihren gesamten weiteren Lebensweg. Aber wenn ihr Plan nicht aufging, wäre sie für sechsundzwanzig Tage von dem Fürsten der Finsternis abhängig und würde danach in einen Abgrund stürzen, weil sie es nicht geschafft hatte, Dad zu genügen. Sie trommelte mit den Fingernägeln auf der Tischplatte herum. Der alles entscheidende Satz lautete: »Ich nehme dein Angebot an, Dad.«

»Nein, Mila. Fertigkuchen und Co. kannst du dir schön selbst im Supermarkt kaufen«, sagte er entrüstet, als hätte sie ihn damit beauftragt, schleunigst zwanzig Kilo seiner Backspezialitäten in eine Kiste zu packen und nach Übersee zu verschiffen.

»Ich meine das Haus in der Finkenstraße. Ich renoviere es und versuche, mir eine neue Existenz aufzubauen.«

»Ach.« Verhaltene Stille am anderen Ende der Leitung. Dann knusperte es, so, als bisse er in einen Weihnachtskeks. »Woher kommt der plötzliche Sinneswandel?«, fragte er und schlürfte etwas, vermutlich Krankenhaustee. »Du musst es nämlich wirklich wollen, nicht nur sagen.«

»Ich will es wirklich, Dad. Und der Gärtner hat mich überzeugt.« Sie dachte an Tix und den Salbeistrauch und konnte ein Glucksen nicht unterdrücken. »Ist es in guten Filmen nicht immer der Gärtner?«

»Donnerknispel.« Es schepperte ohrenbetäubend. Vor lauter Freude hatte Dad anscheinend sein Krankenhaustischchen zertrümmert. »Kommen wir zu meinen Bedingungen.« Er wurde wieder ernst. »Ich möchte jeden Tag ein Foto vom Bau sehen«, donnerte er durch den Hörer. »Ich bin so gespannt. Endlich hast du mal eine vernünftige Entscheidung getroffen, Mila. Herzlichen Glückwunsch.«

Da war er wieder: Peter Wirthz, der unbezwingbare Kuchen-Mogul *für Supermärkte und Discounter*. Und sie, seine Tochter, die seiner Meinung nach nichts mehr auf die Kette bekam. Sie fühlte sich schlecht bei dem Gedanken, dass er eventuell recht haben könnte, aber sie hatte keine Wahl.

»Wenn du es schaffst, kannst du frei über das Haus verfügen. Das ist doch was«, triumphierte er. »Hast du schon eine Antwort von der Kadeka-Versicherung? Kann ja nicht ewig dauern, so was.«

»Nichts gehört.« Sie hatte keine Lust, ihrem Dad in Gegenwart von Mason, der mittlerweile stillschweigend vom Kaffee- zum Süßigkeitenautomaten gewechselt war, Rede und Antwort zu stehen. »Sieht aber nicht gut aus, schätze ich.«

»So oder so, ich stelle dir ein Budget von zwanzigtausend Euro zur Verfügung. Das Geld hatte ich damals für die

Renovierungsmaßnahmen vorgesehen. Ich überweise es auf ein separates Konto, auf das nur du Zugriff hast.« Das war großzügig. Allerdings war das gesamte Unterfangen ohne seine Finanzspritze eh unmöglich. Foster und sie hatten das nicht zu Ende gedacht. Hoffentlich reichte das Geld. »Wann, sagtest du, meldet sich die Versicherung?«

Der Heinzen? Gar nicht mehr. »Weiß nicht.«

»Na, egal. Zwanzigtausend Euro. Du musst mit dem Betrag auskommen, Mila, mehr investiere ich nicht in den alten Kasten. Es ist der Gewinn, den ich durch den Verkauf erziele. Für den Fall, dass du es nicht schaffst, habe ich also nichts verloren. Null Risiko.«

Er war Geschäftsmann und er schien nicht an sie zu glauben. Sie biss die Zähne aufeinander. »Danke für die Chance, Dad.«

»Keinen Cent mehr, Mila«, wiederholte er streng. Sie bejahte kopfnickend, was er natürlich nicht sah. »Und denk bitte an das tägliche Foto und vor allem an deine Zukunft.«

»Ich werde wieder selbstständig sein«, bestätigte sie, eher an sich selbst gerichtet, und verabschiedete sich. Mason hantierte mit einem Snickers herum, als bekäme er die Verpackung nicht aufgerissen. Sie bedachte ihn mit einem vorwurfsvollen Killerblick, woraufhin er sein Handy aus der Hosentasche zerrte und sich ins Display vertiefte.

»Ernsthaft, Mason? Fünfzehn Minuten, um einen Kaffee und ein Snickers zu ziehen? So was wie Privatsphäre gibt es bei dir wohl nicht.« Sie schob sich den Rest des Franzbrötchens in den Mund, erhob sich und strich sich die Blätterteigreste vom Kleid.

»Das ist eine öffentliche Cafeteria und in der Kanzlei Wirthz und Partner gibt es noch nicht einmal beim Pinkeln Privatsphäre.« Er schlenderte auf sie zu. »Reg dich ab, Honey.« Mason wedelte mit der Schokolade vor ihrer Nase herum. »Möchtest du ein Stück? Ich teile mit dir – wie Bruder und

Schwester, Hänsel und Gretel. Ich bin, was immer du willst. Stehst du auf Rollenspiele?« Er brach den Riegel in zwei Hälften. Würde er nicht so verdammt gut und vor allem intellektuell aussehen, wären seine Sprüche so ungehobelt rübergekommen, wie sie waren. Die meisten Frauen fanden ihn sicher trotzdem anziehend, egal, was er von sich gab.

Trotzdem oder gerade deswegen lehnte sie ab. »Nein, danke.«

»Was denn? Karamell-Allergie?«, fragte er scherzhaft.

»Mason-Allergie.«

»Nicht schlecht gekontert.« Für einen Mini-Augenblick schien er verlegen zu sein. »Irgendwann wirst du Ja zu mir sagen, Honey, und ich werde meine letzte Schokolade mit dir teilen. Du wirst mich noch brauchen, wirst sehen.« Er zwinkerte ihr zu und sie wusste nicht, ob das ein gruseliger Spaß oder eine charmante Drohung sein sollte.

Henning

Lieber hätte er mit ihr telefoniert, aber Luna wollte sich treffen, und sie hatte recht damit. Er vernachlässigte seine Freunde seit diesem Vorfall vor zwei Monaten. Die flüchtige Begegnung mit ihr im Hausflur zählte nicht und von den vergangenen Wochen hatte er so gut wie gar nichts mitbekommen, obwohl ihr kleines Bäuchlein inzwischen nicht mehr zu übersehen war. Vor einiger Zeit hatte sie ihm eine Nachricht geschrieben, irgendwann, als die kritische Phase überstanden war, und ihm mitgeteilt, dass mit dem Baby alles in Ordnung sei. Sogar ein Foto hatte sie angehängt, auf dem das angebliche Kind aussah wie eine Erdnuss. Schwer vorstellbar, dass die Erdnuss in ein paar Monaten Windeln brauchen und schreien würde.

Jetzt saß Henning auf der Bank einer einschlägigen Kneipe auf der Reeperbahn und wartete auf Luna. Er hatte die Lokalität gewählt, weil er sich hier wohlfühlte. Zwar arbeitete er nicht auf der Davidwache, aber auch in seinem Job kannte man früher oder später jeden auf dem Kiez. Mit Dietmar Larsen, dem Wirt vom *Elbtunnel,* war er schon seit Dienstantritt gut bekannt. Ohne zu fragen, brachte ihm daher der Mann mit dem weißen Vollbart und dem gestreiften Matrosenhemd einen schwarzen Tee mit Kandis. Und kurz darauf eine heiße Schokolade mit Spekulatius für Luna, die sich wie immer verspätete. Vor ein paar Jahren hätte Dietmar Henning einen sogenannten Mexikaner hingestellt. Ein hochprozentiges Getränk, das aus klarem Schnaps, Tomatensaft, Sangrita, Tabasco, Salz und Pfeffer bestand. Doch seit der Heavy-Metal-Typ mit den schiefen Zähnen, der irgendwie ständig am Tresen saß, Henning zu einem Wetttrinken aufgefordert hatte – was nicht gut ausgegangen war –, verzichtete Dietmar darauf. Zudem war das Zeug teuflisch scharf, drehte einem den Magen um und Henning trank sowieso nicht gern viel Alkohol. Der Wirt stützte sich auf dem Holztisch ab. Mit seinen sechzig Jahren war Dietmar nicht mehr der Jüngste, aber dafür einer der erfahrensten Barkeeper auf St. Pauli.

»Dat geiht nu los hier!« Er klopfte gegen seine blau-weiße Seemannskappe, die mindestens genauso viele Jahre auf dem Buckel hatte wie er selbst. Auf seinem rechten Unterarm strahlte ein Anker-Tattoo, auf dem linken eine dunkelhaarige Rockabilly-Dame, die ein Herz hochhielt, auf dem »Yvonne« stand. Seine Frau hieß Silke, war optisch meilenweit von der feurigen Yvonne auf seinem Arm entfernt und mindestens dreimal so kräftig wie die mehr als zierliche Tattoo-Lady.

»Ik bekomm gar nichts mehr von euch harten Jungs mit«, beschwerte er sich in seinem gewohnten Mischmasch aus Hamburger Platt und Hochdeutsch.

»Schwierige Zeiten, Dietmar.« Henning vermied es bewusst, ins Detail zu gehen, doch er hatte nicht damit gerechnet, dass sich die Einzelheiten schon herumgesprochen hatten.

»Ik glöv ja nich, dass du dat warst. Wat 'n reicher Schnösel! Magnus König.« Er lachte verächtlich. »Hat dat mongolische Restaurant übernommen, mit Papas Geld umgebaut und *Magnus-Bar* genannt. Wat'n Name! Wenn der man kein Dreck am Stecken hat, weet ik och nich.« Dietmar wanderte hinter den Tresen. »Luna hat sich hoffentlich nich verlaufen? War och lang nich mehr da«, rief er.

»Nein. Und wenn doch, finde ich sie«, antwortete Henning im Spaß, aber er wusste, notfalls wäre es so. Er kannte Hamburg wie seine Westentasche und er mochte es, hier zu leben. Keine Katastrophe, kein Weltuntergang und keine Zombie-Apokalypse konnten ihn aus dieser Stadt vertreiben. Er war im Osdorfer Born groß geworden, hatte seine Zimmermannslehre dort durchgezogen. Seine Mutter und Tix lebten immer noch in dem Plattenbaugebiet – wie die meisten, mit denen er früher Zeit verbracht hatte. Doch irgendwann hatte Henning den eintönigen Bauten den Rücken gekehrt und sich bewusst für seinen jetzigen Job entschieden. Es war so, wie seine Mutter gesagt hatte: *Der Mantel des Beamten ist eng, aber er hält dich immer warm.* Diese Entscheidung hatte sein ganzes Leben verändert. Es war das Beste, was er hatte tun können.

»Na, Lulu.« Seine Ex-Freundin trug heute zum ersten Mal flache Ballerinas und hatte diesen Mama-Glanz auf dem Gesicht – ein bisschen voller, zufriedener, was ihn angesichts der Umstände sehr freute. Natürlich würde sie die beste Mama überhaupt werden, so viel war sicher. Mehr als einmal hatte Robert ihm einen Hieb dafür verpasst, dass er diese Frau hatte gehen lassen. Henning stand auf, um ihr den Mantel abzunehmen.

»Lieb von dir. Du bist ab heute meine Ersatzhebamme.«
Sie grinste, nippte noch im Stehen an der heißen Schokolade
und ließ den Blick schweifen. »Sieht anders hier aus, oder?«

»Will ik wohl meen«, stimmte Dietmar von Weitem zu. Er
hatte sie gehört. Kinderspiel – mittags waren kaum Gäste da.
»Darf ik mol anfassen?« Als habe er nur darauf gewartet, dass sie
es erlaubte, hüpfte er, gelenkiger als er schien, hinter dem Tresen
hervor, kam zum Tisch und legte seine Hand auf ihr Bäuchlein.

Es war Henning ein Rätsel, warum Menschen bei
Schwangeren dauernd den Bauch befühlen mussten. Er verspürte diesen Drang überhaupt nicht, und das ganz ohne
schlechtes Gewissen. Er hatte ihr gesagt, dass er keine Kinder
wolle, was nur der halben Wahrheit entsprach, um ehrlich zu
sein. Aber es war nun einmal, wie es war.

»Wir sind wohlauf, Dietmar«, erklärte Luna seelenruhig.
Sie trug ein Oberteil, das ihre Schultern zeigte, begleitet von
einem knappen Rock. Sie war immer noch der Typ Frau, dem
die Männer hinterherpfiffen. Attraktiv, ja, aber für Henning
war sie vor allem eine gute Freundin. Das war wichtiger. Sie
akzeptierte ihn, stand hinter ihm und glaubte ihm. Umgekehrt
galt das genauso, was das Herz ihrer Freundschaft ausmachte.
Vielleicht war es mit einem geschwisterlichen Verhältnis ver-
gleichbar. Luna hatte keine Geschwister, und wie sie sagte, hatte
sie sich immer einen großen Bruder gewünscht.

»Na, dann lass ik euch zwei mal allein, Kinners. Drei.«
Dietmar verdünnisierte sich und Lulu nahm endlich Platz.

»Wie ist die Lage bei dir?«

»Noch beurlaubt, ansonsten unverändert. Der Prozess ist
bald, Tix redet nicht darüber und ich kann ihn nicht dazu
zwingen.«

»Merkwürdig, das passt so gar nicht zu ihm. Er ist doch sonst
so eine Quasseltante.« Sie leckte den Schokoladenlöffel ab, zog ihr

Handy aus der Handtasche und scrollte durchs Display. »Soll ich ihn noch mal anrufen oder mit ihm schreiben? Was meinst du?«

»Das haben wir doch alles hinter uns. Ich hab dich tief genug in den Schlamassel mit reingezogen. Du hast mir den Anwalt vermittelt. Lass gut sein.« Reflexartig griff er nach dem Zuckerstreuer und gab einen Löffel Zucker in seine Tasse. »Tix wird nicht mit dir darüber reden und auch mit keinem anderen. Er hat die Sache abgehakt.«

»Ach, Henning. Du bist so negativ heute.«

»Na gut, neuer positiver Vorschlag: Ich lasse mir den Bart abrasieren, besorge mir eine andere Identität und wandere noch vor dem Gerichtstermin aus.« Er grinste.

»Untersteh dich. Das ist eine ernste Angelegenheit. Damit macht man keine Witze.«

»Nenn es Galgenhumor.«

»Es kann echt nicht sein, dass der Einzige, der dich vor Gericht entlasten könnte – der Mensch, den du am meisten liebst – die Aussage verweigert. Für den Richter wird es aussehen, als hättest du diesen Magnus verprügelt. Und zwar so lange, bis der arme Junge blutend auf der Straße lag. Die einzige Schwachstelle bei der Gegenseite ist, dass Magnus weg war, als die Polizisten, die der alte Mann gerufen hatte, eintrafen.« Sie atmete schwer, als strengte es sie an, so viel zu sprechen. Waren das Nebenwirkungen einer Schwangerschaft? Er hatte keine Ahnung, aber es gefiel ihm ganz und gar nicht, dass er sie mit seiner Geschichte belastete. »Unerfreulicherweise ist Magnus dann später mit seinen Verletzungen im Krankenhaus aufgetaucht und hat dich angezeigt. Schöner Mist.«

»Ich bin ein unberechenbarer Kampfhund. Das ist die offizielle Version.« Er schüttelte den Kopf. »Lass uns nicht weiter darüber reden.«

»Das ist ja gerade so schrecklich. Dass sie das denken werden.« Sie fasste sich an den Bauch, und er hätte alles dafür getan,

120

wenn er ihr die Sorge um ihn hätte nehmen können. Aber das konnte er nicht.

»Ich habe keinen offiziellen Augenzeugen und dieser Magnus hat das Gutachten aus dem Krankenhaus. Was soll ich machen, Lulu?« Er hatte nach wie vor keinen Schluck getrunken. »Ich steh mit dem Rücken zur Wand.«

»Ohne Tix' Aussage hast du verloren. Du musst ihn dazu bringen, etwas zu sagen, Henning.«

»Ich schaffe das nicht.« Wieder griff er nach dem Zuckerstreuer. Kurz darauf schwappte der Tee über den Tassenrand.

»Du gibst normalerweise nie auf. Warum diesmal?«, echauffierte sich Luna. »Lass dir gefälligst etwas einfallen.« Sie erhob sich, beugte sich vor und schlug mit ihrer zarten Faust auf die Tischplatte wie eine Erzieherin der alten Schule. Eines von Dietmars neuen Deko-Schiffchen hüpfte erschrocken in die Höhe. »Sorry, das sind die Hormone.«

»Ja, lass dir wat einfallen. Einfälle sind gut.« Der Wirt kam an den Tisch und rückte das Schiffchen wieder in Position. »Apropos, ik muss och sehn, dat Geld in die Kasse kommt.« Er wies auf die Tischdekoration und tat so, als sei seine Spielzeug-Hafenlandschaft filmreif. »Es läuft nich mehr über Mund-zu-Mund-Propaganda und Touristenheftchen.«

»Wenn du hier die Puppen tanzen lässt, dann schon.« Henning deutete auf das Deckengebälk. »Pole-Dancing, Hafenfeeling inklusive.«

Der stämmige Wirt überlegte. »Ik broch Zuckerpuppen.« Er lachte sein tiefes Seemannslachen. »So een Schangs kummt nich wedder.«

»Das erlaubt dir Silke nie«, sagte Luna kichernd. Jeder wusste, wie krankhaft eifersüchtig seine Frau war. Zugegeben zu Recht.

»Ik weet und ik beuge mich der Macht der Frauen.« Er verneigte sich tief. »Is leichter auf Dauer. Kennt man ja.« Der

Seebär wirkte eingeschüchtert, und auch wenn Henning eben noch gelacht hatte, war er einmal mehr froh, sich gegen eine Beziehung mit Eifersuchtsdramen und Zwängen entschieden zu haben.

»Zu den Zuckerpuppen passt dein Kakao auf jeden Fall. Wir lieben ihn«, seufzte Luna verzückt. Seit ihrer Schwangerschaft hatte sie den Tick entwickelt, von sich selbst im Plural zu sprechen – so als schaukele sie das Kind schon auf dem Arm über den Kiez. Die Vorstellung erinnerte Henning daran, dass es Bedeutsameres gab als seine verfahrene Situation. »Sieht man im Ultraschall echt nicht, ob es ein Mädchen oder ein Junge wird?«

»Weil du gern einen Jungen hättest wie alle Männer?«, feixte Luna frech, und sogar Dietmar schnalzte missbilligend mit der Zunge. »Jungs kann man normalerweise früh erkennen, weil sie zeigefreudiger sind. Mädchen sind schüchterner. Wie im wahren Leben. Aber die Mädchen-Mamas sollen während der Schwangerschaft extrem auf Schoki abfahren.« Sie klopfte mit dem Teelöffel gegen die Tasse. »Und der Bauch geht mehr in die Breite.« Mit den Händen formte sie einen imaginären Ballon um sich herum, schob sich den beiliegenden Spekulatiuskeks in den Mund und ließ sich zufrieden gegen die Lehne der Sitzbank fallen. »Es ist toll, dass ich endlich auch im Büro mit jemandem über meine kleinen Schwangerschaftsmarotten reden kann, seit Mila da ist. Ihr kann ich zum Beispiel erzählen, dass ich ständig aufs Klo muss.«

»Na, da freut sie sich sicher.« Henning lachte.

»Sie ist eine echte Bereicherung. Erfrischend wie ein Regenschauer im Sommer. Findest du nicht?«

»Regenschauer trifft den Nagel auf den Kopf.« *Ein heftiger, nie enden wollender Schauer.* Irgendwie passte es ihm nicht, dass die beiden Frauen sich so gut verstanden. Falls Luna sich verplapperte, würde Mila das Weite suchen, womit die Wohnung und alles, was dazugehörte, endgültig verloren wäre. Die Gefühle, die sich ihm durch Milas bloße Anwesenheit aufdrängten, verunsicherten ihn außerdem – dieser Beschützerinstinkt und eine gewisse Machtlosigkeit, die er sonst lediglich in Tix' Gegenwart empfand.

»Ein Überzug aus Vollmilchschokolade würde dem Keks guttun«, meinte Lulu zusammenhanglos und drehte den Rest des Spekulatius in ihrer Hand. »Überhaupt habe ich Lust auf Schokolade. Ich gehe total in die Breite, glaube ich.«

Ein Mädchen also.

Sie grinste schelmisch von einem Ohr zum anderen.

Okay, er hatte es nicht besser verdient.

Mila

Mila war gut gelaunt, als sie die Kanzlei verließ. Das Gespräch mit ihrem Dad war zu ihrer Zufriedenheit gelaufen, Mason hatte sie den Rest des Tages in Ruhe gelassen und sie hatte sich mit Luna fürs Wochenende verabredet. Der weltbekannte Hamburger Fischmarkt stand auf ihrer Sightseeing-Liste. Die Kollegin hatte so von den Marktschreiern und der unverwechselbaren Show geschwärmt, dass es keinen Weg daran vorbei gab. Und das, obwohl Luna momentan auf rohen Fisch verzichtete.

Es hatte heute den ganzen Tag geregnet, weshalb Mila über die großen Pfützen hüpfen musste, die sich in den Kuhlen der Finkenstraße gebildet hatten. Das Hamburger Haus hatte trotz des Regenwetters klare Vorteile. Erstens: Es war nicht abgebrannt. Zweitens: Es hatte einen zahlenden Mieter. Sein nicht vorhandenes Gesangtalent mal dahingestellt. Sie verdrehte die Augen, als sie daran dachte. Drittens: die bevorzugte Lage. Viertens: Es besaß einen großen Geschäftsraum, aus dem sie etwas machen konnte. Und zuletzt bekam sie die Möglichkeit, das Band zwischen sich und ihrem Dad neu zu knüpfen.

Eine schwarze Limousine rollte im Schritttempo vorbei und kam ein paar Meter vor ihr zum Stehen. Wegen der getönten Scheiben konnte sie weder den Fahrer noch die Insassen erkennen. Dafür nahm sie auf der Steintreppe im Hauseingang zwei Männer mit Werkzeugkästen und Messlatten wahr.

»Ey, Sie. Wir müssen hier ma vermessen – is das okay?« Ein Typ in einem blauen Arbeitsanzug mit einer gelben Strickmütze auf dem Kopf kratzte sich hinter dem Ohr. Die Mütze verrutschte.

»Nein. Also, ja.« Was machte sie denn bloß so nervös? »Erst einmal nicht«, sagte sie dann doch mit fester Stimme und hörte, wie sich in ihrem Rücken die Limousinentür öffnete und jemand ausstieg. Sie folgte den paralysierten Blicken der Männer, bis sie ihn sah: groß und bullig, steingrauer Nadelstreifenmantel, grau melierte Haare, ein Zahnstocher im Mund wie ein Cowboy. Er breitete die Arme so übertrieben aus, als wäre er stundenlang auf der Rückbank der Luxuskarosse eingepfercht gewesen und müsste sich nun unbedingt strecken. Der Wagen trug ein Hamburger Kennzeichen.

»Das Fräulein Wirthz, nehme ich an?«, tönte er von Weitem. »Ihr Vater hat mir berichtet, dass Sie vorübergehend in meinem Haus wohnen. Macht ja nichts. Hahaha.« Wie bei einer Militärparade schritt er auf sie zu. Er reichte ihr die Hand, die in einem Lederhandschuh steckte.

»Winter«, sagte sie.

»Wie bitte?« Er wieherte noch ein *Hahaha* hervor, das durch Mark und Bein ging.

»Nicht Wirthz, sondern Winter. Ich trage den Nachnamen meiner Mutter. Und wer sind Sie?«, fragte sie noch – obwohl sie längst ahnte, wer er war.

Unaufgefordert schaltete sich die gelbe Strickmütze ein, als wäre sie gemeint gewesen, und bedachte Mila mit einem abschätzigen Blick. »Herr König, die da«, der Kerl wedelte mit einem Zollstock herum, »sagt, wir dürfen hier nich rein.«

»Ach nein?« König schob den Zahnstocher mit der Zunge in den anderen Mundwinkel. »Ich habe das Haus gekauft, Fräulein.« Wie so oft zog kalter Wind auf und König schloss den letzten Knopf seines Mantels, direkt unter seinem Halsansatz.

»Aber es gehört Ihnen noch nicht.« Sollte sie ihm mehr verraten? Hatte er ein Recht darauf zu erfahren, dass sie ab sofort versuchte, den alten Kasten zu retten? Er sah nicht so aus, als würde er sich gern mit ihr darüber unterhalten. Eher so, als könnte er es kaum erwarten, dieses Haus genau wie das im Karolinenviertel abzureißen. Manchmal war Schweigen die bessere Option.

»Herr König, soll'n wa nu oder soll'n wa nich?« Die Strickmütze klopfte ungeduldig mit dem Zollstock auf ihren Oberschenkel.

König machte eine irrwitzige Handbewegung, so, als wollte er ein Flugzeug auf der Landebahn einweisen. Die Mütze zuckte zusammen. »Nein. Ihr könnt abhauen. Wir kommen noch mal wieder, wenn das Fräulein darauf vorbereitet ist.« Dann kam er Mila so nah, dass sie seinen Atem auf ihren Wangen spüren konnte. »Wenn an der Sache hier irgendetwas faul ist, mache ich Sie persönlich dafür verantwortlich, Fräulein Winter.«

Sie war vollkommen unfähig, sich zu bewegen, als stünde sie einer Kobra gegenüber.

König tippte ihr auf die Schulter. »Ich werde Ihren Vater kontaktieren.«

Mila schluckte. »Mein Vater liegt im Krankenhaus.«

»Insofern sorgen Sie besser dafür, dass er nicht noch länger dort liegt.« König rempelte sie im Weggehen an, aber Mila erschauderte erst, als er in seinen Wagen gestiegen war und die Tür hinter sich zugeknallt hatte.

Im selben Moment bog Henning um die Ecke. Sie wusste nicht, warum, aber es kam ihr vor, als beschleunigte er seine Schritte. Die Limousine brauste unbeeindruckt davon.

»Alles okay?«, rief Henning, als er in Hörweite war.

»Wann fangen wir an zu arbeiten?« Milas Finger zitterten und sie fand selbst, dass ihre Stimme hauchdünn klang. Aber sie durfte nicht riskieren, dass Henning von Bord ging und sie mit ihrem Vorhaben sitzen ließ. So, wie er Luna mit dem Kind sitzen ließ? Mila runzelte die Stirn.

»Man kann dich echt nicht allein lassen, oder? Kaum bin ich nicht da, wirst du von düsteren Typen in schwarzen Luxusfahrzeugen angequatscht.«

»Immer diese Millionäre, die mir eine Million für eine gemeinsame Nacht anbieten wollen.« Sie drückte die Handtasche enger an sich und bemühte sich zu lächeln.

»Mistkerle.« Er fing ihren Blick auf und hielt ihn eine Zeit lang fest. »Wenn du Interesse an einer Boxeinheit gegen reiche Kerle hast, noch dazu in grauen Nadelstreifenanzügen, lass es mich wissen.«

Komisch. Er konnte Königs Kleidung nicht gesehen haben. Der Mann hatte doch schon im Wagen gesessen, als Henning um die Ecke gebogen war. Sie behielt den Gedanken für sich. Nach allem anderen wollte sie nicht auch noch paranoid wirken. Gemeinsam gingen sie ins Haus.

»Luna ist glücklich, dass du in der Kanzlei angefangen hast.« Im Verkaufsraum legte Henning zwei Notizblöcke vor ihr ab, während Mila sich auf den Tresen setzte, um wenigstens annähernd die gleiche Größe wie ihr Gegenüber zu haben.

»Warum lässt du sie eigentlich in ihrem Zustand allein?« Er reagierte nicht und räumte stattdessen weiteres Material aus einer Tasche: Stifte, Lineal. »Auch, wenn ihr nicht mehr zusammen seid«, fügte sie deshalb deutlicher hinzu.

»Was bezweckst du mit der Frage?«

»Ich habe mich nur gefragt, ob ...«

»Ich lasse sie jedenfalls nicht allein«, unterbrach er sie und breitete ein Skizzenblatt aus. »Die Schwangerschaft verläuft normal. Sobald es Komplikationen gibt, meldet sie sich. Und wenn die Geburt losgeht, wirst du es vermutlich noch vor mir erfahren. Ihr arbeitet zusammen. Verhör beendet?«

Er nahm einen Stift und zeichnete etwas, das ihr wie eine Tür oder ein Buch vorkam. Immer noch kein Picasso. Dann legte er den Bleistift ab, fasste Mila um die Hüfte, hob sie hoch und ließ sie ein paar Zentimeter weiter wieder herunter, um ein zusätzliches Blatt auszulegen. Als wäre sie eine Spielfigur, die er beliebig im Raum platzieren konnte. »Was müsste aus deiner Sicht im Haus dringend behoben werden? Die defekte Haustür und das Streichen des Flurs sind Kleinigkeiten.«

Sie legte sich einen der beiden Notizblöcke auf den Schoß. »Ich dusche seit meiner Ankunft kalt.« Sie notierte es und registrierte, wie er sich auf die Unterlippe biss – offenbar, um nicht laut loszulachen.

»Hast du den Boiler, der das Wasser erhitzt, angestellt?«

»Den was?«

»Alte Häuser haben nicht so moderne Systeme wie Neubauten. Eventuell ist der Warmwasserboiler defekt. Oder eine Leitung. Ich schaue mir das morgen an, wenn du magst. Du kannst in der Zeit bei mir duschen.«

Sie verzog das Gesicht, obwohl sie ehrlich versuchte, es nicht zu tun. »Das ist echt nett.«

»Nein, ist es nicht. Ich biete dir das nur an, weil wir beide nichts davon haben, wenn du erfrierst. Ich kann keine Leichen im Keller gebrauchen. Also, was noch?«

Wie er das sagte. Nun war sie es, die ein Lachen unterdrücken musste, denn obwohl er durchaus so aussah, als hätte er einiges zu verbergen, gab er gleichzeitig das Bild eines Mannes ab, der bei Trickfilmen mit trauriger Handlung weinte. Er war einfach undurchsichtig, sowieso nicht ihr Typ und außerdem gruselig. Echt jetzt.

»Hallooo?« Mit den Fingern schnipste er vor ihrem Gesicht herum. »Wir planen hier dein Haus. Mein Sorgenkind dabei ist die Feuchtigkeit, die ich im Keller an der Wand bemerkt habe. Man riecht es auch, finde ich.«

»Das ist mir auch aufgefallen.« Sie sprang vom Tresen und ging im Kreis. »Ist das mit der Feuchte eine größere Sache?«

»Na ja, in Gründerzeithäusern kann es schon mal vorkommen, dass so etwas entsteht. Die Häuser wurden früher oft ohne besondere Abdichtung in den Boden gebaut. Das Grundwasser konnte dadurch barrierefrei in die Kellerwand aufsteigen. Ich schätze, genau das ist passiert. Bei geringer Feuchtigkeit können wir eine Negativabdichtung vornehmen. Rundherum ausgraben geht bei Stadthäusern nicht.«

Sie hatte absolut keine Ahnung, wovon er redete. Er hätte ihr ebenso gut den Fahrplan der Deutschen Bahn vorlesen können, was er wohl merkte.

»Ergo: Wir versuchen nicht, das Wasser daran zu hindern, in die Wände einzutreten, sondern wir hindern es daran, im Kellerraum auszutreten.« Er gestikulierte in der Luft. »Das tun wir, indem wir den Raum von innen abdichten. Verstanden?« Sie nickte benommen. Henning schrieb auf seinen Block *Einkaufsliste*, während Mila auf ihren *To do* notierte. »Wie sieht es mit deinem finanziellen Rahmen aus?« Fragender Blick.

Sie beendete das Im-Kreis-Laufen und presste die Handflächen aneinander. »Mein Dad hat mir ein Budget von zwanzigtausend Euro eingeräumt.«

»Nett, aber nicht viel für eine Hausrenovierung. Was kannst du zusätzlich investieren?«

Hahaha, würde König jetzt bestimmt lachen. Doch sie war nicht zu Späßen aufgelegt. Das Gehalt, das Sebastian ihr zahlte, deckte gerade so ihre monatlichen Fixkosten. »Nichts. Ich habe nichts.«

Sie merkte, wie Henning sich ihr näherte und ihr mitfühlend einen Arm um die Schulter legen wollte. »Mist, das tut mir leid«, bedauerte er sie nun auch noch.

»Schon okay.« Sie wich zurück. Bloß nicht in Tränen ausbrechen, nicht vor ihm.

»Was brauchst du dann, wenn es keine Umarmung ist?« Er sah ihr in die Augen.

»All die Kraft, die du zu geben bereit bist.«

»Die hast du.« Er straffte die Schultern und hob amüsiert die Brauen. »Ich bin ungeheuer stark. Und« – er hob den Zeigefinger in die Luft wie ein Professor – »ich bin wertvoll. Sehr wertvoll.«

»Und vor allem bist du arrogant.« Sie knuffte ihn in die Seite.

»Das hat lustig gekitzelt, mach das noch mal«, bettelte er, und bevor sie ihn wiederholt schubsen konnte, hatte er ihren Ellenbogen abgefangen und sie am Arm nah an sich herangezogen. »Wir schaffen das hier, hörst du? Du darfst nicht daran zweifeln.« Er ließ sie los. »Ich hab dir das versprochen und meine Versprechen halte ich.« Sie standen sich gegenüber und atmeten flach. »Und jetzt hole ich das Messgerät, das ich besorgt habe, um die Feuchtigkeit im Keller und hier oben zu messen.« Nie zuvor hatte sie einen Satz gehört, der weniger sexy war. »Während ich weg bin, kannst du dir überlegen, was du aus diesem Raum machen möchtest. Wir müssen deinem Vater ja ein Ergebnis liefern, das ihn so richtig umhaut.«

Sie schluckte. Dads Auftrag zu hundert Prozent zu erfüllen, grenzte an ein Wunder.

»Ich hatte in München nur einen kleinen Laden mit Gebäck und allerhand Zeugs eben. Die Zeiten haben sich geändert.

Die meisten Gründerthemen sind digital basiert, künstliche Intelligenz. Von so was habe ich keine Ahnung.«

»Tu einfach das, was du am besten kannst. Gegessen wird immer. Wie wäre zum Beispiel ein To-Go für hochwertige Backwaren? Die Kunden bestellen digital von unterwegs und holen ihre Waren wie ein Geschenk hübsch verpackt hier am Ausgabefenster ab.«

Er zeigte auf die gelben Klebebuchstaben der Fensterfront. Zurück am Tresen kritzelte er wieder etwas, was nach allem Möglichen aussah, nur nicht nach einer Fenster-Abholstation.

»Ich weiß nicht. Warum sollten sie in die Schanze kommen, um Cupcakes, Muffins, kleine Gugelhupf-Kuchen oder Pralinen abzuholen?«

»Weil du gut bist. Und einzigartig.« Er verschränkte die Arme vor der Brust. »Oder bist du das nicht?« Stille. »Wir müssen das Fenster für die Ausgabe austauschen. Schreib das mal auf die To-do-Liste. Das wird teuer.«

»Ich habe doch noch gar nicht Ja gesagt.«

Die Idee war zugegeben genial. Es sparte ihr den Lieferservice, wobei sie bestimmt in Hamburg zusätzlich die eine oder andere Hotelkette beliefern konnte, wie sie es in München auch getan hatte. Sie hatte sich dort einen Namen gemacht, und so hilflos, wie sie sich seit dem Brand vorkam, war sie gar nicht.

»Ich bin gut in dem, was ich tue.«

Sie erwiderte Hennings Blick. Zum ersten Mal, seit sie vor den Trümmern ihrer Existenz gestanden hatte, war sie wieder bereit zu kämpfen. Obwohl es ihr nicht in den Kram passte, dass dieser Mann dafür verantwortlich war. Eine klare Vision des fertigen Geschäfts tauchte vor ihrem inneren Auge auf: die jahreszeitlichen Dekorationen, das Aroma, das bei der Herstellung von Bratapfel-Pralinen entstand. Sie sah drollige Schneemann-Muffins in der Auslage sitzen und hörte das Stimmengewirr der Kunden. Wie in einem Traum, aus dem sie just von einer grellen Feuerwehrsirene irgendwo in Hamburg gerissen wurde. Anders als sonst zuckte sie bei dem Klang nicht zusammen. Sie ertrug es. Sie kramte ihr Handy aus der Jeanstasche hervor, zog den verblüfften Henning zu sich heran und stellte die Kamera ein. Es blitzte.

»Das Foto ist für meinen Dad.« Es zeigte sie mit einem Siegerlächeln und Henning, der wie eine angeschossene Raubkatze in die Linse glotzte.

»Ich bin blind«, sagte er und zwinkerte mehrfach. »Aber schick ruhig Fotos von mir durch die Gegend. Ich bestehe nicht auf meinem Datenschutzrecht.« Er rollte die Ärmel seines weißen Leinenhemdes hoch. Dass er eine helle Farbe trug, war ihr bis eben gar nicht aufgefallen. »Immerhin bin ich nicht nackt.«

»Danke, dass du so megalocker bist.« Sie merkte, wie sich ihr Mund nach oben bog, während sie »Planung« unter das Foto schrieb und es an ihren Dad schickte. Zurück kam ein kommentarloser hochgereckter Daumen.

Wie angekündigt ging Henning in seine Wohnung und kehrte mit zwei Dosen mit dem Namen *Kiez-Cola* und einem Kästchen, das digitale Zahlen ausspucken konnte, zurück. Gemeinsam wanderten sie in den Keller, wo er den Sensor an eine Stelle relativ weit unten an der Wand hielt, und das Gerät ermittelte einen Wert. »Dachte ich mir. Feuchtigkeit«, stellte er fest. »Wir müssen abdichten.«

»Wenn du das sagst.« Mila war sich nie sonderlich unselbstständig vorgekommen, doch jetzt konnte sie nur einen Karton verschieben, damit die Wandfläche sichtbarer wurde. Sonst konnte sie nichts tun. Das untere Drittel der Wand wies dunkle Flecken auf. Das war auffällig. »Wie viele Tage wird uns das kosten?«

»Schlimmstenfalls oder bestenfalls? Auf jeden Fall länger.« Er drückte auf den Tasten des Geräts herum. »Dein Vater ist wirklich extrem: Einerseits will er dir ein Haus schenken, als wäre das hier ein Glücksspiel. Wie beim Roulette. Okay, er ist der Inhaber von Wirthz International und hat ein dickes Portemonnaie. Trotzdem.« Er hörte damit auf, das Messgerät zu malträtieren, und sah sie ernst an. »Würde er dich wirklich auflaufen lassen, wenn du es nicht schaffst?« Sein Blick durchbohrte sie.

»Ich denke schon.«

»Was für ein schräges Verhältnis.«

»Willkommen in meinem Leben.«

»Nein, danke. Ich bin nur Gast.« Er wehrte mit beiden Händen ab und drehte ihr den Rücken zu, um ein Regal zu verschieben.

»Wie ist *dein* Vater denn so?«

»Mein Vater ist ein Arschloch, und ich kann ihm nur raten, mir nie mehr zu begegnen.« Mit einem Ruck zog er das Regal nach vorn, eine Kiste rutschte zu Boden und Weihnachtsschmuck quoll hervor. Silberne Girlanden, Christbaumkugeln, bunte Lichterketten.

»Was hat dein Vater getan, dass du ihn so hasst?«

»Er hat uns verlassen.« Sie sah ihm an, dass er mit seinen Gefühlen kämpfte. »Das war einfach hart.« Er nahm eine Lichterkette in die Hand. »Die sind wohl von den Vorbesitzern übrig geblieben, hat nie jemand entsorgt. Versteh ich gar nicht. Vielleicht kannst du sie später im Laden brauchen.«

»Ja, vielleicht.«

Schweigend räumten sie die glitzernde Weihnachtsdekoration weg. Als sie die Stufen wieder hinaufstiegen, dachte Mila darüber nach, wie sie das Fest dieses Jahr verbringen würde. Allein.

Oben angekommen ließ Henning seine Coladose beim Öffnen zischen. »Lass den neuen Käufer am besten gar nicht erst herein. Ist sicher klüger, wenn er nicht weiß, dass er das Gebäude unter Umständen nicht bekommt.« Er trank einen großen Schluck. »Damit wir im Zeitplan bleiben, müssen die Aufgaben parallel laufen.«

»Wir brauchen Helfer, Henning.«

»Die kannst du dir nicht leisten. Aber ich habe einen Freund, der uns unterstützen könnte. Und Tix. Er würde sich freuen mitzuhelfen. Ich glaube, er mag dich.«

»Und wenn wir Leute finden, die uns ... professionell und günstig helfen?«

»Professionell und günstig?« Er knallte die Dose auf die Ablage. »Schwarzarbeit lasse ich auf keinen Fall zu. Es ist nicht mein Haus, aber ich lebe hier.«

»Ist ja gut.« Was regte er sich denn so auf? Sie hatte nicht vorgehabt, in die Illegalität abzudriften.

»O Mann, ich muss mit Guido Maria am Bau arbeiten.« Er stöhnte übertrieben laut. »Oder um es mit Shakespeare auszudrücken: ›Ein tiefer Fall führt oft zu höherm Glück.‹ Hoffen wir, dass es so sein wird.«

»Schreib mir alles auf und ich besorge es im Baumarkt. Ich bringe auch eine Hausnummer mit.«

Anerkennend pfiff er durch die Zähne. »Clever. Kleinigkeiten, die wir schnell ausbessern können, machen einen kompetenten Eindruck.«

Jemand klopfte draußen energisch gegen die Haustür. Es stellte sich heraus, dass Tix vor der Tür stand und Henning im Verkaufsraum das mehrfache Klingeln in seiner Wohnung nicht gehört hatte.

»Hallöchen, Mila. Ist da auch Alkohol in den Dosen?«, fragte sein Bruder beim Anblick der Kiez-Cola, und sein Gesicht erhellte sich.

»Es ist nur Cola, Tix, und du weißt, was alkoholische Getränke mit dir machen. Beim letzten Mal, als du heimlich Sekt auf meiner Wohnungsparty getrunken hast, hattest du einen krassen Heulanfall. Und selbst wenn tatsächlich Alkohol in der Dose wäre, du bekommst nichts mehr von mir.« Henning klopfte vielsagend auf den Tresen.

»Mir egal.« Tix zuckte gleichgültig mit den Schultern. »Willst du mich mal auf der Arbeit besuchen kommen, Mila?«, bot er ihr an. »Ich arbeite in einem Friseursalon. Bei Gitte ist es total schick.«

Henning schmunzelte. »Du hast noch nie jemanden, den du neu kennengelernt hast, in Gittes Salon eingeladen.«

»Kann sein. Aber Mila hilft mir, endlich eine feste Freundin zu haben.« Er schloss sie in seine Arme, als sei es das Normalste der Welt. Sie fühlte seine winterlich kühle Haut an ihrer Wange. »Du hilfst mir doch?«, fragte er mit Nachdruck und schmiegte seinen Kopf an ihren Arm, als würden sie sich schon ewig kennen.

»Ich weiß nicht recht.« Sie wollte nicht falsch reagieren, aber inwiefern ausgerechnet sie eine große Hilfe sein sollte, war ihr ein Rätsel. Von Liebe hatte sie keinen blassen Schimmer und von funktionierenden Beziehungen noch weniger. »Je nachdem, was dein Bruder dazu sagt.« Doch Henning beobachtete lediglich ihre Reaktion und trank stillschweigend einen weiteren Schluck Kiez-Cola.

»Du bist ideal, um mir zu helfen. Schlau und schön.« Tix fuhr mit den Fingern an ihrer Schulter entlang. »Mila ist voll schön. Oder, Henning?« Als Nächstes fiel er seinem Bruder um den Hals, der ihn mit dem Getränk in der Hand auffing. »Sag auch mal was«, forderte er ihn auf.

»Sie ist schön«, brummte Henning, und sein Blick haftete auf ihrem Mund, weshalb sie es unterließ, ihm zu widersprechen. Vielleicht mochte sie das, was er sagte, sogar.

Neugierig blätterte Tix in den Aufzeichnungen auf dem Tresen, deren Inhalt ihn allerdings nicht wirklich zu interessieren schien. »Und wann kommst du nun zu mir in den Friseursalon?«

»Ich könnte mir die Spitzen schneiden lassen.«

»Du bekommst eine Eins-a-Handmassage gratis dazu«, pries Tix seine Kunst an und ließ von den Skizzen ab.

»Gut.« Henning klatschte in die Hände. Das Gespräch war ihm wohl nicht mehr produktiv genug. »Hier ist die Einkaufsliste, Mila. Tix, wenn du morgen Zeit hast, komm vorbei. Du könntest Tapeten abreißen und Wände bemalen.«

»Hm. Sind zwar keine Pflanzen, aber okay.« Tix' Enthusiasmus ging hörbar gegen null. »Kann Jessica mitkommen?« Ein Leuchten erschien in seinen Augen.

»Meinetwegen.« Henning wandte sich an Mila. »Sieht aus, als bekämen wir doch noch einen Bautrupp für dich zusammen.« Behutsam befreite er sich aus Tix' Klammergriff.

In Gegenwart seines Bruders kam Henning ihr auf eine ungewöhnliche Art und Weise hilflos vor. Sie konnte nicht genau benennen, was es war, aber seine Verletzlichkeit machte ihn erschreckend reizvoll. So reizvoll, dass Mila für einen Moment abdriftete und sich fragte, wie sich seine Lippen wohl auf ihren anfühlten.

Bevor sie den Gedanken vertiefen konnte, poppte eine E-Mail von Sebastian auf ihrem Handy auf.

Dringende Sondersitzung morgen, 10 Uhr in der Kanzlei.

Ein Kuss ist kein Kuss

Mila

An einem Samstag in die Kanzlei? Mila hätte sich am liebsten noch einmal auf die andere Seite gedreht. Doch wie Sebastian schrieb, war es dringend. Und er wollte sie dabeihaben. Womit Dad sich offenbar schwertat, hatte ihr Onkel keine Probleme. Sie erhob sich aus den Federn und joggte beinahe im Dauerlauf ins Büro – zum einen, weil sie sich schon lange nicht mehr so energiegeladen gefühlt hatte, und zum anderen, um das Meeting schnellstmöglich hinter sich zu bringen. Als sie in den Sternenhöfen aus dem Aufzug trat, hätte sie um ein Haar Mason umgerannt, der eine Platte belegter Brötchen vor sich her balancierte. Er war wie stets in Flirtlaune. »Heute auch casual, Honey?« Er begutachtete ihren schlichten Jeanslook. »Gefällt mir. Ich habe extra für dich Zitronenlimonade auf den Besprechungstisch gestellt. Ich glaube, du bist kein Orangenmädchen.«

»Hauptsache ohne Kerne, Maze. Sonst bekommt sie wieder Panik, einen verschluckt zu haben. Moin, Leute.« Luna schwebte kichernd an ihnen vorbei ins Oval Office, das für dieses Mini-Sit-in viel zu groß war. Es trudelte noch ein älterer

Anwalt ein, der trotz des legeren Wochenendes einen Anzug trug, und zum Schluss, ebenfalls im Anzug, tauchte Sebastian auf.

»Fall König«, sagte er anstelle von: *Guten Morgen, ihr Hübschen. Danke schön, dass ihr – obwohl ihr frei habt – alle so zahlreich erschienen seid.*

Sie nahmen am Besprechungstisch Platz und Mila griff nach der Limonade, begleitet von einem einnehmenden Mason-Lächeln.

»Danke, Maze«, flüsterte sie in seine Richtung, wenn Sebastian es schon nicht schaffte, sich für die Vorbereitungen zu bedanken.

Möglicherweise hatte sie ihrem Kollegen unrecht getan. Nur weil sie sich in dieser Anti-Männer-Phase befand, musste sie ja nicht wie eine Hardcore-Feministin jeden Kerl in ihrem Kosmos verteufeln. Mason war ein Macho, aber fürsorglich – zumindest heute –, und er redete nicht nur über Sport, Grillen oder sich selbst.

»Nimm dir etwas zu essen«, sagte er freundlich und erntete dafür direkt einen unfreundlichen Anschiss von Sebastian.

»Sie wird hoffentlich selbst wissen, wann sie Hunger hat. Wir sind hier nicht beim Kaffeeklatsch.« Der Pitbull stand auf, alle anderen saßen. »Es geht los. König behauptet, dass unser Streitobjekt im Karolinenviertel schimmelbefallen und damit gesundheitsschädigend ist. KaroLIVE e. V. soll laut seiner Aussage ›zur Sicherheit der Mitarbeiter‹ umgehend das Gebäude räumen. So viel zum bekannten Istzustand. Hinzu kommt, dass er eine fristlose Kündigung ausgesprochen hat, weil die Mietzahlungen angeblich mehrfach nicht bei ihm eingegangen seien. Völlig unerklärlich, aber auf dem Konto ist kein Geldeingang verzeichnet.«

»Klingt ja wie in einem Krimi«, urteilte der ältere Anwalt.

»Ist es, Paul, ist es.« Sebastian lehnte sich in seinem Stuhl zurück. »Wir müssen gründlich recherchieren und wir dürfen ihn nicht persönlich angreifen. Es ist kein normaler, simpler Fall. Er ist ähnlich komplex wie der andere König-Fall«, beendete er seinen Monolog.

»Der andere?«, raunte Mila Luna verwundert zu, die sofort den Zeigefinger an die Lippen legte.

»Ich bitte um Ruhe«, verlangte Sebastian. »Ob Königs Behauptungen wahr oder falsch sind, gilt es klug und fundiert zu beweisen. Vorschläge dazu? Mason?«

Mason hatte sich soeben eine Brötchenhälfte in den Mund geschoben. Er blickte sich Hilfe suchend um.

»Folgende Idee«, hörte Mila sich daraufhin sagen, während sie die Hand hob. Als hätte er sie nicht gehört, blätterte Sebastian in seinen Notizen. Sie hatte erst neulich gelesen, dass man, um auf der Karriereleiter voranzukommen, dezent und taktvoll auf sich aufmerksam machen sollte. »Sebastian, ich habe die Lösung«, rief sie lauter, was möglicherweise weder dezent noch taktvoll war. »Ich habe kürzlich eine Feuchtemessung im Haus meines Vaters vorgenommen, wo nur der Keller betroffen war. Ich frage mich, ob der angebliche Schimmel im Karolinenviertel-Gebäude tatsächlich bis ins oberste Stockwerk vorgedrungen sein kann. Aus Königs Unterlagen sind keine Details ersichtlich. Wir sollten das als Erstes prüfen lassen. Die Kosten für ein neues Gutachten trägt doch bestimmt die Rechtsschutzversicherung des Vereins. Ob wir die Erlaubnis erhalten, ist ein anderes Problem.«

»Sieh mal einer an. Da kennt sich ja doch jemand mit Versicherungsthemen aus«, sagte Sebastian augenzwinkernd. »Ich nehme dich übrigens genauso gut wahr, wenn du deinen Arm nicht wie ein Propellerblatt bewegst, während du sprichst.«

»Salamibrötchen?« Sie hob das Tablett in seine Richtung. »Wie gehen wir nun weiter vor?«

»Ich hasse Salami«, antwortete er ausdruckslos. »Ich habe einen Bekannten, Friedrich Blümel. Er hat ein ureigenes Interesse, KaroLIVE e. V. zu helfen, arbeitet für die Hamburger Hafenbank und erstellt Hausgutachten. Es ist wichtig, dass wir der Person, die wir einbinden, zu hundert Prozent vertrauen können. Damit das König-Team unseren Gutachter nicht vorher besticht.«

»So weit würde die Gegenseite doch nicht gehen? Oder sehe ich das falsch?« Ihr Gesicht wurde heiß vor Aufregung. So langsam wurde das hier zu einem Zwiegespräch zwischen ihrem Onkel und ihr. »Das wären ja Mafiamethoden.«

»To be honest, König würde so einiges tun«, antwortete Mason an Sebastians Stelle. Bisher hatte er nicht viel zur Diskussion beigetragen. Ihr Kollege war in Milas Augen heute ungewöhnlich still und vor allem ungewohnt zuvorkommend. »Keiner sollte in die direkte Schusslinie geraten. Auch du nicht, Myla.«

»Mason hat recht«, stimmte Sebastian zu. »Diskret und überlegt ist jetzt wichtiger denn je.«

Eine Gänsehaut überzog Milas Unterarme, als sie an die persönliche Begegnung mit dem Immobilienhai dachte. »König hat das Haus meines Vaters in der Finkenstraße gekauft.«

»Das hat Henning mir gar nicht erzählt.« Luna nahm ein Käsebrötchen von der Platte und verzog überrascht ihr Gesicht. Sie saß nur wenige Zentimeter neben Mila.

»Warum sollte er?« Ein kleiner Stich in Milas Herzgegend brachte sie kurz aus dem Konzept. Instinktiv griff sie sich an die Seite. »Henning hat doch mit dem Mann nichts zu tun.«

»Stimmt.« Luna ließ das Brötchen vor ihrem Mund schweben, ohne reinzubeißen. »Vielleicht hab ich's auch nur vergessen, wie so vieles in letzter Zeit.« Die Wangen ihrer Kollegin färbten sich hellrosa.

»Hätten die Damen dann geklärt, wer was wann wie nicht gesagt hat?« Pitbull Sebastian griff ebenfalls nach Käse. »Zurück zur Strategie. Da ist ja Butter drauf.« Mit einem neutralen Gesichtsausdruck legte er die Brötchenhälfte auf der Serviette vor sich ab.

»Nicht dran gedacht, dass du keine Butter magst, Chef. Tut mir leid«, entschuldigte sich Mason.

»Ich würde die lokale Presse zu dem Hausbesuch mitnehmen.« Mila versuchte, im Thema zu bleiben, was ihr New Yorker Kollege dankbar aufgriff.

»Gute Idee. Bei den Pressefritzen brauchen wir auch jemanden, dem wir blind vertrauen können. Es muss zufällig wirken, ungeplant. Wir können König nicht offiziell in die Pfanne hauen. Sonst machen wir uns zu viele Feinde.«

»Möchten wir generell so einen mächtigen Gegenspieler wie König haben?« Ein dunkler Schatten zog über das Gesicht des ältesten der anwesenden Anwälte. »Die Kanzlei bekommt keinen Fuß mehr auf den Boden, wenn er gewinnt.«

»Er ist längst unser Gegenspieler, Paul. Es gibt kein Zurück. Und genau deshalb bist du im Team – um darauf hinzuweisen, wenn es gefährlich wird. Wird es das?«

»Momentan nicht. Aber …« Vor der Glastür schaltete die Reinemachefrau den Staubsauger ein, weshalb der Rest des Satzes in Staubsaugergeräuschen unterging.

Sebastian hielt eine Hand in die Luft, als wollte er ein unnötiges Wortgefecht vermeiden. »Mila, Luna, Mason – das ist euer Projekt«, wies er an. »Die Kontaktdaten von Blümel schicke ich euch. Wir zwei«, wandte er sich an den Ältesten neben sich, »sind erst mal raus und kommen wieder dazu, wenn erste Ergebnisse vorliegen. Fragen?«

»Das nenne ich mal eine effektive Sitzung«, behauptete Luna begeistert, als sie in ihren Boxen saßen. Ihr Kopf war hochrot und sie presste sich eine Hand gegen die Lendenwirbelsäule. »Mila, du warst super. Was machst du heute noch?«

Mila betrachtete ihre Kollegin und beschloss, ihr als Freundin alles zu erzählen. »Wenn ich es schaffe, wieder auf eigenen Beinen zu stehen, überschreibt mein Dad mir das Haus in der Finkenstraße«, ließ sie die Bombe platzen. »Deshalb werde ich heute räumen, Tapeten herunterreißen und viel telefonieren.«

Luna starrte sie mit offenem Mund an. »Ist das bei euch so wie in der Sendung ›Weihnachten bei den Superreichen‹?«

Hatte auf jeden Fall Potenzial für eine Realityshow, musste Mila zugeben. Lauschige Familien-Weihnachtsfeste mit Raclette und in Geschenkpapier eingewickelten Socken hatte es mit ihrem Dad bisher noch nie gegeben. Bei ihm existierten weder Mittelmaß noch Normalität. »Ich erzähl dir alles, aber sag's bitte niemandem.«

Luna bekam den Mund gar nicht mehr zu, während Mila redete und abschließend das Einkaufslisten-Notizbuch aus ihrer Handtasche zückte. »Henning hat Blitzpulver aufgeschrieben, hast du so was schon mal gehört? Ist angeblich für die Innenabdichtung. Ich wünschte, ich hätte mehr Ahnung von diesen Handwerkssachen. Zum Glück hat Henning mir seine Hilfe angeboten.«

»Ach du je. Dann hat er ja schon wieder eine neue Aufgabe. Wenn man nicht aufpasst, bringt er sich noch selbst unter die Erde«, sagte Luna und seufzte, was Mila augenblicklich verunsicherte. »Hey, nicht falsch verstehen. Ich finde das gut, dass er dir hilft. Er hat nur unwahrscheinlich viel um die Ohren.«

Mila war sich nicht sicher, ob sie von demselben Mann sprachen. Henning Foster bereitete hie und da Möbel auf, lungerte im Garten herum und verbrachte den Rest der Zeit damit zu joggen. Er war das Gegenteil von *viel um die Ohren.*

141

»Lieber Himmel, das sind aber viele Positionen«, quietschte Luna, während sie die gefühlt einhundert Punkte auf der Liste studierte. »Wie willst du das transportieren? Du hast doch gar kein Auto.«

Als hätte er seinen Weckruf gehört, schlenderte Mason um die Ecke. »Well, da komme ich ja gerade recht. Du brauchst eine Mitfahrgelegenheit? Und Luna, kannst du mir das Memo zu unserem Meeting später schicken? Ich möchte ein, zwei Kommentare ergänzen, bevor es an alle rausgeht.« Er lehnte sich über die Glaswand von Milas Box.

»Für dich gelten vier Meter Abstand von ihr, Maze. Du belagerst sie andauernd.« Luna schubste ihn sanft von der Trennwand. »Ich habe zwar nur einen Smart, aber ich fahre dich auch gern, bevor ich dich unserem Casanova hier überlasse.« Sie klaubte sich schnell ein Gummibärchen aus der Tüte auf Milas Schreibtisch. Wenn Mila seit ihrer Ankunft von irgendetwas besessen war, dann von diesem klebrigen Süßkram – und irgendwie von Franzbrötchen. »Ich liebe Baumärkte«, schwärmte Luna und meinte sicher Kosmetiksalons. Sie betrachtete ihre Nägel.

»Ich habe einen Pick-up«, sagte Mason überlegen. »Übrigens, Mila, wie du ›Ich habe die Lösung‹ gebrüllt hast, hat mich beeindruckt.« Er verstellte seine Stimme, um sie nachzuahmen, und alle lachten. »Faszinierend, wie du auf den Tisch hauen kannst. Traut man dir auf den ersten Blick gar nicht zu. Und das bei so einem Thema. Also, entweder bist du eine echte Kämpferin oder lebensmüde, weil du den König nicht gut genug kennst.«

Sie überhörte den letzten und genoss den ersten Teil des Satzes. Nie zuvor hatte sie einem Meeting wie diesem beigewohnt und sie wollte die soziale Einrichtung retten. Alles, was sie bisher über KaroLIVE e. V. gelesen hatte, zeigte, wie wichtig die Arbeit dieses Vereins war. KaroLIVE half Familien in Not bei der Strukturierung ihres Alltags, unterstützte sie bei

Behördengängen und vermittelte sie bei Bedarf an weitere Fachdienste.

»Für das Familienleben« – das sie selbst nicht hatte – »lohnt es sich zu kämpfen.«

Mason nickte anerkennend. »Falls du dir das mit dem Auto anders überlegst, hier ist meine Nummer, Honey.« Er kritzelte ein paar Zahlen auf einen Zettel und reichte ihn ihr. »Dein Vorschlag, König auf der PR-Schiene anzugreifen und ihn mit seinen eigenen Waffen zu schlagen, ist brillant. Die Hamburger könnten ihn als unsozialen Widerling kennenlernen. Das wäre eine komplette Umkehr seiner bisherigen Position auf dem gesellschaftlichen Parkett.«

»Das gefällt dir. Was, Maze?« Luna legte ihre Beine auf dem Sitzball neben ihrem Tisch ab.

»Milas Art gefällt mir«, antwortete er mit ausgesuchter Höflichkeit. »Ich lasse jedenfalls in Zukunft jegliche Kommentare zu einem Date sein, Frau Kollegin.« Er klopfte Mila auf die Schulter. »Es sei denn, du möchtest eins.«

Sie überlegte. »Zum Baumarkt höchstens«, antwortete Luna an ihrer Stelle. »Mit dem Auto hast du nämlich möglicherweise recht.«

»Möglicherweise?«, wiederholte er fröhlich. »Du gibst mir im Nachhinein doch immer recht, Sweetheart.« Dann wurde er etwas ernster. »Der Einzige, der mich nicht zu schätzen weiß, ist Sebastian. Er lässt mich einfach so auf meiner Position versauern. Ich möchte Partner werden, nicht Laufbursche.«

»Ach, Maze, nimm dir das doch nicht so zu Herzen, und außerdem stimmt das gar nicht, was du sagst. Nur, dass ich dir meistens im Nachhinein recht gebe, das ist korrekt.« Man merkte, dass Luna ihn im Grunde mochte, und bei Mila stellte sich ein ähnliches Gefühl ein. Sie waren Kollegen, ein Team. Ihr anfänglicher Widerstand ihm gegenüber fiel in sich zusammen. »Maze hat das größere Auto, ich geb es zu … uuund im Normalfall auch das größere Ego«, zog Luna ihn auf.

»Du könntest deins aufpolieren, indem du dich um die Presse kümmerst«, konterte er und breitete die Arme aus, als wollte er sie beide knuddeln. »Ich übernehme dafür den Baumarkt.«

Cleverer war das. Man konnte Luna schlecht Säcke mit Pulver oder kiloweise Farbeimer schleppen lassen, und Mason bekam die Gelegenheit, ihr zu beweisen, dass seine Muskeln unter dem sonst so engen Hemd echt waren. Glücklicherweise trug er heute eine Jeans und einen Kapuzenpullover.

»Ich bin also diejenige, die mit der Presse telefoniert?«, versicherte Luna sich noch einmal zaghaft, als bräuchte sie eine Extraerlaubnis dafür.

»Yep, Sweetheart. Du bist unsere Pressefrau.« Mason zeigte auf sie. »Wie sieht es denn mit deinem – wie heißt er noch gleich? – aus? Der könnte uns doch unterstützen. Nur ein Vorschlag.«

»Du meinst Yann?«, erwiderte Luna mit gedämpfter Stimme, während sie den Gymnastikball unter ihren Ballerinas kreisen ließ. »Bestimmt.«

»Top. Yann ist unser Mann.« Mason nickte entschlossen. »Du hast Sebastian ja gehört, wir müssen allen Mitwirkenden vertrauen können und alles dafür tun, dass wir gewinnen.«

Als Mila nach Hause kam, wenn man das so nennen konnte, hatte Henning bereits mit den ersten Handwerksarbeiten begonnen. Sie fand ihn im Keller vor, wo er die betroffene Wandseite freiräumte. Es roch wirklich muffig hier unten und er hatte die Kellertür geöffnet. Pfeifend hockte er auf einer Umzugskiste und … tat was genau da? Klang so, als schaute er sich YouTube-Videos an. Nur, zu welchem Thema? Die Wörter »Gummi« und »Matte« drangen an ihr Ohr. Die Bemerkung des Postboten zu den zahlreichen Frauenbekanntschaften fiel ihr ein. Rotlichtmilieu? Sie stemmte die Hände in die Hüften und hielt die Luft an. »Abdichtung« war das letzte Wort, das sie aufschnappte. Abdichtung? Die Videostimme verstummte, kaum, dass Henning sich ihrer Anwesenheit bewusst wurde.

»Na du? Ich hab schon den Sperrmüll für den Kram der Vorbesitzer bestellt«, sagte er feierlich und so gar nicht rotlichtmilieumäßig. »Ist was?«

Sie atmete erleichtert aus. »Und du hast ganz sicher Fachwissen in dem, was wir hier tun werden?«, erkundigte sie sich skeptisch und öffnete einen Eimer mit weißer Wandfarbe, den er anscheinend im Keller gefunden hatte. »Ich habe einen helleren Ton besorgt. Das da ist Cremeweiß, kein Zahnpastaweiß.«

»Ich weiß, welche Farbe das ist. Ich bin Handwerker.« Er fuhr mit den Fingern über seine breite Brust, was mit dem Handy in der Hand aussah, als wollte er ein aufreizendes Heimwerker-Video mit sich selbst in der Hauptrolle drehen.

»Ich hab mit meinem Arbeitskollegen alles, was du aufgeschrieben hast, eingekauft und es oben im Verkaufsraum gelagert. Wir können loslegen.«

»Kann es sein«, Henning steckte das Handy weg, »dass du mittlerweile mehr Menschen in deine Planungen eingeweiht hast, als du wolltest?«

»Nur Luna, dich und Tix. Mason war mir bei den Einkäufen behilflich, sonst nichts.« In Wirklichkeit hatte er kräftig mitangepackt und wertschätzende Worte für ihren Eifer im Baumarkt gefunden. Sie hatten sich gut unterhalten und sie mochte ihn immer mehr. Dennoch war sie sich nicht sicher, ob es klug war, ihn in irgendeiner Form einzubeziehen. Was sie Henning gegenüber aber nicht zugeben würde. »Der hat doch gar kein Interesse an meinen Hobbys.«

»Luna meinte, er habe dafür aber ziemlich viel Interesse an dir.« Er zwinkerte ihr zu. »Du musst wissen, was du tust. Schau mal.« Er wies auf einen Reisekoffer an der Wand, der über und über mit Aufklebern aus der ganzen Welt beklebt war. »Der ist voller Bücher. Die kann ich unmöglich wegschmeißen. Da sind Sammlerstücke dabei.« Er öffnete den Koffer und zog eine alte Ausgabe der Buddenbrooks daraus hervor, verschiedene Reclam-Heftchen, darunter Shakespeares Sommernachtstraum. »Sein Meisterstück«, freute er sich. »Ist es okay, wenn ich die nachher mit in meine Wohnung nehme?«

»Natürlich, ich brauche die ollen Schinken nicht.«

»Vielleicht weil du nicht weißt, was Kunst dir geben kann.« Er durchforstete das Shakespeare-Heftchen andächtig. Dann klappte er den Sommernachtstraum zu und warf ihn ihr rüber. »Tu mir den Gefallen und lies das mal.«

Ihre Blicke trafen sich, sie warf ihm das Reclam-Heft prompt zurück. »Nein, danke. Mir ist schon zu oft das Herz gebrochen worden – tausend Teile, die man auch nicht mehr mit Klebstoff zusammenfügen kann. Wie soll Shakespeare mir da mit seinen Liebesschnulzen helfen?« Sie lehnte sich an die Wand, weil die kühle Oberfläche das Einzige war, was ihr Rückhalt gab.

»Ich wollte dir nicht zu nahe treten oder Angst machen.« Henning wirkte schuldbewusst. »Eigentlich möchte ich genau das Gegenteil.«

Sie wollte weglaufen, das Thema wechseln, aus der Situation raus, die ihr nur wehtat. »Die Bücher gehören dir. Was steht als Nächstes an?«

Henning ging darauf ein und deutete mit dem Kinn auf die fleckigen Wandstellen. »Ich nehme morgen den alten Putz von der Wand. Hab mir von einem Freund was geliehen.«

Handwerkerkollegen. Natürlich. Sie war ein echter Glückspilz. »Super, danke.«

»Du könntest dir eine Lösung für die gerissenen Fliesen im Flur überlegen«, instruierte er sie und bückte sich, um den

Koffer zu schließen. »Ist nicht einladend, wenn man zur Tür reinkommt und direkt auf die Bruchstücke schaut.«

Ausnahmsweise konnte sie ihm sofort eine Lösung für das Problem bieten. »Wir klopfen die langweiligen alten vorsichtig heraus und tauschen sie gegen neue, bunte Fliesen aus. Ich habe mir diese Metrokacheln angesehen, sieht aus wie in der U-Bahn.«

»Ja, das hat was. Wenn Luna uns helfen möchte, könnte sie die Fliesen mit aussuchen«, ergänzte er und trug den Koffer zu den Treppenstufen, wo er ihn vorerst abstellte.

Mila fühlte, wie ihr Lächeln aus irgendeinem Grund schmaler wurde. »Ich frage sie morgen.«

»Wir können das Fliesenlegen bestimmt selbst umsetzen. Tix würde uns bestimmt gern dabei helfen. Ich zeige es ihm. Gar kein Problem«, antwortete Henning so großspurig, als sei diese Arbeit für ihn Standard.

»Bist du wirklich Zimmermann oder welche Art Handwerker bist du?«

»Der für alle Fälle.« Er lachte. »Wenn du nachher duschen magst, komm hoch. Ich checke dann den Boiler unten.«

Warmes Wasser. Bei Gott. Es gab wenig, wonach sie sich mehr sehnte.

Henning

Er schaute gerade ein Tutorial eines Baumarkts zum Thema »Fliesen ersetzen«, als es klingelte. Die Arbeitsschritte waren allem Anschein nach nicht so kompliziert. Beruhigt schaltete Henning das Handy aus und war mal wieder dankbar für YouTube und all die Menschen, die ihre Erfahrungen und Tipps dort hochluden.

»Du hast eine Woche lang kalt geduscht?«, hörte er sich im nächsten Augenblick fragen, als er sah, wie sehr Milas Augen vor Vorfreude auf warmes Wasser leuchteten. Sie musste verrückt sein. »Warum hast du mich nicht eher gefragt, ob du bei mir duschen kannst?« Er las die Antwort in ihrem Blick. »Ist klar – du bittest und bettelst nicht.«

»Kneif mich mal – aber du siehst nicht aus wie der nette Bademeister von nebenan, den man am Tag nach dem Einzug sofort fragt, ob man seine Dusche benutzen darf.« Sie hatte ein Handtuch um den Körper geschlungen, Duschgel und eine Flasche Shampoo in der Hand und sah aus, als ginge sie ins Freibad. Fehlten nur die Flip-Flops.

Er wollte beleidigt gucken, musste aber grinsen.

»Mach dich nur lustig.« Sie zupfte an dem Flamingo-Handtuch.

»Tu ich nicht. Ich finde es trotzdem nicht gut, dass du entweder zu majestätisch oder zu ängstlich bist, um mich um etwas zu bitten.« Er versuchte, den Blick von ihrem Körper und dem rosa-türkisfarbenen Handtuch, das ihn förmlich blendete, abzuwenden. Ging nicht. »Komm rein.«

Weil es ihm seltsam vorkam, sie direkt ins Bad zu begleiten, führte er sie ins Wohnzimmer und rückte die Stühle im Licht der Stucklampe zurecht. »Ich restauriere eine Esszimmergarnitur für meine Mutter. Sie hat sich so etwas schon immer gewünscht. Sie hat zwei Jobs und kann sich keine besonderen Möbel leisten. Tagsüber hilft sie in einem Kinderhort aus und an manchen Abenden arbeitet sie an einer Tanke. Seit Tix da ist, kann sie nur stundenweise Geld verdienen. Ihren Vollzeitjob an der Schule hat sie aufgegeben. Wie ist deine Familie? Du bist sicher in einem Backwaren-Schloss groß geworden.«

Es entstand eine längere Pause, in der Mila zu einem der Stühle ging. Sie setzte sich. »Ich komm klar.«

Das war eine dürftige Antwort. Er wünschte sich für sie, sie klänge glücklicher. Er zog ein Streichholz aus der Schachtel auf dem Tisch und zündete die Kerzen auf der Fensterbank an. Wie erstarrt schaute Mila in die Flammen. Nach einer Weile bemerkte Henning, wie ihr Blick zu den Fotos auf dem Wandregal hinüberglitt. Er hatte Mom und Tix einen goldenen Holzrahmen verpasst. Das Foto von ihm und Tix steckte in einem weißen Retrorahmen. Es gab sogar ein Bild von Robert, der Boxhandschuhe trug und im Fitnessstudio einen Arm um Tix legte. Das hatte Henning allerdings bewusst nicht in einen Rahmen gesteckt – so weit käme es noch, dass er seinen besten Kumpel rahmte. Er lächelte. Mila sprach kein Wort, aber er nahm wahr, wie sie schluckte.

»Weißt du, dass du mich einschüchterst, wenn du so still bist?« Er hoffte, nicht zu forsch gewesen zu sein, und reichte ihr die Streichholzschachtel. »Du kannst die Kerzen auf dem Couchtisch auch noch anzünden, wenn du magst. Ich gehe runter in deine Wohnung und schaue nach dem Boiler. Alles okay?« Sie reagierte nicht, und er hatte das beklemmende Gefühl, sie retten zu müssen. Er wusste nur nicht, wovor.

»Nimm die Schachtel besser mit nach unten.« Ihre Stimme war so zerbrechlich, dass er sie kaum verstand. »Ich möchte nicht, dass Kerzen brennen, während ich dusche.«

»Okay.« Er nahm die Streichholzschachtel entgegen und berührte dabei ihre Finger, die ganz kalt waren. »Ich habe nicht so weit gedacht.«

Sie stand auf, ging zu den Stabkerzen und blies sie aus. Anschließend wandte sie sich zum Wandregal und griff nach dem Rahmen mit dem Foto der beiden Brüder. Sie studierte es und stellte es wieder weg. Auf andere Menschen wirkte Mila bestimmt weltoffen und empfänglich. Aber in Wirklichkeit, da war er sich sicher, verschloss sie ihr Innerstes vor den meisten Leuten wie einen Schatz. Manchmal trug sie eine Traurigkeit in sich, die sie zu verbergen versuchte, so gut es möglich war. Doch er sah sie trotzdem. Genau jetzt.

Als er nach einer halben Stunde wieder nach oben kam, brachte er gute Neuigkeiten mit.

»Du hast keinen Boiler, sondern einen sogar ziemlich neuen Durchlauferhitzer, und bei dem waren zum Glück nur die Sicherungen draußen, die hängen nicht am Licht oder so. Könnten noch die Vorbesitzer gewesen sein. Hab alles gecheckt. Also: Warmwasser läuft.«

»Danke.« Betreten schaute sie zur Seite. Die rotblonde Mähne hing nass über ihren Schultern, außerdem stand sie wieder im Flamingo-Handtuch und barfuß vor ihm. »Ich habe meine Klamotten unten gelassen und sollte mir schleunigst die Haare föhnen. Was bekommst du für deine Hilfe?«

»Geschenkt. Wir sind ein Dream-Team.« Er deutete auf sie und sich. »Wir werden noch eine ganze Weile zusammenarbeiten müssen.« Was auch immer in München passiert war – er wollte wissen, warum ihr Lächeln so wie eben manchmal so schnell wieder verschwand. »Bist du traurig?«

»Bin ich nicht.« Sie rieb sich mit der Hand über den Nacken. »Ich hab nur einfach gelernt, dass es besser ist, nicht zu viel zu erwarten. Emotionen können dich fertigmachen.«

Er rollte die Hemdsärmel nach unten, die er zum Arbeiten hochgeschoben hatte. »Gefühle können aber auch sehr schön sein.«

»Nein.« Sie zog das Handtuch enger um ihren Körper. »Mein Haus in München ist abgebrannt, meine Eltern sind vor fünf Jahren tödlich verunglückt und was ich für meinen leiblichen Vater bin, steht in den Sternen … Und meine Katze …« Ihre Stimme brach und ihre Augenlider senkten sich. Das letzte Lächeln wich aus ihrem Gesicht. »Meine Katze ist in dem Feuer verbrannt, das ich verursacht habe.« Sie legte die Hände auf ihr Herz und schluchzte. »Alles ist verbrannt. Und ich bin schuld. Nur weil ich Teelichter habe brennen lassen. Ich meine, Teelichter … wie dumm ist das?«

Das war mehr, als ein Mensch ertragen konnte, selbst für Hennings Verhältnisse. Sie zog einen riesigen Karren an Problemen hinter sich her und hatte eine meterhohe Mauer um sich herum errichtet, die niemand einzureißen vermochte. Sie wollte nicht mehr verletzt werden, so viel war klar. Aber sich im Leben vor Verletzungen zu schützen, war nahezu unmöglich, und so würde sie alles verpassen, was das Leben sonst noch zu bieten hatte: Liebe, Mitgefühl, Zuneigung. All die schönen Dinge.

Mila

»Nein, nicht.« Halbherzig wich sie vor Henning zurück, als er andeutete, sie umarmen zu wollen. Doch er war schneller, trat näher an sie heran und schloss sie in seine Arme, bevor sie sich dagegen wehren konnte. Die Gelegenheit zur Flucht hatte sie eindeutig verpasst. Ohne dass sie seine Umarmung erwidert hatte, standen sie da – in seinem Hausflur. Sie kuschelte sich an seinen Pullover, bis sie schließlich doch die Arme um seine Hüften legte. Tränen rannen über ihre Wangen. Er hielt sie fest, während sie sich noch enger an ihn presste. Ihr »O mein Gott« kam heftig und laut aus ihrem Innersten. Seit dem Abend, an dem sie ihre Katze verloren hatte, hatte sie kein einziges Mal hemmungslos geweint. Vielleicht wegen der vielen gut gemeinten Sprüche der Menschen um sie herum: *Ich habe meinen Goldhamster verloren. Er war sehr alt. Ich habe beim Pokern verloren. Es war echt teuer. Ich habe auch schon Schlimmes erlebt. Das wird wieder.* Aber so einfach war es nicht. Niemand würde ihr

Bailey zurückbringen. Niemand würde ihr das Haus oder das Geschäft, das sie selbstständig aufgebaut hatte, ersetzen.

»Lass es raus.« Henning hielt sie im Arm und ließ sie nicht los. Unabhängig davon, wie sehr sie weinte, oder dass sie sich zaghaft gegen seinen Körper sträubte. Und offenbar auch unabhängig davon, dass er sie gar nicht mochte und sie für eine verwöhnte Backwaren-Prinzessin hielt.

»Warum tust du das? Du hasst mich.«

»Wer sagt denn, dass ich dich hasse?« Er lockerte seine Umarmung und strich eine Strähne aus ihrer Stirn. Seine Finger zeichneten eine warme Spur auf ihrer Haut. »Wenn du nicht redest, kann man in deinen Augen lesen, was du denkst«, sagte Henning. »Hat dir das schon mal jemand gesagt?«

Noch nie. Seine Iris glänzte grau mit goldfarbenen Tupfen, wachsam und konzentriert. In seinen Armen, die sie so sicher umfingen, empfand sie eine nie da gewesene Ruhe. Gleichzeitig war er das größte Feuer, das sie je erlebt hatte. Er wirbelte sie durcheinander, regte sie auf, trieb sie an, schützte und wärmte sie gleichermaßen. Mit einem Mal lösten sich Trauer, Wut und Schmerz auf. Der Kuss, den er ihr auf die Stirn hauchte, gab ihr ein Gefühl von Sicherheit und brachte den Tränenfluss zum Versiegen. Zärtlich nahm er ihr Gesicht in beide Hände. Wenn er nervös wurde, zuckte seine Oberlippe, so wie in diesem Moment. Sie wollte ihn küssen, dafür, dass er für sie da war. Es fühlte sich richtig an. Ihr Herz schrie Ja, aber ihr Kopf sagte laut und deutlich Nein.

»Wieder gut?«, fragte er ehrlich besorgt.

»Wieder gut.« Sie wand sich aus seinen Armen. »Vielen Dank für die Dusche.« Sie drückte die Klinke der Wohnungstür herunter.

»Wo willst du hin?«

»Nach unten.«

»Du glaubst doch nicht ernsthaft, dass ich dich so gehen lasse. Meine Mutter sagt immer: ›Wir tauschen zwei gute Erinnerungen gegen eine schlechte und kreieren jetzt einen schönen Moment, den man so schnell nicht vergisst.‹« Er schloss die Tür und nahm ihre Hand von der Klinke.

Widerstandslos folgte sie ihm ins Wohnzimmer. Dabei vergaß sie beinahe, dass sie nur das Handtuch trug. Sie ließ sich neben ihn in die Kissen des Sofas sinken und zog den Frotteestoff über ihre Oberschenkel.

»Du erzählst mir deine Geschichte und dazu gibt es Franzbrötchen.«

Wie nett von ihm. Sie hatte heute Morgen bei ihrem Lieblingsbäcker keines mehr bekommen. »Du warst einkaufen?« *Und vor allem: Du teilst freiwillig mit mir?*

»Die müssen erst noch gebacken werden«, antwortete Henning. Ein Lausbubengrinsen erschien auf seinem Gesicht.

»Nicht dein Ernst. Ich muss zuerst dafür arbeiten?« Ihr lief jetzt schon das Wasser im Mund zusammen – er hatte sie in der Hand. Vergnügt verließ er den Raum, um kurz darauf mit einem überdimensionalen tarngrünen Shirt und einer ausgebeulten Jogginghose zurückzukommen. »Hier, zieh das an. Es ist kein Guido Maria und es kann sein, dass du die Hose oben zusammenbinden musst, aber das T-Shirt sollte perfekt passen«, mutmaßte er und hielt es ihr lachend an den Oberkörper. Es reichte ihr bis an die Knie.

»Fehlt da nicht eine Kleinigkeit? So was wie Unterwäsche? Ich könnte nach unten gehen, meine Sachen holen.« Auch wenn sie das nicht wollte. Sie wollte hierbleiben.

»Spitzenunterwäsche kann ich dir leider nicht bieten. Blöd eigentlich. Als Mann sollte man so etwas immer im Haus haben.« Noch einmal verließ er den Raum und kehrte mit knappen Boxershorts zurück. Rentiere mit leuchtend roten Nasen waren darauf abgebildet. »Hier, Santa, die habe ich mir mal fälschlicherweise gekauft. Ich hatte mich nach den italienischen Größen orientiert und das Muster übersehen.« Er reichte sie ihr.

Sie zögerte. Er war fröhlich, hilfsbereit und bemüht. Gut, die Rentiere waren schrecklich. »Wie kann man so ein Muster übersehen?« Sie würde in Rentiershorts, einem Tarnshirt und einer Sporthose von einem Mann, den sie erst seit Kurzem kannte, in dessen Wohnung herumlaufen und Blätterteig mit Zimt backen? Nein, kam gar nicht in die Zuckertüte. Oder? »Okay.« Wider jede Vernunft nahm sie die Kleidung entgegen und stolzierte ins Bad.

Als sie fertig angezogen war und die Haare halb trocken geföhnt hatte, war Henning nicht mehr im Wohnzimmer. Stattdessen hörte sie Klappern aus der Küche, wo er die Zutaten auf dem Esstisch zusammenstellte. Kein Wunder, dass er ständig Frauen abschleppte, wenn er ihnen Franzbrötchen zum Frühstück zauberte. Sein Blick glitt von ihren Haaren über ihr ungeschminktes Gesicht bis hinunter zu ihren nach wie vor bloßen Füßen. Per Spracherkennung schaltete er die Musik ein. »Kaffeehausklänge«, sagte er, und melodischer Cool Jazz setzte ein. Anders als das, was er sonst hörte. »Ich singe nicht mit, keine Sorge«, kündigte er an. »Ist nicht mein Sound.«

Halleluja. »Ich habe noch nie diese Brötchen gebacken, obwohl ich gelernte Konditorin bin. Verrückt, oder? Ich war auch vorher noch nie in Hamburg. Allerdings kann ich nach wie vor nicht beurteilen, ob es mir hier gefällt.«

»Schade, dass du bisher keine Zeit hattest, dir die Stadt anzusehen. Gittes Salon ist zum Beispiel eine faszinierende Sehenswürdigkeit«, sagte er lächelnd. »Nein, Quatsch. Aber du musst dir unbedingt die Elbphilharmonie anschauen. Und mit einer Fähre fahren, im portugiesischen Viertel essen, ein Musical besuchen …«

»Ich sehe schon, ich hab viel zu entdecken.«

»Jedes einzelne Stadtviertel hat seine Besonderheiten. Ich kann eine Führung mit dir machen, wenn du magst.« Er zog die Kaffeemaschine aus der Nische neben dem Herd, um das dahinterliegende Gerät besser erreichen zu können. »In meiner Jogginghose siehst du übrigens aus, als hättest du keinen Hintern mehr«, witzelte er. »Und als hättest du die Kontrolle über dein Leben verloren. Wer hat das noch mal gesagt?«

»Lagerfeld.«

»Ich hab dich in letzter Zeit oft in schicken Klamotten zur Arbeit gehen sehen, mit feiner Strumpfhose und hohen Schuhen. Nylon ist sexy, aber mir gefällt dieser plötzliche … nennen wir es *Kontrollverlust* heute Abend.« Er lächelte wieder. Er lächelte überhaupt ziemlich viel, seit sie ihn näher kannte.

»Warte … du hast einen Thermomix?« Es war aus ihr herausgeplatzt, ehe sie die Verwunderung über das Gerät, an dem er sich zu schaffen machte, im Zaum halten konnte.

Er hob die Arme. »Klar. Ich bin auch nur ein Mensch.«

Mister Darkside hatte also eine hochmoderne Küchenmaschine. »Wenn du jetzt noch zugibst, dass du schon mal eine Thermomix-Party gegeben hast, dann …«

»Um Gottes willen, diese Art Party ist nicht mein Ding«, winkte er ab und tippte auf dem Display der neuesten Generation herum. Sie selbst hatte immer großen Wert darauf gelegt, keinen Koch- und Backautomaten zu nutzen. Praktisch hin oder her, es war nicht authentisch. Sie überlegte. Eventuell musste sie sich dafür öffnen, denn es sah eigentlich ganz okay aus und es wäre ja möglich, dass das Gerät sie heute überzeugte. Vielleicht würde sie sogar bald das erste Thermomix-Bistro gemeinsam mit Henning eröffnen – wenn ihnen sonst nichts einfiel.

Er schrieb das Wort »Franzbrötchen« und das Teil spuckte eine Zubereitungsliste inklusive exakter Schritt-für-Schritt-Anweisungen aus. Zudem gab es die Option, ein Video anzusehen. Zugegeben, das war richtig cool und sah idiotensicher aus. »Damit kein völlig falscher Eindruck entsteht – ich nutze das Gerät nicht nur zum Backen. Ich bereite auch Likör darin zu. Mit extra starkem Schnaps natürlich.«

»Natürlich. Du bist ein harter Kerl.« Sie band einen Doppelknoten in den Kordelzug der Jogginghose, die um sie herumschlackerte. »Ich verliere deine Hose.«

»Nicht schlimm, du hast ja eine heiße Unterhose an«, bemerkte er trocken. In Nullkommanichts hatte er die Zutaten in den Topf gewürfelt. »In Schritt eins muss man Milch, Zucker und Hefe in den Mixtopf geben. Schwieriger wird es, wenn man die Teigteile nachher übereinanderlegen und Zucker, Zimt und Butter dazwischen verteilen muss. Das darfst du gern übernehmen.«

Nachdem die Maschine alles vermengt hatte, packte er den Teigkloß in eine Schüssel, deckte ihn ab und stellte ihn im Wohnzimmer neben den Ofen. Küche und Wohnzimmer bestanden vorwiegend aus weißen Möbeln, alles sehr geschmackvoll. Das Bad war ebenfalls hell gefliest. Vor drei Jahren hatte sie ihren Urlaub in einem Ferienhaus an der Ostsee verbracht, das so ähnlich eingerichtet gewesen war. Minimalistischer Landhausstil, heimelig, schick und gemütlich – gar nicht das, was sie von Foster erwartet hatte.

Im Wohnzimmer entzündete Henning wieder die Stabkerzen auf der Fensterbank und sie erschauderte, als er mit dem Streichholzkopf über die Seite der Schachtel strich.

»Der Teig muss dreißig Minuten gehen«, erklärte er, als hätte er es mit einer Frau zu tun, die nie zuvor einen Kuchen gebacken hatte. »Das ist Hefeteig.«

»Aha.« Sie ließ sich in die Couchkissen fallen, fest entschlossen, sich nie wieder emotional so überwältigen zu lassen wie eben, als sie geweint hatte. Erst recht nicht von züngelnden Kerzenflammen.

»Ist das Feuer in Ordnung für dich?« Er nahm zwei Gläschen aus der Vitrine und stellte sie vor ihr auf dem Tisch ab, dann ging er in die Küche und kam mit einer bauchigen Flasche zurück, die kein Etikett trug. »Nur Mandellikör, nichts Hartes. Es gibt aber nur einen für dich.« Er schenkte ein und zwinkerte ihr zu. »Leicht herzustellen mit dem TM.«

»Du klingst wie jemand, der mir einen Thermomix verkaufen will, und ...«

»Vielleicht will ich das ja. Vielleicht ist das mein Job: Thermomix-Vertreter«, sagte er, bevor sie ihren Satz zu Ende bringen konnte. »Damit rette ich das Leben all derer, die nicht kochen und backen können. Ich wäre ein absoluter Held.«

»Ja, vielleicht bist du das.« Sie wickelte sich in den Shirtstoff, in den sie dreimal hineingepasst hätte, und betrachtete die Farbe. »Dunkelgrün. Das ist aber nicht die Vorwerk-Farbe, die ist heller. Dieses Shirt hat eher den Farbton eines Bundeswehrsoldaten.« Sie suchte vergeblich nach einem Schildchen an der Shirt-Innenseite. »Siehst du, es ist bestimmt von der Bundeswehr.«

»Ist es das?«, fragte er und hob das Schnapsgläschen in die Luft. »Ich hab dir doch erzählt, dass ich gelernter Zimmermann bin und Möbel restauriere. Du kennst meinen Bruder, und wir wohnen unter einem Dach. Und ich singe gern – falsch –, auch das weißt du. Normalerweise bin ich stolz auf meine Menschenkenntnis und ich liebe herausfordernde Situationen.« Er setzte sich neben sie, so nah, dass sich ihre Oberschenkel berührten. »Aber bei dir komme ich echt nicht weiter. Du hast so vieles, was mich tierisch nervt, ich sag's ganz ehrlich. Und gleichzeitig ...«

»Ja?« Sie sah zu ihm auf, das Gläschen in der Hand.

»Will ich, dass es dir gut geht.« Er trank den Likör in einem Zug aus und stellte das Glas zur Seite. Sie sagte nichts und setzte das Getränk ebenfalls an die Lippen. Es schmeckte süß, nach weißer Schokolade und Amaretto. »Mila Winter ist mir ein Rätsel. Hilf mir auf die Sprünge«, bat er. »Wer bist du?«

»Womit soll ich anfangen? Also, Mila ist … ich bin … ich weiß es nicht so genau.«

»Tix sagt, du bist schön. Das kann ich bestätigen, sogar vorhin mit deinen nassen Haaren.«

Es entstand eine Pause.

Er hatte sie mit seinem Kompliment aus der Fassung gebracht. Es war nicht das erste Kompliment, das sie von einem Mann bekommen hatte – aber das erste von einem Jungen, der es todernst meinte. »Tix ist der Wahnsinn.«

»Ist er. Und du?«

»Ich kann gut backen und kochen. Meine Eltern leben nicht mehr … Halt, Moment, das stimmt nicht. Mein leiblicher Vater lebt in den USA, das weißt du ja. Und ich habe einen Halbbruder in Delaware. In München habe ich einen eigenen Laden … gehabt. Ich habe liebe Freunde, die ich ziemlich belastet habe und denen ich dringend eine Ruhepause von mir gönnen muss. Sie hätten verdient, dass ich etwas aus diesem Haus mache und sie alle zu mir einlade. Ich habe Luna kennengelernt, sie ist meine Kollegin, deine Ex-Freundin und ich mag sie sehr. Das ist so ziemlich alles von mir.«

Sie biss sich auf die Lippen. Henning beobachtete sie, reagierte aber nicht auf den Namen seiner Ex, weshalb sie schnell weitersprach.

»Ich wünsche mir so sehr, dass wir das hier schaffen. Ich habe alles besorgt, was du mir aufgeschrieben hast.« Sie schluckte hart. »Ich möchte … dass mein Vater stolz auf mich ist.«

»Das wird er. Morgen gehts los.« Die Eieruhr schrillte in der Küche, der Hefeteig war fertig. »Wir können beim Teig zum nächsten Schritt übergehen.«

Sie erhoben sich und nahmen die Schüssel mit in die Küche, wo sie von dem Gerät wie von einem digitalen Feldwebel weitere

Befehle erhielten. Mila bemehlte die Arbeitsfläche großzügig und schrieb »Hamburg« in das Mehl, während Henning die Teigrolle in den Schubladen suchte. Mit kräftigen Zügen rollte er den Teig aus. Er ging sogar so weit, die Zentimeterangaben mit einem Lineal nachzumessen.

»Du bist pingelig«, feixte sie. »Das ist mir erst aufgefallen, als ich eben dein Bad gesehen habe, wo die Handtücher millimetergenau übereinanderliegen.«

»Ich halte mich an das, was erwartet wird. Muss ich ja im Job auch.«

»Mit den Möbeln? Geben sie dir Anweisungen oder hörst du ihre Stimmen im Kopf?« Sie tunkte ihren Zeigefinger in den Mehlberg, den er an der Seite aufgeschichtet hatte, und tippte auf sein Oberteil, was sofort einen weißen Fleck hinterließ. »Du bist nicht ganz normal, Henning Foster.«

»Man spielt nicht mit Essen«, tadelte er.

Er sah gut aus. Die Sehnen auf seinen Oberarmmuskeln traten hervor, während er den Teig walkte und anschließend bearbeitete.

»Man tut dies nicht, man tut das nicht. Du hältst dich an alle Regeln, oder?«, fragte sie und drückte mit den mehligen Fingern erneut auf seine Brust, die sich hart und unnachgiebig anfühlte. Sie hatte ihn joggen gesehen, doch er musste noch irgendetwas anderes tun, sonst wäre er eher schmal und hager. Stattdessen war er breit und hatte mehr Masse als ein typischer Jogger.

»So«, sagte er unbeeindruckt und schob die Teigplatte, nachdem er sie mit Zucker, Zimt und Butter versehen hatte, in das oberste Fach des Kühlschranks. In der einen Sekunde schloss er die Tür, in der anderen versenkte er seine komplette Hand im Mehl und umschloss damit ihr Kinn. »Niemand, der mich angreift, kommt ungestraft davon.« Er grinste und drückte seinen anderen Handabdruck auf das Shirt, direkt unter ihren Halsansatz.

Vor Schreck quietschte sie kurz auf. »Ähm. Das ist deins«, konterte sie dann betont gleichgültig und nahm angriffslustig ein Stück Butter zwischen Daumen und Zeigefinger. Sie setzte den bedrohlichsten Blick auf, den sie aus dem hintersten Winkel ihrer Seele hervorzaubern konnte, woraufhin er nur resigniert den Kopf schüttelte.

»Das wagst du nicht. Und überhaupt: Was ist meins? Das Shirt oder der Inhalt?« Er umfasste ihre Hüfte. »Ich möchte dir nicht wehtun. Lass das mit der Butter lieber.«

Zu spät. Sie hatte das Fett schon an seiner Wange und halb im Bart verteilt. Blitzschnell nahm er ihre Handgelenke zusammen und drückte ihre Arme nach unten, weshalb sie sich weder wehren noch bewegen konnte. Sie waren sich näher als je zuvor. Sanft versuchte sie, sich ihm zu entziehen, merkte, dass er den Griff lockerte, sie aber nicht losließ. Ihre Blicke verschmolzen ineinander, ihr Atem wurde eins. Mila schloss die Augen. Er kam näher, drückte sie gegen die Anrichte und strich mit dem Daumen sanft über ihre Unterlippe. Die Holzkante bohrte sich in ihre Seite, doch sie ignorierte den Schmerz.

»Hör auf zu zappeln«, forderte er. Sie sah zu ihm auf und in dem Augenblick berührten sich ihre Lippen so selbstverständlich, als hätten sie es bis dahin kaum ausgehalten. Der Kuss fühlte sich zart und prickelnd zugleich an – winzige Flammen auf ihrer Haut, die immer glühender wurden. Nach wie vor hielt er ihre Handgelenke fest umschlossen wie eiserne Handschellen. Bereitwillig öffnete sie die Lippen und spürte seine Zunge in ihren Mund eindringen. Er küsste sie so leidenschaftlich, wie sie es noch nie zuvor erlebt hatte. Die Hitze, die er ausstrahlte, schien sie innerlich zu verbrennen. Er vereinnahmte ihren ganzen Mund. Irgendwann ließ er sachte ihre Hände los und seine Finger strichen am Kragen ihres Shirts entlang, fassten schnell und besitzergreifend in ihre Haare. Automatisch neigte sie den Kopf zur Seite, um seine Zunge noch tiefer in ihren Mund aufnehmen zu können. Obwohl sie innerlich dagegen ankämpfte, gehörte sie in diesem Moment einzig und allein ihm. Sie konnte es fühlen. Ihr Herz hämmerte wie wild und das Blut rauschte nur so durch ihre Adern. Gänsehaut am ganzen Körper. Ihr Unterleib pochte und sie stieß ein Keuchen aus. Sie wollte ihn. Sie wollte ihn wirklich.

Hilflos löste sie sich von seinen Lippen, machte einen Schritt zur Seite und sog so viel Luft ein, wie sie aufnehmen konnte. Was hatte sie getan? Er versuchte, sie wieder an sich heranzuziehen, doch sie wich ihm aus.

Sein prüfender Blick traf sie. »Ist okay. Denk nicht drüber nach«, kam er ihr zu Hilfe. »Es war nichts Bedeutendes. Vergessen wir's.«

Sie hatte ihn geküsst, und das war nicht richtig. Luna, das Baby, überhaupt. Sie musste hier raus, so schnell wie möglich. »Ich sollte gehen«, stammelte sie.

»Wenn du meinst …« Es waren nicht die Worte, die sie von ihm hatte hören wollen. Er schob sie weiter von sich weg, strich mit der Handkante das Mehl auf der Arbeitsfläche zusammen, als hätte er genau das vorhin schon tun wollen. Nichts anderes. Ganz der eifrige Bäcker, kein bisschen der hitzköpfige Verführer. »Ich lege dir später eine Tüte Franzbrötchen vor die Wohnungstür, versprochen. Das hier dauert zu lange.« Er lächelte. Trotz allem lächelte er.

Kurz darauf war sie aus der Tür nach draußen geschlüpft. Der Situation entkommen, der mehr als heißen Situation. Im Flur atmete sie erleichtert aus. Himmelherrgott! Was war nur in sie gefahren? Am besten gar nicht darüber nachdenken. Schnell hastete sie die Treppe hinunter, immer zwei Stufen auf einmal nehmend. Halt! Sie hatte vergessen, ihrem Dad heute ein Foto zu schicken. Aber was sollte sie fotografieren? Ihren hochroten Kopf? Hennings Boxershorts oder das Tarnshirt, das sie an ihrem Körper trug? Sie entschied sich dafür, zwei unverfänglichere Bilder zu versenden. Zuerst knipste sie draußen die neue silberfarbene Siebenundzwanzig an der Hauswand, die sie eigenhändig dort angebracht hatte. Dann ging sie in den Verkaufsraum und lichtete das besorgte Material ab. Morgen früh würde sie Dad ein Bild der Edelstahlbriefkästen mit Zeitungsrolle zukommen lassen. Nie wieder würden im Hauseingang herrenlose Magazine über die Bodenfliesen segeln. Leider hatte sie es nicht geschafft, die Kästen schon heute anzubringen, und sie vermutete, Henning missbilligte diese kostspielige Ausgabe. Aber egal, Henning hatte schließlich auch gesagt: »Kleinigkeiten machen einen kompetenten Eindruck.«

Henning, Henning, Henning …

Schlag ihn dir aus dem Kopf, Mila.

Rot wie die Liebe

Henning

Als sie weg gewesen war, hatte Henning eiskalt geduscht, was nötig gewesen war. Nachdem die Franzbrötchen geformt und gebacken waren, hatte er locker hundert Liegestütze und Kniebeugen gemacht und die halbe Nacht wach gelegen, bis er gegen vier Uhr die Papiertüte mit dem Gebäck vor ihre Wohnungstür gestellt hatte. Erst dann fand er in einen unruhigen Schlaf.

Entsprechend konnte er am Morgen nur sehr mühsam die Lider heben, als die Herbstsonne durch die Lamellen in sein Schlafzimmer blinzelte. Er griff in das leere Kopfkissen neben sich und atmete erleichtert auf, dass seine Nachbarin aus dem Erdgeschoss nicht halb entkleidet dort lag wie eben in seinem Traum. Was für ein Abend!

Henning war nicht leicht zu verwirren, aber Mila hatte ihn durcheinandergebracht. Wie sich ihr Körper unter seinen Händen angefühlt und wie sie sich dabei bewegt hatte. Wenn er es nicht besser gewusst hätte, hätte er behauptet, er hätte gestern Abend Sex gehabt.

Er war erschöpft. Es war eben anstrengend, mit dieser Frau Zeit zu verbringen, und intensiv, auch ohne Körperkontakt. Aber allein, sie in seinen Armen zu halten, gab ihm dieses einzigartige Gefühl – beinahe hätte er *eigenartig* gedacht. Er grinste.

Unverständlicherweise war es sogar besser als Sex gewesen – auch wenn Mila Winter sich grundsätzlich wie ein tosender Fluss aufführte, der ihn mit aller Kraft in die Tiefe zu reißen versuchte. Ach, er war noch nie gut darin gewesen, sich bildhafte Vergleiche auszudenken. Aber die Regungen ihrer Gesichtszüge gingen ihm unter die Haut und ihre Augen leuchteten magisch. Teufel, er klang wie ein Idiot. Doch als sie ihren Kopf wie eine Katze in seine Hand geschmiegt hatte, da hatte er alles um sich herum vergessen. Es war wie ein Zwang gewesen, sie daraufhin noch leidenschaftlicher zu küssen als zuvor, wenn es auch nichts zu bedeuten hatte.

Mensch, Henning, so langsam drehst du am Rad. Die widerspenstige Hexe fünf Minuten im Arm zu halten soll besser sein als zwei Stunden mit einer Sexbombe im Bett? So ein Blödsinn!

Letztendlich war das alles bloß passiert, weil er sich wegen der fristlosen Beurlaubung nicht auspowern konnte und zu viel Zeit zu Hause verbrachte. Er musste aufstehen und etwas tun.

Entschlossen wälzte er sich aus dem Boxspringbett. Seit seiner letzten Beziehung schlief er nur noch mit Frauen, die er danach nie wieder traf. Gott sei Dank hatten sie gestern rechtzeitig die Reißleine gezogen. *Genug davon!* Er zog sich Arbeitskleidung über, die aus einer alten Jeans und einem seiner unzähligen dunkelgrünen Shirts bestand.

Als er im Erdgeschoss ankam, war die Tür des Verkaufsraums nicht verschlossen und der Raum war vollkommen leer. Bis auf den alten Tresen, der immer noch drinstand. Kein Arbeitsmaterial weit und breit. Mila hatte doch gestern gesagt, sie und ihr Kollege hätten alles hier abgestellt. Oder hatte er sich verhört und sie hatten das Baumaterial in den Keller geräumt? Er ging hinunter, um nachzusehen, aber auch dort fand er nichts – weder in seinem noch in dem anderen Kellerverschlag. Nirgendwo.

Mila war früh mit Luna zum Fischmarkt aufgebrochen, das wusste er, und weil er die beiden nicht unnötig stören wollte, entschied er, erst mal im Keller den alten Putz von der Wand zu entfernen. Irgendwo würde sich das Arbeitsmaterial schon wiederfinden. Er schaltete die Putzfräse ein, setzte sie an und sah zu, wie Stück um Stück von der Wandfläche auf die von ihm bereitgelegte Folie fielen.

Eine halbe Stunde später tippte ihm jemand auf die Schulter. »Mann, es ist echt schwer, dir zu helfen, wenn du mir nicht die Tür öffnest.« Auf Robert war Verlass. »Aber dann auch wieder nicht, weil sie nur angelehnt war. Kümmere dich mal darum. Ist ein Sicherheitsrisiko.«

Immer wenn Henning seinen Freund gebraucht hatte, war er da gewesen. Und umgekehrt. Das war schon seit der gemeinsamen Ausbildung so. Sie hatten viel zusammen erlebt und manches durchgestanden. Zum Beispiel Roberts erste Ehe, in der seine Frau die Leidenschaft fürs Swingen entdeckt hatte, die er so gar nicht teilte. Robert hatte sich schneller von ihr getrennt, als sie gucken konnte, und Henning hatte ihn verstanden. Zum Glück hatten die beiden noch keine Kinder gehabt. Die eigene Frau oder Freundin mit jemandem teilen? Das würde ihm nicht einfallen. Henning musste lachen, so abwegig war der Gedanke.

»Ja, du kannst dich freuen. Ich habe Wahnsinnsneuigkeiten für dich.« Robert streifte sich den grünen Parka von den Schultern und grinste schief. »Wo kann ich den hinlegen, damit nichts drankommt, während du das Haus auseinandernimmst?«

Typisch. »Wir sind in einem Keller. Entschuldige, dass ich nicht eigens für dich eine Luxusgarderobe hier unten habe.« Henning rollte mit den Augen. »Leg ihn auf die Werkbank.«

Sein Kumpel schaute pikiert, wischte über die Fläche, tat aber, wie ihm geheißen, um möglichst schnell zu seinen News übergehen zu können. »Magnus König hatte in seinem Club einen Streit. Es ging um den Verkauf von Drogen. Ich dachte mir schon, dass mehr dahintersteckt, als wir ahnen.« Er ahmte einen Trommelwirbel nach.

»Drogen sind nichts Weltbewegendes für einen Nachtclub.« Henning war müde und das Gerät in seinem Arm wog schwer. »Lass uns zum Reden hochgehen.« Sie stiegen die Stufen hinauf. »Was nützt mir deine Neuigkeit?«

»Jede Information kann uns später weiterhelfen«, antwortete sein Kumpel gefrustet. »Es ist ein Strohhalm, das weiß ich selbst.« Er stellte sich vor die breite Fensterfront. »Die komischen Klebebuchstaben von Timurs Gemüseladen müssen weg.« Mit dem Fingernagel kratzte er daran herum.

»Hallo, Jungs.« Eine weibliche Stimme ließ sie herumfahren.

Sie hatten Hennings Mutter nicht kommen gehört, weil sie zu sehr ins Gespräch vertieft gewesen waren. »Mom, was machst du hier?« Die Haustür stand also weiterhin offen – wunderbar.

»Tix ist mit Jessica auf dem Weg. Sie möchten zum Helfen bei dir vorbeikommen.« Mit ihren Fingern zeichnete sie Anführungszeichen zum Wort »helfen« in die Luft. »Deshalb wollte ich nachsehen, was ihr hier tut und wobei man dir helfen muss, Schatz.« Ihre beige Leinenhose war sicher wieder bio-öko-irgendwas und sie würde ihn noch *Schatz* nennen, wenn er in seinen Fünfzigern war. Ganz sicher.

»Du wolltest dich vergewissern, ob alles okay ist. Ich verstehe das, Mom, aber es ist unnötig.« Es war Henning vollkommen klar, dass seine Mutter sich unentwegt Sorgen um ihren Kleinen machen würde. Sie war ein regelrechter Kontrollfreak, was Tix' Sicherheit betraf.

»Machen Sie sich lieber Sorgen um Ihren Ältesten, Frau Foster.« Robert sprach sie an, als versuchte er, einem Kronzeugen eine geheime Information zu entlocken. »Haben Sie mit Tix über den Zwischenfall, der Henning aktuell belastet und ihn seinen Job kosten könnte, gesprochen?«

Mom stellte endlich die schwere Aktentasche, die sie bis eben über der Schulter getragen hatte, auf der Fensterbank ab. »Robert, du kennst ihn doch. Tix' einzige Themen sind eine Freundin und sein Abschluss an der Schule. Ich finde es furchtbar, dass er sich so sperrt, aber er ist ein Teenager. Was ich sage, interessiert ihn nicht. Wenn du aber eine Idee hast, wie wir das lösen können, raus damit.«

»Ich wünschte, die hätte ich.«

Mom nestelte schwer atmend an der Tasche herum. »Ich habe meinen Laptop dabei. Hast du hier WLAN, Henning? Ich möchte dir etwas zeigen.«

»Ja, aber wir arbeiten. Ich habe keine Zeit für so was.«

»Ihr jungen Leute habt nie Zeit.«

In dem Moment räusperte sich Mila im Türrahmen, schüchterner als sonst und leiser. Wie lange stand sie bereits da? Ihre Haare waren zu einem Pferdeschwanz zusammengebunden, sie trug eine Jeans und wie fast immer diesen roten Wollmantel.

»Hallo und danke für die Franzbrötchen.« Sie kreuzte die Arme vor der Brust. Errötete sie etwa?

»Hey, seid ihr schon zurück vom Markt?«

Mila nickte nur, ohne eine zusätzliche Info, weshalb Mom die Gelegenheit ergriff, beherzt weiterzureden. »Ach, dann sind Sie die neue Nachbarin?« Wie gewohnt reichlich enthemmt. »Ich habe schon so viel von Ihnen gehört. Zum Beispiel, dass Sie keine Musik mögen. Gar keine? Wir sind ja eine sehr musikalische Familie, besonders Henning.«

Mila zog eine Augenbraue hoch und Henning schlug sich mit der flachen Hand gegen die Stirn. »Mom, bitte. Bisher bin ich noch nicht gut genug, um ein Musikvideo online zu stellen.« Er lachte verlegen.

»Online ist ein gutes Stichwort.« Mom übernahm nun vollends das Gespräch. »Es gibt da diese Online-Plattform, über die Tix Kontakt zu einem Mädchen hat. Sie hat auch das Downsyndrom. Ich glaube, sie heißt Annabel.«

Er konnte sich absolut nicht darauf konzentrieren, was seine Mutter von ihm wollte. Stattdessen beobachtete er Mila, um keine ihrer Reaktionen zu verpassen, doch sie lehnte neutral an der Wand und hörte seiner Mutter zu.

»Manchmal sieht er nach den Chats mit ihr regelrecht verliebt aus. Geht so etwas online überhaupt? Ich meine echte Liebe, nicht irgendwelcher Schweinkram.« Mit einem Klickgeräusch, das wie das Entsichern einer Pistole klang, öffnete Mom die Schnallen der Tasche. »Jessica aus Gittes Salon hat nun mal viele Verehrer. Sie ist eine tolle Freundin für ihn. Aber es wird schwer, wenn sie den ersten richtigen Freund mitbringt. Soweit ich weiß, ist sie mit einem Jungen von der Berufsschule dicke.«

»Was du alles weißt.« Er selbst hatte wohl erhebliche Wissenslücken in Bezug auf seinen Bruder. Oder Mom ging zu weit, wie so oft.

»Ihr wollt Ticki echt ein Date vermitteln? Ich halte das für keine gute Idee«, sagte Robert wie aus der Pistole geschossen. Henning hatte die missbilligenden Blicke seines Freundes oft genug gesehen, kannte seine Einstellung zu bestimmten Themen. Keine Frage, dass er es nicht gut fand.

»Ich möchte, dass er eine Alternative hat, egal, wie dumm sich das anhört. Mich interessiert schon lange nicht mehr, was andere von mir denken.«

Ja, auch das wusste Henning. Seine Mutter hatte sich in seiner Jugend bereits viele peinliche Aktionen geleistet. Manchmal kam es ihm vor, als hätte sie nichts anderes als seinen Bruder im Sinn. Er konnte es ihr nicht verübeln. Trotzdem hatte er sich insgeheim immer gewünscht, sie würde einen neuen Mann finden oder ein Hobby. Henning seufzte. Im Stillen war er dankbar, dass Robert widersprach.

»Noch mal: Ich halte das für keine gute Idee, Frau Foster. Wenn ich mir den Einwand erlauben darf.«

»Darfst du.« Mom kniff die Augen zusammen. »Genau deswegen hatte ich einen Termin mit der Schulsozialarbeiterin. Sie findet es klasse, wenn wir ihm helfen. Wir müssen ohnehin mit ihm über das Thema Verhütung sprechen.«

»Mooom!« Henning hielt sich die Augen zu. Hier und jetzt wollte er ganz sicher keine Verhütungsmethoden durchkauen – zumal die Frau dabei war, die er vor wenigen Stunden noch geküsst hatte. Was er am liebsten wieder tun würde. Es hatte in ihm etwas ausgelöst. Etwas, das zwischen Schießtrainings, Einsätzen und Lehrgängen verloren gegangen war. Oder nie da gewesen war. Wer konnte das schon so genau sagen?

»Möchtest du etwa Onkel werden, Henning?« Mom blieb knallhart und zog den Laptop hervor. »Ich habe jedenfalls kein Interesse daran, ein Baby großzuziehen. Ich bin zu alt und Tix ist ja wohl noch ein kleines bisschen zu jung.« Energisch klappte sie das Gerät auf.

»Ich glaube, den brauchen wir nicht«, wollte er ihr Einhalt gebieten und legte eine Hand auf den Laptop.

Sie schüttelte ihn ab und loggte sich postwendend am Computer ein. »Er hat das Thema Kondome zum Beispiel gar nicht auf dem Schirm, Henning«, regte sie sich auf. »Besser gesagt, dein Bruder wünscht sich sogar ein Baby. Dein WLAN-Passwort lautet wie?«

»Das glaube ich nicht, Mom!«

»Ich dachte, er spricht selbst mit dir darüber. Wie ist das WLAN-Passwort?«

»Er redet nicht mehr mit mir über Dinge, die ihn bewegen.« Der Satz war ihm so rausgerutscht, weil Mom ihm auf die Nerven ging. Er bereute es sofort, als er Milas verwunderten Blick wahrnahm.

»Das ist doch Unsinn, Henning.« Seine Mutter zupfte an ihrem selbst gestrickten Schal herum, als müsste sie sich dringend Luft verschaffen. »Kompletter Unsinn! Und das weißt du auch.«

Jemand polterte in den Flur. Gekicher. Konnte denn hier niemand die Haustür vernünftig schließen? Okay, sie klemmte manchmal, aber das wussten doch alle.

»Hallöchen.« Tix lugte um die Ecke und schob eine kaugummikauende Jessica durch den Türrahmen. Sie waren beide außer Atem, als wären sie den ganzen Weg bis hierher gerannt. »Ich habe Jessi mitgebracht.« Unübersehbar. Die Kaugummiblase knallte.

Mom verstummte und Jessica deutete einen Knicks an, was Tix irre komisch fand. Er legte seinen Arm um ihre Schultern und klemmte ihr dabei versehentlich die langen schwarzen Haare ein, weshalb sie hell aufkreischte. Dann lachten sie beide. »Wo sollen Jessi und ich anfangen?«

»Ihr könnt die Tapeten in diesem Raum runternehmen, sie sind alt und schrecklich.« Die großflächigen Muster der Retrotapete verkleinerten die Raumgröße optisch immens. Henning sah sich um. »Diese schrägen Vögel hier überall.«

»Allerdings«, bekräftigte Robert mit einem Seitenblick auf Hennings Mutter.

»Wie in meiner Wohnung«, bemerkte Mila und starrte die Tapete an. Sie wirkte steif, wie sie so dastand, aber immerhin redete sie. Wenn auch nur Halbsätze.

»Ihr fangt hier an, damit wir so schnell wie möglich das neue Geschäftskonzept umsetzen können. Robert und ich werden in der Zeit den Keller abdichten und neu verputzen.«

»Klingt cool.« Jessica hob den Daumen und kicherte wieder. Ein achtzehnjähriges, noch nicht ganz erwachsenes Teenager-Mädchen.

»Du sagst es. Henning hat immer schlaue Pläne«, stimmte Tix zu und plusterte seinen Oberkörper auf. »Richtig, Robert?«

Robert war von der Fensterbank zum Tresen gewandert und hielt sich daran fest. »Deine Mutter hat auch tolle Pläne für dich, Ticki«, antwortete er vielsagend, woraufhin diese flugs den Laptop zusammenklappte und ihn zurück in ihre Tasche gleiten ließ.

»Ich lasse euch mal in Ruhe«, beschwichtigte sie und fummelte an ihrer Brille herum. »So richtig klar ist mir noch nicht, was ihr mit dem Haus vorhabt.«

»Muss dir nicht klar sein, Mom. Ich garantiere dir, dass es zu unserem Besten ist.« Henning stellte sich dicht neben Mila. Ohne sie anzufassen, nahm er ihre Körperwärme wahr und ihre Nervosität. »Wir tun das für uns alle.«

»Nee, ich tue das für dich.« Robert zog eine Grimasse.

»Du meldest dich, Henning, ja?« Mom wirkte enttäuscht, als sie die Lesebrille wieder in die Haare schob und sich verabschiedete. Sie zupfte Roberts Pulli in Form und gab Tix einen Kuss auf die Wange, den er sofort abwischte.

»Boah, sie ist weg. Was war denn heute mit ihr los? Sie war komisch.«

Henning ersparte sich die Antwort auf Tix' Frage. *Mütterliche Überfürsorge, Aufklärungsversuche und Präservative.* Mom hatte öfter solche Einfälle. Das letzte Mal, als sie vorgehabt hatte, seinen Bruder zur *inneren Balance* zu führen, hatte sie ein Wellness-Wochenende auf dem Bauernhof mit ihm geplant. Tix war alles andere als erfreut gewesen, denn statt zwischen Kühen und Hühnern zu entspannen, wollte er lieber mit seinem Freund den neuen James-Bond-Film im Kino sehen.

Tix war ein großer James-Bond-Fan und hatte jede Menge Filmplakate in seinem Zimmer hängen.

Er wandte sich wieder dem Hier und Jetzt zu. »Mila, wo hast du die Einkäufe hingestellt? Ich habe überall gesucht.« Aus irgendeinem Grund überfiel Henning ein beunruhigendes Gefühl.

»Die Einkäufe? Sie standen doch neben der Tür.« Mila deutete auf den leeren Fußboden. »Ich hatte alles hier abgestellt: die Säcke, die Pinsel, die Eimer.« Sie sah sich entgeistert um, eilte in den Flur, nur um sich zu vergewissern, dass dort ebenfalls nichts lagerte. »Hast du die Sachen in den Keller geräumt?«

»Da wüsste ich was von.«

»Euer Ernst?«, fragte Tix dazwischen.

»Außer dir hat niemand einen Schlüssel für den Raum und er stand heute Morgen offen.« Henning hörte selbst, wie genervt er ihr gegenüber klang. Ihr Blick wanderte hastig umher.

»Die Haustür schließt nicht immer. Eventuell hattet ihr gestern Nacht einen unerwünschten Gast im Haus? Hast du vergessen abzuschließen?« Robert, der schweigend im Hintergrund gewartet hatte, reichte Mila die Hand. »Ich bin Robert, Hennings Freund und Kollege.«

»Ich bin Mila. Du bist ein Kollege? Prima, dann habe ich ja zwei versierte Handwerker an meiner Seite.«

»Handwerker?«, wiederholte sein Kumpel verblüfft. Henning hatte alle Mühe, ihm hinter Milas Rücken per Handzeichen zu vermitteln, dass er bloß nicht weitersprechen sollte. »Handwerker, ja. Und wir sind versiert«, wiederholte Robert daraufhin mit angespannter Kiefermuskulatur. »Total versiert.«

»Es ist alles weg.« Sichtlich verzweifelt hob Mila die Arme in die Luft. »Jemand muss im Haus gewesen sein, nachdem ich gestern Nacht bei dir war, Henning.«

Ihre Stimme drang wie aus dem Off an sein Ohr.

»Du warst wo gestern Nacht?«, kam postwendend von Robert.

Henning wollte etwas erwidern, aber er hatte einen Gedankenstau im Kopf: Mila, der Kuss, sein Shirt, das verschwundene Material, Tix, Tix und noch mal Tix.

»Vergiss die Frage. Nicht mein Bier.« Robert winkte ab. »Meinst du, es war dieser junge König, Henning?«

Jetzt war der Name gefallen. Mila hatte nicht aufgepasst, Tix schon. Er erstarrte.

»Wegen des Vorfalls?«, fragte Robert weiter, als er keine Antwort erhielt. Er klopfte sich voller Tatendrang auf die Oberschenkel wie ein echter Bauarbeiter. »Wir müssen morgen in den Baumarkt fahren und alles neu besorgen. Etwas anderes bleibt uns wohl nicht übrig.«

»Ja, Baumarkt«, antwortete Henning geistesabwesend. Aus dem Augenwinkel sah er Tix an der Fensterscheibe vorbeilaufen. Er summte. »I Am What I Am«, Gloria Gaynor.

Robert redete unermüdlich weiter. »Eine polizeiliche Anzeige finde ich in deinem Fall ja eher unklug, Henning. Selbst wenn es sich bei dem Diebstahl um einen gezielten Angriff handeln sollte. Es ist lediglich eine Vermutung und es wäre ein ungünstiger Zeitpunkt, jetzt mit so was zu kommen.«

»Vermutest du denn Sabotage dahinter oder wovon redest du? Niemand weiß, was wir hier tun. Wer sollte uns schon etwas anhaben wollen?«, entgegnete Mila und trat einen Schritt vor. »Nein, das ergibt keinen Sinn. Ich hätte einfach gestern Nacht besser kontrollieren sollen, ob alle Türen abgeschlossen sind«, fügte sie selbstkritisch hinzu. »Kommt nicht mehr vor.«

Angriff, Sabotage, König. Henning hörte Tix' Melodie nicht mehr. Hatte er das Gespräch belauscht? Summte er noch?

»Es ist gestern spät geworden und ich war ... na ja«, Mila konzentrierte sich auf einen Punkt am Boden, schob die Hände tief in die Manteltaschen, »... verwirrt?«

»Bist du das öfter?« Robert zog eine Augenbraue hoch. »Verwirrt … na, ihr zwei macht mir ja Spaß. Hoffen wir, dass es nicht wieder passiert. Reparier bitte endlich mal die Haustür, Kumpel.«

Die Diskussion schien vorerst beendet. Jessica und Mila begannen, die Festigkeit der Tapete zu testen, indem sie mit den Fingern so lange daran herumknibbelten, bis sie eine ganze Schicht der gedruckten Vögelchen herunterreißen konnten.

»Ich muss mich umziehen«, entschied Mila schließlich, nach wie vor im Mantel. »Spachteln brauchen wir auf jeden Fall. Ich hab hier noch die Liste.« Sie zog den Zettel aus der Tasche und reichte ihn Henning. Dann unterhielt sie sich mit Jessica darüber, dass das im Baumarkt investierte Geld futsch sei, und Jessica setzte dagegen, dass Spitzenschneiden nicht so teuer sei und sie trotzdem in den Friseursalon kommen könne. Zum Freundschaftspreis. Henning blendete die Unterhaltung aus. Sein Fokus lag allein auf seinem Bruder, der anders als sonst nicht lautstark mitmischte und glückselig von Gittes Salon schwärmte. Er sagte gar nichts.

Ein roter Tropfen landete vor Tix auf dem Fliesenboden. Henning beobachtete, wie Tix in Zeitlupe den Kopf in den Nacken warf. Automatisch zog er eine Packung Tempos aus der Hosentasche und reichte sie ihm, während Robert den Wohnungsschlüssel vom Tresen klaubte, nach oben lief und mit einem nassen Handtuch wieder herunterkam. Es ging alles schnell, sie waren ein eingespieltes Team.

»Es ist okay. Alles ist gut. Beruhige dich.« Wie ein Mantra wiederholte Henning zwei oder drei Mal diese Worte.

»Huch«, rief Jessica schrill. »Das hat er auf der Arbeit noch nie gehabt.«

Natürlich nicht. Da muss er sich ja auch nicht aufregen.

Jessicas Stimme schien sich dennoch positiv auf Tix auszuwirken. Sie legte ihm eine Hand auf den Rücken und es wurde schnell besser.

»Ist nur ein bisschen Nasenbluten. Hab ich manchmal.« Tix versuchte ein tapferes Lächeln in Jessis Richtung, bevor Henning ihn aus der Tür geleitete, um mit ihm kurz oben im Bad zu verschwinden.

Ziemlich sicher ...

Mila

Nachdem die erste Woche in Hamburg im Schneckentempo vergangen war, rasten die Tage der zweiten Woche im Zeitraffer an Mila vorbei. Ohne besondere Vorkommnisse. Sie arbeitete stundenweise in der Kanzlei und so viel wie möglich im Haus. Und Henning arbeitete wenig an seinen Möbeln und umso mehr am Bau. Über den Kuss sprachen sie kein einziges Mal. Anders als sie selbst, die sich Luna gegenüber immer noch schuldig und mies fühlte, dachte Henning vermutlich gar nicht mehr daran. Es hätte ihnen einfach nicht passieren dürfen. Und trotzdem ließ die Erinnerung – seine Hände auf ihrer Haut, seine Lippen auf ihren – Mila nicht los. Manchmal sehnte sie sich nach diesen Berührungen, doch sie schaffte es, die Sehnsucht zu verdrängen. Warum sollte sie sich ausgerechnet nach Henning Foster sehnen? Vielleicht war es ja nur ein allgemeines Gefühl des Vermissens. Sie würde zum Beispiel gern wieder eine Katze haben. Das war es. Sie vermisste ihre Katze.

Glücklicherweise tat dieser Dauerzustand ihrer gemeinsamen Arbeit keinen Abbruch. Im Gegenteil. Das Totschweigen des Kusses beflügelte Milas Leistungsbereitschaft. Vielleicht, weil es sie ablenkte. Sie war Bauchefin und Quasi-Anwältin in einer Person. Wer brauchte schon Schlaf oder sonst irgendetwas, wenn er genügend Arbeit hatte?

Luna, Tix, Robert und sogar Jessica schauten fast täglich vorbei, um ihnen unter die Arme zu greifen. Bis auf die kleinen Verschönerungsmaßnahmen, die jedem sofort ins Auge fielen, war nicht absehbar, ob sie etwas erschaffen könnten, was der strengen Peter-Wirthz-Kontrolle standhielte. Schwer einzuschätzen. Dad hatte sich, seit er aus dem Krankenhaus entlassen worden war, auf die Kommunikation in Form von Smileys eingeschossen. Gern antwortete er mit einem hochgereckten Daumen oder einem lächelnden Smiley-Gesicht, was alles und nichts bedeuten konnte. Noch häufiger verschickte er unpassende Emoticons wie Tomaten, Autos oder Lollis. Selten schrieb er ganze Sätze und er rief nicht mehr an, wovon Mila sich aber nicht entmutigen ließ. Soweit sie das beurteilen konnte, hatte er sich fürs Erste vollständig erholt, obwohl Rachel Bedenken äußerte, dass es wieder passieren könnte, was bei einem Schlaganfall nicht ungewöhnlich wäre. Der Arzt hatte ihn wohl dazu angehalten, seine Lebensgewohnheiten umzustellen. Umgestellt hatte er allerdings bisher lediglich seinen Schreibtisch – und zwar vom Büro ins Wohnzimmer.

Nur noch 16 Tage, war gestern gekommen, mit einem Pizzastück dahinter. 16 Tage. Mila fühlte sich so angezählt wie ein Boxer, der beim K. o. am Boden lag. Wird schwierig, aber nicht unmöglich, schickte Dad noch hinterher. Und einen Gurken-Smiley. Dagegen waren seine Anrufe in der ersten Woche ein richtiger Gefühlsorkan gewesen.

Schwierig wurde es in der Tat, vor allem die Umsetzung des Backwaren-To-Go forderte sie. Doch mit Henning würde sie es schaffen, musste es schaffen. Das gemeinsame Brainstorming hatte sogar schon diverse Namensvorschläge für das Geschäft hervorgebracht – die nur dummerweise allesamt unbrauchbar waren. Von »Schanzen-Muffins« bis »Abhol-Stern«. Alles Unsinn.

Um neue Inspirationen zu bekommen, hatte Mila sich noch einmal mit Luna auf dem Fischmarkt verabredet. Beim letzten Besuch hatte sie gelernt, dass auf dem großen Genuss-Trödelmarkt nicht nur Fisch, sondern auch Haushaltswaren und Kunstgegenstände angeboten wurden. Wie auf einem türkischen Basar hatte sie mit einem Händler um diverse Küchenutensilien aus Plastik gefeilscht, die sich zwar nicht damit vergleichen ließen, was sie in München besessen hatte, aber sie waren ein Anfang. Manchmal musste man im Leben alle Kraft und allen Mut zusammennehmen und einen neuen Versuch wagen. Mila hatte sich eingestanden, dass sie das Münchener Lädchen aus ihrem Kopf streichen und Platz für etwas anderes schaffen musste: ein modernes Hamburger To-Go für Cupcakes, Muffins, Panini, kleine Kuchen, Pralinen und was ihr noch so einfiel.

Zur Begrüßung leuchtete der hanseatische Himmel an diesem Sonntagmorgen in allen Farben, Möwen flogen kreischend umher und die Morgenluft an der Elbe löste die Blockaden in Milas Körper – und auch in ihrem Geist. Es tat einfach nur gut. Eine Frau zauberte für die Kinder Seifenblasen mit einem Plastikreifen, während ein Jugendlicher seine aus Knetmasse und Luftballons angefertigten Männchen feilbot. Eine Gruppe Männer auf Junggesellenabschied, verliebte Paare, Senioren und Familien schlenderten umher. Ein Marktschreier hielt einen Aal in die Luft. Mila blieb kurz stehen, um die lautstarke Verkaufstaktik des legendären Aale-Dieter zu bewundern – eines der letzten lebenden Hamburger Originale, wie Luna ihr erklärt hatte.

Zwischen all den menschlichen Kuriositäten und dem Trubel mutete die lang gestreckte Fischauktionshalle mit ihrer Kuppel wie ein beständiger Dom aus Glas und Eisen

178

an. Beruhigend und atemberaubend. Im Innern der Halle luden zwei kathedralenartige Seitenschiffe zum Verweilen ein. Leute tanzten ausgelassen zur Musik einer Live-Band, die aus fünf älteren Herren mit Rock 'n' Roll im Blut bestand. Neben Filterkaffee gab es Astra-Bier für diejenigen, die Lust auf einen echten Hamburger Frühschoppen hatten. Stieg man die Treppenstufen zum oberen Stockwerk hinauf, kam man an einer Meerjungfrauenbüste vorbei, wie sie sonst nur am Bug von Piratenschiffen prangte. Mila hatte ein Krabbenbrötchen probiert und festgestellt, dass die kleinen Meeresbewohner nichts für sie waren. Das Backfischbaguette, das Luna sich gekauft hatte, schmeckte ihr deutlich besser, weshalb sie kurzerhand tauschten. Mit je einer Yucca-Palme im Arm, die sie für Sebastians Büro mitbringen sollten, landeten sie schließlich auf ein Heißgetränk im *Elbtunnel*. Hier wurde Luna herzlich begrüßt und der Wirt stellte ihnen einen Teller kostenloser Schokospekulatiuskekse vor die Nase. Alles in allem war Hamburg gar nicht so übel, vor allem am Wochenende.

Doch schneller, als Mila sichs versah, brach ein neuer Montag an. Kanzlei-Montag, und es blieben nur noch 15 Tage im Wirthz-Countdown übrig. Nichtsdestotrotz versuchte sie, keine ausgewachsene Panikattacke zu bekommen. Als Ausgleich und weil er dringend nötig war, stand deshalb heute Nachmittag der lang ersehnte Friseurbesuch bei Tix auf ihrem Programm. Hennings Bruder hätte für seine Arbeit in der Finkenstraße längst den Pokal für den weltbesten Tapetenabreißer verdient. Es schien ihm richtig Freude zu bereiten, ihnen zu helfen. Er hatte sie auch dabei unterstützt, die defekten Fliesen im Flur zu entfernen. Tix war einfach supereifrig bei der Sache, und die neuen blau-roten Metro-Kacheln, die Luna besorgt hatte, verströmten modernes U-Bahn-Flair im Hauseingang. Bei einem von Hennings Freunden, einem Schweißer, hatte Mila sich ein Angebot für ein

Edelstahlgeländer im Innenbereich geben lassen. Die Herstellung würde zwei Wochen in Anspruch nehmen, womit das Geländer gerade noch pünktlich angebracht werden könnte. Genial war auch die weiße Wandfarbe, die sie für den Hausflur verwendet hatten, und die Briefkästen, bei denen Henning wie erwartet gefühlt hundertmal angemerkt hatte, dass man davon locker eine dritte Fuhre Arbeitsmaterial hätte bezahlen können. Egal. Mila war zufrieden, denn wesentliche Teilbereiche des Hauses sahen jetzt schon völlig anders aus als an dem Tag, an dem sie hier gelandet war. Es war heller, freundlicher, aufgeräumter – Eigenschaften, die sie sich auch für ihr Leben wünschte. Das Einzige, an das sich bisher niemand herangetraut hatte, war die Wohnung im Erdgeschoss. Milas circa siebzig oder achtzig Quadratmeter waren chaotisch und die Innenausstattung überholt – wieder eine Parallele zu ihrem Leben.

»Honey, hast du noch mal mit Herrn Blümel telefoniert, dem Bekannten von Sebastian?«, fragte Mason, klopfte auf ihren Schreibtisch und riss sie damit aus ihren Handwerkergedanken. Endgültig willkommen im Montag.

»Herr Blümel wird übermorgen mit uns durch das Haus im Karolinenviertel gehen. Wir sollten die Interviews mit den KaroLIVE-Mitarbeitern voranstellen, damit wir auf dem neuesten Stand sind.« Sie sortierte gerade ihre Ablage um. Es hatte sich wohl herumgesprochen, dass sie das Mädchen für alles war, und so landeten unzählige Arbeitsaufträge, für die sie absolut keine Zeit hatte, bei ihr. Mason hatte Sebastian mehrfach darauf hingewiesen, wie eingebunden sie beide waren, was absolut stimmte. Vor allem Mason sammelte eine Überstunde nach der nächsten und hatte einen Schlachtplan für den anstehenden PR-Termin ausgearbeitet … oder was immer er so spätabends noch im Büro tat.

Luna war zu einer Routineuntersuchung beim Frauenarzt, weshalb Mason sich auf ihren freien Stuhl setzte. »Deine

Röckchen und Kleidchen sind nicht ideal für das Treffen. Das ist klar, oder?«, sagte er schonungslos und biss so beherzt in sein Käsesandwich, dass die Remouladensoße über seine Finger quoll. Er konnte wirklich pausenlos essen, was ihn im Laufe der Zeit menschlich gemacht hatte. Ständig stopfte er sich Brötchen, Kekse oder Schokoriegel in den Mund. Dass er dabei kein Gramm zunahm, lag vermutlich daran, dass er jede neu aufgenommene Kalorie in derselben Sekunde wieder verbrannte. »Ich begleite dich in *Cleos Boutique*, wenn du dich nach einem Hosenanzug umsehen willst.«

»Ich habe kein Geld dafür.«

»Aber du musst. Ich halte mich auch zurück und beurteile nur das Endergebnis.« Er hielt Zeige- und Mittelfinger zum Schwören in die Luft, was ihm schwerfiel – schließlich wollte er parallel dazu nicht das Käsesandwich fallen lassen. Er war so was von handzahm geworden, dass Mila ernsthaft darüber nachdachte, sich privat mit ihm zu treffen. Mit dieser Art Mann käme sie klar, das wusste sie. Allerdings hatte Masons anfängliches Interesse an ihr stark nachgelassen. Vielleicht hatte er ja inzwischen seine Traumfrau kennengelernt.

Er sprang vom Stuhl auf. »Ready, steady, go.«

»Eine sehr, sehr spannende Aufgabe habt ihr mir da mitgebracht«, murmelte Cleo. Die Einkaufsberaterin schob die Bügel auf dem Kleiderständer hin und her. »Ich habe ein oder zwei Gesamtkunstwerke für deinen Auftritt in petto, Mila.« Wie ein Maler kombinierte sie Muster, Schnitte und Farben. »Und ich finde es wundervoll, dass du mit Luna zusammenarbeitest, wenn ich das so sagen darf.«

»Das finde ich auch.« Weder vor dem Geschäft noch drinnen roch es heute nach Cleos Zigaretten. Dafür nach Latschenkieferöl wie in einer Massagepraxis.

»Wie ist dieser schwarze Hosenanzug? Bei einem Pressetermin sollte man keine Experimente eingehen.« Cleo hielt den Stoff hoch. »Passt zu jedem Anlass. Ein sogenannter Allrounder.«

Ein Allrounder wie Henning. »Was kostet er? Ich kann nicht viel investieren.«

»Der schwarze? Neunzig Euro.«

Mila schluckte. »Hast du ihn vielleicht in einer anderen Farbe und wäre er dann billiger?«

»Nur noch in Grau mit Nadelstreifen. Und ja, er ist tatsächlich günstiger wegen des Musters und der Größe. Wäre Lunas Größe, aber sie passt nicht mehr hinein«, sagte Cleo mit dem Blitzen einer angehenden Omi in den Augen.

»Dann passt er mir niemals«, antwortete Mila resigniert und war umso überraschter, als sie die Hose ohne Probleme zuknöpfen konnte. Einige Kilos mussten wohl dem Baustress zum Opfer gefallen sein. Während sie in der Umkleidekabine stand, plapperte Cleo vor dem Vorhang genauso munter weiter, wie Mila es von Luna kannte. »Vierter Monat, schon bald fünfter. Ich hätte nie gedacht, dass ich so jung Oma werde. Bitte nicht im Geschäft essen«, hörte sie eine erzieherische Mahnung in Richtung Mason. »Nachher habe ich Käseflecken auf meiner Ware. Ist das etwa Remouladensoße?«

Der sonst so schlagfertige Kollege grummelte verschnupft. »Passt dir der Anzug?«

»Ich glaube.« Sie trat aus der Kabine und sah, wie Cleo einen Kaugummi aus einer Plastikverpackung drückte.

»Nikotinkaugummi. Ich habe aufgehört zu rauchen. Wer weiß, vielleicht wird Luna am Anfang bei mir einziehen. Ich möchte ihr über die erste schwierige Zeit mit dem Baby hinweghelfen. Der Vater ist jetzt schon ständig abwesend. Sie wird mich brauchen.«

Milas Magen krampfte. Ihr Blick richtete sich automatisch auf den Boden, während Cleo hinter sie trat und sich dem Kragen des Blazers widmete. »Kopf hoch. Wie willst du denn sonst den Anzug beurteilen? Dein schwarzes Seidentop ist dazu übrigens ganz reizend. Die Männer liegen dir sicher haufenweise zu Füßen.«

»Das will sie gar nicht«, merkte Mason an.

Nervös beobachtete Mila im Spiegel, wie ihr Gesicht purpurrot anlief. Sie hätte Hennings Kuss wirklich nicht erwidern dürfen. So etwas würde nie wieder vorkommen. Außerdem dachte sie nur äußerst selten an Hennings Lippen und auch nicht an seinen trainierten Oberkörper. Nur so alle zwei Minuten. Wenn er in ihrer Nähe war, ein klitzeklein wenig häufiger. Manchmal verselbstständigte sich der Gedanke und sie hatte das dringende Bedürfnis, ihn zu berühren – rein freundschaftlich natürlich. Warum fiel ihr diese Küsserei ausgerechnet jetzt ein?

»Du hast ja Gänsehaut«, merkte Lunas Mutter an und klopfte einen unsichtbaren Krümel von der Anzugjacke. »Sind meine Finger so kalt?« Sie trat zwei Schritte zurück und nahm eine Pose ein, als säße sie in der Jury einer Model-Castingshow. »Der Anzug passt wie angegossen. Wir haben das Richtige gefunden, denke ich … und … ich werde O-m-a. Das gehört zwar nicht hierher, aber ihr seid mit meiner Tochter befreundet. Ihr seht sie sogar häufiger am Tag als ich. Total verrückt, was so ein One-Night-Stand alles auslösen kann, oder?«

»Luna ist ein One-Night-Stand?«, fragte Mila, verblüfft über Cleos Offenheit. Aber die Verkäuferin wühlte bereits wieder zwischen den Kleiderständern herum. »Ich liebe sie«, setzte sie deshalb lauter hinzu. »Sie ist ein Engel. Sie hat mich so herzlich in Hamburg aufgenommen und …«

»Honey. Ich unterbreche deine emotionale Predigt nur ungern – insbesondere, da wir so kurz davor sind, vor Rührung in Tränen auszubrechen.« Mason hörte auf zu essen. Freiwillig, was verdächtig war. Selbst Cleo richtete sich auf und ließ die Kleider ruhen. »Luna hatte den One-Night-Stand, nicht Cleo«, erklärte er. »Luna, dein Engel.« Mason malte Gänsefüßchen in die Luft. »Unsere Kollegin, die Schwangere, du weißt schon.« Er formte mit seiner freien Hand einen Babybauch über seinem eigenen. Als sei sie unfähig, ihm zu folgen, wiederholte er das Wort »Schwangere«. Kannten Mason und Cleo die Definition eines One-Night-Stands nicht oder kam sie selbst gerade geistig nicht mit?

»Whatever. Du bist ein Traum in mausgrauen Streifen, Honey.« Mason drückte den letzten Rest Baguette zwischen seine Zähne. »Und wenn du auf den Vater von Lunas Baby triffst«, er hob den Zeigefinger, »versuch einfach, dich professionell zu verhalten. Wir nehmen es so, wie es ist.«

Cleo nickte zustimmend und Mila war nun vollkommen verwirrt.

»Lassen wir bitte das leidige Thema«, stoppte Lunas Mutter jedwede weitere Diskussion und zischte Mason scharf an: »Nichts anfassen mit deinen Fettfingern! Ich bin froh, wenn du gehst – mit deinem Essen.«

»Ich bin doch fertig«, verteidigte er sich und hob unschuldig die Hände.

Henning

»Da bist du ja. Na, wie war's in der Kanzlei?« Henning klang wie der männliche Part eines älteren Ehepaars. Robert würde sich darüber totlachen. »Ich habe die Haustür repariert. Hat mich nie gestört vorher, aber nun bin ich erleichtert, dass es erledigt ist.«

Henning brauchte Mila an diesem Montag mehr als sonst, doch er wollte sie nicht überrumpeln. So wie seine Mutter ihn überrumpelt hatte, als sie ihn heute Morgen angerufen und ihn angefleht hatte, ihr zu helfen. Er hatte zugesagt – was er mittlerweile bereute. Weil er gar nicht wusste, wie er das anstellen sollte. Vor allem ohne Mila.

Er seufzte zum gefühlt hundertsten Mal am heutigen Tag. Nur sie konnte ihn retten. Aber wie sollte er sein Anliegen ihr gegenüber am besten zur Sprache bringen? Verdammt, er war wahrlich alt genug, mehr als erfahren auf dem Gebiet – und trotzdem der Meinung, dass sie, zumindest was die Theorie betraf, besser war als er. Er konnte körperlich hart arbeiten, Menschen beschützen, solche Sachen. Mila war die Planerin, die Organisatorin, die Kommunikationsfachfrau. »Es kann jetzt nicht mehr vorkommen, dass irgendwelche Passanten unser Arbeitsmaterial klauen. Die Tür ist bombenfest zu.«

»Hab ich gemerkt.« Sie klang wenig euphorisch. Hektisch hatte sie eine Tüte von *Cleos Boutique* in die Wohnung geschleppt, sich umgezogen und war in Arbeitskleidung im Keller aufgetaucht. »Und diese Anstriche halten das eindringende Wasser komplett zurück?«, fragte sie wie ein Techniker und vertiefte sich in den Text auf der Verpackung des Dichtungsmittels.

In einer Stunde würde sie in Gittes Salon sitzen und bei einer Handmassage Zeit haben, sich mit Tix zu unterhalten. Fernab von der Baustelle. Ganz in Ruhe. Weder Mom noch er waren dabei. Er schob den Eimer Sperrmörtel zur Seite und räusperte sich. Hoffentlich kam er nicht rüber wie ein verklemmter Teenie. »Könntest du meinem Bruder vielleicht nachher die Sache mit der Verhütung erklären? Prima. Danke.« Geradeheraus, nicht drumherum, perfekt gemacht. Straight und sachlich bis zum Schluss. Wie ein echter Mann.

»Was?«

»Das Material verbindet sich mit der Feuchtigkeit in der Wand zu einer festen Masse, weshalb das Wasser nicht nach innen durchdringen kann.« Kreuzweise strich er die zweite Schicht Dichtungsmittel auf die Kellerwand. »Deshalb streiche ich mehrere Lagen auf. Das ist zwar Zusatzarbeit, aber okay.«

»Nein, nein. Was hast du davor gesagt?«

O Mann! Was gab es denn da nachzufragen? Er hatte alles erklärt, in genau einem einzigen Satz. Gut, zwei Sätzen. Sie runzelte die Stirn. »Verhütung. Kondome, Pille und so«, antwortete er knapp. »Du siehst Tix doch gleich.«

Ihr Blick verdunkelte sich und sie stemmte die Hände in die Hüften. Er konnte quasi dabei zusehen, wie das Mila-Thermometer unter null Grad fiel. Resolut griff sie nach dem zweiten Pinsel und tunkte ihn in den Sperrmörteleimer, wo er in der Masse stecken blieb. Mist, er würde einen neuen kaufen müssen.

»Du musst ihm ja nichts von Bienchen und Blümchen erzählen. Das weiß er alles«, sagte er kleinlauter. Sie starrte ihn immer noch fassungslos an. War seine Bitte denn so ungewöhnlich? »Es ist besser, wenn eine außenstehende, neutrale Person ihm erklärt, warum ein Baby derzeit keine gute Idee ist. Gar nicht gut. Also, die Idee. Und überhaupt.«

»Was geht es dich an, was er für Ideen hat?«, fragte sie trotzig und rührte mit dem Pinsel im Eimer wie mit einem Kochlöffel in einem zähen Erbseneintopf. »Ach, vergiss es!«

»Natürlich geht mich das was an.« Ihre heftige Reaktion überraschte ihn, zumal sie völlig unangebracht war. Das monotone Geräusch des Pinsels, der durch den Eimer zog, nervte ihn. Alles nervte ihn gerade. »Er ist siebzehn Jahre alt, Mila. Aber egal, wie alt er ist.« Am liebsten hätte er gegen ihren blöden Sperrmörteleimer getreten wegen ihrer sturen Antworten. »Das ist eine Grundsatzdiskussion, die ich nicht mit dir führe. Er ist noch nicht einmal volljährig und ich kann dir sagen, dass ein Baby, vor allem jetzt, nicht realistisch ist. Es ist eine seiner überschießenden Gefühlsreaktionen, weil er gerade verliebt ist. In Jessica oder Annabel oder so. Verdammt noch mal! Wer soll das Kind dann großziehen?«

»Ich weiß, wie alt er ist. Mir ist das schon alles klar. Und du stammelst.« Sie ließ den Pinsel im Eimer versinken. »Ein Kind scheint ja ein riesiges Problem für dich darzustellen, unabhängig davon, wer es bekommt.«

»Ja, sicher. Ist es ja auch.« Vielleicht sollte Mila besser doch nicht mit Tix reden. Obwohl Henning überzeugt gewesen war, dass sie den nötigen Abstand besaß und diese besondere Verbindung zu seinem Bruder aufgebaut hatte. Er hatte es in der vergangenen Woche genau gespürt. Die beiden mochten sich ganz offensichtlich. Es gab Menschen, die funktionierten mit Tix, und es gab Menschen, die sah Henning nicht gern in der Nähe seines Bruders. Mit Mila hatte Tix Spaß und umgekehrt. »Ich fasse es nicht, dass wir hier über ein Kind streiten, das es gar nicht gibt.« Er hob den Plastikdeckel des Eimers vom Boden auf und hielt ihn vor sich wie einen Schutzschild.

»Du bist hart«, konstatierte sie ungerührt, »und kindisch.«

Er machte einen Schritt auf sie zu. »Ich bin besorgt und erwachsen. Ein Baby in die Welt zu setzen ist eine große Verantwortung, der man sich nicht entziehen kann. Man kann nicht davor weglaufen, wenn es erst einmal da ist.«

»Ach ja? Macht man das dann besser schon vorher?«, schnaubte sie.

»Es reicht, Mila.« Jeder ihrer Sätze klang wie ein Seitenhieb, aber vielleicht bildete er sich das nur ein. Mit einer aufgebrachten Mila zu diskutieren war wie in den Krieg zu ziehen. Da schwang er lieber direkt die weiße Fahne. »Vertragen wir uns wieder. Du musst das nicht tun«, machte er ihr ein Friedensangebot und ging zur Kellertür, um Sauerstoff hereinzulassen. Der wurde gerade knapp. Das Gespräch mit Tix würde er einfach selbst übernehmen, wie immer.

»Ich weiß, dass ich das nicht tun muss. Warum starrst du mich so komisch an?«

»Na, du bist nicht für den Kellerbereich eingeteilt. Was machst du hier unten?«

Daraufhin schnappte sie noch aufgebrachter nach Luft. »Dann gehe ich eben nach oben.« Doch sie bewegte sich nicht von ihm weg.

Als er sie geküsst hatte, hätte er sie am liebsten nie wieder losgelassen. Sie hatte auf jede seiner Berührungen reagiert. Schnell wandte er den Blick von ihr ab und strich weiteres Dichtungsmaterial auf die Wand. »Du redest also doch mit ihm?«, vergewisserte er sich. Sicher war sicher.

»Wenn sich die Gelegenheit ergibt, dann ja.« Gleichgültigkeit schlug ihm entgegen, zumindest äußerlich. »Zu seinem Besten. Nicht, weil du mich darum gebeten hast.«

»Selbstverständlich.« Aber es gab da noch etwas. Henning zog ein Kondom aus seiner Hosentasche und hielt es in die Luft. »Möchtest du das haben?« Einerseits war es ein selten dämlicher Einfall, ihr ein Kondom für seinen Bruder mitzugeben, andererseits hatte er sachlich darüber nachgedacht, und wenn Tix dann mal eins brauchte, hätte er eins. Ihr darauf erfolgendes Lachen konnte man so oder so deuten. Hatte er sie beleidigt oder erheitert? Sie ließ seine Frage unbeantwortet im Raum stehen. »Ich weiß doch auch nicht, wie man so was anspricht, Mila.« Es war ihm peinlich. »Tut mir leid. Meine Mom meinte nur ... also, Tix ... Aber es ist ja nicht so, als hätte ich dich gebeten, einen Bankräuber bei dir zu verstecken.« Er steckte das Präservativ wieder weg. Besser war das.

»Du brauchst ein Versteck für einen Schwerkriminellen? Kein Problem, Henning. Ich helfe dir gern. Aber ich werde nicht mit einem Kondom in einem Friseursalon herumwedeln«, entgegnete sie. »Und ich habe durchaus Verständnis für die Sorgen deiner Mutter. Bis später. Vielleicht bist du dann wieder normal.« Die rotblonden Strähnen flogen wie Lichtblitze um sie herum, als sie sich umdrehte und die Treppenstufen hinaufstolzierte.

Mila

In Gittes Friseursalon roch es nach frisch gebrühtem Filterkaffee, was Mila an früher erinnerte und an die Freitagnachmittage mit ihrer Mutter. Wenn es die Zeit zuließ, dann hatten sie zusammen Cupcakes gegessen, Kaffee getrunken und sich über die Woche unterhalten. Das fehlte ihr. Gittes Laden war dagegen nicht sehr heimelig eingerichtet, ein normaler Friseursalon eben mit Drehstühlen vor kreisrunden Spiegeln und Massagestühlen vor den Waschbecken. Ein Hund lief umher und Hits der Neunzigerjahre dudelten aus den Lautsprechern. Zumindest sagte der Moderator ständig, dass dies die »Superduper Neunzigershow« sei.

»Ein wunderschönes Rotblond tragen Sie, meine Liebe.« Gitte zwinkerte ihr zu. »Wir könnten das Rot einen Tick intensivieren und Erdbeere oder Tomate daraus machen. Was meinen Sie dazu?« Die Frau begrüßte sie mit einem festen Händedruck, wies Mila auf einen der Sitzplätze und drückte ihr einen hippen Frisurenkatalog in die Hand. So wie das Model mit den lila Haaren auf Seite eins wollte Mila auf gar keinen Fall aussehen, wenn sie hier rausging. »Jessica kümmert sich gleich um Sie.« Was Jessica auch tat.

Letztendlich blieb es bei einer erdbeerblonden Tönung mit Spitzenschneiden und einer Tasse Gratiskaffee. Mila hätte ewig in dem ledernen Massagesessel am Waschbecken sitzen bleiben können, man konnte sogar die Intensität sowie eine Sitzheizung per Knopfdruck wählen. Doch sie musste zurück vor den runden Spiegel, wo sie während der Einwirkzeit etwas unentschlossen in einem Katalog blätterte. Der antiquierte Timer in Pinguinform tickte vor sich hin und Jessica bediente die nächste Kundin, als Tix mit einer Cremetube bewaffnet auf Mila zusteuerte. Sie spürte, wie gern er sie wie sonst umarmt hätte. Aber mit Farbe auf dem Kopf ging das nicht.

»Hallo, Mila«, grüßte er und legte ihr dann doch wenigstens leicht den Arm um den Hals. »Ich werde dir die Finger und Handflächen massieren«, kündigte er an. »Deine Haut wird sich samtweich anfühlen.« Fachmännisch positionierte er ein weißes Handtuch unter ihrer rechten Hand und setzte sich auf den Drehhocker, den er zuerst an seine Körpergröße anpassen musste. »Was wird das da auf deinem Kopf?«, fragte er wie ein Wellness-Experte.

»Erdbeerfarbe.«

»Ich mag Erdbeeren, aber ich habe leider im Garten …«

»… keinen Platz«, vollendete sie seinen Satz und freute sich, einfach weil er da war. »Vielleicht sollten wir dir ein weiteres Hochbeet einrichten.«

»Mila.« Er legte den Kopf schief und schaute so, als müsste er sie dafür rügen. »Du hast im Moment keine Zeit für so was.« Er massierte die Paste aus der Tube gewissenhaft und in kreisenden Bewegungen in ihre Haut. »Liebst du meinen Bruder eigentlich?«, sagte er dann in einem Ton, als würde er sie fragen: *Liebst du Schokolade?*

Öhm. Nein! Die Foster-Brüder waren wirklich Meister der direkten Art. »Liebe ist ein großes Wort, Tix. Das sagt man nicht so daher.« Sie hatte nicht geplant, dass erstens Tix hier die Fragen stellte und zweitens sie bereits bei Frage Nummer eins tomatenrot im Gesicht anlief. Auf Dauer bestimmt lustig zur neuen Haarfarbe.

»L-I-E-B-E«, buchstabierte Tix vor sich hin. »So groß ist das Wort eigentlich gar nicht.« Er drückte seine beiden Daumen in die Kuhle ihrer Handfläche, massierte und übte leichten Druck darauf aus, was eine echte Wohlfühlwirkung hatte. »Ich liebe Jessica, Mom und Henning. Und du?« Vorsichtig legte er ihre Hand auf die Armlehne des Stuhls und entfaltete ein schneeweißes Handtuch. Danach wickelte er es um ihre Finger, bis sie diese nicht mehr bewegen konnte. »Einwirkzeit«, erklärte er. »Das ist eine Handmaske.«

Sie hoffte inständig, dass er die Frage von vorhin vergessen hatte. »Ayurveda«, las sie von der Tube ab.

»Also, wen liebst du?« Pustekuchen. Er vergaß so schnell nichts.

»Wie viele Minuten sind noch auf dem Timer?« Sie hatte ihre Eltern geliebt, ihre Katze geliebt, ihren Job, ihren Ex-Mann …

Tix legte ihr die Hand auf die Schulter, als wollte er sie beruhigen. »Ist doch nicht schlimm, wenn du keine Antwort weißt«, meinte er und rollte dann mit seinem Stuhl um sie herum zur anderen Seite, wo er das nächste weiße Handtuch ausbreitete, um ihre linke Hand darauf zu betten. »Du liebst Henning eben nicht.«

Sie lächelte. »Okay, zugegeben, ich mag deinen Henning. Mögen, nicht lieben.«

Die Ränder seiner mandelförmigen Augen bogen sich vor Freude nach oben. Konzentriert massierte er Finger für Finger weiter.

»Henning ist eine große Hilfe. Obwohl ich ihn zuerst beängstigend fand wegen seines Auftretens, weißt du.«

Tix nickte verständnisvoll. »Jessi, liebst du mich?«, rief er dann seiner Kollegin zu.

»Du bist eine Zehn für mich«, antwortete Jessi unbekümmert, kaute auf ihrem Kaugummi herum und winkte Mila aus der Ferne zu. »Bin gleich wieder bei euch.«

»Puh!«, stöhnte Tix und rollte mit den Augen. Er beugte sich vor, um Mila etwas ins Ohr zu flüstern. »Hoffentlich wird sie nicht eifersüchtig.«

»Weil du mir eine ayurvedische Handmaske aufträgst?«

»Pst.« Wie ein Agent sah er sich um, ob Jessica ihn beobachtete oder auf ihrem Platz hören konnte, was er sagte. Er beugte sich noch weiter vor. »Wegen meiner richtigen Freundin. Die aus dem Internet.«

»Was bedeutet denn aus dem Internet?«

Er hielt inne. »Mit Jessi könnte ich natürlich Babys ohne Downsyndrom bekommen, hab ich in der Zeitung gelesen. Sagt die Wissenschaft. Ich habe den Artikel Mom gezeigt und ihr das erzählt. Aber Jessi liebe ich nur acht auf einer Skala von eins bis zehn.«

Das war ja eine ganz neue Wendung. Mit einem Ausdruck von Rührung im Gesicht beobachtete er seine Kollegin aus sicherer Entfernung.

»Soll das heißen, du willst ein Baby, Tix?«

»Nö. Du?«

»Aber du sagtest, dass du mit Jessi …«

»Aber doch nicht demnächst und nicht in echt. Ich bin siebzehn. Weißt du das nicht mehr?« Sein Lachen erklang so laut, dass sich die Dame auf dem Nachbarstuhl neugierig nach ihnen umdrehte. »Ich hab das in der Zeitung gesehen. Sonst nix.«

Da hatten sie es. Es war alles ganz anders.

»Was glaubst du, Mila, kann man für immer zusammenbleiben?«

»Ist das dein Ziel? Für immer mit jemandem zusammen zu sein?«

»Ja«, antwortete er und nickte ernst. Dann stockte er und vergaß dabei die Handmassage völlig. »Deins nicht?«

Sie richtete sich im Stuhl auf, was mit einer mit einem Gästehandtuch bandagierten Hand eine echt harte Nuss war. »Es ist heutzutage nicht besonders wahrscheinlich, dass man für immer ein Paar bleibt. Das ist die traurige Statistik.«

Er drückte Creme aus der Tube und umfasste erneut ihre Hand. »Aber wenn es ziemlich sicher Liebe ist, dann bleibt man für immer zusammen.« Seine Bewegungen auf ihrer Haut fanden zurück zu dem ursprünglichen kreisenden Muster.

Da war er. Das war der Name für ihr Geschäft: *Ziemlich sicher Liebe.* Drei Worte für das Wichtigste im Leben.

Er zuckte mit den Schultern. »Ist einfach so. Also, wie viel liebst du Henning auf einer Skala von eins bis zehn?« Tix tippte ungeduldig auf ihre halb bandagierte Hand. »Mila? Beantworte meine Frage.« Er wäre ein Top-Geheimagent geworden – nur, ohne geheim zu sein. Und jetzt war er ein Top-Namenserfinder.

»Fünf plus?«, überlegte sie laut, dachte an den Kuss und sagte dann überzeugter: »Manchmal eine Neun … oder eine Eins.«

»Vergiss es.« Resigniert winkte er ab. »Ich dachte an eine Zehn, aber Henning ist halt kein Frauentyp. Liegt wohl an seinen Bauchfalten.«

Mila kannte niemanden, der mehr Sport trieb als ihr Supernachbar. Sie wollte losprusten, riss sich jedoch zusammen. »Du meinst, die Falten im Stoff seiner Shirts, weil er sie nie bügelt?«

»Nein, ich meine schon den Bauch«, bekräftigte Tix. »Ist dir das denn nicht aufgefallen? Er hat schon ein bisschen …« Er trommelte auf seinen eigenen kleinen Bauch. »An irgendetwas muss es ja liegen, dass er keine Frau findet.« Nachdenklich breitete er das zweite Handtuch aus, um auch Hand Nummer zwei dick einzupacken, damit die Maske optimal wirken konnte.

»Meinen Garten liebe ich zehn. Nein, hundert. Hundert«, wiederholte er aufgeregt. »Ich kann nicht ohne Pflanzen leben und sie nicht ohne mich. Bei Mama im Plattenbau gibt es so was Schönes wie bei euch nicht.« Von jetzt auf gleich bekam sein Gesicht einen völlig anderen Ausdruck. Betrübter und sehnsüchtiger. »Also, es gibt natürlich Schönes in Osdorf. Mama zum Beispiel.« Er lächelte kurz. »Aber das war es dann auch. Ich hatte in einer Nische vorm Haus ein kleines Beet angelegt, mit Schnittlauch und Petersilie«, zählte er auf. »Der Schmidt von obendrüber hat es kaputtgetrampelt.« Er lehnte seinen Kopf an ihre Schulter.

»Das ist gemein.«

»Hm«, machte er. »Der Schmidt ist halt gemein. Und sein Hund auch. Ganz anders als unser Beppo.« Er deutete auf den Jack-Russell-Terrier, der wie ein alter Opa gemütlich durchs Geschäft flanierte.

»Habt ihr mal mit dem Mann geredet? Du oder deine Mom. Oder Henning?«

»Henning kann sich nicht erlauben, böse zu werden.« Tix setzte sich kerzengerade hin. Resolut stopfte er die Handtuchzipfel in die Bandage. »Das geht nicht. Dann verliert er seinen Job oder kommt ins Gefängnis.«

Meine Güte, was hatte der Junge denn für krude Gedanken? »So schnell geht das nicht.«

»Doch, geht es«, jammerte er.

»Aber dein Bruder würde niemals etwas Böses tun.«

»Nein, das würde er nicht. Echt nicht«, bekräftigte Tix und stand abrupt auf. »Niemals. Das hat er nicht gewollt«, murmelte er. In seinen Augen flammte Verzweiflung auf und er hielt sich an ihrer Schulter fest.

»Wovon redest du?«

»Nichts. Ich mag es nicht erzählen.« Seine Stimme brach. »Sonst bekomme ich, du weißt schon. Du hast es ja gesehen.« Er tippte an seinen rechten Nasenflügel.

»Nasenbluten? Du bekommst Nasenbluten vor Aufregung?«

»Zum Beispiel. Manchmal. Ich mag halt nicht darüber reden. Henning ist einer von den Guten. Das sieht man doch.« Tix stampfte wütend mit dem Fuß auf, was Gitte hellhörig machte. »Er ist meine Zehn auf der Skala. Da kommt nichts drüber. Geht gar nicht.«

Selten hatte Mila ein schöneres und herzlicheres Kompliment gehört.

»Außer vielleicht meine Online-Freundin. Die ist eine Elf. Vielleicht sogar eine Zwölf«, überlegte er und seine Stimmung schlug so schnell um wie das Wetter im April. Mit einem Mal war er freudig statt deprimiert. »Sitzt du?«, fragte er überflüssigerweise. »Anna heißt sie. Und sie wohnt in Hamburg. Wie ich. Und ich möchte sie unbedingt treffen. Deshalb hatte ich dich gefragt, ob du mir hilfst. Im Café an der Binnenalster.« Aufgeregt spielte er an seinen Händen. Man konnte es Tix' Mutter nicht verübeln, dass sie alles falsch interpretiert hatte. »Ich möchte ihr etwas schenken. Blumen, Kuchen oder Pralinen.«

»Gern«, antwortete Mila.

»Cool.« Er strahlte und sie freute sich – weil er sich freute und es jedes Mal aufs Neue ansteckend war, wenn er lachte. »Mach mal ein Foto von uns.«

Mila zog das Handy aus der Tasche und knipste sich und Tix im runden Friseurspiegel. Sie zeigten beide das Peace-Zeichen und grinsten. Vor lauter Überschwang schickte sie es nicht nur an Tix, sondern auch – mit einem Herzchen versehen – an ihren Dad.

Als sie Gittes Salon verließ, leuchteten ihre Haare so rot wie das Erdbeer-Emoticon, mit dem Dad ihr darauf geantwortet hatte.

SCHACHMATT

Henning

Henning traute sich kaum, auf den Kalender zu sehen. Nur noch dreizehn Tage. Es ging zwar voran, aber ging es auch schnell genug? Definitiv durfte nichts mehr dazwischenkommen. Luna, Mila und Tix hatten zuletzt die restlichen Flurfliesen gegen die glänzenden Keramikplatten ausgetauscht und die Klebebuchstaben von Timurs Gemüseladen entfernt. Die zweite Schicht Wandfarbe ließ den Hausflur und den Verkaufsraum hell erstrahlen. Dazu hatte Mila sich Hilfe von einem Maler geholt, dessen Arbeitsstunden einen Teil des Budgets schneller aufzehrten, als sie Piep sagen konnten. Das Ausgabefenster mit den Schiebetüren für das To-Go musste daher warten, aber es hätte so oder so nicht rechtzeitig geliefert werden können. Die Kunden würden vorerst in den Laden hineinkommen müssen, um ihre Waren entgegenzunehmen. Bewundernswert war, dass Mila den aufgesplitterten Holztresen auf Geheiß eines Schreiners eigenhändig abgeschliffen und neu lackiert hatte. Türkisblau war zwar nicht unbedingt Hennings Lieblingsfarbe, aber es war beeindruckend, welche Kräfte die kleine Hexe ohne Hexenbesen aktivieren konnte, wenn sie ein Ziel vor Augen hatte. Diese Frau schlief nie.

Prompt erschien sie. An diesem Morgen trug Mila einen feinen Hosenanzug zu den hellroten Haaren, an denen man nicht mehr vorbeisehen konnte, seit sie bei Gitte im Salon gewesen war. Bisher hatte sie sich nie auffällig geschminkt, aber offenbar wusste sie, wie man sich in Szene setzte. Sie sah hübsch aus und es fiel ihm schwer, den Blick von ihrem Gesicht abzuwenden.

»Ist gut geworden, mein Tresen, nicht? Meine Mutter hat mir beigebracht, wie man Wände und Möbel behandelt«, sagte sie und betrachtete ihr türkisfarbenes Werk aus der Ferne.

»Ich möchte dir ungern den Spaß verderben, aber genau dasselbe kann ich auch.« Fachmännisch befühlte er die glatte Oberfläche des Tresens. »Gute Arbeit.« Unwahrscheinlich, dass sich jemals wieder ein Holzspan in Milas Hand verirren würde. Seine Heldenaktion würde folglich einmalig bleiben. »Was kannst du noch so? Ich spreche Englisch, Französisch, Spanisch und ein bisschen Russisch. Und du?«, neckte er sie.

»Angeber«, kommentierte sie völlig zu Recht. »Und in welcher deiner hundert Sprachen hast du mit deiner Mutter über Tix geredet?«

Schachmatt. Zugegeben, er hatte das Gespräch vor sich hergeschoben, weil er nicht wusste, wie er Mom das Missverständnis um das Liebesleben ihres Jüngsten erklären sollte, ohne dass sie sich angegriffen fühlte. Sie las zu viele Frauenmagazine und liebte die abstrusesten Geschichten des englischen Königshauses. Meistens schlich Tix um sie herum, weshalb Henning selbst am Telefon nicht die Gelegenheit für ein vertrauliches Gespräch bekam. »Ich bin gestern nach Osdorf gefahren, als mein Bruder in der Schule war. Mom hat kapiert, dass sie in der Sache überreagiert hat. Was sie selbstverständlich nicht davon abhalten wird, es wieder zu tun. Und ich habe ihr selbst gemachte Rumkugeln mitgebracht. Die isst sie gern.«

»Du hast sie mit Süßigkeiten aus deinem Thermomix bestochen?«

»Welche Wahl hatte ich?«

Mila bückte sich, um den Reißverschluss ihrer Stiefelette hochzuziehen. Anscheinend wusste sie nicht, wie verführerisch sie dabei aussah. »Ich bin unendlich froh, dass ich Tix nicht den bunten Strauß Kondome hingeworfen habe, so wie du das geregelt hättest. So über alle Maßen männlich.«

Na und? Bisher schien sie seine Männlichkeit nicht gestört zu haben. »Deiner Kleidung nach musst du heute in die Kanzlei?«

»Wichtiger Termin.« Sie schob sich vollends durch den Türrahmen des Verkaufsraums.

Unmittelbar verspürte er den Drang, sie an sich zu ziehen und … ja, was? Sie übers Knie zu legen wegen ihrer kleinen Frechheiten? Er grinste bei der Vorstellung. Oder sie nie wieder loszulassen? Vielleicht auch das.

»Was ist so lustig?«

Mila hatte den Kuss nie mehr angesprochen, so, als hätte sie ihn gedanklich gelöscht – und er hatte keine Veranlassung dazu gesehen, sie an etwas zu erinnern, an das sie nicht erinnert werden wollte. »Hast du für die Kanzlei eine Verabredung mit einem Professor an der Uni? Zum Akademiker-Award fehlt dir nur noch eine schwarze Hornbrille.«

»Und für einen echten Handwerker fehlen dir die Schwielen. Deine Hände sind zwar riesig, aber sie sehen nicht so aus, als ob du diesen Job schon dein Leben lang machst. Was bist du wirklich? Animateur im Fitnessstudio? Oder betreibst du gesetzeswidrige Auktionen im Darknet?« Sie lachte unbeschwert.

Auch wenn er den Darknet-Machern nur zu gern das Handwerk gelegt hätte, war er für die Sparte Internetkriminalität nicht zuständig. Aber das brauchte sie nicht zu interessieren. »Ich bin Zimmermann.«

»Worüber ich unendlich froh bin«, sagte sie versöhnlich. »Mason und ich haben heute den Knaller des Jahres geplant.«

»Mason ist der Kollege, der dich immer anbaggert? Hat Luna erzählt.« Betont gleichgültig stützte er sich auf den Ladentisch. Wurde Zeit, dass hier ein paar Möbel herumstanden, damit seine Stimme nicht jedes Mal so bedrohlich widerhallte, wenn er sprach.

»Er baggert mich nicht mehr an.«

»Enttäuscht?«

»Hält sich in Grenzen. Seit der Scheidung brauche ich keinen Mann mehr.«

Sie war geschieden? Das zum Beispiel wusste er nicht von ihr. Er kannte nur die harten Fakten, mit privaten Details ging sie sparsam um. Sie drückte die Handtasche eng an ihren Körper. »Was macht mein Strohhut?«, fragte sie.

»Lebt, wackelt und hat Luft – und das alles mitten auf meinem Wohnzimmerregal. Soll ich ihn ab und zu gießen?«

Sie verdrehte die Augen.

»Pass auf dich auf, du Gladiatorin.«

»Danke. Ich bin heute Nachmittag zurück, dann können wir im Keller weitermachen.«

»Die Wand braucht ihre Trockenzeit, wir müssen das auf morgen verschieben. Wir sollten uns lieber um deine Wohnung kümmern. Du besitzt schließlich keine Industrieküche mehr.« Sie mussten sich um das verlassene Apartment der Vorbesitzer bemühen, ehe es zu spät war. »Ich entwerfe schon mal einen Plan, während du weg bist.«

»Danke, Picasso. Gemeinsam bekommen wir das hin, oder?« Sie warf ihm eine Kusshand zu. »Ich hole nach der Arbeit mit Mason die Regale für den Verkaufsraum ab. Danach kann ich das Gestell für die Gebäck-Etageren zusammenbauen. Soll ich auch Tassen verkaufen? Jeder liebt doch Tassen, oder? Wenigstens ist der Vinylboden in Schuss.«

»Würde ich so nicht sagen.« Er zeigte auf einen Riss im Schachbrett auf dem Boden.

»Wir schieben den Tresen darüber«, entschied sie unbekümmert. »Dad sitzt in den USA, er kann das nicht so genau kontrollieren.«

»Und dieser Mason?« Spielte der Bürohengst irgendeine übergeordnete Rolle für sie? Henning hatte ein lausiges Bauchgefühl bei dem jungen Anwalt – und das, ohne ihn je getroffen zu haben. »Weiß er, was genau wir hier tun?«

»Mason ist nicht der Typ, der Fragen stellt.« Um ihre Mundwinkel zuckte es amüsiert, als er nicht darauf einging und den Kopf schief legte. »Bist du etwa eifersüchtig, Henning Foster?«

»Warum sollte ich?« So ein Unsinn. Er konnte jede Frau haben, wenn er es darauf anlegte.

Nur Mila Winter nicht.

»Ich muss los. Bis später«, flötete sie und verschwand.

Er sah ihr nach, als die Haustür hinter ihr ins Schloss fiel – rechtzeitig zum Klingeln seines Handys. Die Durchwahl von Wirthz und Partner blinkte grell auf dem Display auf und zwang ihn, umgehend die grüne Taste zu drücken. »Hallo, Lulu, was gibt es?«

»Henning, Sebastian möchte mit dir sprechen. Hast du Zeit?«

»Für ihn habe ich immer Zeit.«

Mila

Das Karoviertel, wie die Hamburger das Karolinenviertel liebevoll nannten, konnte problemlos mit der Schanze mithalten. Hier warteten jede Menge Einzelhandelsschmuckstücke nur darauf, entdeckt zu werden. So wie der Upcycling-Shop, dessen Inhaber aus alten Ölfässern des Hafens Couchtische und anderes Mobiliar zauberte. Im Geschäft daneben verkaufte jemand »alles, was keiner braucht«, und Mila hatte sich für ein paar Messingbuchstaben erwärmt, die früher dem Buchdruck gedient hatten. Tausendundeine Idee – und mittendrin lag das Streitobjekt: ein Altbau mit 650 Quadratmetern Wohnfläche. Zusammen mit Mason und Herrn Blümel, einem unauffälligen Mann mit Halbglatze und Nickelbrille, trafen sie auf die Leiterin von KaroLIVE e. V., eine Frau Becker, die ihnen Zutritt zu den Räumlichkeiten gewährte. Frau Becker war eine warmherzige Dame, die jedem zwei Stücke Kuchen und zwei Tassen Kaffee aufnötigte, was Mason begeistert annahm. Voller Hingabe berichtete sie von ihrer Arbeit: von den Schulabbrechern, den Ausbildungsplatzsuchenden, von Teenagerschwangerschaften, Krankheiten in der Familie und vielem mehr.

Folgendes konnte Mila bereits nach zehn Minuten sagen. Erstens: Frau Becker und ihr Team leisteten einen Beitrag zur Gesellschaft, der in Gold und Silber nicht aufzuwiegen war – und das mit echtem Herzblut. Zweitens: Es roch weder feucht noch schimmelig in dem Gemäuer, was auch Herrn Blümel sofort auffiel. Er schoss Fotos, kratzte Proben aus Fensterfugen und redete mit den Mietern, bis er sich zu einer ersten vorläufigen Stellungnahme hinreißen ließ.

»Da es sich hier um einen Altbau handelt«, er schob die Brille mit dem Mittelfinger nach oben, »und Herr König ganz offenbar vor einiger Zeit neue Fenster hat einsetzen lassen, die nicht richtig abgedichtet wurden, ist es tatsächlich zu einer Feuchte- und damit zu einer leichten Schimmelbildung im Erdgeschoss gekommen. Allerdings frage ich mich, warum er den Fehler nicht einfach korrigiert hat. Eine einzelne Maßnahme im Altbau ist immer genau zu planen und zu überwachen. Er ist Immobilienspezialist. Ich kann mir nicht vorstellen, dass er das nicht weiß.«

»Und wie sieht es im Obergeschoss aus?«, fragte Mason kauend.

»Da ist alles in Ordnung, aber es ist möglich, dass sich der Schimmel im Laufe der Zeit fortsetzt, wenn das Fensterproblem nicht behoben wird. Ihnen sind sicher die angelaufenen Fensterscheiben im Erdgeschoss aufgefallen.«

Gemeinsam gingen sie hinaus auf die Straße, um sich das Ganze von draußen anzuschauen. Die in diesem Moment am Horizont auftauchende Limousine des Immobilienmagnaten erkannte Mila sofort von Weitem.

»Sie haben einen ausgezeichneten Sinn für Humor, junges Fräulein«, sagte König beim Aussteigen mit Fingerzeig auf Milas Nadelstreifenanzug, der seinem eigenen Kleidungsstil entsprach. »Wohnen Sie nicht mehr in der Finkenstraße?« Sein Ton verriet, dass er die Antwort längst kannte.

»Ich arbeite bei Wirthz und Partner«, antwortete sie selbstsicher.

»Wo sollten Sie auch sonst arbeiten? Ihr Vater ist Peter Wirthz und Sie gehören zu dieser Familie, obwohl Sie heute in Ihrem Anzug wie ein Mitglied der Familie König aussehen.« Er knallte die Wagentür zu und Frau Becker zuckte zusammen. »Familie ist etwas Heiliges. Was man von Ihrer – erlauben Sie mir die Bemerkung – unbefugten Rumschnüffelei nicht behaupten kann.«

»Richtig, und hier an diesem Ort wird Familie großgeschrieben«, bestätigte Mila. »Frau Becker und ihr Team helfen Eltern und deren Kindern in Not. Was tragen Sie zum Gemeinwohl bei, Herr König?« Eine Kolonne Motorradfahrer brauste vorbei, was ihm die Chance gab, genau zu überlegen, was er antwortete.

»Ich fürchte, Sie sind trotzdem nicht dazu befugt, hier herumzugeistern und die Leute zu belästigen. Ist es nicht so, Frau Becker?«

Ihre Angst vor Konsequenzen machte die KaroLIVE-Leiterin zu einer leichten Beute für ihn, weshalb Mila schnell einsprang. »Ich und mein Kollege tun nichts Unrechtes, wenn wir zu Kaffee und Kuchen eingeladen werden und uns das Haus mit Freunden anschauen.«

Sie knuffte Mason auffordernd in die Seite. Warum hielt er sich bloß so zurück? Er musste doch mindestens genauso vor Wut schäumen wie sie, aber er konzentrierte sich lieber auf die Pappakten, die er unter dem Arm eingeklemmt festhielt.

»Sie«, eiferte sich König, »sind eine ausgewachsene Naturkatastrophe, Fräulein! Ich hoffe, Ihr kleines Kaffeekränzchen wird nicht in irgendeinem norddeutschen Käseblatt abgedruckt. Und wenn es nur das Garlstorfer Mitteilungsblättchen ist. Sie bringen sich immer mehr in Schwierigkeiten.«

»Eher umgekehrt – wie ich gehört habe, scheint es auf der oberen Etage keinerlei Schimmelbefall zu geben. Merkwürdig, oder?«

»Sagt wer?« Er lachte überlegen.

»Darf ich vorstellen, Herr Blümel von der Hamburger Hafenbank. Zuständig für die Begutachtung von Immobilien.«

Herr Blümel duckte sich und schien dadurch um einige Zentimeter zu schrumpfen. Sie ließ sich davon nicht beeindrucken. Immerhin stand ja Mason hinter ihr, wenn auch stumm wie ein Fisch. »Der hier ansässige Verein war eine große Hilfe für die Familie Blümel.« Sie hatte das vorab mit ihm abgesprochen, damit es nicht zu unangenehmen Überraschungen oder gar Kränkungen käme.

Eben noch geschrumpft, wuchs Herr Blümel wie auf ein Stichwort über seine geschätzten ein Meter sechzig hinaus – wie eine Blume, die man gegossen und in die Sonne gestellt hatte. Er trat vom Straßenrand auf den Bürgersteig neben Frau Becker. »Sie tun so viel Gutes«, bekräftigte er und drückte Frau Beckers Hand. »Meine Tochter hat ihre Ausbildung mit Bravour bestanden. Es geht ihr gut. Wir wussten damals einfach nicht, wohin wir uns wenden sollten. Natürlich muss man einen Psychologen hinzuziehen, wenn das eigene Kind plötzlich nichts mehr essen möchte und sich zurückzieht. Aber … das allein reicht nicht. Was, wenn auch das Schulische auf der Strecke bleibt? Anträge ausgefüllt werden müssen, immer mehr Fragen entstehen und letztendlich auch die Familie leidet?« In seinen Augenwinkeln bildeten sich glitzernde Tränen. Das war nicht abgesprochen. Das war echt. »Wir sind so dankbar.«

»Ich glaube, das ist kein Moment, bei dem Sie anwesend sein müssten, Herr König.« Mila zog die Nase kraus und kniff die Augen zusammen, in der Hoffnung, er würde sich freiwillig verdünnisieren. Tat er nicht. Stattdessen ignorierte er Frau Becker. Seine Ignoranz ließ in Mila den alten Kampfgeist erwachen, der bis dato zwischen den Trümmern des Hauses in München verschüttet gelegen hatte. »Sie sehen ja, es ist nicht okay, dem Verein die Existenz zu entziehen. KaroLIVE e. V. ist lebenswichtig, wie der Name sagt. Frau Becker und die anderen sind schon so lang in diesem Gebäude, dass die Miete vom Vorbesitzer festgeschrieben wurde. Er wollte den Menschen helfen und ich möchte das auch. Wir alle wollen das.«

»Wer sind Sie? Die Jungfrau von Orleans?« König gab einen mitleidigen Laut von sich. »Wurde die nicht verbrannt?«

»Das mit dem Feuer hab ich versucht. Hat nicht funktioniert.«

Er seufzte wieder bedauernd. »Sie helfen niemandem mit Ihren unsinnigen Aktionen. Weder hier noch in der Finkenstraße werden Sie Erfolg haben.«

Mist. Hatte er etwa Wind von ihren Renovierungsarbeiten bekommen? Sie schwieg.

»Schön. Ich sehe, Sie denken nach.«

»Ich habe eine Aufgabe und die werde ich zu Ende bringen«, entgegnete sie furchtlos. »Das werden Sie mir nicht zerstören.«

»Ist ja lächerlich. Hahaha«, stieß König lachend hervor.

Er würde noch sehen, wie lächerlich es war, dass er sich mit ihr angelegt hatte. »Haben Sie denn nichts, wofür Sie kämpfen würden? Keine Kinder, keine Fa-mi-lie?« Sie wusste, wie es war, kein intaktes Familienleben zu haben.

König presste die Lippen aufeinander. Aber seine Augen sprachen Bände. Seine Lider senkten sich, er sah weg.

Familie. Sie hatte ganz nebenbei seine Schwachstelle gefunden.

»Magnus König ist ungefähr so alt wie meine Tochter«, kam Herr Blümel ihr diskret zu Hilfe.

»Magnus? Sie haben einen Sohn, Herr König?«, fragte sie ehrlich überrascht. »Heißt er gut, was Sie tun? Kennt er den Verein von Frau Becker?« Sie hätte besser recherchieren sollen.

»Ach, halten Sie doch den Mund!« Der Mann im Nadelstreifenanzug winkte genervt ab und erdolchte sie mit seinem Blick. Vernünftig antworten würde er sicher nicht mehr.

»Hoppla, das ist aber nicht die feine Art, miteinander umzugehen. Schönen guten Tag zusammen«, sagte ein Kerl mit Brille hinter ihr.

Mila fuhr herum und Mason grüßte ihn mit einem »Hey, Yann«.

»Die Morgenpost. Wie einfallsreich«, bemerkte der Immobilienhai sarkastisch. »Die Presse. Herzlich willkommen«, sagte er im nächsten Moment freundlich.

»Ich komme von einem Außentermin. Bin auf dem Weg zurück ins Büro«, erklärte Yann, als Königs Handy klingelte.

»Das ist meine Familie. Meine Frau.« Triumphierend nahm König den Anruf entgegen, seine Gesichtszüge wurden weicher und er drehte ihnen den Rücken zu. Immer leiser sprach er in den Hörer. »Nein, ich bin noch in einer Besprechung, Schatz. Ach so, ja. Selbstverständlich. Ich komme gleich heim, Schatz. Natürlich hole ich vorher den Schmuck beim Juwelier ab. Kein Problem, Schatz. Ich liebe dich.«

Er hatte so oft *Schatz* gewispert, dass Mila ganz schwindelig wurde. Endlich legte er auf.

»Wo wir schon mal hier stehen, darf ich ein Foto von Ihnen beiden schießen?«, überfiel Yann ihn. Schon klickte seine Nikon mit Mila und König im Fokus. »Herrlich, das ist ein Titelbild. Sie und Ihre Mitarbeiterin, beide in Nadelstreifen, der Uniform Ihres Unternehmens.« Er spähte auf den Wiedergabemonitor der Kamera und zoomte das Foto heran. »Und so einträchtig nebeneinander. Gut sehen Sie aus.«

»Das ist nicht meine …«

»Was hat Sie eben eigentlich so in Rage gebracht, Herr König? Kennt man gar nicht von Ihnen.«

»Nichts, wirklich gar nichts. Vollkommen unbedeutend«, sagte der Immobilienkönig mit gespielt guter Miene. »Ich habe leider keine Zeit für weiterführende Informationen. Termine, Termine, Termine. Wenn Sie ein Interview mit mir möchten, mailen Sie mir oder rufen Sie meine Sekretärin an. Ich stehe Ihnen jederzeit zur Verfügung. In meinem Büro mit dem besten Latte macchiato der Stadt. Selbstredend«, trällerte er. »Und keine Verwendung von Fotos ohne meine Zustimmung. Ich bitte darum.« Er stieg ein und kurz darauf brauste die Limousine samt Insassen im Stadtverkehr davon.

»Woher wusste er, dass wir hier sind?«, stellte Mila die Frage, auf die niemand eine Antwort kannte. Mason zuckte nur mit den Achseln.

»Verdammt, sein Macchiato ist echt der allerbeste. Und die hauseigenen Amarettini erst«, murmelte Yann verträumt und riss dann die Augen auf, als alle ihn anstarrten. »Ich hab ihm nichts gesagt.« Er wandte sich Frau Becker zu und sie verwickelte ihn in ein Gespräch.

Mila beugte sich zu Mason hinüber. »Warum noch mal genau hilft Yann uns?«, flüsterte sie, als der Pressemann komplett von der KaroLIVE-Frau in Beschlag genommen wurde, die ihn zu einem Stück Käsekuchen überredete und sich ihm gegenüber noch fürchterlicher über Königs fristlose Kündigung aufregte als zuvor.

»Yann? Er hilft uns, weil er vor allem eins ist, nämlich der Vater von Lunas Baby«, antwortete Mason und legte den Zeigefinger auf die Lippen.

»Was?! Echt? Yann ist der Vater?« Schockstarre und ein Zementsack, der von Milas Herz fiel. Sie hatte nichts Unrechtes getan, als sie Hennings Kuss erwidert hatte, und er hatte nicht gewissenlos alles auf eine Karte gesetzt. Yann war die verhängnisvolle eine Nacht gewesen.

»Lassen wir Luna und ihn das hinbekommen. Wir sollten uns da nicht einmischen«, fuhr Mason fort. »Frau Becker hat's drauf mit dem Kuchenbacken, oder? Isst du auch noch ein Stück?«

»Ja, Frau Winter, Sie sollten mehr essen. Ich hab auch noch Schokosahne im Kühlschrank.« Frau Becker und Yann drehten sich abrupt um, was Mila die Gelegenheit gab, den Pressemann zu begutachten. Seine Brille beschlug, als sie in den Hausflur traten. Er wirkte nicht wie jemand, der eine Schwangere sitzen ließ.

»Also, die Fakten hat Luna mir gemailt. Ich schieße noch ein paar Fotos für alle Fälle«, sagte er, und Mason klopfte ihm dankbar auf die Schulter.

»Läuft echt gut«, raunte er Mila zu. »Wir sind bald fertig.«

»Das glaube ich nicht. Mit dem König sind wir noch lange nicht fertig.«

Henning

Samstagnachmittag. So langsam hielt er die Zeit bis zum Prozess nicht mehr aus – vor allem, weil es ihm schwerfiel, seine Fassade gegenüber Mila aufrechtzuerhalten. Doch die Ermittlungen gingen nicht voran, weder seine Kollegen noch sein Anwalt hatten einen brauchbaren Tipp, wie er diesem leidigen Gerichtsprozess entkommen konnte. Es war eine Farce, dass er sich vor einem Strafgericht verantworten sollte – ausgerechnet er. Aber die einzige Person, die ihm helfen konnte, seine Unschuld zu beweisen, war sein Bruder. Und der schwebte derzeit nicht nur auf Wolke sieben, sondern bekam jedes Mal einen hysterischen Anfall, wenn sie auf die Geschehnisse rund um Magnus König zu sprechen kamen. Henning wusste, dass das eine typische Tix-Reaktion war. Er hatte dichtgemacht, mit Argumenten kam man da nicht weiter.

Stöhnend bückte er sich, um die restlichen Regalkisten mit dem Teppichbodenmesser aufzuschneiden, während Mila in ihrer Küche Rezepte ausprobierte. Seltsamerweise waren alle Kartons geöffnet, obwohl er sich genau daran erinnerte, dass sie gestern Abend noch verschlossen gewesen waren. Schnell verschaffte er sich einen Überblick: In sämtlichen Kisten fehlten Schrauben, die Bretter waren zerkratzt. Im letzten Karton fehlte sogar ein tragendes Regalbrett. Wer zur Hölle wollte sie zum Narren halten?

»Warum schaust du schon wieder so mürrisch, und das an einem Samstag?« Mila bog im Blaumann mit zwei knallroten Kaffeetassen auf goldverzierten Untertellern um die Ecke. »Die sind zwar nicht baustellentauglich, aber die einzigen, die ich in der Wohnung gefunden habe. Gleich rund fünfzig Stück inklusive Desserttellerchen. Irre, oder? Passen irgendwie auch zu den neuen Kacheln im Flur.«

»Sind das nicht diese Sammeltassen von früher? Du könntest deinen Gästen in diesen Tassen einen Luxus-Filterkaffee anbieten wie in einem echten American Diner, während sie auf ihre Bestellungen warten.«

»Das ist überhaupt die Idee, Henning.« Sie kratzte sich aufgeregt am Hals. »Ein bisschen Rockabilly, Sechziger-, Siebzigerjahre. Föhnwelle und Rock ’n’ Roll in der Schanze. Wir könnten die Fenster außen mit einem passenden roten Anstrich rahmen. Rot kristallisiert sich langsam als Markenfarbe fürs *Ziemlich sicher Liebe* heraus. Das passt ja.«

»*Ziemlich sicher Liebe*? Klingt nicht schlecht. Vorher habe ich aber ein anderes Problem. Jemand hat die Kisten geöffnet und die Schrauben herausgenommen.« Er hielt ihr einen der Kartons hin, sodass sie hineinspähen konnte. »In fünf oder sechs Bretter sind Kerben geschlitzt, eins fehlt komplett. Das sieht diesmal wirklich nach Sabotage aus.«

»Die Haustür schließt tadellos«, überlegte Mila und zog ein Brett aus der Kiste. »Niemand hat einen Schlüssel zu den Türen außer dir und mir.«

»Hoffentlich. Über zweitausend Euro Verlust für die weißen Regalwände mit Vitrine. Das ist bitter.«

»Die Bretter sehen schlimm aus.«

»Ich schaue, welche Möbel ich anderweitig auftreiben kann. Alte Stücke, die ich restauriert habe. Dazu Alu-Tische und Diner-Stühle für Laufkundschaft.«

»Zweitausend Euro. Henning, wir müssen die Polizei einschalten«, unterbrach sie ihn. »Sofort.«

»Ich kann dir das nicht erklären, Mila, aber eine Anzeige ist für mich momentan keine gute Idee.« Er verletzte sie mit seinem harschen Ton, das konnte er sehen. Aber er wollte nicht schon wieder die Polizei im Haus haben. Nicht jetzt. »Du bist sicher. Versprochen. Ich ersetze dir einen Teil des Geldes in Möbeln. Ich hab zum Beispiel eine antike Küchenanrichte im Büro, die ich rot gestrichen habe – nenn es Eingebung. Sie würde extrem gut hierher passen.« Henning fühlte sich miserabel, als er ihren verzweifelten Blick auffing.

Mila

»Wir lassen also jemanden, der unrechtmäßig in unser Haus eindringt, laufen?« Hatte sie ihm gegenüber ernsthaft *unser* Haus gesagt? Sie folgte Henning die Stufen ins Obergeschoss hinauf, aber nur, weil sie wütend war. Sehr wütend. Wo lag sein verdammtes Problem? Er benahm sich merkwürdig. Trotzdem versuchte Mila, sich nicht mit ihm anzulegen. Ohne ihn war sie am Bau aufgeschmissen. »Sag wenigstens etwas dazu, dass wir sabotiert werden.«

Anscheinend hatte er keine Lust darauf, mit ihr zu diskutieren. Wortlos öffnete er eine der Türen in seiner Wohnung, bei der sie sich schon beim letzten Mal gefragt hatte, was dahinter verborgen war. Zum Vorschein kam ein zweckmäßiges Büro mit einer weinroten Küchenanrichte, die eine Reihe Ordner beherbergte. Der Schrank passte vortrefflich zu ihrer Vorstellung von einem To-Go im Stil eines echten American Diners. Ohne viel Aufhebens hatte er sie überzeugt.

»Über die IKEA-Regale, die wir ausgewählt haben, weil sie so neutral sind und zu allem passen, hätten wir uns später nur geärgert. Das hier ist viel individueller. So betrachtet ist die Sabotage das reinste Geschenk.«

»Henning, das mag ja plausibel sein« – *wenn man es sich einredet* –, »aber jemand hat uns bestohlen.«

»Ist dieser Schrank nun tipptopp oder nicht?« Er öffnete die mittlere Vitrinentür.

»Ist er.« Sie sah ihn herausfordernd an. »Du lenkst ab.«

»Er gehört dir.« Henning schloss die Vitrine. »Wovon soll ich denn ablenken? Mich nervt deine Fragerei. Warum kannst du es nicht gut sein lassen?«

»Weil es nicht gut ist. Manchmal ist es in meinem Kopf aufgeräumt, weil du da bist, Henning. Du packst mit an und hilfst, wo du kannst. Ich muss nicht für alles die Verantwortung übernehmen.« Im Wohnzimmer setzte sie sich auf die Couch und spielte mit den Zipfeln der braunen Felldecke, die ordentlich zusammengefaltet in einer Ecke lag. »Und dann machst du so etwas wie jetzt und weigerst dich, einen Diebstahl anzuzeigen. Das ist nicht okay.«

Er rückte dicht neben sie. »Tut mir leid, aber so sehe ich es eben.«

In seiner Nähe überkam sie die Erinnerung an das, was zwischen ihnen passiert war, so heftig wie eine Welle auf offener See, der sie nichts entgegenzusetzen hatte. Ihre Lippen kribbelten, obwohl es nun wirklich nicht den geringsten Grund dazu gab – bis auf den Film, der sich in ihrer Fantasie abspielte. »Warum hast du keine Freundin? Weil deine Ansichten immer anders waren als die der Frauen in deinem Leben?«

»Als die meiner Mutter auf jeden Fall«, sagte er schmunzelnd.

»Wieder keine ordentliche Antwort.« Sie wollte aufstehen, um das Zeichenpapier und die Notizblöcke vom Esstisch zu holen, doch er umfasste ihr Handgelenk, weshalb sie sitzen blieb und ihm in die Augen sah.

»Ich schwör dir, dass es besser ist, das mit den Regalen auf sich beruhen zu lassen. Es würde uns nur unnötig blockieren und uns aus dem Rennen um das Haus werfen. Das musst du mir glauben.«

»Verrate mir doch bitte, was los ist. Hast du Angst vor irgendetwas?« Angesichts seiner Statur war ihr klar, dass diese Vermutung völliger Schwachsinn war. Sie beobachtete, wie er sich breitbeiniger positionierte, die Ellenbogen auf den Knien abgestützt.

Er blieb ernst. »Ich mache mir Sorgen um dich.«

»Wenn das so ist, sollten wir die Polizei einschalten.«

»Wir brauchen keine Ordnungshüter wegen ein paar ramponierter IKEA-Kisten«, polterte er. »Und um die Frauensache zu beantworten, ich eigne mich anscheinend nicht für eine feste Beziehung. Keine Ahnung, warum. Hat nie geklappt und wahrscheinlich ist es besser, dass ich allein bin. Alles läuft in geregelten Bahnen, meistens jedenfalls. Ich enttäusche niemanden, verletze keine Gefühle und lebe so vor mich hin. Stressfrei.«

»Klingt ziemlich einsam … und egoistisch.«

»Das bin ich nicht. Wirklich nicht. Ganz im Gegenteil. Aber warum bist du denn geschieden, Mila?«

»Wird das hier gerade eine intime Fragerunde?« Wie sollte sie ihm beibringen, dass sie den Yoga-Koch aus ihrem Kuraufenthalt geheiratet hatte, den sie als Mensch geschätzt und geliebt, aber als Mann offenbar langfristig nicht anziehend genug gefunden hatte? War das nicht oberflächlich? Sie lehnte sich gegen den Stoff der Rückenlehne. »Es hat etwas gefehlt.« Irgendwie wollte sie nicht, dass Henning einen schlechten Eindruck von ihr bekam.

Er betrachtete sie forschend und klopfte ein paar Holzspäne von seinem T-Shirt, ehe er weitersprach. »Was hat gefehlt?«

Dein Feuer. »Ich weiß es nicht.«

»Vielleicht brauchtest du etwas anderes.«

»Vielleicht.« *Ja.* Und zwar etwas, von dem sie nie gedacht hätte, dass sie es brauchte. Jemanden, der rauer, weniger harmonisch, weniger nachgiebig war. Sie hatte es anscheinend nötig, sich zwischendurch emotional aufzureiben. Ihr Ex-Mann war ein Jasager gewesen. Streit hatte es so gut wie nie gegeben. Bei Problemen hatte er sich auf sie verlassen – nie umgekehrt. Perfektes Haus, perfekte Ehe, perfektes eigenes Geschäft. Sie mochte das Wort »perfekt« nicht.

Henning stand auf, um Papier und Stifte zu holen, als wollte er keine weiteren Einzelheiten zu ihrer früheren Beziehung mehr hören. Er breitete alles auf dem Wohnzimmertisch aus. »Verlieren wir keine Zeit.«

Gemeinsam machten sie sich an die Planung des Raumes im Erdgeschoss. Ab und an streifte Milas Blick zu den Shakespeare-Zitaten, die in Holz- oder Goldrahmen an der Wohnzimmerwand hingen.

Die ganze Welt ist Bühne, und alle Frau'n und Männer bloße Spieler.

Wenn Foster also ein Spieler auf dieser Bühne war, welche Rolle hatte er dann für sich gewählt? Den Geheimnisvollen? Den Ritter auf dem weißen Pferd? Den Guten oder den Bösen?

Trotz ihrer gelegentlich abschweifenden Gedanken gelang es ihnen in den nachfolgenden Stunden, den Verkaufsraum in sinnvolle Abschnitte einzuteilen. Sie würden vier Tische mit je zwei Doppelbänken, wie man sie aus Hollywoodfilmen kannte, im Raum verteilen. Bei einem Möbeldiscounter bestellten sie online Alutische und dazugehörige, mit rotem Glattleder bezogene Bänke. »Kassensturz?«

»Jetzt schon? Ich denke, wir haben uns erst eine Pause verdient«, sagte Henning und knipste die Deckenbeleuchtung an. Er wanderte zum Kaminofen, um in dem Holz herumzuwerkeln, das ordentlich in der Eisenhalterung daneben aufgeschichtet war. »Tix hat heute wieder Schnittlauch geerntet«, sagte er lächelnd. »Hast du Hunger?« Er warf ein weiteres Holzscheit in die Flammen.

Sie schüttelte den Kopf, was er nicht wahrnahm, weil er ihr den Rücken zudrehte. Die bodentiefe Fenstertür, die auf den Balkon hinausführte, zog sie magisch an. Ihre Wohnung im unteren Stockwerk bot keine Möglichkeit, auf direktem Weg ins Freie zu treten. Sie stand auf und öffnete die Tür. »Darf ich?«

»Es ist recht kühl geworden abends, nimm dir eine Decke mit.« Er reichte ihr die Kuscheldecke vom Sofa.

Draußen in der Abendluft hüllte sie sich in das warme Fell. Es war kälter, als sie erwartet hatte, aber die Aussicht auf die Stadt im Schein der Straßenlaternen und die vielen beleuchteten Fenster ließen sie das Frösteln vergessen. Henning hatte Loungemöbel mit bunten Kissen aufgestellt und Lampions aufgehängt, die eine heimelige Atmosphäre verbreiteten. Sogar eine exotische Palme, die wegen der Kälte in einen schützenden Jutesack gehüllt war, hatte hier ihr Zuhause gefunden.

Sie spürte, wie er plötzlich hinter sie trat, sein Körper berührte ihren Rücken. Sie war immer noch sauer wegen der Anzeigensache, doch gleichzeitig liebte sie es, hier mit ihm zu sein und wenigstens kurz alles zu vergessen. »Ich mag die Lichter«, sagte sie. Ihr Blick glitt zur Roten Flora, die von den Straßenlaternen in einen orangeroten Schimmer getaucht wurde. Hamburg. Ihre neue Heimat? Ihr Herz hämmerte gegen den Brustkorb, als Henning ihr von hinten die Arme um den eingehüllten Körper legte. »Wir schaffen das«, versprach er. »Dein Vater wird sehen, wie hart du gearbeitet hast. Nicht nur hier, auch in der Kanzlei.«

Die Stimmung veränderte sich, die Spannung zwischen ihnen wuchs – wie schon einmal, als sie allein in dieser Wohnung gewesen waren. Mit dem Zeigefinger fuhr sie seinen sehnigen Unterarm entlang, der über ihrem Bauch lag. Seine Haut fühlte sich warm an, was eigentlich nicht sein konnte. Er zog sie enger an sich und sie schmiegte sich in seine Arme. Die Umgebung trat in den Hintergrund. Es gab keine Nebengeräusche mehr, nur noch seinen und ihren Atem. Das Gefühl war schwer zu beschreiben, denn es war Mila fremd. Es fühlte sich an wie die Angst beim Schwimmenlernen. Man fürchtet sich, möchte es aber unbedingt ausprobieren. Ein bisschen Nervenkitzel und ganz viel Lust. War das Leidenschaft? War es das, was sie all die Jahre vermisst hatte?

»Möchte ich wissen, was sich gerade in deinem Kopf abspielt?«, flüsterte er ihr ins Ohr und tippte mit der Fingerkuppe gegen ihre Schläfe. Sie spürte seine Lippen an ihrer Halsbeuge, ganz zart.

»Ich sollte gehen«, wisperte sie. *Warum sagte sie das?*

»Wieder einer deiner Online-Kochkurse? Du denkst ans Kochen, wenn du mit mir zusammen bist?« Er lachte und sein warmer Atem streifte ihre Haut wie Wüstenwind. Nach wie vor blickte sie auf eines der rebellischsten Gebäude Hamburgs, während er hinter ihr stand und sie hielt. In einer einzigen Bewegung drehte er sie zu sich um und zwang sie, ihn anzusehen. »Willst du wirklich gehen?«

»Ich habe keinen Kochkurs, aber Hunger«, antwortete sie tonlos und klang wie eine Verrückte. Sie kannte diese Unsicherheit gar nicht an sich. Was war nur los mit ihr? Sie musste ganz schnell wieder Herrin der Lage werden, doch innerlich bebte sie. Langsam löste sie sich aus seinen Armen und ging an ihm vorbei zurück nach drinnen.

Er folgte ihr, nahm ihr die Decke von den Schultern und legte sie beiseite. »Bleib doch noch, wenn du keine anderen Verpflichtungen hast.« Die goldenen Einsprengsel im Grau seiner Iris funkelten im Schein des Kaminfeuers. »Ich verspreche dir, dass du nicht verhungern wirst.« Er schritt zum Hochschrank neben dem TV-Bildschirm, während sie sich wieder auf die Couch setzte. »Du musst aber kurz deine Augen schließen.«

Sie wusste nicht, warum, doch sie gehorchte ihm.

»Und den Mund öffnen.«

Okay, verruchter ging es nicht mehr. Sie musste lachen. »Das ist nicht dein Ernst.«

»Doch, ist es. Ich mag es übrigens sehr, wenn du lachst, aber du darfst dabei nicht blinzeln«, beschwerte er sich, als sie eines der zusammengekniffenen Augenlider leicht anhob.

»Mund auf«, befahl er wieder. Dieses Mal hörte sie auf ihn und ein klebriges Bärchen landete auf ihrer Zunge.

»Ein Gummibärchen? Ist das deine Vorstellung von Romantik?« Sie öffnete die Augen.

»Nein, aber von Aufmerksamkeit.« Er zwinkerte ihr zu. »Die hast du in den letzten Wochen beim Renovieren regelrecht verschlungen.« Henning zerquetschte eins der süßen Gummidinger zwischen Zeigefinger und Daumen, bevor er es sich in den Mund schob.

Hoffentlich merkte er nicht, wie fasziniert sie ihn dabei beobachtete. »Kann ich bitte noch eins haben?«

Kauend setzte er sich neben sie auf die Couch. Die Tüte legte er zwischen ihnen ab. »Ist vermutlich leichter, wenn ich mit dem Süßkram in deiner Nähe bin.« Er strich ihr eine Strähne aus der Stirn. »Ich bin … ich weiß nicht … gern bei dir.«

Mit einem Knistern drängte sich die Tüte zurück in ihr Bewusstsein, weil Mila instinktiv zu ihm aufgerückt war. Henning spielte mit ihren Haaren. Seine Lippen waren so nah, dass sie ihn hätte küssen können. Doch dann ließ er von ihr ab und blickte an ihr vorbei auf etwas, das hinter ihr lag. Neugierig drehte sie sich danach um. Der Strohhut? Echt jetzt?

»Ich hatte nicht damit gerechnet, jemals eine Frau wie dich kennenzulernen«, sagte er.

Sie setzte sich gerade hin. »Du hast anfangs mysteriös auf mich gewirkt und ich hab echt mit deiner Art zu kämpfen gehabt. Du warst wie ein Fels.«

»Tust du das immer noch? Kämpfen?« Mit einer Hand in ihrem Nacken zog er ihr Gesicht sanft zu sich heran. Die Stärke, die in dieser Bewegung lag, wirkte seltsam erregend auf sie.

»Ja, jeden Tag«, gab sie zu. »Ich hab einfach das Gefühl, du verheimlichst mir irgendetwas.«

Er nahm die Hand runter und rückte ein wenig von ihr ab, als hätte sie etwas Verbotenes gesagt. Oder eben die Wahrheit.

»Was verheimlichst du vor mir, Henning? Du kannst mir alles sagen.«

Seine Gesichtszüge froren ein. »Mila, ehrlich. Das ist nicht der richtige Zeitpunkt.« Seine dunkle, viel zu ruhige Stimme jagte ihr einen Schauer über den Rücken, keinen von der angenehmen Sorte.

»Wann ist denn der richtige Zeitpunkt? Es hat alles mit der Sabotage zu tun, hab ich recht?« Ihr Blut geriet in Wallung und sie wurde wieder so wütend wie im Verkaufsraum. »Was immer es ist, verrat es mir.«

»Ich kann nicht.« Stattdessen aß er ein Gummibärchen, lehnte sich zurück und verschränkte die Arme vor der Brust. Alles an ihm veränderte sich: seine Stimme, sein Tonfall, seine Art, sich zu bewegen.

Ungehalten sprang sie vom Sofa auf, weil sie nicht glauben konnte, dass das alles war. Er erhob sich zwar langsamer als sie, wirkte aber wie ein Löwe, der jederzeit dazu bereit war, sich seinem wie auch immer gearteten Gegner in den Weg zu stellen. »Wenn du mich eben genauso gern küssen wolltest wie ich dich, Henning Foster ...« Sie atmete tief ein. »Wenn du echte Gefühle für mich hast ... dann musst du mir erzählen, was mit dir los ist.«

Er erhob die Hände, als wollte er aufgeben. »Ich möchte dich nicht anlügen.«

»Dann tu es nicht.«

Schweigend blickte er zu Boden und schloss für einen Moment die Augen. »Es tut mir leid.«

»Du sagst mir also nicht, was dich bedrückt?« Ein Blick in seine stahlgrauen Augen genügte. Sie rang nach Worten, mit denen sie ihn provozieren oder aus der Reserve locken konnte, wohl wissend, dass er ohnehin nicht darauf reagieren würde. Betäubt bewegte sie sich auf die Wohnungstür zu. »Ich hab verstanden.« Entschlossen zog sie die Tür auf. »Du vertraust mir nicht. Wir sehen uns zur Arbeit.« Sie ging. Auf den Treppenstufen beschleunigte sie ihre Schritte.

»Mila«, hörte sie ihn hinter ihr herrufen. Kurz vorher hatte sie vernommen, wie er bei dem Versuch, sie aufzuhalten, dumpf mit dem Bein gegen den Couchtisch gestoßen war. Erst in der Mitte des Treppenhauses holte er sie ein und packte ihren Oberarm. »Lauf nicht weg«, bat er. »Hör mir zu.«

»Was ist so schlimm, dass du es mir nicht sagen kannst? Ich habe alles mit dir geteilt: dass ich pleite bin, dass ich mein Haus und meine Katze verloren habe.«

»Versteh mich doch. Ich kann dir das nicht sagen, weil es alles verändern würde. Du würdest vielleicht nichts mehr mit mir zu tun haben wollen.«

Sie überlegte, ob sie das aushalten könnte.

»Ich werde es dir sagen, Mila, aber nicht heute. Nicht jetzt. Bitte«, flehte er und ließ ihren Arm los. Sie stand vor ihm, als stünde sie in einem Magnetfeld, unfähig, sich aus seiner Reichweite wegzubewegen. »Auch wenn es dir vermessen vorkommt, ich würde mir wünschen, dass du bei mir bleibst«, sagte er bittend und umfasste ihre Hüfte. »Ich erzähle dir morgen alles. Es ist nichts Schlimmes. Es wird eine Weile dauern, dir die Zusammenhänge zu erklären, und ich will uns heute den kostbaren Abend nicht verderben, der so schön angefangen hatte.«

»Okay.« Sie spürte, wie die Stelle, an der seine Hand lag, warm wurde. Sie wollte ihn – trotz allem oder genau deswegen wollte sie ihn. Was hatte er nur an sich, das sie immer wieder einfing und weich werden ließ?

»Ich kann mir gar nicht mehr vorstellen, ohne dich zu sein.« Seine Worte klangen so ehrlich, dass sie die Arme um seinen Hals schlang und ihn an sich zog. Die blöden IKEA-Regale und der dumme Streit waren ihr egal. Die Sehnsucht nach seinen Berührungen hatte gesiegt. Statt sie zu küssen, hob er sie jedoch in die Höhe und trug sie die Treppenstufen hinauf, über die Schwelle zurück in seine Wohnung. Dort stellte er sie auf die Füße und presste sie sanft gegen die Wand. Ihren Rücken an die Mauer gedrückt, hielt er sie mit seinem Körper gefangen. Seine Augen glänzten im Halbdunkel des Flurs und verrieten ihr, was er dachte, was er wollte. Behutsam legte er eine Hand in ihren Nacken und zog ihren Kopf an seine Lippen – immer noch, ohne sie zu küssen. Es fühlte sich spielerisch und leicht an, als seine Finger sachte unter ihr Shirt glitten, die Taille nach oben wanderten und ihren BH berührten.

Sie musste ihn einfach küssen. Ihre Lippen streiften erst zärtlich seine Wange, dann pressten sie sich auf seinen Mund. Sein Griff wurde fester, leidenschaftlicher und der Kuss passte sich seinem Rhythmus an.

»Deine Haut ist so weich«, flüsterte er ihr ins Ohr und küsste sie auf den Hals. Ein Stöhnen verließ Milas Mund, als er den Saum des Shirts weiter nach oben schob. »Trägst du wieder Rentiere drunter?«, fragte er und lächelte an ihren Lippen.

»Du bestichst mich mit Gummibärchen, damit ich von einer Anzeige absehe. Du verrätst mir dein Geheimnis nicht. Aber ich soll dir meine Unterwäsche zeigen?«, neckte sie ihn.

»Schhh«, machte er und legte den Finger an ihren Mund. »Morgen. Morgen verrate ich dir alles, was du wissen willst.

Wenn wir Zeit dafür finden.« Seine Fingerkuppen fuhren über die nackte Haut an ihrer Hüfte.

Mila bezweifelte, ob sie jemals wieder Zeit zum Reden finden wollte. Das hier war so viel schöner.

»Ich möchte dich nicht in meine Geschichte reinziehen.«

»Ich bin schon mittendrin in deiner Geschichte, Henning.«

Er antwortete nicht, sondern drehte sie mit dem Gesicht zur Wand und zog das Shirt höher bis zu ihren Schultern. Dann stockte er. Er hatte das Tattoo auf ihrem Schulterblatt entdeckt.

»Zieh das Shirt aus oder wieder runter«, verlangte sie lachend.

»Runter ganz bestimmt nicht. Was ist das?«

»Es sind nur Blumenranken, keine besondere Bedeutung. Mir gefiel es, ich brauchte es irgendwie. Ich habe es mir stechen lassen, als ich in einer schwierigen Lage war.«

»Mal wieder?« Er zog ihr das Shirt aus und warf es achtlos zur Seite, um sie von hinten zu umarmen. Seine Hände streichelten ihre Taille. »Ich dachte, das Tattoo auf deinem Handgelenk wäre deine einzige Kriegsbemalung.«

»Und ich wundere mich, dass du außer dieser Narbe am Hals nichts trägst.«

»Tja, einer muss der Normale sein«, konterte er zärtlich und küsste sie auf die Schulter.

»Warum bin ich eigentlich halb nackt und du nicht?« Sie drehte sich zu ihm um und drückte ihren Oberkörper an seine Brust. Seine Finger lösten die BH-Ösen in ihrem Rücken und streiften den Spitzenstoff von ihrer Haut. Nie zuvor hatte sie sich in den Armen eines Mannes so geborgen gefühlt. »Ich habe nie verstanden, was Frauen an einem Kerl mit harter Brust und festen Oberarmen so toll finden. Jetzt schon. Ich mag das. Ich mag das wirklich sehr.« Sie kuschelte sich enger an ihn und er küsste sie auf die Stirn. So standen sie eine Weile eng umschlungen da und sprachen kein Wort. Sie hörte seinen Herzschlag. »Ich könnte ewig so mit dir hier stehen.«

Er beugte sich zu ihr, um ihr einen Kuss auf den Mund zu geben. Seine Hände ruhten auf ihren Hüften.

»Vielleicht doch nicht ewig. Hinter welcher der drei Türen befindet sich dein Schlafzimmer, Henning Foster?« Sie überraschte sich selbst mit ihrem Durst nach mehr und dem Mut, dieses Mehr von ihm einzufordern.

DIE AKTE

Mila

Sie hatte das allerbeste Wochenende ihres Lebens verbracht – ganz eindeutig. Und den unbeschreiblichsten Sex gehabt – auch ganz eindeutig. Nach den teilweise frustrierenden Ehejahren hatte Mila vergessen oder verdrängt, wie unendlich schön es sein konnte. Verstohlen presste sie die Hand auf den Mund und fühlte das Lächeln auf ihren Lippen. Henning hatte sie körperlich erschöpft, und sie traute sich kaum, es sich einzugestehen, aber sie war richtig glücklich.

Selbst der heutige Kanzlei-Montag und damit der Start in die letzte, alles entscheidende Woche machte ihr nichts aus. Vielleicht nicht gar nichts, aber sie war zuversichtlich, dass sie ihr Werk nur noch vollenden mussten, um ihrem Dad das Haus mit Pauken und Trompeten präsentieren zu können. Mit Henning an ihrer Seite würde sie es schaffen.

»Du strahlst ja wie die Wintersonne in den Bergen. Und das an einem Wochenanfang. Oder wie ich den heutigen Tag nenne: ›Es gibt kein Käsesandwich in der Cafeteria mehr‹-Monday«, begrüßte Mason sie. Angewidert biss er in einen Müsliriegel und achtete darauf, dass kein Korn auf seinem teuren Anzug landete. »Apropos Wintersonne, ich war schon lange nicht mehr im Skiurlaub.« Er warf eine briefmarkendünne Pappakte über die Trennwand in Milas Box. »Schau mal, das ist noch eine von den König-Akten. Die lag herrenlos auf dem Regal am Aufzug herum. Hat sicher der heilige Sebastian dort liegen gelassen, obwohl er sonst so überkorrekt ist.« Er ahmte den Tonfall ihres Chefs nach. »›Das geht doch nicht, dass so etwas offen herumliegt. Wer war das?‹ Well, passiert anscheinend selbst ihm.«

»Wir alle machen Fehler. Zwei König-Akten habe ich hier. Ich wusste nicht, dass es noch eine dritte gibt.«

»Ich auch nicht, Honey. Hab nicht reingeschaut. Ich dachte, wir teilen uns die Arbeit auf. Du recherchierst noch mal und trägst Infos zusammen und ich starte mit der schriftlichen Stellungnahme inklusive Blümels fachlichen Hinweisen. Sebastians Vorgabe ist, wenigstens einen Vergleich im Sinne von KaroLIVE e. V. zu erreichen.«

Gut gelaunt hob sie den Daumen in die Luft. »Machen wir.«

»Heute bist du aber relaxed und optimistisch.« Er zwinkerte ihr zu. »Denkst du, wir gewinnen?«

Mila konnte das Dauergrinsen nicht abstellen. Ja, sie war deutlich entspannter als in den vergangenen Wochen. »Natürlich gewinnen wir. KaroLIVE hat ein Recht darauf, seiner Arbeit weiterhin an diesem Ort nachzugehen.« Achtlos öffnete sie die orange-braune Pappmappe, die Mason ihr hingeknallt hatte. Irgendetwas daran stimmte nicht. Es war nur ein Gefühl, aber rein intuitiv klappte sie den Deckel wieder zu.

»Übrigens: Wenn du abends mal ausgehen möchtest«, mit dem Zeigefinger deutete ihr Kollege auf den Haifischkragen seines Hemdes, »der gute alte Maze ist immer für dich da.«

Ein Date? Sollte sie sich noch mit einem anderen Mann treffen? Oder war sie mit Henning zusammen? Sie hatten nicht darüber gesprochen, aber er hatte sie angesehen, als hätte er echte Gefühle für sie.

»Wir treffen uns gleich noch mal zur Abstimmung. Sag Bescheid, wenn in dem Ding etwas Wichtiges drinsteht.« Pfeifend schlenderte ihr Kollege in den neonbeleuchteten Flur zurück, aus dem er gekommen war.

Mila krempelte die Ärmel ihres weißen Blazers um, bis das rosé glänzende Innenfutter erschien. Dabei fiel ihr Blick wieder auf die Mappe unter ihrem Arm. Auf dem Aktenrücken war das Aktenzeichen notiert. Die Buchstaben-/Zahlen-Kombination stimmte nicht mit der von »KaroLIVE e. V. gegen König« überein. Sie nahm den festen Umschlag in beide Hände und drehte ihn seitwärts. Da hatte jemand ganz schön geschlampt. Doch direkt neben dem Zeichen stand der Name König, immerhin das war korrekt. Sie schlug die erste Seite auf und wäre fast vom Stuhl gekippt, als sie die fett gedruckte Überschrift des Schreibens las.

– Ladung –
Amtsgericht Hamburg
Im Strafverfahren Magnus König gegen Henning Foster wegen gefährlicher Körperverletzung

Sehr geehrter Herr Wirthz,
im oben bezeichneten Verfahren wurde der Termin zur Hauptverhandlung bestimmt auf
Freitag, 29. Oktober, um 11.00 Uhr, Sitzungssaal 50, EG.

Zu diesem Termin werden Sie als Verteidiger des Angeklagten Henning Foster hiermit geladen.

224

Das persönliche Erscheinen des Angeklagten wurde angeordnet.

Sie können die Ladung weiterer Zeugen und Sachverständiger oder die Herbeischaffung anderer Beweismittel unter Angabe der Tatsachen, über die Beweis erhoben werden soll, beim Gericht beantragen. Zeugen und Sachverständige, deren Vernehmung Sie wünschen, können Sie zur Hauptverhandlung mitbringen. Sie müssen ihre Namen und Anschriften dem Gericht aber unverzüglich mitteilen.
Bitte bringen Sie diese Ladung zum Termin mit.

Mit freundlichen Grüßen

Auf Anordnung

War das ein Witz? Mila blätterte um und fand eine Seite mit einer Reihe handschriftlicher Notizen, unter anderem folgende:

PROZESS: SEK-Mann Henning Foster begeht gefährliche Körperverletzung an Magnus König. Vater: Zacharias König. Beweislage?

Was sollte das alles? Außerdem stand da »SEK-Mann«. Das war das Sondereinsatzkommando der Polizei. Henning war doch Handwerker. Genau wie sein Kollege Robert. Möbel-Restaurator. Ihre Finger zitterten und sie schloss die Akte, nur um sie sofort hektisch wieder aufzuschlagen. Es konnte sich unmöglich um ihren Henning handeln. Sie starrte erneut auf Seite eins, dann durch die Plexiglaswand in Lunas leere Box. Luna war leider nicht da, sie hatte sich den Tag freigenommen. Dabei hätte Mila sie jetzt dringend gebraucht. Ihr Herz schlug hart gegen ihre Brust, hinter ihren Schläfen pochte es. Sie zwang sich, alle Seiten querzulesen, damit sie die Informationen schneller aufnehmen konnte. Verarbeiten war nicht möglich. Einzelne Schlagworte forderten ihre ganze Aufmerksamkeit.

Tatbestand der gefährlichen Körperverletzung: Nasenbeinbruch, Prellungen, Platzwunde am Kopf, Armverletzung – siehe Fotos des Krankenhauses Altona.

Unruhig blätterte Mila zur Einlegelasche auf der Rückseite der Mappe, in der die Fotos steckten. Sie schlug die Hand vor den Mund angesichts der blutigen Nase und der rot unterlaufenen Augen von Magnus König. Das sollte Henning gewesen sein? Der Henning, mit dem sie das ganze Wochenende in seinem Boxspringbett gekuschelt hatte? Der sie heute Morgen zum Abschied an sich gezogen und ihr einen behutsamen Kuss auf die Stirn gegeben hatte? So brutal konnte er nicht sein. Die Mappe verschwamm vor ihren Augen, als sie die Bilder zurück in die Lasche schob. Kurz war es, als sähe sie nur noch Umrisse.

Ihr Kopf ließ die letzten Wochen Revue passieren: Worte, Bewegungen, Gespräche, Reaktionen. Ja, anfangs hatte Henning düster und ein bisschen gefährlich gewirkt, aber doch nicht so. Er hielt sich strikt an Regeln und war hilfsbereit. Aber wie viele Menschen hatten sich schon in ihrem Partner getäuscht und die Realität nicht gesehen? So was kam doch ständig im Fernsehen. Mila schwirrte der Kopf, während sie wild in der Pappakte herumblätterte. Es war eine Sammlung weniger offizieller

Dokumente und handschriftlicher Notizen. Man schien nicht viel über den Fall zu wissen.

> *Timothy (Tix) Foster, 17 Jahre alt, hat die Aussage bei der Polizei verweigert.*

Tix alias Timothy. Mila erinnerte sich daran, wie Henning ihr gesagt hatte, dass Tix' Name an einen britischen Schauspieler erinnerte, den seine Mutter damals gemocht hatte. Sie durchforstete die Papiere nach einer Adresse. *Henning Foster, Finkenstraße 27, Hamburg.* Er war es. Er war dieser SEK-Beamte. Deshalb war er so viel zu Hause. Deshalb hatte er immer Zeit. Und deshalb hatte er nicht mit ihr darüber geredet. Irgendwie ergab alles einen Sinn, auch wenn sie es am liebsten geleugnet hätte. Und nun?

Sie musste sofort Luna anrufen und nachfragen, ob sie Genaueres darüber wusste. Sie musste mit Henning reden. Sie musste … Nein. Entschlossen klappte sie die Akte zu und befühlte den Einband. Sie musste gar nichts. Es wäre Hennings Aufgabe gewesen, mit ihr zu sprechen, und das war es immer noch. Sie wusste nicht, was überwog: das blanke Entsetzen oder die tiefe Enttäuschung? Ihr Herz tat weh, es schmerzte richtig in ihrer Brust. Wieder dieses dumme Herz.

Ihr Magen drehte sich um beim Gedanken an die schrecklichen Krankenhausfotos, welche die Tat in all ihrer Härte zeigten. Sie zog ein weiteres Blatt aus der Mappe. Es war eine handschriftlich unterschriebene Aussage.

> *Es gab keinen Streit. Henning Foster hat mich von hinten angegriffen. Ich habe gar nicht damit gerechnet. Er hat einfach zugeschlagen, als ich sagte, wer ich bin. Ich glaube, er hatte einen*

Schlagring oder so. Er ist hochgradig aggressiv
und hat sich nicht unter Kontrolle.

Aussage des Klägers Magnus König

Kalter Schweiß bildete sich auf Milas Stirn. Sie dachte an
den KaroLIVE-e.-V.-Fall und daran, dass sie im Begriff
waren, einen Vergleich mit Zacharias König für den Verein zu
schließen.

»My dear Myla, jetzt siehst du nicht mehr so happy chappy
aus. Du hast gar keine Farbe mehr im Gesicht«, kommentierte
Mason und setzte sich auf den Rand ihres Schreibtischs, direkt
auf die geschlossene Akte. »Wirst du krank oder macht das dieser weiße Blazer? Nicht böse gemeint. Im Gegenteil. Ich mag
dieses Schneeweiß zu deinen roten Haaren total. Das steht dir.
Gehst du nun mit mir aus?«

»Nee, heute nicht, Maze. Schlechtes Timing.« *Bloß keine
Männer mehr*. Sie hätte Henning niemals in ihr Leben lassen
dürfen.

»Ich rede nicht von heute, eher so generell. Ein romantisches Dinner bei Kerzenschein, nur du und ich.« Er malte ein
Herzchen in die Luft. Verführerisch wie ein echter Casanova
lehnte er sich vor. Blitzschnell zog sie die Akte unter seinem Hintern hervor. Er hob eine Augenbraue. »Alles okay
bei dir?«

»Bei mir ist alles tutti.« Ihre Stimme klang bedenklich
schrill.

Ihr Kollege erhob sich. »Du bist wirklich mysterious, wie
sagt man … undurchschaubar.«

Wie falsch er doch damit lag. Mila hatte keine dunklen
Seiten, die sie vor anderen versteckte. Sie war immer ehrlich
und lesbar wie ein offenes Buch – im Gegensatz zu Henning.
Unter Masons kritischem Blick schnappte sie nach Luft. Ihr

Brustkorb fühlte sich mit einem Mal so eng an, als würde nur noch ein winzig kleines Origami-Herz hineinpassen.

Henning

Mit einer Hand strich Robert über die weiß gewalzte Wand des Verkaufsraums. »Sieht gut aus, vor allem der rote Vitrinenschrank und der bunte Tresen. Echt klasse. Das wird ein Megaladen, ein richtiger Geheimtipp.«

Henning konnte seinen Stolz kaum verbergen. Von Beginn an war er überzeugt davon gewesen, dass sie gemeinsam etwas Großes schaffen konnten. Vielleicht würde Milas To-Go nicht sofort boomen, und sie wäre gemessen an ihrem Erfolg in München erst einmal enttäuscht. Aber irgendwann würden ihr sowohl die Hamburger als auch die Touristen die Tür einrennen. Er hatte ihre Muffinkreationen probiert – süße und herzhafte –, sie alle waren ein Gedicht. Dabei waren Muffins so ziemlich das Letzte auf einer Speisekarte, für das er sich erwärmen konnte. Ein gegrilltes Steak war ihm deutlich lieber. Aber irgendwie hatten die Dinger ihn überzeugt und er verschlang sie regelrecht. Mila war gut in dem, was sie tat, verdammt gut.

»Wir hatten wieder unerfreulichen Besuch am Wochenende«, erklärte er Robert und zeigte auf die zerkratzten IKEA-Bretter, die er an einer Wandseite aufgeschichtet hatte. Bisher hatte er es noch nicht geschafft, sie zu entsorgen.

»Du denkst, dass euch jemand gezielt sabotiert?«

»Ich denke das nicht nur, ich weiß es.« Henning drückte Robert einen Eimer mit roter Farbe in die Hand. Da das Ausgabefenster nicht eingesetzt werden konnte, wollten sie es zumindest außen rot rahmen, so wie Mila vorgeschlagen hatte. Das würde den Passanten ins Auge fallen und könnte zusätzliche

Laufkundschaft anlocken. »Vielleicht hat König doch Wind davon bekommen, dass Mila versucht, dieses Haus zu behalten. Ich habe aber nicht die leiseste Ahnung woher. Es sind nur eine Handvoll Leute eingeweiht und ich glaube nicht, dass Peter Wirthz ihm das aus den USA gesteckt hat. Warum sollte er, so lange noch nichts klar ist?«

»Aber klassischer Hausfriedensbruch mit Sachbeschädigung?« Robert bückte sich und nahm ein Brett in die Hand. »Das hat König nicht nötig.«

»Könnte aber sein, dass er schon im Besitz der Hausschlüssel ist. Ich weiß nicht, inwiefern Wirthz beim Verkauf bereits die Übergabe vorbereitet hatte.«

»So ein gewiefter Geschäftsmann wie Wirthz übergibt einem Fremden doch nicht einfach die Schlüssel zu seinem Haus, wenn noch nicht alles sicher unter Dach und Fach ist.«

»Na ja, er sitzt in den USA und kann nicht vor Ort sein. Und eigentlich war ja alles so weit unter Dach und Fach, bevor Milas Haus in München abgebrannt ist. Außerdem hat Wirthz einen Hausmeisterdienst, der notfalls überwachen könnte, was der Käufer so treibt. Aber was sollte ein neuer Käufer groß anstellen? Wäre ja unsinnig. Von daher … es könnte echt sein, dass Wirthz in Bezug auf die Schlüssel etwas lockerer unterwegs war als normalerweise.«

»Wenn du das so sagst … vielleicht. Könnte sein. Setz Mila doch darauf an, das herauszufinden. Wäre nur ein Anruf für sie.« Robert legte das Brett weg und begutachtete den Eimer. »Sag mal, ist das so eine Art Pippi-Langstrumpf-Rot, so wie bei den Häusern in Schweden?«

»Ist es.« Henning lachte. »Und du redest von Mila, als wäre sie einer unserer Drogenspürhunde. Ich kann diese Frau nicht einfach auf irgendetwas ansetzen. Sie ist nicht so gestrickt. Sie ist … kompliziert.«

Robert sah ihn schief an. »Du magst sie.«

Statt einer Antwort gab Henning ihm Pinsel und Abklebeband. »Danke, dass du dir heute freigenommen hast, Kumpel.«

»Warte … du hast mit ihr geschlafen?«, schlussfolgerte Robert. »Nicht noch eines deiner Abenteuer«, stöhnte er dann. »Nicht mit Mila.«

»Dieses Mal ist es anders.« Henning wusste, dass er die zahllosen Frauenbekanntschaften seit seiner letzten Beziehung wie unbedeutende Nummern behandelt hatte. Von den meisten erinnerte er sich noch nicht einmal an den Namen und schämte sich dafür. Irgendwie. Aber er wollte nicht mehr darüber nachdenken. »Mila ist etwas Besonderes.«

»Dann solltest du ihr gegenüber mit offenen Karten spielen. Rede mit ihr.«

»Das habe ich vor, aber heute Morgen hatten wir Besseres zu tun.«

»Uhhh.« Robert rollte mit den Augen und machte gespielte Würgegeräusche. »Will ich hören, was ihr im Morgengrauen getrieben habt? Ich denke, nein.«

»Ich sage es ihr, wenn sie von der Arbeit kommt. Das hatte ich sowieso vor.« Henning klopfte seinem Kumpel auf die Schulter. »Keine weiteren intimen Details für dich. Ehrlich, ich rede mit ihr.«

Zu diesem Zeitpunkt ahnte er noch nicht, dass es dafür längst zu spät war.

Mila

Sie versuchte, sich nichts anmerken zu lassen, aber sie merkte, wie schwer ihr das fiel. Der Verkaufsraum erstrahlte in ganz neuem Glanz. Es roch nach Farbe, aber auch nach Putzmittel.

Henning und Robert hatten anscheinend sogar den Boden gewischt.

»Hey, Gladiatorin. Wie war es in der Kanzlei?« Henning wirbelte sie herum und küsste sie auf den Mund, ehe sie ihn stoppen konnte. »Wollen wir nachher Sushi bestellen? Magst du Sushi?«

»Nein.« Sie wollte seine Lügen schnell hinter sich bringen, bevor sie der Mut verließ. »Du hast mir nicht die Wahrheit gesagt.« Schweigen.

»Okay.« Henning ließ sie los und stützte sich auf dem Tresen ab. »Robert und ich haben bis vorhin wie die Irren gestrichen. Er ist eben erst nach Hause gegangen, du hast ihn knapp verpasst. Das ist die Wahrheit.« Er war euphorisch und überging ihren Kommentar. »Hast du den Anstrich draußen gesehen? Wir sind keine Malermeister, aber es ist ganz okay geworden. Wie findest du es?« Eifrig deutete er auf das Fenster. »Der Mann mit dem Edelstahlgeländer war auch da und hat es angebracht. Wir sind so gut wie fertig, Mila. Na ja – außer in der Wohnung. Da haben wir noch jede Menge zu tun. Aber das bekommen wir hin.« Er hörte gar nicht auf zu reden.

»Hast du mir eben nicht zugehört?« Obwohl sie nichts dringender fühlen wollte als seine Arme, die sie festhielten, entzog sie sich ihm und lehnte sich gegen die Anrichte auf der gegenüberliegenden Wandseite. Sie musterte ihn, merkte, wie sich seine Kiefermuskulatur anspannte und seine Gesichtszüge verhärteten. Je länger sie schwiegen, umso tiefer wurde die sorgenvolle Falte auf seiner Stirn, als erwartete er den Weltuntergang oder zumindest einen Krieg. Und damit lag er verdammt richtig.

»Du warst von der ersten Sekunde an nicht ehrlich zu mir«, wiederholte sie, jetzt wütender. »Dieses Wochenende … das wäre deine große Chance gewesen, mir alles zu erklären, Henning.« Sie lachte bitter auf. »Aber du hast es nicht gemacht. Stattdessen hast du mit mir geschlafen.«

»Was? Nein.« Er näherte sich ihr, doch sie wich vor ihm zurück. »Ich wollte mit dir sprechen. Ich habe mehrfach angesetzt, aber … es war so schön … und heute Morgen waren wir in Eile. Du warst in Eile.«

»Ach, bin ich schuld? Du hattest in den letzten Wochen genug Zeit. Mach es nicht noch schlimmer!« Sie hielt sich die Hände vors Gesicht, weil sie eigentlich gar nicht sehen wollte, wie er versuchte, sich herauszureden. »Ich möchte es von dir hören. Sag mir die Wahrheit!«

»Also.« Er starrte sie unbeweglich mit großen Augen an. »Ich bin wirklich ausgelernter Zimmermann, aber das ist nicht mein richtiger Job.« Er bewegte sich angespannt, hob die Arme in die Luft und verschränkte sie hinter seinem Nacken.

»Geht es ein bisschen genauer?« Mila nahm den scharfen Farbgeruch und die roten Malerflecke auf seinem Shirt wahr, als er unmittelbar vor ihr stand.

»Ich bin kein Handwerker.«

Im Affekt verpasste sie ihm eine Ohrfeige, bevor stumme Tränen über ihre Wangen rannen. Er nickte nur und biss sich auf die Unterlippe. Ruhig sprach er weiter.

»Ich habe mich nach meiner Lehre umentschieden und noch mal von vorn angefangen. Jetzt bin ich Beamter. Sondereinsatzkommando der Polizei Hamburg.«

Noch einmal erhob sie die Hand, die er aber in der Luft abfing. Er hielt sie fest und spulte einen Text ab, der wie auswendig gelernt klang.

»Ich werde bei besonderen Gefährdungslagen eingesetzt, aber auch bei der Vollstreckung von Haftbefehlen oder der Begleitung von Gefangenentransporten. Ich führe mit meinen Kollegen Razzien im Bereich der Organisierten Kriminalität durch. Ich bin Waffenträger und muss mir körperliche Kondition und Stressresistenz antrainieren. Schlag mich, wenn du es für richtig hältst. Ich werde mich nicht wehren. Nach diesem Wochenende habe ich es mehr als verdient, denn ich hätte es dir sagen müssen. Ich weiß das. Aber ich konnte nicht. Ich hatte Angst, dass du gehst.«

»Ich hab so viel hinter mir, Henning. Vielleicht kannst du das nicht nachvollziehen. Aber das trifft mich einfach. Sehr«, brachte sie schluchzend heraus. Sie entriss ihm die Hand, die Tränen versiegten, weil Schmerz die Kontrolle übernahm. »Ich hab dir vertraut.«

»Das kannst du immer noch. Du kennst mich. Wer weiß schon, dass ich meiner Mutter Rumkugeln mitbringe oder dass ich meinen Bruder beim Gärtnern unterstütze? Dass ich koche und backe? Ich rede nicht gern über mich. Das kannst du doch nicht als Verrat werten. Ich mach einfach nur meinen Scheißjob.«

»Indem du Leute verprügelst? Ich habe die Aufnahmen aus dem Klinikum gesehen. Du hast Magnus König die Nase gebrochen. Ich weiß alles.«

Er sah sie perplex an und wanderte zurück zum Tresen. »Das überlebt er.« Abwehrend kreuzte er die Arme über der Brust.

»Sag mal, bist du noch zu retten? Das nennt man gefährliche Körperverletzung.«

»Du glaubst, ich hätte ihm das angetan?« Er sah sie prüfend an. »Denkst du ernsthaft, ich könnte ein halbes Kind derart zusammenschlagen?«

»Natürlich kannst du. Du bist beim SEK!«

»Das ist doch nicht mein Job.«

»Was ist denn dein Job?«, fauchte sie. »Möbel restaurieren ja offenbar nicht. Ich weiß nicht, was ich glauben soll … und das ist so … traurig.«

»Du verstehst nicht, worum es hier geht, Mila.«

»Worum es dir bei unserem Deal ging, weiß ich auf jeden Fall. Es ging die ganze Zeit nur um dich und deine Wohnung … und um diesen König.«

»Das ist doch Blödsinn.«

»Ich hab gedacht, du magst mich wirklich … aber anscheinend hast du mich bloß benutzt.« Sie hörte sich wieder aufschluchzen. »Ich hab genug erlebt, ich hab keine Kraft mehr dafür.«

»Nein. Du verstehst das vollkommen falsch, Mila.«

Abweisend streckte sie den Arm aus, damit er es nicht wieder wagte, an sie heranzutreten. »Ich hasse dich für das, was du mit mir gemacht hast. Und ich habe keine Ahnung, welchen Groll du gegen diesen Immobilienmenschen hegst.«

»Es geht eigentlich nicht um mich, sondern um Tix«, sagte er leise.

»Lass deinen Bruder aus dem Spiel.«

»Der Garten ist seine Insel. Ich wollte die Wohnung nicht verlieren, für ihn. Das ist die Wahrheit.«

»Nutz nicht aus, wie sehr ich deinen Bruder mag, um dich selbst zu rechtfertigen.«

»Für Tix ist das Außengelände mehr als ein Hochbeet mit Kräutern. Es wäre ein Albtraum für ihn, wenn ich die Wohnung und den Garten verlieren würde.«

»Hör endlich auf zu reden und lass mich allein.« Sie fasste sich mit beiden Händen in die Haare.

»Ich will dich nicht verlieren. Das wäre *mein* absoluter Albtraum. Seitdem du da bist, fühle ich mich … einfach nur gut. Die Nacht mit dir war …«

»Sei still.« Sie wusste nicht, was sie tun sollte. Sie wollte nicht gezwungen sein, später seine Musik von oben zu hören oder ihm noch einmal im Hausflur zu begegnen. Nicht heute und nicht morgen. »Ich möchte, dass du gehst. Ganz.«

»Bitte, tu das nicht.«

»Geh einfach.«

»Wenn du das wirklich möchtest, packe ich meine Sachen und fahre zu meiner Mutter, bis du mit mir reden kannst. Ja, ich hab in Bezug auf meinen Job gelogen.« Er trat dichter an sie heran, durchbrach ihre virtuelle Barrikade und sah ihr in die Augen. »Aber ich habe Magnus König nicht verprügelt. Das musst du mir glauben.«

Auf dem Absatz drehte sie sich um, ging an das große Fenster und starrte auf die Straße. Sie fühlte sich leer. Unwirklich nahm sie seine Bewegungen wahr – wie er seinen Kapuzenpullover vom Tresen zog, wie seine Schritte nach draußen führten, die Treppe hoch, und wie die Tür seiner Wohnung ins Schloss fiel.

Henning war weg.

Henning

Obwohl die wenigen Stunden seit gestern ihm vorkamen wie Jahre, wollte Henning ihr Zeit lassen, sich zu beruhigen. Er hatte Lulu angerufen, um zu erfahren, wie Mila an die Informationen gelangt war. Aber die konnte ihm auch nicht weiterhelfen, Mila schien nicht mit ihr darüber gesprochen zu haben. »Wir reden nie über dich«, hatte sie geantwortet.

Letztendlich war es sowieso egal. Er hatte ihr eine andere Version von sich vorgespielt und nun hatte er die schmerzhafte Quittung bekommen. Vielleicht hatte er sie sogar um ihre neue Existenz gebracht. Ohne ihn würde sie es wahrscheinlich nicht schaffen, das Haus fertigzustellen. So wie sie normalerweise zusammengearbeitet hatten, wären sie in maximal drei oder vier Tagen mit der Wohnung im Erdgeschoss fertig gewesen. Stattdessen folgte er einem nichtssagenden Tagesablauf.

Er war aufgestanden, mit Tix ins Fitnessstudio gefahren und trainierte jetzt. Innerlich wartete er auf den Prozesstermin und darauf, dass man ihn verurteilte. Wenn nicht für die Körperverletzung, dann für das, was er Mila angetan hatte. Er vermisste sie und er war selbst schuld daran, sie verloren zu haben.

Mit Gewalt hob er die Eisenstange an, auf die er drei zusätzliche Kilo je Seite gepackt hatte: hoch, runter, hoch, runter – egal, wie sehr seine Muskulatur zitterte, egal, wie groß der Muskelkater morgen wäre. Es war ihm alles egal. Mila hatte verlangt, dass er verschwand, und daran hatte er sich gehalten. Im Augenwinkel nahm er eine Gruppe Frauen wahr, die fröhlich schwatzend in Richtung Kursraum wanderte. Zumba vermutlich.

»Du hast ja eine Laune heute. Mannomann«, hörte er Tix vom Rudergerät aus rufen. »Wohnst du jetzt für immer bei Mama und mir? Das ist …« Tix dachte nach. »Lustig und na ja … ein bisschen gruselig. Du isst und redest kaum.«

»Ich habe Mila nicht die Wahrheit gesagt. Das weißt du doch.«

»Ja, klar.« Sein Bruder glitt vor und zurück, er trug ein Schweißband ums Handgelenk, mit dem er sich über die Stirn fuhr. »Und nun?«

»Ich kann nicht aufhören, an sie zu denken. Klingt blöd, ich weiß.«

»Nö, klingt ganz normal.«

»Sie fehlt mir. Ihr Lachen und ihre zickige Art. Alles an ihr fehlt mir.«

»Wenn man jemanden so doll vermisst, ist das ziemlich sicher Liebe«, seufzte Tix und ruderte wild vor und zurück. »Aber von euch glaubt ja keiner an die Liebe. Ich schon. Ich lieb die Anna.«

»Anna heißt sie also. Nicht Annabel.« Das wurde ja ein richtiges Brüder-Gespräch, und Tix war offensichtlich schwer verliebt – bis über beide Ohren, die ein wenig glühten. Ob nun wegen des Themas oder wegen der Anstrengung. »Und was hast du in Sachen Anna vor?«

»Was hast du denn in Sachen Mila vor?«, wich Tix aus und streckte ihm die Zunge heraus.

»Mila beantwortet meine Anrufe und meine Nachrichten nicht.«

»Anna meine schon.« Sein Bruder zog am Rudergriff.

»Sie hat das Vertrauen in mich verloren. Schwierig, so was wiederzugewinnen. Ich weiß nicht, wie, und ich will sie nicht bedrängen.«

»Aber du musst doch irgendetwas tun«, meinte Tix mit gerunzelter Braue und ließ das Ruder in die Verankerung schnellen. »Ich bin ja eher der Macher-Typ.« Er trocknete sich mit seinem Handtuch unter dem Kinn ab, das er weit nach oben streckte. »Ich tu immer irgendetwas.«

»Ich treibe Sport, Tix. Das muss reichen.«

DAS GRÖSSTE GLÜCK

Mila

All ihre Träume waren wie ein Luftballon zerplatzt. Auf sich allein gestellt hatte Mila zuletzt gar nichts mehr vorangetrieben – zumindest nicht am Bau. Dafür konnte der KaroLIVE-e.-V.-Fall heute spontan abgeschlossen werden. Der Erfolg war jedoch weniger ihr Verdienst als der von …

»To be honest, Yann hat uns den Allerwertesten gerettet«, fasste Mason knapp zusammen und richtete sich vor Milas Trennwand die Krawatte wie vor einem Kaufhausspiegel. Er hatte es sich auf Lunas Platz bequem gemacht und nahm die gesamte Box mit seinem Equipment in Beschlag. »Yann ist ein, wie sagt man, Wolf im Schafspelz? Aber er ist echt in Ordnung.«

»So was von.« Mila schob sich ein Gummibärchen in den Mund.

Der erfahrene Pressemensch hatte König zwei Möglichkeiten angeboten: a) eine schillernde Homestory, frei nach dem Motto: *Wie lebt einer der reichsten Männer Hamburgs privat?* Mit großer Schickimicki-Fotostrecke: sein Haus, sein Auto, seine Jacht und vor allem seine Familie. Die Geschichte über einen Mann aus einfachem Arbeitermilieu, der es bis ganz nach oben geschafft hatte. Und das nicht auf dem Kiez, wie er immer betonte. Um das Ganze ein klein wenig prekärer zu gestalten, hatte Yann ihm die rasende Reporterin Colette vorgestellt, die König nur allzu gern durch den Tag begleiten würde. Aber als Colette hinzugefügt hatte, wie sehr sie es schätzen würde, den Sohn, Magnus König, in seinem Reeperbahn-Club zu interviewen, war die Stimmung beim Immobilienhai gekippt.

Zacharias König hatte die Homestory abgelehnt und stattdessen zähneknirschend in Möglichkeit b) eingewilligt: eine Geschichte über seine angeblich sehr stark ausgeprägte soziale Ader, gespickt mit hochemotionalem Bildmaterial. Das war eher sein Ding. »Ich bin ja schließlich kein Unmensch«, hatte er gesagt, als er daraufhin den gewünschten Vergleich mit KaroLIVE e. V. unterschrieb. Er packte sogar für einen Tag selbst mit an, als die Schäden am Bauwerk behoben wurden. Medienwirksam mit Fotos und so. Frau Becker samt Entourage durfte weiterhin in dem Gebäude residieren und die beiden Mieten, die angeblich nicht auf seinem Konto eingegangen waren, waren Schnee von gestern. Einer seiner Leute habe das Geld versehentlich woandershin transferiert. Wer's glaubte. Für die Kanzlei war der Fall abgeschlossen.

»Sekt und Schampus«, rief Mason und drehte sich auf dem Bürostuhl im Kreis. Doch nach Feiern war Mila nicht zumute und ohne Luna, die sich eine dicke Erkältung eingefangen hatte, sowieso nicht. Stattdessen war sie drauf und dran, Yann anzurufen und ihm von Lunas Infekt zu berichten. Aber Mason hielt sie davon ab. »Ich finde, die sollten das allein regeln.«

»Findest du? Ich denke, Yann hat ein Recht darauf, zu erfahren, wie es der Mutter seines Kindes …«

»Sieh mal, wer da kommt, Honey.« Ihr Kollege rammte ihr unsanft den Ellenbogen in die Seite. »Hello, hello. Wir haben gerade von dir gesprochen, Superman.« Yanns Bewegungen hatten wenig Superheldenhaftes, seine Brillengläser waren genauso beschlagen wie beim letzten Mal, vielleicht noch ein bisschen stärker. »Du bist der Held der Stunde. Sebastian wird dir sicher einen Pokal verleihen.«

Unangenehm berührt nahm Yann die Brille ab und versuchte, die Gläser mit einem Zipfel seines Baumwollpullovers trocken zu reiben. »Ja ... äh ... hallo.« Er platzierte das Gestell wieder auf seiner Nase. »Euer Chef wollte mich sprechen.«

»Ist klar. Du bekommst eine Privataudienz bei ihm.« Mason lachte auf, konnte aber nicht verhindern, dass seine Stimme einen leicht bitteren Ton annahm. »Betrachte uns als Fußvolk.«

»I wo, das war exzellentes Teamwork. Ohne euch hätte ich jetzt keine Bomben-Schlagzeile auf der Titelseite. Ich werde Sebastian das genauso sagen, keine Sorge.« Er klang so bodenständig, wie er aussah. Ein ganz anderer Typ als Mason oder Henning. Luna konnte sich glücklich schätzen.

»Apropos Team ... unsere Luna ist voll erkältet. Sie hat Rippenschmerzen vom Husten und muss sich schonen.« Mila ratterte es so schnell herunter, dass Mason es nicht einmal schaffte, zum Sprechen die Lippen zu öffnen. Unschuldig schob sie sich ein Gummibärchen in den Mund.

»Du lieber Gott, war sie beim Arzt?« Yann griff sich an die Stirn. Er machte sich also Sorgen. »Ich hatte gehofft, wir könnten heute noch mal über alles reden. Ich habe ihr ein Geschenk mitgebracht.« Er ließ den Kopf hängen und nestelte an seiner Ledertasche herum. »Schade.«

Sofort tat er Mila leid.

»Tja, heute bin ich sozusagen Lunas Vertretung«, sagte Mason wenig mitfühlend und deutete auf Lunas Bürostuhl unter seinem in Armani verpackten Hintern. »Du kannst dein Geschenk bei mir lassen. Und sag Sebastian einen lieben Gruß. Wir, die wir hier arbeiten, sehen ihn so selten.« Er wippte in der Lehne des Stuhls hin und her. »Auf uns hat er keine Lust.«

Yann ignorierte ihn, so gut es ging, und zog ein pinkes Etwas aus seiner Tasche. »Ist nur eine Stoffhülle für ihren Mutterpass.« Es klang wie eine Entschuldigung. »Kannst du Luna das bitte von mir geben, Mila?« Er hielt es ihr hin.

»Du hättest dich eher um sie kümmern sollen.« Mason stand auf und nahm ihm das Päckchen einfach ab. »Um Luna, meine ich.«

Es war schwierig, sich zwischen die Fronten zu stellen, aber sie musste es versuchen. Mila räusperte sich, was wenig wirkungsvoll war, weshalb sie zusätzlich auf den Schreibtisch klopfte.

»Was ist denn?«, drehte sich Mason irritiert zu ihr um. »Hast du eins von deinen Bärchen im Hals stecken?« Er warf das Geschenk in ihre Box. »Bitte, mach damit, was du willst, aber ich stehe hinter Luna. Er hat so getan, als sei er nicht der Vater. Unbelievable.«

»Maze, du musst kein Plädoyer halten, wir sind hier nicht im Gerichtssaal. Außerdem dachte ich, du wolltest sie das selbst regeln lassen.«

»Schon gut«, gab der Pressemann kleinlaut zu. »Mason hat ja recht, ich war zuerst nicht begeistert von der Schwangerschaft. Im Gegenteil. Ich hatte Respekt vor der Verantwortung, hab ich immer noch. Und dann hab ich Luna kurz vor einem unserer Treffen mit ihrem Ex in der Hafenstraße gesehen. Die beiden wirkten so vertraut miteinander, da hab ich erst recht einen Rückzieher gemacht.«

»Oh.« Mila fummelte in der Gummibärchentüte herum, so, als bekäme sie keins zu fassen.

»Mit diesem Henning hatte Luna eine richtige Beziehung, das war nicht nur so ein Ding für eine Nacht wie bei uns. Auch wenn sie immer behauptet, es sei mehr Freundschaft als Liebe gewesen. Ich habe mich trotzdem überflüssig und veralbert gefühlt, als ich die beiden sah.«

»Ich kann mir nicht vorstellen, dass Luna dich veralbern wollte.« Mila fächerte sich mit einer Hand Luft zu. »Wozu?«

»Die Frage habe ich mir auch gestellt. Ich war feige und bin ihr ausgewichen. Henning hat mich gestern angerufen«, fuhr Yann fort. »Dass sie krank ist, hat er mir zwar nicht erzählt. Aber dass er für sie da ist. Weil ich es nicht bin.« Seine Schultern sackten nach unten.

»Er hat sie aufgefangen.« Der Satz kam direkt aus Milas Gedanken.

»Sein Vater hat ihn wohl im Stich gelassen, so wie ich das verstanden hab. Er sagte, wenn ich mich nicht zusammenreiße, verpasse ich das größte Glück meines Lebens. Es gehe um mein Kind.«

Mason seufzte theatralisch und wechselte vom Bürostuhl auf Lunas Sitz-Gymnastikball. »Was für ein Humbug.«

»Aber ist es nicht so?« Yann stützte sich auf Milas Trennwand ab und sah ihr in die Augen, als wäre sonst niemand im Büro. »Ich hab mich auf den ersten Blick in Luna verknallt und dann hab ich alles über Bord geworfen, nur weil es kompliziert wurde. Ich werde mit ihr reden, ich bin schließlich kein Angsthase.« Er nahm die Brille wieder ab und rieb mit seinem Baumwollpullover über die bereits trockenen Gläser. Bedächtig schob er sie zurück auf die Nase und zuckte mit den Achseln. »Wer will schon das Glück verpassen?«

Henning

Natürlich müsste er nicht in Moms kleiner Wohnung im Osdorfer Born sitzen und auf dem uralten Sofa schlafen, aber wo sollte er sonst hin? Robert und seiner aktuellen Freundin wollte er nicht die Zweisamkeit rauben. Und es war ja nicht so, dass Henning seine Mutter mit dem längeren Besuch störte. Sie freute sich sogar, dass er da war. Aber sie sorgte sich schon tagtäglich um Tix – und jetzt kam er auch noch dazu. »Henning, du musst was essen. Du fällst mir vom Fleisch. Lies doch mal was oder geh eine Runde um den Block«, versuchte sie fortwährend, ihn zu animieren. Den letzten Rat nahm er an – weil er seine Ruhe vor ihren Empfehlungen haben und ungestört mit der Kanzlei telefonieren wollte. Außerdem machte ihn das Muster des Orientteppichs in Moms Wohnzimmer ganz kirre.

Nur noch zwei Tage bis zum Gerichtstermin und Tix weigerte sich nach wie vor vehement, mit einem Polizisten oder sonst irgendjemandem über den Vorfall zu sprechen. Es war zum Verrücktwerden.

»Ich mache alles nur schlimmer, wenn mich keiner versteht«, hatte er heute Morgen am Küchentisch behauptet. Und er war tatsächlich ein bisschen schlechter zu verstehen gewesen als normalerweise. Aber immerhin besser als gestern. Denn da hatte er die Lippen fest aufeinandergedrückt, als er »Henning soll nicht ins Gefängnis« herausgepresst hatte, nachdem Henning das Thema Aussage angesprochen hatte. Letztendlich hörte er ganz auf zu sprechen, wenn Henning in seine Nähe kam.

»Wir werden ein ernsthaftes Problem bekommen, wenn der einzige Augenzeuge, den wir haben, die Aussage verweigert. Zumal er auch noch Ihr Bruder ist«, prophezeite Sebastian Wirthz, als Henning mit dem Handy am Ohr durch den Park spazierte. »Ich empfehle Ihnen dringend, einen Psychologen zurate zu ziehen. Oder sollen wir das in die Wege leiten? Wir haben Kontakte.«

»Danke. Er hat seit Jahren eine psychologische Betreuerin, aber auch mit ihr redet er nicht darüber. Ich bin ratlos. Bisher hat er niemandem erzählt, was an dem Tag passiert ist – noch nicht einmal unserer Mutter.«

»Das spricht leider nicht für Sie, mein Lieber, und ich bin kein Privatdetektiv. Das ist Ihr Berufsfeld.«

»Nicht so ganz, aber die Kollegen können mir auch nicht weiterhelfen.«

»Na schön, erzählen Sie mir noch einmal genau, was an dem Tag passiert ist, Herr Foster. Vielleicht finden wir einen Ausweg.« Sebastian Wirthz klang nicht so, als glaubte er, was er da sagte. Aber er schien auch nicht bereit aufzugeben.

»Ich habe meinen Bruder von der Arbeit abgeholt. Das mache ich oft. Er kommt dann mit zu mir nach Hause, weil er nach den Kräutern im Garten sehen möchte. Vor dem Hauseingang trafen wir auf Magnus König. Er wirkte angespannt auf mich und hat mich gefragt, ob ich in seinem Haus wohne. Da hatte ich schon den Schlüssel ins Schloss gesteckt.«

»*Sein* Haus, weil sein Vater es gekauft hat?«

»Ich kannte den Jungen nicht. Deshalb habe ich ihn weggeschickt, ihm gesagt, dass er weitergehen soll. Er hat angefangen herumzupöbeln. Ich hätte kein Recht, dort zu wohnen, und Tix sowieso nicht. Und wir sollten von seiner Haustür abhauen.« Er machte eine kurze Pause, weil Moms Nachbar an ihm vorbeiging und mürrisch seinen Dackel hinter sich herzog. Erst als Herr Schmidt außer Hörweite war, redete er weiter. »Magnus König hat meinen Bruder die Treppenstufen heruntergezerrt. Da musste ich mich echt zusammenreißen, um nicht auszurasten. Aber ich kann das. Wirklich.« Das Gefühl, sogar seinen Anwalt von seiner Unschuld überzeugen zu müssen, erdrückte ihn.

»Nun gut.« Es raschelte in der Leitung. Sebastian Wirthz schien sich etwas zu notieren. »Und wie haben Sie stattdessen reagiert?«

»Magnus König war – schwer zu sagen – vielleicht alkoholisiert. Ein paar Wodka zu viel. Oder er stand unter Drogen, meine Vermutung. Deshalb habe ich nur auf ihn eingeredet. Okay, wahrscheinlich etwas lauter. Tix hat sich gar nicht gewehrt.«

»Alkohol und Drogen? Im Krankenhaus ist nichts dergleichen aufgefallen.«

»Ich sagte ja, es ist nur eine Vermutung. Na, jedenfalls war er wütend wegen irgendetwas. Ich hab nicht viel gesagt, vielleicht ein wenig rumgeschrien. Ja, okay. Aber er ließ meinen Bruder irgendwann los und lief weg. Tix war völlig fertig, weil der Kerl ihn so hart angefasst hatte. Und ich auch. Das Ganze war schwer auszuhalten für mich.«

Wirthz raschelte wieder mit irgendwelchen Papieren. »Und was hat Ihr Bruder dann gemacht?«

»Er war die ganze Zeit in Alarmbereitschaft. Das kann sich ganz unterschiedlich äußern. Manchmal schreit er herum, wird laut oder eben ganz leise. Wie jeder halt. Dieses Mal wurde er leise und … na ja.« Henning schluckte. »Was mache ich denn nun? Was raten Sie mir für die Verhandlung?«

Es entstand eine lange Pause und er ließ sich auf der Parkbank neben dem Kinderspielplatz nieder. Die Sonne schien, Kinderlachen erfüllte die Umgebung, ein Fußball rollte gegen Hennings Turnschuh. Ein etwa dreijähriger Junge tapste hinterher. Henning schob den Ball in seine Richtung, am liebsten hätte er mitgespielt. Der Kleine lächelte dankbar, hob ihn auf und lief damit zurück zu seiner Mutter.

»Sehen Sie zu, dass Ihr Bruder redet. Das ist mein Rat an Sie, Herr Foster.«

Mila

Schwer ausatmend ließ Mila sich nach der Arbeit – noch im Business-Look – auf der Bank unter dem Walnussbaum nieder. Herbstlaub rieselte neben ihren Stiefeletten zu Boden. Mittlerweile wies der Baum eine Reihe kahler Stellen auf und ermöglichte so einen freien Blick in den wolkenlosen Himmel. Beruhigend.

Sie hatte ihrem Dad keine weiteren Fotos mehr geschickt. Er fragte zwar nach, doch sie antwortete ihm nur sporadisch, nahm sich aber fest vor, ihn beizeiten anzurufen. Schließlich musste sie ihm beichten, dass sie allein mit der Renovierung nicht weiterkäme. Natürlich könnte sie Mason bitten, ihr zu helfen. Aber das fühlte sich nicht richtig an, weil er immer noch mit ihr ausgehen wollte. Luna war auch nicht wirklich eine Option. Letztendlich war es aber ohnehin nicht dasselbe. Henning fehlte, der das Projekt so gut kannte wie sie selbst. Sie schimpfte innerlich mit sich, dass sie jemanden, der mit einer Straftat in Verbindung gebracht wurde, so vermisste. Seine Akte hatte sie an dem Montag umgehend zurück in den großen Kanzleischrank gesteckt, wo sie hingehörte und wo sie sie nicht mehr sah. Doch seitdem gelang es ihr kaum, sich auf die Arbeit zu konzentrieren. Bei ihrem neuesten Fall ging es um das Teilzeit- und Befristungsgesetz und sie musste sich erst schlaumachen, was diese Gesetze genau bedeuteten. Bedauerlicherweise arbeitete sie dabei nicht länger mit Mason oder Luna zusammen.

Es dämmerte. Mittlerweile wurde es bereits spätnachmittags dunkel und in ein paar Tagen würde sie bestimmt einen dicken Wintermantel benötigen, um sich im Garten aufzuhalten. Wieder eine dieser Anschaffungen, die sie sich nicht leisten konnte. Was sollte sie erst tun, wenn sie nicht mehr kostenlos irgendwo wohnen und zumindest stundenweise arbeiten könnte?

Sie schreckte auf, als sie die Kellertür zuschlagen hörte. Henning?

»Huhu, Mila.« Es war Tix, der auf der oberen Treppenstufe stehen blieb, die Hände auf sein Bäuchlein gepresst, als gäbe es eine unsichtbare Grenze zwischen Treppe und Wiese, die er nicht überschreiten durfte. »Ich war mir nicht sicher, ob ich noch kommen darf. Obwohl Henning nicht da ist. Er hat mir die Schlüssel gegeben.«

»Ach, Tix. Natürlich darfst du.« Sie deutete auf den freien Platz neben sich, froh, dass ihr jemand Gesellschaft leistete. Noch glücklicher darüber, dass ausgerechnet er es war. »Bist du allein?«

»Jessi hat mich gebracht. Sie wartet draußen im Auto, hat ja den Führerschein.« Er kam auf sie zu und setzte sich neben sie. »Ich wollte Rosmarin mitnehmen für die Kartoffeln heute Abend. Darf ich?« Als sie nur stumm nickte, lehnte er seinen Kopf an ihre Schulter. »Henning isst ja seit Neuestem bei uns. Aber nicht viel. Meistens nur einmal am Tag.«

Sie merkte, dass er nicht verstand, was zwischen ihnen vorgefallen war, und sie wusste nicht, wie sie es ihm richtig erklären konnte. »Manchmal ist Dinge für sich zu behalten dasselbe wie Flunkern, vielleicht sogar schlimmer. Und es tut anderen Menschen weh. Henning hat mich an etwas glauben lassen, was nicht stimmte, ohne es richtigzustellen.«

Sie spürte seine feinen Haare an ihrer Halsbeuge, bevor Tix sich kerzengerade aufrichtete. »Du findest, man muss immer alles sagen und darf nichts für sich behalten?«

»Nicht alles. Jeder darf kleine Geheimnisse haben, solange sie niemanden verletzen. Aber wenn man unangenehme oder wichtige Wahrheiten gezielt und ganz bewusst zurückhält, ist das meistens nicht gut. Besonders für andere nicht. Manchmal auch für einen selbst nicht.«

»Hm.« Tix lehnte sich nach vorn und stützte die Hände auf seinen Oberschenkeln ab. Er sah sich um und Mila tat es ihm gleich. Das Hochbeet, die Blumen, das Zwitschern der Vögel. »Das hier ist der schönste Ort auf der ganzen Welt«, meinte er nach einer Pause. »Hier höre ich die Stimmen der Leute von zu Hause nicht. Hier muss ich keine Kalorien zählen oder Muskeln aufbauen. Ich muss nichts können.« Er legte den Kopf schief und blickte zu ihr. »Wo ist dein Lieblingsplatz, Mila?«

In Hennings Armen. »Ich hab keinen, glaube ich.«

»Jessica zieht nächsten Monat in eine eigene Wohnung. Das wird dann ihrer. Cool, oder?«

»Das kannst du auch irgendwann.«

»Ja, vielleicht.«

Sie saßen eine Weile schweigend nebeneinander und starrten in den Himmel. Mila kratzte an der Sitzbank herum.

»Wirst du Henning verzeihen, Mila?«

»Ist schwer. Ich dachte eigentlich, die schlimmste Zeit meines Lebens läge hinter mir. Ich hab keine Lust mehr auf Stress, ich schaffe das nicht. Verstehst du das?«

Tix nickte. Er stand auf und zog mit seinem Fuß einen Kreis in den Walnussbaumblättern. »Was war denn deine schlimmste Zeit? Erzähl.«

»Ich ... also, ich habe meine Eltern bei einem Autounfall verloren. Ich saß auf der Rückbank, wurde nur verletzt. Danach musste ich mein Leben neu sortieren.« Sie schluckte. »Ganz neu. Manchmal denke ich, dass ich ein bisschen kaputt bin.« *Und Henning hatte mich wieder zusammengesetzt. Kurz zumindest.* »Aber ich habe alles wieder gut hinbekommen ... schätze ich. Bis auf die Sache mit dem Brand ... und das mit meiner Ehe.«

»Ich bekomm auch alles hin«, sagte Tix. »Und wie ging es weiter? Nach dem Unfall?«

»Irgendwann war plötzlich alles halbwegs normal, wenn man das so nennen kann. Ich fühlte mich gut, mein Geschäft in München lief. Aber jetzt ... jetzt ist wieder nichts mehr normal. Es fühlt sich so ähnlich an wie damals. Ich weiß nicht, wie ich es beschreiben soll ... und vor allem weiß ich nicht, wo ich demnächst schlafen werde.«

»Auweia.« Tix zog den Mund schief und ging zum Hochbeet. »Dein Leben ist ja echt schlimm.« Er streichelte über die Minze, die von den ersten kalten Nächten mitgenommen die Blättchen hängen ließ. »Das Einzige, was bei mir schlimm ist, ist die Sache mit Henning. Das tut weh.«

»Dass er jetzt vorübergehend bei deiner Mom und dir wohnt?«

»Nein, das doch nicht. *Diiie* Sache«, wiederholte er und kniff die Augen zusammen.

»Magst du sie mir erzählen?«, fragte sie vorsichtig.

Er nuschelte in seine Kräuter, weshalb sie ihn nicht richtig verstehen konnte und zu ihm rübergehen musste.

»So ein Typ, Magnus König, war böse mit uns – wie die Bösewichte bei James Bond. Kennst du James Bond?« Er sah nicht auf.

»Kennt doch jeder, oder?«

»Der war gemein zu mir.« Tix' Blick verdunkelte sich, die Brauen über seinen sonst so fröhlichen Mandelaugen bildeten ein tiefes V.

Sie überlegte, welche Frage sie ihm stellen könnte, um mehr zu erfahren, obwohl sie spürte, wie schwer es ihm fiel, darüber zu sprechen. »Sind bei Henning die Sicherungen durchgebrannt, als der Typ gemein zu dir war?« Das wäre zwar keine Entschuldigung, aber zumindest eine Erklärung.

»Sicherungen?« Tix suchte die Gartenschere, die neben dem Hochbeet in einem Eimer lag. »Nö. Henning hat nur gerufen: ›Halt den Mund! Geh weiter!‹ und solche Sachen. Aber der Magnus König hat nicht aufgehört und an mir herumgezerrt. Mein Trenchcoat ist fast kaputtgerissen.« Wütend schnitt er eine Handvoll Rosmarin ab. »Der ist einfach weggelaufen. Und ich hab Nasenbluten bekommen. Das Blut ist auf meine Converse getropft. Meine Lieblingsschuhe. Zum Glück hatte ich Tempos in der Hosentasche und es hat schnell wieder aufgehört zu bluten.«

Mila berührte ihn an der Schulter. »Du hast vergessen zu erwähnen, dass Henning Magnus vorher noch geschlagen hat.«

»Ähhh … Nein?« Er sah sie empört an. Nachdenklich zupfte er an der Petersilie herum. »Hab ich nicht vergessen. Ist nicht passiert.«

»Aber es gibt Fotos von Magnus König, wie er aussah, nachdem ihr ihn getroffen habt.«

»Wie denn? Er hatte schon vorher einen komischen Pony, so hochgestellte gegelte Haare wie ein Schlagersänger. Er bräuchte einen besseren Friseur.«

»Tix, er braucht eher eine neue Nase oder ein neues Gesicht.« Sie kramte nach ihrem Handy. Vor ihrem Gespräch mit Henning hatte sie die Krankenhausfotos in der Kanzlei abfotografiert. Jetzt klickte sie auf ein Bild und hielt ihm das Telefon hin. Sofort schlug Tix die Hand vor den Mund. Er sah das also auch zum ersten Mal.

»Wann war das?«, rief er und legte die Gartenschere auf dem Rand des Hochbeets ab.

»Ungefähr drei Stunden nach eurem Aufeinandertreffen. In Altona im Krankenhaus.«

»Drei Stunden vorher sah er noch normal aus. Ich schwöre.« Er tippte auf seine Brust. »Du musst auf dein Herz hören. Das« – er zeigte aufs Display – »war Henning nicht. Ich war dabei.«

»Mein Herz sagt mir auch, dass er das nicht gewesen sein kann. Aber mein Kopf weiß langsam nicht mehr, was er denken soll.«

»Ich wähle nie den Kopf.« Tix zuckte mit den Schultern und roch an der Zitronenmelisse. »Der redet nur Unsinn. Das Herz redet nicht. Es fühlt.«

»Hast du das der Polizei auch so gesagt? Also, nicht das mit dem Herz. Ich meine, dass Henning nichts gemacht hat?«

»Nö. Die Leute verstehen mich manchmal nicht, weißt du. Was, wenn sie mich nicht richtig hören? Ich will nicht. Wenn ich mal stocke, kommt da nichts mehr raus.« Er tippte gegen seine Lippen.

»Tix, es ist wahnsinnig wichtig, dass du eine Aussage machst. Ich verspreche dir, sie werden dir ganz genau zuhören. Du bist James Bond! Der stockt nicht im entscheidenden Moment.«

»Hm.« Ein Grübeln zog über sein Gesicht, bis seine Augen zu leuchten begannen. »Du meinst, ich bin wirklich James Bond?«

Sie nickte, weil sie nicht wusste, was sie tun sollte. Und weil es stimmte.

»Okay«, erwiderte Tix zustimmend. »Ich mache das mit der Aussage – aber nur unter einer Bedingung.«

»Einen Martini, geschüttelt und nicht gerührt?«, fragte Mila lächelnd.

»Igitt, nein.« Er trat an sie heran und flüsterte ihr seine Bedingung ins Ohr, als wären sie verwanzt oder würden von Kameras beobachtet.

»Versprochen, Tix.« Sie reichte ihm die Hand. »So machen wir das.«

»Gut. Treffen wir morgen zusammen meine Freundin, die Anna? Hast du Zeit?« Typisch Tix. Seine Stimmung wechselte so rasant wie ein Rennwagen die Spur. Sein Gesicht strahlte. »Mom dreht immer durch bei so was und sie arbeitet eh. Na ja, und Henning … der ist nicht romantisch. Weißt du ja.« Er hob das Kinn an, seine Ohren glühten. »Also, kannst du?«

»Ich komme gern mit.« Sie hatte sowieso nichts Besonderes mehr vor. Das mit dem Haus und dem To-Go hatte sich erledigt, unrealistisch, allein nicht zu schaffen. Ein bedrückender Gedanke. Resigniert ließ sie sich wieder auf die Bank fallen. Tix setzte sich mit dem Bündel Kräuter in der Hand neben sie.

»Vielleicht kann ich Anna sogar irgendwann mal das Hochbeet zeigen?« Er linste sie von der Seite an. »Wir behalten den Garten doch?«

Die Hoffnung in seiner Stimme schnürte ihr die Kehle zu. Sie zögerte, weil sie ihm nichts versprechen wollte, was sie nicht halten konnte. »Wenn ich ehrlich bin, Tix: Ich weiß nicht, wie mein Vater reagieren wird. Ich werde mit den Renovierungsarbeiten nicht fertig, glaube ich.«

Sie beobachtete, wie seine Unterlippe bebte. *Warum um alles in der Welt kämpfte sie eigentlich nicht?*

»Warum kämpfst du nicht?«, fragte Tix geradeheraus.

Sie starrte ihn an und knetete ihre Finger. Dann nahm sie allen Mut zusammen. »Wir behalten den Garten«, versicherte sie ihm mit fester Stimme. Sie war wieder an Bord. »Ich muss jetzt reingehen. Hab noch irre viel zu tun, wenn ich es rechtzeitig schaffen will.« Sie hob eine Hand.

»Prima.« Tix klatschte sie mit der freien Hand ab. »Ich habe ein Paket für dich in den Flur gestellt. Lag draußen vor der Tür.«

Das waren bestimmt die Backformen und die Emaille-Tassen mit dem Firmenlogo, das sie sich mit Henning ausgedacht hatte. Das Logo bestand aus einem Origami-Papierschiffchen mit einer Flagge, auf der ein Herz abgebildet war.

Darunter stand zweizeilig und in roten Lettern:
Ziemlich sicher
Liebe

Henning

Er war schon seit einiger Zeit nicht mehr im Hamburger Nachtleben unterwegs gewesen, genau genommen, seit Mila in seinem Leben aufgetaucht war. Obwohl er nie der große

Partygänger gewesen war, hatte er es ab und an genossen, mit Freunden um die Häuser zu ziehen und Frauen kennenzulernen. Auch heute zog es ihn wieder hierher, allerdings aus anderen Gründen. Reeperbahn – Neonbeleuchtungen, rote Lichter, verrauchte und stickige Kneipen. Er redete sich ein, dass er nur Dietmar besuchen und eine Cola im *Elbtunnel* trinken wollte. Mal rauskommen aus dem Osdorfer Born, Mom entlasten. Auch wenn er eher das Gefühl hatte, sich mit Whiskey betäuben zu müssen statt mit Koffein. Sein Weg führte vorbei an einschlägigen Tabledance-Clubs, deren grell beleuchtete Schilder verheißungsvoll blinkten. Das Viertel lebte von dem verruchten Ruf, den es von jeher innehatte und der die Touristen wie die Fliegen anzog. Irgendwo hatte er mal gehört, dass die Läden auf der Reeperbahn und der Herbertstraße sogar in den Bombennächten des Ersten und Zweiten Weltkriegs geöffnet gewesen waren. Hier war immer etwas los.

Ein Polizeikollege auf der gegenüberliegenden Straßenseite hob die Hand zum Gruß. Taschendiebstahl, Körperverletzung und Betrunkene standen auf dem Plan der Wache an einem Abend wie diesem. Die Straßen waren voller Menschen und die Kollegen hatten viel zu tun, genauso wie die Wirte. Vor allem, weil sie neben ihrem Job eine große menschliche Verantwortung trugen. Mehr als einmal hatte Henning erlebt, wie ein Polizeibeamter einem Obdachlosen tröstende Worte zugesprochen oder sich in einen handfesten Ehestreit eingemischt hatte. Er hatte Clubbetreiber kennengelernt, die neben ihren eigenen finanziellen Problemen versuchten, anderen auf dem Kiez unter die Arme zu greifen. Die härtesten Wirte auf St. Pauli waren oft die mit dem größten Herzen.

Mittendrin im Spektakel der Amüsiermeile befand sich die *Magnus-Bar*. Perfekte Lage. Die neonblaue Frauenfigur, die sich über dem Eingang in einem Martiniglas rekelte, fiel ihm direkt ins Auge. Zumindest das Talent aufzufallen schien Magnus von seinem Vater geerbt zu haben. Früher war in dem Gebäude ein mongolisches Restaurant gewesen, das wegen Missachtung der Hygienestandards hatte schließen müssen. Auch das gab es auf dem Kiez. Die *Magnus-Bar* schien gut besucht, die schwarz glänzende Fassade wirkte cool und einladend – abgesehen von den beiden bulligen Türstehern. Henning war schon häufiger hier vorbeigekommen, hatte sich mehr als einmal überlegt, ob er hineingehen und mit seinem Kläger reden sollte – falls man ihn einließe. Aber eine derartige Geste konnte ihm hinterher vor Gericht falsch ausgelegt werden, weshalb er es lieber unterließ. Stattdessen kreuzte eine junge, dunkelhaarige Frau seinen Weg und schlüpfte am Türsteher vorbei in die Bar. Ein eindeutiges Plakat am Einlass wies darauf hin, dass die Bar an bestimmten Wochentagen Burlesque-Tanzshows anbot. Es würde nichts bringen, mit Magnus zu sprechen, erst recht nicht hier in seinem Club vor dem gesamten Personal. Unzufrieden verwarf Henning den Gedanken, der wahrscheinlich unterbewusst der einzige Grund gewesen war, der ihn heute Abend hierhergetrieben hatte. Er überquerte die Straße in Richtung *Elbtunnel*. Ein bekanntes Gesicht stach aus der Menge der Besucher heraus, die ihm entgegenkamen. Es sah fast so aus, als versuchte derjenige, sich umzudrehen und ihm auszuweichen.

»Robert?«

»Mann, Henning, was machst du denn hier?« Sein Freund, der eben noch die Baseballkappe tiefer ins Gesicht gezogen hatte, tat nun so, als freute er sich. Was war denn mit dem los?

Eine Gruppe feiernder Frauen rempelte Henning im Vorbeigehen an. Er trat einen Schritt zur Seite. »Bin auf dem Weg zum *Elbtunnel*. Musste mal raus. Und du?«

»Hab die Jungs auf der Davidwache besucht«, antwortete Robert knapp.

»Dafür kommst du aber aus der falschen Richtung.«

»Wird das hier ein Verhör?« Sein Kumpel steckte die Hände in seine Jackentasche.

Ein komischer Geruch stieg Henning in die Nase, als er näher herantrat. Rauch, Alkohol und irgendetwas anderes. Er schnupperte. »Du warst nicht auf dem Revier. Wo warst du?«

Robert trat einen Schritt zurück, seine Stirn zog sich zusammen. »Ich war mit einem der Jungs in 'ner Kneipe, Mann.« Er machte eine Pause und schüttelte unwirsch den Kopf. »Du wirst richtig paranoid über die ganze Prozesssache. Sieh lieber zu, dass du das mit Mila wieder auf die Reihe bekommst. Ich habe heute mit ihr telefoniert, weil wir ja eigentlich am Haus verabredet gewesen wären. Du hast mit deiner Geheimhaltungstaktik ihre Pläne gecrasht.«

»Das war keine Taktik.« Aufmerksam betrachtete Henning seinen Kumpel. Ungesagtes zu hören war Teil ihrer Ausbildung. Er war nicht gut darin gewesen, einen Täter während einer Vernehmung zu entlarven. Robert war deutlich besser darin. Er ließ den Blick auf dem Gesicht seines Freundes ruhen. »In welcher Kneipe wart ihr genau?«

»Das ist doch vollkommen egal.« Roberts Gesichtsausdruck änderte sich in den eines kleinen Jungen, der einen Keks aus einer Dose geklaut hatte. »Ich könnte dir genauso gut seltsame Fragen stellen, zum Beispiel, warum du Mila nicht direkt reinen Wein eingeschenkt hast.«

»Das weißt du doch. Hat sich so ergeben und ich war bei ihr nicht der angeklagte SEK-Mann. In ihren Augen war ich … einfach nur ich.«

»Genau. Du, der Handwerker. Das ist so was von bescheuert.«

»Wie hättest du denn reagiert an meiner Stelle? Hättest du einer Frau, die neu ins Haus einzieht, direkt erzählt, dass du wegen gefährlicher Körperverletzung angeklagt bist?«

»Pst. Nicht so laut.« Robert schob ihn zur Seite. »Ja, es war keine ideale Ausgangslage für euch. Das stimmt natürlich.«

Einer der Türsteher der *Magnus-Bar* zog mit einem Döner in der Hand an ihnen vorbei. Auf Roberts Höhe blieb er stehen und biss in sein Essen, bevor er weiterging. Robert senkte den Blick. »Du, ich muss los.« Er spähte auf die Uhr und wippte mit dem Oberkörper vor und zurück. »Das mit Mila und dir wird vielleicht wieder.« Er klopfte Henning zum Abschied ermutigend auf die Schulter.

Vielleicht? Vielleicht auch nicht. Was für ein verkrampftes Gespräch.

»Hab 'nen schönen Abend.«

»Du auch und bleib nicht zu lange. Du weißt ja, Kumpel, am Freitag ist die Verhandlung.«

»Die Verhandlung. Ja, sicher.« Das war das Einzige, was zurzeit in Hennings Leben sicher war.

Mila

Am nächsten Morgen erhielt Mila einen Anruf von einem Mann, der ihre Nummer von Cleo hatte. Es stellte sich heraus, dass es sich dabei um den Geschäftsführer der drei Harrot-Hotels in Hamburg handelte. Das war eine deutschlandweite Vier-Sterne-Hotelkette, die Mila auch schon in München beliefert hatte. Der Mann bestellte zwanzig Überraschungsboxen für ein Firmenjubiläum. Kleine Kuchen in Gugelhupfform, Cupcakes, Muffins und Pralinen. Die Überraschungspakete hatte Mila sich im Zuge der Flyergestaltung ausgedacht. Die bunten Informations- und Bestellzettel wollte sie mit Cleo in den umliegenden Boutiquen und Geschäften verteilen. Allerdings waren bis auf die Tassen noch keine weiteren Werbemittel bei ihr eingetroffen. Alles ganz schön knapp. Deshalb freute sie sich umso mehr, dass sie den ersten großen Kunden über Mund-zu-Mund-Propaganda gewonnen hatte. Dass sie bereits in ein paar Tagen hinter einem Tresen stehen, Backwaren in der Auslage liegen haben und Menschen bedienen würde, schien hingegen weit weg. Und das, obwohl um sie herum reger Aktionismus herrschte: Luna hatte sich angeboten, vor der Eröffnung beim Einräumen der Regale behilflich zu sein und dafür zu sorgen, dass das Ambiente stimmte. Yann hatte Mila einen Bericht in der Morgenpost versprochen, was mehr als ein genialer Einstieg war. Er und Luna schienen sich zu einem Team zusammengerauft zu haben, zumindest sah es danach aus. Blieb nur noch zu hoffen, dass die Hamburger gern Süßes aßen.

Dads Budget war bis auf den letzten Cent aufgebraucht. Vom Restgeld sowie den zwei Hundertern, die Sebastian ihr als mitfühlender Onkel zugesteckt hatte, hatte sie das Schiebetürenfenster für das To-Go bestellt. Ungünstigerweise würde es erst in sechs Wochen geliefert werden und damit zu spät, um es ihrem Dad zu präsentieren. Aber sein Countdown war ohnehin nicht mehr das, was wirklich zählte. Viel wichtiger war, dass sie nicht alles hingeschmissen hatte.

Und das aus einem guten Grund – einem siebzehnjährigen männlichen Grund. Gleich würde sie sich mit Tix an der Binnenalster treffen. Von Weitem sah die Alster aus wie ein See, aber sie hatte im Reiseführer gelesen, dass es ein Nebenfluss der Elbe war. Die Binnenalster grenzte an den Jungfernstieg mit seinen Geschäften und Restaurants. Große Treppenstufen luden zum Verweilen ein, wenn es nicht so kalt war. Tix hatte sich mit ihr vor dem *Glaswürfel-Café* verabredet. Sie fand es auf Anhieb, der Glaswürfel mit der großen Außenterrasse direkt am Anleger war nicht zu übersehen.

Tix auch nicht. Er trug einen himmelblauen Trenchcoat und hatte ziemlich trendy einen dunkelblauen Schal um den

Hals geschlungen. Außerdem stachen ihr seine brandneuen schneeweißen Converse-Schuhe in die Augen. Und natürlich die Rose. Er sah aus wie ein Gentleman, viel besser als der gestriegelte Fernseh-Bachelor mit seinen zwanzig gezüchteten Rosen. Lebendiger und echter.

»Huhu, Mila. Schau, ich hab Anna eine Blume gekauft.« Er wedelte so wild mit der Rose herum, dass sie beinahe alle ihre roséfarbenen Blütenblätter verlor. Freudig verabschiedete er sich mit einer überschwänglichen Umarmung von Jessi, die ihn hergebracht hatte und ihm viel Glück wünschte, bevor sie wieder verschwand.

»Du hast wirklich eine tolle Freundin.« Beeindruckt sah Mila der dunkelhaarigen Friseurin hinterher, die stets an seiner Seite war. Meistens kichernd und kaugummikauend, aber sie war da.

»Glaubst du, die Anna wird zu unserer Verabredung kommen?«

»Klar! Sie ist ganz sicher genauso aufgeregt wie du.«

»Ich? Kein bisschen.« Er strich seinen Mantel glatt und sie setzten sich an einen der Tische auf der Außenterrasse des *Glaswürfel-Cafés*. Es war so kühl, dass sie die Fleecedecken, die über den Lehnen bereitlagen, über ihren Beinen ausbreiteten. Der Ausblick auf die Alsterdampfer, die Fontäne in der Mitte der Binnenalster und die umherkreisenden Möwen verströmten maritimes Flair. Mila fühlte sich, als wäre sie im Urlaub. Sie bestellten zweimal heißen Kakao und Tix spielte an seinen Fingern herum.

»Anna, komm endlich«, sagte er zu sich selbst und warf Mila ein Lächeln zu. Wenn er gleich genauso lächelte, würde er Anna im Sturm erobern.

Mila musterte ihn. Lediglich der kleine Riss an der Seite seines Trenchcoats war nicht mustergültig. Beinahe schmiss er die Tasse um, als er einen Schluck trinken wollte. Sie hatten noch mindestens zehn Minuten Zeit bis zur Verabredung, weshalb Mila ein Foto von den prächtigen Gebäuden, die die Alster einrahmten, knipste und ihrem Dad schickte. Sie stellte sich vor, wie es wäre, auf den Terrassenstufen in der Sommersonne ein kühles Getränk zu schlürfen. Hach. Wenn sie ehrlich war, freute sie sich richtig auf den Sommer in dieser Stadt – auch wenn sie nicht wusste, ob sie ihn erleben würde.

»Entschuldigung, sind Sie Frau Foster?« Die laute Aussprache des Nachnamens ließ Mila zusammenfahren. Eine Dame mittleren Alters tippte ihr auf die Schulter. Neben ihr stand ein siebzehn- oder achtzehnjähriges Mädchen, das zurückhaltend einen Blick zuerst auf Tix und dann auf die arg gebeutelte Rose riskierte.

»Anna!«, jubelte Tix, und ehe Mila antworten konnte, fielen sich die beiden schon um den Hals. »Du siehst gut aus«, sagte er charmant.

»Du auch«, antwortete Anna. Wie sich herausstellte, hatte das Mädchen mit den ozeanblauen Mandelaugen ihre Mutter dabei, was in Anbetracht eines Blind Dates absolut angebracht war. Sie setzten sich dazu und bestellten ebenfalls Kakao. Tix schob zaghaft die Blume über den Tisch.

»Und was machst du so?«, fragte er. »Sonst.«

»Ich tanze Zumba, ich schwimme, im Winter fahre ich Ski.« Das klang nach einem vollen Terminkalender, aber Mila hatte keinen Zweifel daran, dass Tix mit diesem Tempo mithalten konnte.

Nach einer Plauderstunde und noch mehr Kakao entschieden sie, einen Spaziergang durch die Geschäfte zu unternehmen. Tix war so ausgelassen wie selten. »Du bist umwerfend, Anna. Wollen wir uns die Hand geben?«

Hand in Hand schlenderten die beiden über den Jungfernstieg. Es war ein total schöner Nachmittag und Tix war ein echter Kavalier. Mila versuchte, sich an ihre erste Liebe als

Teenager zu erinnern, aber da war so gut wie nichts los gewesen. Meistens hatte sie ihren Eltern, die beide Vollzeit arbeiteten, geholfen, den Alltag zu stemmen. Sie hatte versucht, gut in der Schule zu sein und nicht sonderlich aufzufallen. Und irgendwie war sie bei all dem nie so richtig verliebt gewesen. Jedenfalls nie mit Herzklopfen und Schmetterlingen im Bauch. Stattdessen hatte sie unentwegt das Gefühl begleitet, nicht perfekt genug zu sein. Sie kam sich zu dick, zu dünn, zu dumm, zu fleißig, zu faul vor. Oft war sie allein gewesen, hatte Verantwortung übernommen und sich keine Zeit für Liebeleien eingeräumt. Vielleicht war das falsch gewesen. Beim Gedanken an Henning fühlte sie eine wohlige Wärme in der Brust und ein Prickeln im Bauch. Doch ehe sie sich auf dieses Gefühl einlassen konnte, sah sie, wie Anna Tix ein zartes Wangenküsschen aufdrückte, bevor sie einen Laden für Turnschuhe betraten.

Zum Abschluss des ersten Treffens gönnten sich alle vier ein Eis. Trotz der Temperaturen. »Hast du Geschwister?«, fragte Tix und ließ die Beine von der Mauer baumeln, auf die die beiden sich gesetzt hatten.

»Nein, sie hat leider keine«, antwortete ihre Mutter, die an den Steinen lehnte und sich genauso wie Mila die ganze Zeit zurückgehalten hatte. Sie hatten Small Talk betrieben und waren sich sympathisch gewesen, aber es war klar, dass sie nicht die Hauptpersonen des Tages waren.

»Mein Bruder und ich sind ein cooles Team«, gab Tix ein bisschen an. »Wir bleiben immer zusammen. Ich liebe ihn sehr.«

»Das kann ich verstehen.« Anna schleckte an ihrem Eis. »Ich habe einen Hund. Den liebe ich auch.«

Ihre Mutter lächelte. »Ja, Charly, unser Fellknäuel. Er ist nicht nur ein treuer Freund, sondern ein richtiges Familienmitglied.«

»Möchtest du meine feste Freundin sein?«, stieß Tix ganz unvermittelt hervor und biss in sein Eishörnchen.

Anna überlegte. »Ja.« Sie antwortete so selbstverständlich mit Ja wie auf Tix' anschließende Frage.

»Möchtest du noch ein Eis?«

Frau Weber, so hieß Annas Mutter, notierte ihre Handynummer auf einem Zettel und gab ihn Mila, bevor sie sich verabschiedeten.

Tix schaute ihnen hinterher. »Du musst das unbedingt mit Henning klären und ihm die Telefonnummer weitergeben. Dann kann er Mom dazu bringen, sich weniger Gedanken um mich zu machen.«

»Du und Anna, ihr hättet das heute auch zu zweit hinbekommen. Davon bin ich überzeugt. Man muss sich wirklich keine allzu großen Sorgen um dich machen, und im Notfall hast du ja noch dein Handy.« Sie reichte Tix das Papier mit der Nummer. »Ich rede gerade nicht so viel mit Henning. Nimm du den Zettel lieber mit.«

»Hm.« Feierlich nahm Tix den Zettel entgegen. »Das Eis war lecker, oder? Nur kalt … Du kannst immer mit uns zum Eisessen kommen, wenn wir uns treffen. Ist doch bestimmt voll langweilig, dauernd allein zu sein und niemanden zu sehen.«

»Ich treffe ja … Leute.« Sie verstand selbst nicht, warum sie glaubte, sich rechtfertigen zu müssen.

»Wenn ich Anna sehe, bin ich glücklich. Das ist so ein Gefühl ganz tief in meinem Bauch«, fuhr Tix in seinem Freudentaumel fort. »Vielleicht machen wir sogar beim nächsten Mal ein Wintergrillen oder leckeren Punsch im Garten?«

Die Erwähnung des Gartens verursachte einen Stich in Milas Herzgegend. »Wenn alles klappt, machen wir nicht nur ein Grillen, Tix. Dann veranstalten wir etwas Größeres.«

»Eine Party! O ja, Mila, wir machen eine richtig große Gartenparty. Mit ganz viel Essen und Blumen.«

Mindestens.

DIE FRAU MIT DEN PERLENOHRRINGEN

Mila

Es ratterte in den Sternenhöfen. Ein Bagger und ein Lkw standen quer im Innenhof. Bauarbeiter liefen zwischen den aufgeschütteten Kiesbergen und den Pflastersteinpaletten umher. Um ein ausgebaggertes Loch hatten sie zur Sicherheit Flatterband gezogen. Es erinnerte Mila an das Band, das sie selbst vor ihrer Ruine in München hatte anbringen müssen. Die Erinnerung verblasste.

»Die Eröffnung deines Geschäfts ist schon in fünf Tagen. Du bist sicher total aufgeregt. Ich weiß noch, wie das damals bei mir war«, sagte Cleo, als Mila die Werbezettel nebst einer Papprolle auf dem Glastresen der Secondhand-Boutique ablegte.

»Ich habe ein paar Plakate drucken lassen. Könntest du eins davon im Schaufenster aufhängen?« Eine Kundin betrat das Geschäft und steuerte auf das Regal mit den Wollpullis zu. Mila nahm es wie in Trance wahr. Sie fühlte sich so benebelt, als hätte sie die letzten beiden Nächte kaum geschlafen. Hatte sie auch nicht, sie hatte durchgearbeitet. Draußen war es hell und wieder dunkel geworden und dann dasselbe noch einmal. »Ich bin heilfroh, dass die Werbematerialien endlich angekommen sind.« Sie nahm die Rolle vom Tresen, öffnete sie und zog ein Plakat hervor. »Danke, dass du mir hilfst. Deine Kontakte sind Gold wert. Was sagt Luna? Ich habe gestern nicht mit ihr telefoniert. Hatte keine Zeit.«

»Yann hat ihr einen Korb mit Obst und Gemüse vorbeigebracht. Jede Menge Vitamine fürs Baby. Ich glaube, er war den ganzen Tag bei ihr. Homeoffice.« Cleo nahm das Poster entgegen und hängte es mit Tesafilm im Schaufenster auf. »Ich hoffe, das bleibt so zwischen den beiden.«

Mila nickte abwesend. Unglücklicherweise hatte sie kaum die Zeit gefunden, sich so richtig für die Freundin zu freuen. »Yann hat mir heute früh um sieben schon den Bericht über das *Ziemlich sicher Liebe* zur Freigabe geschickt. Vorgestern hat er spontan Fotos im Verkaufsraum geschossen. Wir mussten ordentlich improvisieren, die meisten Möbel fehlen noch. Aber ich habe zum ersten Mal einen Filterkaffee ausgeschenkt und einen Cupcake rausgegeben. Das war ein Gefühl!«

»Hast du daran gedacht, eine Anzeige zu schalten?« Cleo wanderte zum Schaufenster, stellte sich auf die Zehenspitzen und schaute über das Plakat in den Sternenhof. »Diese neue Baustelle macht mich ganz wahnsinnig. Die sind so laut. Morgen rücken sie sicher mit dem Presslufthammer an.« Sie deutete nach draußen. »Irgendwas wird auf der Freifläche umgestaltet. Ich hatte nicht mehr daran gedacht.«

»So was könnte ich bei uns in der Finkenstraße gar nicht gebrauchen. Ich verstehe dich. Ja, eine Werbeanzeige kommt am Eröffnungstag in die Zeitung und online. Ich muss dringend den restlichen Behördenkram erledigen … Warte mal, mir fällt gerade ein, dass ich meinem Dad noch nichts geschickt habe.« Sie klickte die PDF-Datei des Flyers auf ihrem Handy an und sendete sie per Messenger in die USA.

»Ich hab vom Streit zwischen dir und Henning gehört.«
Cleo trat zurück an den Verkaufstresen. »Ich kann deinen
Unmut nachvollziehen, aber hast du seither gar nicht mehr mit
ihm gesprochen?«

Mila hatte an ihn gedacht, natürlich. Oft. Doch sie hatte
sich davor gescheut, mit ihm zu reden. Sie wollte ihre Gedanken
erst einmal neu sortieren. Das hatte sie ihm auch geschrieben.
»Warum hat er mich nur so angeschwindelt?«

»Kaum zu glauben, dass er dir weismachen konnte,
Handwerker zu sein.« Cleo schmunzelte. »Er kann gut mit
Möbeln umgehen, aber einen Keller abdichten? Woher wusste
er nur, wie das geht?«

»YouTube.«

Jetzt lachte Cleo herzhaft. »Schlau ist er ja. Er wollte
dich unterstützen und nicht mit seinem Strafprozess belasten.
Männer sind so.« Gewissenhaft teilte sie die Flyer in zwanzig
gleich große Stapel auf und zählte leise mit. »Neun ... zwölf ...
fünfzehn ... Heute ist sein Gerichtstermin, weißt du das?«

Mehrere Nachrichteneingänge blinkten gleichzeitig auf
Milas Handydisplay auf. Der Geschäftsführer der Harrot-Kette
orderte weitere zehn Überraschungspakete und Dad hatte ihr
einen erneuten Daumen hoch mit einem verwirrenden Text
bestehend aus zwei Teilen gesendet.

Sehr schön!

Eine leere Floskel, wie immer. Und:

Überraschung Nummer 1: Ich bin jetzt offiziell alt und in
Rente.

Hoppla, das ging ja flott. Hatte Rachel sich also durchgesetzt.
»Alles okay?«, fragte Cleo, und Mila sah auf.

»Ich muss kurz antworten. Mein Dad.« Sie tippte schnell.

Herzlichen Glückwunsch, Dad. Und was ist Überraschung
Nummer 2?

Zur Entspannung ließ sie die Schultern kreisen. »Ja, Hennings
Termin. Der ist heute, ich weiß davon.«

»Du hast sicher im Moment andere Sorgen, was total verständlich ist. Gehst du in die Kanzlei oder direkt zurück ins
Geschäft?«

»Ich habe mit Sebastian abgesprochen, dass ich die verlorenen Arbeitsstunden irgendwann nacharbeite.« Wenn es ein
Irgendwann gäbe. »Das To-Go hat Vorrang.«

Cleo nickte, wickelte Gummibänder um die einzelnen
Flyerstapel und versah sie mit den Namen verschiedener Läden.
»Für die Arbeit am Haus bist du aber sehr schick angezogen,
meine Liebe.«

Ehe Mila den Rock und die hohen Schuhe erklären konnte,
vibrierte ihr Handy erneut. Dad schickte ein vierblättriges
Kleeblatt. Immerhin. Glück konnte sie in der Tat gebrauchen.
»Sei mir nicht böse, ich muss ganz dringend weiter.« Sie linste
auf die Handyuhr. Schon so spät. »Du bist ein Schatz, Cleo.
Danke noch mal für deine Hilfe.« Mit einem angedeuteten
Küsschen verabschiedete sie sich und stürmte aus dem Laden.

Henning

Obwohl er wusste, wie wichtig der heutige Tag für ihn war, hatte
Henning sich nicht besonders dafür in Schale geworfen. Der
Blick in den Spiegel in Moms Wohnung wurde von einem mul-
migen Gefühl begleitet. Er sah aus wie immer: Bart, dunkelblaue

Jeans, schwarzer Pullover. Dazu Turnschuhe und Lederjacke. Ihm war klar, dass er in seinem Outfit nicht unbedingt wie ein Unschuldslamm rüberkam, doch er hatte keine Lust, sich für diese Veranstaltung zu verstellen. Noch weniger Lust hatte er auf die Zeit im Gerichtssaal, die Anspannung und die Unsicherheit. Aber es ließ sich nicht ändern. Er verließ die Wohnung absichtlich zu früh, damit er sich im Park gegenüber vom Gericht die Beine vertreten und den Kopf freibekommen konnte.

Der üppige Justizpalast aus dem 18. Jahrhundert war u-förmig angeordnet und bestand aus drei Gebäudeteilen. Das Oberlandesgericht in der Mitte, flankiert vom Ziviljustiz- und dem Strafjustizgebäude. Henning war schon einige Male hier gewesen, jedoch nie als Angeklagter.

Als er den Sitzungssaal betrat, spürte er die muffige Kühle, die die alten Bauten mit den hohen Decken üblicherweise abgaben. Es roch wie in einem Museum und das Mobiliar sah genauso aus. Dazu stieg ihm der Geruch von Essigreiniger in die Nase. Sie waren wohl der erste Termin in dieser Halle heute. Er streifte die Jacke ab und hängte sie über den ihm zugewiesenen Stuhl. Mit einer Hand fuhr er sich über den Bart, der ordentlich nachgewachsen war. Gitte hätte ihn richten können, Zeit genug hätte er gehabt. Hätte, hätte. War auch egal, wie er aussah. Er ging ja nicht zu einer Modenschau. Es handelte sich zwar um eine öffentliche Sitzung, aber wer wollte sich das Trauerspiel schon freiwillig ansehen?

Neben ihm nahm Sebastian Wirthz Platz, in einer weiteren Bankreihe Magnus König mit seiner Anwältin, einem Hungerhaken auf extrem hohen Absätzen. Sie musterte Henning mit unbewegter Miene, bevor sie sich neben Magnus niederließ. Ihr Mandant beugte sich kurz vor, um sie zu begrüßen, dann zupfte er seine gegelte Ponyfrisur in Form. Henning hatte Magnus bis zu diesem Zeitpunkt lediglich ein einziges Mal gesehen, an besagtem Abend. Heute tat ihm der junge Mann leid, wie er Nägel kauend auf seinem Stuhl saß. Vielleicht, weil Magnus mit seinem Burlesque-Nachtclub den Anforderungen seines Vaters niemals gerecht werden würde. Vielleicht aber auch, weil er kein bisschen selbstbewusst wirkte. Er trug ein Shirt mit irgendeinem Pferdemblem. Frisch gebügelt und schnöselig wie der ganze Kerl. Nur sein Gesicht sprach eine andere Sprache. Die Haut war hell, blau-grüne Flecke und dunkle Schatten unter seinen Augen wiesen auf das Abheilen der Nasenbeinfraktur hin. Er blickte fortwährend von seinen Fingern auf die kahle Tischplatte und hatte eine so tiefe Sorgenfalte auf der Stirn, wie ein Junge in seinem Alter sie nicht haben sollte.

Die Richterin betrat den Raum und alle erhoben sich. Im Gegensatz zu Magnus' Anwältin war sie eine alternativ aussehende, betagte Dame mit weißen Locken. Sebastian Wirthz hatte Henning bereits darauf eingestellt, dass sie ein harter Brocken war und bei Körperverletzungen kein Auge zudrückte. Nebenan in einer eigenen Bankreihe thronte die Staatsanwaltschaft. Im Publikum hinter Henning saß Robert als moralische Stütze und weil er sich nicht davon hatte abhalten lassen. Außerdem eine Handvoll junger Leute, vermutlich Jurastudenten. Mom würde es wohl nicht schaffen zu kommen. Ihre Chefin hatte sie zur Frühschicht an der Tankstelle verdonnert und es war nun mal der 450-Euro-Job, den sie dringend brauchte, auch wenn Tix mittlerweile einen kleinen Beitrag leistete.

Irgendwie war Henning froh, dass seine Mutter den Strafprozess nicht miterleben musste. Darüber hinaus war es ihm völlig gleichgültig, wer seiner öffentlichen Demütigung beiwohnte. Das Wertvollste hatte er längst verloren, als er das Haus in der Finkenstraße und damit Mila verlassen hatte. Da kam es auf ein bisschen mehr auch nicht mehr an. Hoffnung, den Prozess zu gewinnen, hatte er keine.

Nach der Feststellung der Personalien erhob sich der Staatsanwalt und verlas die Anklage.

Am 6. Juli traf Magnus König vor dem Haus Finkenstraße 27 auf den Angeklagten Henning Foster und seinen Bruder Timothy Foster. Laut Aussage des Klägers fragte Magnus König den Angeklagten, ob er sich den Innenbereich des Gebäudes ansehen dürfe. Dazu als Hintergrundinformation: Für den Verkauf des Hauses besteht ein Vorvertrag zwischen dem Hauseigentümer und dem Vater des Klägers, Zacharias König. Das Gebäude wird zum Ende des Monats in Herrn Königs Besitz übergehen. Der Angeklagte wohnt derzeit in der Wohnung im Obergeschoss des Hauses und wurde von Herrn König bereits darauf hingewiesen, dass er die Wohnung nach Besitzübergabe wegen Eigenbedarfs räumen müsse. Der Angeklagte hat daraufhin in den letzten Wochen mehrfach bei König-Immobilien angerufen, um dies zu diskutieren, was die Sekretärin bestätigte. Seinen Frust und seinen Groll über die Situation ließ der Angeklagte an besagtem Tag am Kläger aus. Ohne Vorwarnung griff er ihn hinterlistig an und schlug ihn nieder. Als Beweis dienen die Fotos aus dem Krankenhaus Altona.

Der Staatsanwalt hielt das vergrößerte Bildmaterial hoch und klebte es an eine Pinnwand.

Dem Kläger wurde die Nase gebrochen, er erlitt Prellungen, Armverletzungen, Verletzungen des Brustkorbs. Es handelt sich hier um den Straftatbestand der gefährlichen

Körperverletzung nach § 224 StGB. Die Staatsanwaltschaft beantragt in dem Fall eine Freiheitsstrafe von sechs Monaten ohne Bewährung.

»Herr Foster«, sprach die Richterin Henning an, »wollen Sie sich zu dem Anklagevorwurf äußern?«

»Ich war das nicht.« Es würde ohnehin nichts bringen, sich detailliert zu rechtfertigen. Am liebsten wäre Henning jetzt zu Hause. Schokopudding mit Tix essen oder einen Schrank schleifen. Sollten sie doch denken, was sie wollten. »Mehr habe ich nicht zu sagen.«

»Es wäre schön gewesen, wenn Sie uns den Vorfall aus Ihrer Sicht geschildert hätten. Aber Sie haben natürlich das Recht zu schweigen. Dann treten wir nun in die Beweisaufnahme ein. Der erste Zeuge bitte.«

Ein erster Zeuge? Es gab mehrere? Wen? Henning starrte Sebastian verwirrt an, der ihm kurz beschwichtigend die Hand auf den Unterarm legte.

Mit einem lauten Geräusch öffnete sich die doppelflügelige Saaltür. Festen Schrittes betrat ein Mann im grauen Nadelstreifenanzug den Raum. Zacharias König sah sich um. »Entschuldigung, dass ich zu spät bin. Immer diese Termine. Ich bin der Vater des Klägers.« Damit setzte er sich ins Publikum.

»Sie sind nicht unser Zeuge.« Die Richterin schaute auf ihre Notizen. Sie winkte dem Justizbeamten an der Tür zu. Der rief daraufhin eine dunkelhaarige Frau Anfang zwanzig in den Saal. Sie trug eine zerschlissene Jeans und einen einfachen Wollpulli, Typ nettes Mädchen von nebenan. Irgendwo hatte Henning sie schon einmal gesehen. Er überlegte angestrengt. Ja – sie sah aus wie die Frau, die vorgestern Nacht auf der Reeperbahn vor dem Eingang zur *Magnus-Bar* seinen Weg gekreuzt hatte.

»Ich möchte, dass derjenige, der meinen Chef verprügelt hat, seine gerechte Strafe bekommt«, zeterte sie aufgelöst auf dem Weg zum Zeugenstand.

»Nicht so schnell«, wiegelte die Richterin ab. »Zum einen muss ich Sie belehren, dass Sie hier die Wahrheit sagen müssen. Andernfalls machen Sie sich strafbar. Und zum anderen gleichen wir erst mal Ihre Personalien ab. Nennen Sie bitte Namen, Alter, Familienstand, Adresse und Beruf.«

»Ich heiße Hannah Fröhlich, bin dreiundzwanzig Jahre alt, ledig, wohne in der Schubertstraße vierundvierzig in Hamburg und bin Studentin.« Sie setzte sich und schlug die Beine übereinander. »Ich arbeite in der *Magnus-Bar*.«

»Können Sie uns schildern, was am Abend des sechsten Juli geschah?«

Die Brünette sah beinahe entschuldigend zu Magnus. »Ich habe gegen neunzehn Uhr dreißig den Müll aus unserer Umkleidekabine herausgetragen. Das mache ich immer vor der Show. Magnus stand im Hinterhof und hat geblutet. Er hat nicht viel gesagt. Konnte er nicht. Ich hab sofort meine Tasche geholt und ihn mit seinem Wagen ins Krankenhaus gefahren.«

»War das das erste Mal, dass Sie Herrn König an dem Tag gesehen haben?«

»Nein. Er hatte uns am Nachmittag in die Dienstpläne fürs Wochenende eingewiesen. Ein normaler Freitag halt. Ich helfe manchmal auch an der Bar aus. Jeder muss in seiner Schicht wissen, was zu tun ist. Danach ist er lange verschwunden und als er wiederkam, sah er so aus.« Sie deutete auf die Krankenhausfotos an der Pinnwand.

»Danke, Frau Fröhlich. Ich übergebe an die Staatsanwaltschaft.«

»Ich habe keine weiteren Fragen.«

Sebastian als Vertreter der Verteidigung stand auf. »Frau Fröhlich. Ist Ihnen an besagtem Abend noch irgendetwas aufgefallen?«, fragte er die Zeugin eindringlich.

Hannah spielte an den Ärmeln ihres Pullovers herum. »Nee.«

»Sie wissen, dass Sie die Wahrheit sagen müssen?«

Henning beobachtete die junge Frau, registrierte, wie ihr Blick zu Robert huschte. Kannten sie sich? »Okay, okay. Während unserer Einweisung sind zwei Männer aufgetaucht, weshalb Magnus die Sitzung unterbrochen hat. Wir haben die beiden eine Woche vorher aus dem Club geworfen, weil sie mit Drogen gedealt haben. So was geht gar nicht. Wir sind ein seriöser Tanzclub. Ich studiere Germanistik wie Magnus und tanze nebenbei eben gern. Das ist kein verruchter Stripclub. Wir haben sogar zwei Türsteher.«

»Was hatten die Männer mit Ihrem Chef zu besprechen?«

»Keine Ahnung. Die waren im Hinterzimmer.«

»Kann es sein, dass es dabei etwas lauter zugegangen ist?«

Das war zu viel für Henning. Woher wusste Wirthz das? Hatte er vorher mit Hannah gesprochen? Nein, das war nicht sein Metier – nicht als Anwalt. Henning drehte sich zu Robert um, der ihm lediglich zunickte. Verdammt. Sein Kumpel hatte es also nicht lassen können und sich in die Ermittlungen eingemischt. Henning erinnerte sich an die Begegnung mit Robert auf der Reeperbahn. Das hatte er also da getrieben.

»Okay, ich sag jetzt alles.« Das Mädchen schielte wieder nervös zu Robert, dann zu Magnus. Henning zog scharf die Luft ein und atmete langsam aus. »Es gab einen Streit zwischen den Männern und Magnus. Ich muss die Wahrheit sagen, um dir zu helfen, Baby.«

»Wie willst ausgerechnet du mir helfen?« Magnus lehnte sich beleidigt auf seinem Stuhl zurück. »Das ist nicht deine Aufgabe.«

»Aber ich mache mir Sorgen um dich.«

Waren die beiden ein Paar? Henning kannte diese Konstellationen aus dem Kneipenviertel – sie gingen leider meistens nicht gut aus.

»Ich möchte, dass du dein Leben in den Griff bekommst. Du hast so viel Glück.« Hannah beugte sich mit dem Oberkörper über den Tisch, streckte die Arme aus und legte die Handflächen flach ab, als könnte sie Magnus dadurch näher sein.

Er schien sich allerdings eher von ihr zu entfernen. »Was weißt du schon!« Sein Stuhl wackelte bedenklich, als er aufsprang. »Glück. Echt, Hannah?«, rief er und lachte bitter auf. »Ich mache nichts richtig. Frag meinen Vater.« Wild gestikulierte er ins Publikum. »Meine Mutter ist heute noch nicht mal da. Das sagt ja wohl alles.«

Die Richterin klopfte auf den Tisch. »Wir führen hier keinen Familienprozess, sondern einen Strafprozess. Setzen Sie sich wieder hin, Herr König. Ihre privaten Verhältnisse tun nichts zur Sache.«

»O Gott, ich verliere bestimmt meinen Job«, wisperte Hannah, und ihre Augen füllten sich mit Tränen. Sie wischte mit dem Zipfel ihres Ärmels darüber. Es war nicht leicht, mitzuerleben, wie sie litt. »Ich verliere alles«, schob sie leise hinterher, und Henning verstand, was sie meinte.

»Ich verspreche Ihnen, Sie finden einen Neuen«, erwiderte die Richterin ungerührt und ohne jegliches Verständnis. »Sie tun das Richtige.«

Hannah schluckte. Sekunden vergingen, bis sie weitersprach. »Es gab Streit im Hinterzimmer. Es ging um Geld, mehr habe ich nicht mitbekommen. Magnus kam dann kurz raus und hat uns heimgeschickt. Mehr kann ich dazu nicht sagen. Sorry, Baby.« Magnus presste die Fäuste auf die Augen. »Ich weiß nicht, was die Typen von ihm wollten, vielleicht schuldet er ihnen was. Auf dem Weg ins Krankenhaus hat er von zwei Männern geredet, die ihn verprügelt haben.«

»Herr Foster war ja auch nicht allein«, warf der Staatsanwalt ein. »Er hatte seinen siebzehnjährigen Bruder dabei.«

»Herr Staatsanwalt, bitte keine Zwischenrufe«, mahnte die Richterin. »Warum haben Sie das nicht schon viel früher ausgesagt, Frau Fröhlich?«, wandte sie sich wieder an die Zeugin. »Zu den Männern im Club: Wissen Sie, wer sie sind?«

Hannah schüttelte den Kopf.

»Herr König, wollen Sie uns aufklären?«

Magnus' Anwältin bedeutete ihrem Mandanten mit einer unmissverständlichen Geste, zu schweigen. Sein Blick haftete auf Hannah, missmutig und traurig.

»Kann ich jetzt gehen?«, piepste sie leise und zupfte an ihrem Pulli. Man sah ihr an, wie gern sie sich ins Nichts verkrochen hätte, wenn das möglich gewesen wäre.

»Gibt es noch Fragen?« Die Richterin blickte aufmerksam in die Runde, doch niemand reagierte. »Dann machen Sie bitte den Zeugenstand frei. Danke. Holen Sie den nächsten Zeugen herein.«

Henning schnappte nach Luft, als sich die Tür erneut öffnete und Tix in seinem himmelblauen Trenchcoat im Gang stand. Tix war hier? Wie konnte das sein? Er hatte nicht aussagen wollen, und das war sein gutes Recht. Wer hatte das veranlasst? Henning fuhr herum und sah Robert forschend an. Doch der riss nur die Augen auf und zuckte mit den Achseln.

Tix klappte mit dem Gehabe eines Geheimagenten seinen Kragen hoch und wurde von dem Justizbeamten zur Zeugenbank geleitet, wo er es sich bequem machte. Na ja, er versuchte es – wirklich behaglich schien ihm nicht zumute zu sein. Wie war er überhaupt hierhergekommen? Henning spürte, wie sich seine Muskulatur anspannte. Er legte die Finger aneinander wie bei einer Meditation, vielleicht half das.

»Nennen Sie bitte Ihren Namen, Ihr Alter und Ihre Adresse«, forderte ihn die Richterin auf.

»Ich heiße Timothy Foster, aber alle nennen mich Tix. Ich bin siebzehn Jahre alt und wohne in der Geranienstraße zweiundzwanzig.«

»Sie sind mit dem Angeklagten verwandt?«

»Er ist mein Bruder.« Tix schaute unter den Tisch, als gäbe es dort etwas zu entdecken. Dann legte er seine Hände darauf ab und sah sich erwartungsvoll um.

Mittlerweile war Henning so weit, dass er am liebsten aufgesprungen wäre und sich vor ihn geworfen hätte. Als seine Mutter ihm damals zum ersten Mal seinen kleinen Bruder in den Arm gelegt hatte, hatte er sich auf der Stelle in ihn verliebt. Er hatte sich geschworen, auf ihn aufzupassen. Stattdessen war er jetzt dafür verantwortlich, dass Tix in einem Gerichtssaal sitzen und sich unwohl fühlen musste. Mutig lächelte Tix die Richterin an. In das Gefühl der Hilflosigkeit, ihn nicht beschützen zu können, mischte sich eine Portion Stolz. Sie brauchten ihn nicht zu belehren, dass er hier die Wahrheit sagen musste. Es gab niemanden, der ehrlicher war als er.

»Da Sie mit dem Angeklagten verwandt sind, haben Sie ein Zeugnisverweigerungsrecht. Das Zeugnisverweigerungsrecht ist das Recht eines Zeugen, vor Gericht oder vor anderen staatlichen Stellen die Aussage beziehungsweise die Eidesleistung zu verweigern. Das heißt, Sie müssen nicht reden.«

»Ich möchte aber.« Tix platzte förmlich vor Eifer. »Hier riecht es komisch. Und der mit dem Pony«, sein Fingerzeig galt Magnus, »hat gesagt, ich wäre anders und ich hätte kein Recht, in der Finkenstraße zu wohnen. Dabei wohn ich gar nicht da. Der hat fast meinen Trenchcoat zerrissen«, sagte er mit so viel Abscheu, dass Magnus König abwehrend die Arme vor der Brust verschränkte und ein wenig nach hinten rutschte.

Im Hintergrund lehnte Robert sich zurück, als säße er in einer Kinovorstellung.

»Ist das wahr, Herr König?«, unterbrach die Richterin streng. »Sie haben Timothy Foster angegriffen?«

»Ja, das hat er. Hier.« Tix erhob sich und nestelte an seinem Mantel herum. Er deutete auf seine eingerissene Manteltasche. »Mom hatte keine Zeit, das zu nähen. Und dann hat sie es vergessen, glaube ich.«

Natürlich hätte Henning dem Handgemenge an dem Abend ein schnelles Ende bereiten können, dann wäre zumindest das mit dem zerrissenen Stoff nicht passiert. Aber er hatte geahnt, dass der junge König sowieso weglaufen würde. Sein Instinkt täuschte ihn normalerweise nicht.

»Mein Bruder hat rumgebrüllt und der da auch.« Wieder zeigte Tix auf Magnus. »Irgendwann ist er dann gegangen. Soll ich das unter Eid aussagen?« Er sprang auf und legte seine rechte Hand aufs Herz. »Henning hat nix gemacht, das schwöre ich.« Er hob die Hand wie in einem amerikanischen Gerichtsthriller.

»Setzen Sie sich doch bitte wieder hin«, bat die Richterin. »Timothy, darf ich Sie mit Ihrem Vornamen ansprechen? Ich verstehe, dass Sie aufgeregt sind.«

»Tix heiße ich.« Er ließ sich in den Stuhl fallen, als habe er einen Bungeesprung hinter sich. »Es ist gar nicht so schlimm hier«, sagte er dann, und Henning musste grinsen, besonders, als er lobend hinterherschob: »Und Sie haben mich sogar verstanden, Frau Richterin.«

Ein Lächeln zog über das strenge Gesicht der Richterin. Doch bevor sie etwas erwidern konnte, wurde die Saaltür erneut aufgerissen. Henning drehte sich um. Eine Frau mittleren Alters stand im Türrahmen. Sie trug ein Kostüm, war schlank und riesengroß. Noch auffälliger als ihre körperliche Erscheinung waren die überdimensionalen Perlenohrringe. Als sie sich mit einer entschuldigenden Geste in der hinteren Reihe niederließ, fiel sein Blick auf die zierliche Gestalt auf dem Stuhl neben der Tür. Was zum Teufel tat Mila hier?

Es war ihm unangenehm, peinlich, alles gleichzeitig. Hastig drehte er sich wieder um und konzentrierte sich auf das, was vor ihm lag.

»Sie bezeugen also, dass der Angeklagte nichts mit den schweren Verletzungen des Herrn König zu tun hat. Ist das richtig?« Die Richterin überging die kleine Störung.

»Ja.« Tix nickte. »Ich bin jetzt fertig, oder?«

Wieder schmunzelte sie. »Ja. Sie können gehen.«

»Besser konnte es nicht laufen«, flüsterte Sebastian Wirthz Henning zu. »Der Staatsanwalt scheint nicht mehr zu wissen, was er sagen soll. So was haben wir hier selten. Ich bin froh, dass ich auf mein Bauchgefühl gehört habe.« Er klopfte Henning auf die Schulter, als wäre der Fall schon gewonnen. Doch dann näherte sich die Frau mit den Perlenohrringen unaufgefordert dem Richterpult. Eine Parfum-Duftwolke begleitete sie.

»Kann ich auch eine Aussage machen?« Sie setzte sich auf den frei gewordenen Stuhl und rückte ihre Bienenstockfrisur zurecht.

Magnus' Gesichtsfarbe wechselte zwischen rot und weiß. »Nein!«, sagte er entschieden. »Sie wird gar nichts sagen.«

»Das entscheiden nicht Sie«, wies die Richterin ihn in die Schranken. »Frau … ähm … wer sind Sie? Sie sind nicht für die Beweisaufnahme gelistet.«

Magnus Königs Anwältin flüsterte eindringlich auf ihn ein, offenbar, um die Situation zu entschärfen. Henning stützte die Ellenbogen auf und lehnte sich zur Seite, aber er konnte nichts verstehen. Er sah nur, dass der junge König immer aufgebrachter wurde und sich nicht beruhigen ließ. Wie von der Tarantel gestochen fuhr er in die Höhe, obwohl seine Anwältin versuchte, ihn am Ärmel zurück auf den Platz zu ziehen. »Setz dich ins Publikum, Mutter.«

»Nein. Ich habe einfach genug.« Die Perlenohrring-Frau zog ein Taschentuch aus ihrer Handtasche und betupfte ihre Nase. »Magnus, du weißt doch, was richtig und was falsch ist.«

Ihr Sohn führte den Daumen an den Mund und kaute auf dem Nagel herum. »Setz dich bitte ins Publikum, Mama«, bat er noch einmal, sanfter. Sein Rücken krümmte sich. »Ich sage selbst aus.«

Der Staatsanwalt seufzte genervt, während die Frau sich in aller Seelenruhe schnäuzte, bevor sie aufstand und sich in die Reihe einfädelte, in der ihr Mann saß.

Henning ließ den Blick durch den Saal schweifen, doch Mila war weg. Hatte er sich nur eingebildet, sie gesehen zu haben?

»Ich nehme hin und wieder etwas, um meine Nerven zu beruhigen. Gras, Pillen. Auch an dem Tag. Hannah hat recht. Die Typen, die in der Bar waren, dealen. Sie wollten das Geld für den Stoff eintreiben, aber ich war schon am Limit, hatte keine Kohle mehr. Wegen eines Auffahrunfalls in der Woche vorher. Die Reparatur war so teuer.«

»Auch das noch«, grummelte der Staatsanwalt.

»Bist du eigentlich von allen guten Geistern verlassen?« Die Stimme von Zacharias König durchschnitt den Raum. »Ich arbeite Tag und Nacht, um dieser Familie den Himmel auf Erden zu bescheren. Du lebst wie Gott in Frankreich, Junge – und das ist der Dank?«

»Hinsetzen!«, befahl die Richterin. »Der Kläger hat das Wort.«

»Ich bin an dem Abend kopflos durch die Straßen gefahren, wusste nicht, wohin. Bis mir die Finkenstraße einfiel. Das wäre der ideale Ort gewesen, um unterzutauchen. Die Erdgeschosswohnung war ja frei. Aber dann traf ich vor der Tür auf ihn.« Kopfnicken in Hennings Richtung. »Nach unserer Auseinandersetzung bin ich zurück zu meinem Auto gelaufen und in den Club gefahren. Die Kerle haben im Hinterhof auf mich gewartet, wollten sofort ihr Geld haben. Sie haben auf mich eingeprügelt, bis Hannah kam.« Er betastete seine Wangenknochen. »Scheiße, Mann. Wem hätte ich das erklären sollen? Meinem Vater, der mich sowieso für einen Loser hält?«

Hennings Magen drehte sich um. So sollte das Leben nicht sein, auch nicht für einen Magnus König. Langsam wandte er sich zu Robert um, der ihm per Handzeichen signalisierte, dass sie sicher noch die Gelegenheit hätten, die Drogendealer aufzuspüren. Momentan wussten sie zu wenig darüber.

»Ich hatte Angst vor ihnen und vor meinem Vater. Und ich habe mich vor Hannah geschämt«, beichtete Magnus König kleinlaut und ließ sich auf seinen Stuhl fallen.

»Angst ist kein guter Ratgeber.« Die Richterin notierte sich wieder etwas. »Sie verleitet zu falschen Taten.«

Henning konnte Zacharias Königs Reaktion nicht sehen, war sich aber sicher, dass ihn das Ganze nicht kaltließ.

»Was für ein Familiendrama, oder?«, flüsterte Sebastian Wirthz ihm zu.

»Beenden wir das. Ihr Schlussplädoyer, Herr Staatsanwalt.«

Der Staatsanwalt erhob sich. »Angesichts mangelnder Beweise und nach Anhörung der Zeugen in der Hauptverhandlung konnte die Schuld des Angeklagten nicht zweifelsfrei festgestellt werden. Ich beantrage daher, den Angeklagten vom Vorwurf der schweren Körperverletzung freizusprechen. Darüber hinaus beantrage ich, der Staatskasse die Kosten und die notwendigen Auslagen des Angeklagten aufzuerlegen.«

Die Richterin fragte die anwesenden Anwälte: »Möchte noch jemand etwas hinzufügen?«

Nachdem sowohl der Anwalt des Nebenklägers als auch der des Angeklagten verneint hatten, verkündete die Richterin das Urteil. »Im Namen des Volkes ergeht folgendes Urteil: Der

Angeklagte wird freigesprochen. Die Kosten des Verfahrens trägt die Staatskasse.«

Erleichtert ließ Henning sich gegen die Lehne sinken.

»Strike, mein Bester.« Robert klopfte ihm von hinten auf den Rücken.

»Sei ehrlich … steckst du hinter der Hannah-Fröhlich-Aussage?«

»Ich habe Frau Fröhlich nur daran erinnert, wie wichtig es ist, sich selbst noch im Spiegel ansehen zu können. Sie wollte mit Sicherheit niemandem wehtun. Sie ist halt jung und naiv … und total verliebt in diesen Typen. Jemand musste ihr erklären, dass Verliebtheit manchmal nur eine Momentaufnahme ist.«

»Na, da bist du ja genau der Richtige.« Henning rollte mit den Augen, dann sah er seinen Freund lange an. »Danke trotzdem, Kumpel.«

»Immer. Hannah Fröhlich wird eine neue Arbeitsstelle finden, ihr Studium beenden. Mit oder ohne diesen Magnus. Vielleicht ist es sogar besser so. Ich muss los. Hab Schicht. Wir reden später im Boxclub, du musst wieder trainieren. Ich kann keinen Waschlappen an meiner Seite gebrauchen.«

Henning sah ihm nach, wie er den Saal verließ, und suchte mit den Augen die hinteren Reihen ab. Hannah saß dort und starrte auf den Fußboden. Aber wo war Tix? Keine Spur mehr von ihm.

Mila

»Ist diese Bestellung für Sie?« Der Mann mit dem roten Overall und dem Logo auf der Brust musterte sie eingehend.

»Schietwetter.« Es hatte gegen Abend doch noch angefangen, heftig zu regnen.

»Sie können die Möbel gleich hier in den ersten Raum im Erdgeschoss stellen.« Mila wies den Mann an, die Alutische und die Lederbänke genau dort aufzubauen, wo sie es mit Henning geplant hatte.

»Gut, dass Plastik drumherum war«, sagte der Spediteur, als sie den Empfangsschein unterzeichnete. Dicke Tropfen hatten sich auf der Plane gebildet.

Kaum, dass er gegangen war, riss sie die Folie ab und setzte sich probehalber auf eine Bank. Endlich eine ordentliche Sitzgelegenheit. Wurde auch Zeit. Sie sah sich um. Insgesamt ganz passabel. Die Regale waren eingeräumt und neben den Logo-Tassen gab es bunte Tütchen mit Pralinen, erwerbbares Backzubehör und Etageren, auf die sie ihre Cupcakes, Küchlein und Muffins reihen würde. Außerdem hatte sie in dem Laden im Karolinenviertel eine alte Registrierkasse mit vielen goldenen Schnörkeln erworben. Nicht nützlich, aber ein echter Hingucker. Die meisten ihrer Kunden würden ohnehin vorher online bestellen und bezahlen. Die Kleinigkeiten, die sie im Laden verkaufte, konnte sie problemlos bar abrechnen und die Aufträge von größeren Ketten müsste sie sowieso anders abarbeiten. Irgendwie lief ihre Planung. Offenbar war sie doch gut in dem, was sie tat. So wie Henning gesagt hatte. Es war viel Arbeit, aber sie würde es schaffen, alles bis Mittwoch vorzubereiten.

Vielleicht hatte sie nach dem Brand in München bloß vergessen, wie stark sie war.

ALLES IM GRIFF

Mila

Dad war außer sich vor Freude, als sie ihm am Sonntagnachmittag die Fotos des eingerichteten To-Go schickte. Sie war selbst beeindruckt, wie professionell es aussah – insbesondere, nachdem sie mit Photoshop ordentlich nachgeholfen hatte. Ein bisschen Kontrast hier und etwas Sättigung da. Das Ergebnis war offenbar so überzeugend, dass Dad sie unmittelbar nach dem Erhalt der Bilder anrief.

»Das sieht ja schon ganz passabel aus. Wir freuen uns so auf deinen neuen Laden«, schwärmte er in Tönen, die sie so nicht von ihm kannte. Lag das an seiner veränderten Situation und der Rente? »Ich habe fast keinen Zweifel daran, dass du es schaffst, das Stadthäuschen in einen wahren Schatz zu verwandeln.« Sein »fast« hallte nach.

»Also, Dad …«

»Der Flyer, den du mir geschickt hast … auch toll«, überschlug er sich förmlich. »Sehr professionell gestaltet.« Wenn er einmal angefangen hatte zu reden, war es beinahe unmöglich, ihn zu unterbrechen.

»Na ja, die Organisation ist stressig jetzt gegen Ende, weil es ja ein richtiges Großprojekt ist, aber Stress kann sich positiv auf die Arbeit auswirken, nicht wahr?« Ihr Lachen klang künstlich, als wollte sie ihm zeigen, wie locker sie war. »Eine Hotelkette hat für ihre Gäste geordert.« Sie setzte sich auf den Küchenstuhl und schob die leeren Überraschungsboxen zur Seite, die mit dem Papierschiffchen-Logo bedruckt waren.

»Dann wird das Geschäft ja boomen, wenn wir in drei Tagen zur Eröffnung dabei sind.«

Mila nahm eine der Pralinentüten in die Hand. Jede einzelne Tüte war mit einem Anhänger versehen, auf den sie mit Handlettering-Buchstaben die jeweiligen Zutaten geschrieben hatte: Karamell, Nougat, Marzipan, Orange, Fleur de Sel und so weiter. In der Küche duftete es verführerisch nach Schokolade. Es war ihr absoluter Lieblingsgeruch, neben Hyazinthen im Frühling und … Henning.

»Es wird schön sein, dich zu sehen«, sagte Dad, wohl, weil sie immer noch schwieg. »Lange her.«

Schade, dass er das Eröffnungsspektakel nur online verfolgen und die Köstlichkeiten gar nicht schmecken könnte. Dabei hatte sie sich extra für ihn einen Delaware-Cupcake ausgedacht, um ihm wenigstens eine ihrer Kreationen zu widmen, wenn er schon nicht da war. »Ich werde dir ganz viele Fotos schicken, Dad.«

»Rachel ist total aufgeregt. Sie hat Panik, alles könnte kurzfristig ins Wasser fallen – wegen meines kleinen Schwächeanfalls vor ein paar Wochen.«

»Das war ein Schlaganfall, Dad. Und klein war er auch nicht.«

»Sag Sebastian noch nichts. Ich möchte ihn gern überraschen.«

Jetzt noch die rote Schleife um die Tüte binden und fertig war das letzte Pralinenpäckchen. »Womit?«

»Hörst du mir überhaupt zu? Ich komme zu Besuch!«

»Hierher? Nach Hamburg?«

»Ja, wohin denn sonst? Möwen, die See, der Hafen. Das wird mir guttun. Ich habe Hamburg immer sehr gemocht, wenn ich da war.«

»Ich …« Statt Pralinen hätte sie lieber ein Lexikon zur Hand gehabt, in dem sie die richtige Reaktion hätte nachschlagen können. Freute sie sich? »Ich freu mich.« *So ein Mist.* Sie begann zu schwitzen. Er würde alles kontrollieren. Und bewerten. Alles. Wäre das To-Go gut genug für ihn? Wäre sie gut genug?

»Wir wohnen natürlich bei dir«, sagte er so selbstverständlich, dass sie keine Möglichkeit sah, ihm zu widersprechen. Sie blickte zum Kronleuchter an der Wohnzimmerdecke, der immer noch schief hing. »Ist mir lieber als bei Sebastian, wo ich nie weiß, wie die aktuelle Frau heißt: Berta, Ursula, Erna oder so. Und dieses ganze Paragrafengerede. Ich bin Fabrikant für Backwaren, kein Gesetzeshüter wie er.«

»Du willst in dieser Wohnung schlafen?«

»Rachel und ich wollen das, ja. In der Erdgeschosswohnung. Ist das ein Problem für dich?«

Sie sah sich um. In einer Ecke stapelten sich die Überraschungsboxen bis zur Decke, die Tapete blätterte von den Wänden und der helle Teppichboden im Wohnzimmer, den sie von der Küche aus sehen konnte, trug unschöne Flecken. Die Wohnung war das Einzige, das nicht fertiggestellt war. »Ein Hotel ist doch viel bequemer, Dad, und ich habe kein zweites Bett. Es gibt exquisite Fünf-Sterne-Hotels in Hamburg. Inklusive Frühstück. Ich such euch was raus.«

»Papperlapapp. Wir schlafen auf deiner Couch. Wir sind doch noch jung. Eine Schlafcouch wirst du ja wohl haben.« Er klatschte in die Hände. »Und Frühstück sollte jemand mit einem eigenen To-Go auch hinbekommen. Oder habe ich da was falsch verstanden? Ein To-Go ist ein Laden, wo ich Essen bekomme. Richtig?«

»Süßwaren in meinem Fall.«

»Süßes Frühstück mögen wir.«

Mit einem lauten Krachen verabschiedete sich der Kronleuchter im Wohnzimmer nun endgültig von der Zimmerdecke. Um nicht zu kreischen, schlug Mila schnell die Hand vor den Mund. Sie schloss die Küchentür, als könnte sie auf diese Weise ihren drohenden Untergang aufhalten. Der Leuchter war vermutlich nur der Anfang. Sie hatte ihn die ganze Zeit auf der To-do-Liste gehabt – und dort stand er immer noch.

»Das ist aber laut bei dir. Hast du eine Baustelle im Haus? Ich dachte, du bist fertig mit den Renovierungsarbeiten.«

»Sind nur noch ein paar Handgriffe.« So circa einhunderttausend. Sie schaltete den Lautsprecher des Handys ein und legte es auf dem Tisch ab.

»Great, das sind gute Aussichten. Wir sind bald da.«

Wie sollte sie jemals ohne Hennings Staubsauger all die Scherben aufsaugen? Wie eine neue Deckenleuchte anbringen? Henning fehlte ihr. Seine aufbauenden Worte, sein Witz, seine Art.

»Alles gut, Mila?«

»Alles bestens, Dad. Ich freu mich.«

Henning

»Morgen gehts wieder los, Kumpel. Zurück in den Job. Hast du dir schon die Einsatzunterlagen angesehen? Wäre gut, wenn du wenigstens die Namen der Clanmitglieder kennst, die wir übermorgen hochnehmen wollen.«

Henning hörte am Tonfall, dass Robert ihn mit der dreihundert Seiten langen Akte aufzog, die seine Chefin ihm nach Osdorf hatte bringen lassen. »Ich hab das Ding gelesen, aber ich musste mich echt konzentrieren, um durchzusteigen. Die heißen ja alle gleich.«

»Tja, hast wohl zu lange auf der faulen Haut gelegen. Damit ist jetzt Schluss. Wir brauchen dich. Ich hoffe, du bist morgen in Topform.«

»Ich bin immer in Form, Blödmann.«

Robert lachte am anderen Ende der Leitung und Henning musste mitlachen. Er grüßte die Frau mit dem Hund, die jeden Tag in der Finkenstraße spazieren ging. Endlich war alles wieder so wie immer. Fast alles. Er legte auf. Vor der Hausnummer siebenundzwanzig blieb er stehen und überlegte, ob heute wirklich der richtige Zeitpunkt war, mit Mila zu reden. Durch die rot umrandete Scheibe sah er, wie sie ihre berühmten Kreise im Verkaufsraum zog. Sie war bestimmt nervös – nachvollziehbar. Das *Ziemlich sicher Liebe* war, soweit er das von außen beurteilen konnte, fertig. Sogar ein Metallschild hatte sie über dem Eingang angebracht. Obwohl er wusste, wie sehr sie wegen der Eröffnung unter Druck stand, wollte er sich mit ihr versöhnen, sich erklären und ihr seine Entscheidung mitteilen. Außerdem musste er in seine Wohnung.

»Hey.« Sicherheitshalber blieb er an der Tür zum Laden stehen, es sollte ja kein Überfall werden. Mila stand verloren in der Raummitte zwischen zwei Tischen. Ganz offensichtlich hatte sie nicht damit gerechnet, dass er auftauchen würde. Sie zupfte an ihrem Dutt, aus dem auch ohne ihr Gefummel einzelne rote Strähnen fielen. Sie sah süß, aber erschöpft aus – ein bisschen so wie an dem Tag, an dem sie in Hamburg angekommen war.

»Henning«, erwiderte sie zur Begrüßung.

»Ich weiß, ich hätte vorher anrufen sollen.«

»Nein, ist schon okay.« Sie winkte ab und setzte sich an einen Tisch. »Ich hätte mich bei dir melden sollen und fragen, wie es dir geht – mit dem Prozess und so.«

»Hättest du?« Sie schien nicht mehr wirklich sauer zu sein. »Hör zu, es tut mir leid, wie das zwischen uns gelaufen ist.« Er ließ sich ihr gegenüber nieder und legte die Hände auf den Tisch. Seine Finger waren nur wenige Zentimeter von ihren entfernt, am liebsten hätte er danach gegriffen. »Die Anklage gegen mich wurde fallen gelassen. Ich war nicht derjenige, der Magnus König zusammengeschlagen hat. Das wollte ich dir noch mitteilen.«

»Tut mir leid, dass ich an dir gezweifelt habe.« Mila knetete ihre Finger. »Ich war einfach geschockt.«

»Ich hätte vermutlich genauso reagiert.« Er sah ihr in die Augen. »Stell dir vor, Tix hat sogar ausgesagt.«

»Das ist toll!«

Lächelte sie? Das war ein gutes Zeichen, oder?

»Henning, das, was zwischen uns stand, war nicht die Tatsache, dass du angeklagt warst«, fuhr sie fort. »Ich war enttäuscht, weil du es mir nicht erzählt hast. Dass du dachtest, ich sei so oberflächlich, mir deine Geschichte nicht bis zum Schluss anhören zu wollen. Du hast mir die Möglichkeit genommen, mir meine eigene Meinung zu bilden. Letztendlich hast du einfach entschieden, dass ich besser erst gar nicht wissen sollte, wer du bist.«

»Es tut mir leid, Mila. Aber du hättest mir nicht mehr vertraut, wenn ich es dir erzählt hätte.«

»War es denn wichtig, dass ich dir vertraue?«

»Auf jeden Fall. Sieh dich mal um. Das wäre sonst vermutlich nicht dabei herausgekommen, oder?«

»Hm«, machte sie, wie es sonst nur Tix tat. Sie schob sich eine Strähne hinters Ohr. »Ich bin froh, dass du wieder da bist. Du hast mir gefehlt.«

»Du mir auch. Schätze, wir haben beide diese Woche gebraucht, um wieder klar zu werden. Du für das hier und ich für den Gerichtsprozess. Und nebenbei – du hast es ohne mich geschafft, das To-Go fertigzustellen.«

Sie schaute verlegen weg. Eine Pause folgte, bis sie ihm wieder in die Augen sah.

»Ich hatte kein Recht, den Sex mit dir als Versprechen zu deuten. Ich hätte mich nicht so aufführen dürfen. Das war kindisch, vor allem heutzutage, wo jeder mit jedem … Aber ich schlafe normalerweise eben nur mit Männern, die …« Wieder verschluckte sie den Rest des Satzes, lehnte sich nach hinten und zog die Hände vom Tisch. »Es bedeutet mir etwas, wenn ich das tue«, sagte sie mit Nachdruck. »Vielleicht ist das eine überholte Wertvorstellung.«

»Nein, gar nicht. Das ist ein schöner Wert. Es sollte etwas bedeuten, wenn man mit jemandem schläft – im Idealfall. Aber das Glück, diesen Jemand zu finden, hat man nicht immer.« Er kratzte die Reste des Preisschilds von der Tischplatte. »Ich hab mir mal geschworen, mich nie mehr von meinen Gefühlen leiten zu lassen.« Endlich war es raus. Besser fühlte er sich dadurch nicht. »Ich möchte einfach keine Beziehung oder Familie.«

»Warum nicht?« Sie starrte ihn groß an. »Warum willst ausgerechnet du keine Familie, wo du doch so an deiner eigenen hängst?«

Für sie war es sicher eine ganz normale Frage – für ihn aber war es eine, die er hasste. Er nahm ebenfalls die Hände vom Tisch und wandte sich ab. »Wünschst du dir Kinder, Mila?«

»Dafür ist es ein bisschen zu früh mit uns.« Obwohl er ihr Lachen mochte, versetzte es ihm einen kleinen Stich. »In den letzten Jahren war viel los in meinem Leben, Henning. Ich habe nie darüber nachgedacht. Vermutlich ja. Warum fragst du?«

»Mit mir kannst du vielleicht keine haben. Mein Job ist nicht der ungefährlichste, und ich weiß nicht, ob ich diese Verantwortung tragen könnte. Man braucht viel Kraft.«

»Sagt der Mann, der so breit ist wie ein Schrank.«

»Zu einer Familie gehört mehr als ein paar Muskeln.« Sie sollte dieses Mal genau wissen, woran sie bei ihm war. Keine

Spielchen. »Und ich habe entschieden, dass ich ausziehen werde.« Es schnürte ihm die Kehle zu, ihr das so hart zu sagen und zu sehen, wie sie schluckte. Doch er wollte nicht der Mann sein, der nur in ihrem Haus wohnte, weil sie eine Vereinbarung getroffen hatten. »Es geht mir nicht um die Wohnung. Anfangs war das vielleicht ein Grund, ja – aber das hat sich geändert.«

»Du kannst nicht ausziehen. Was ist mit Tix und dem Garten?«

»Er wird einen neuen Garten finden.«

»Nein, das wird er nicht.« Mit der flachen Hand schlug sie auf den Tisch. »Das ist nicht fair von dir.«

»Lass uns nicht darüber streiten, was wem gegenüber fair ist und was nicht.« Er würde sie gern in den Arm nehmen, aber er durfte nicht. Das war auch nicht fair. »Wie weit bist du und was muss noch gemacht werden?«

»Ich erzähl es dir gleich.« Sie erhob sich und griff in die Seitentasche ihres Blaumanns, aus der sie einen Spachtel zog. »Ich muss nur nebenbei ein paar Scherben aufsaugen und Tapeten abreißen. Mein Dad kommt zur Eröffnung. Er hat angekündigt, dass er bei mir übernachten möchte.« Sie rümpfte die Nase. »Mit seiner Frau. Du kennst die Wohnung. Ich habe noch nicht einmal eine Couch, die ich ausklappen könnte.«

»Peter Wirthz fliegt aus den USA ein? Er kommt hierher?« Henning überlegte. »Okay, ich habe einen Vorschlag. Wir stellen mein Sofa in dein Wohnzimmer. Es ist so gut wie neu und man kann es auf zwei mal zwei Meter ausziehen.«

Sie stöhnte und hielt sich die Hände vor die Augen. »Du hilfst mir schon wieder.«

»Ja, natürlich helfe ich dir – als Freund. Du bist nicht von mir abhängig, nur weil du meine Hilfe annimmst.«

»Vielleicht kommt er nur, damit er mir sagen kann, dass ich eine einzige Enttäuschung für ihn bin.«

»Wie oft hast du deinen Vater eigentlich in deinem Leben schon gesehen?«

»Kann man an fünf Fingern abzählen.«

»Menschen ändern sich.« Er stand auf und nahm ihr das Werkzeug aus der Hand. »Und jetzt lass uns die schreckliche Vogeltapete in deinem Wohnzimmer von der Wand reißen. Wenn du mir verzeihen kannst …«

»Ja … aber da ist noch etwas anderes, Henning.«

»Klar.« Er sah an sich herunter. »Ich gehe mich kurz umziehen. Muss eh meine Klamotten aus dem Auto holen.«

»Nein, es ist … In meiner Wohnung ist eine Kleinigkeit von der Decke gefallen.«

Mila

»Wenn ich gewusst hätte, was bei dir eine Kleinigkeit ist.« Henning sank atemlos auf die rote Chaiselongue. Die Scherben waren aufgesaugt und die Einzelteile des Kronleuchters steckten im Müll. »Morgen kannst du anfangen, die Wand weiß zu walzen. Wirst sehen, das macht einiges aus. Und wegen der Lampe: Wir können meine Industrie-Deckenleuchte abschrauben und bei dir anbringen. Meine Wohnung darf dein Vater nicht inspizieren, es fällt also nicht auf, wenn da etwas fehlt.«

Henning war verrückt, ganz klar. Aber auf eine sexy-cleversüße Art verrückt. Die moderne Hängelampe wäre ein guter Ersatz für den Kronleuchter, allerdings wollte sie nicht noch tiefer in seiner Schuld stehen.

»Oder wir kaufen eine neue«, antwortete sie folglich. Wovon auch immer.

Er schüttelte den Kopf. »Nein, wir nehmen meine«, wiederholte er. »So ein Ding kostet circa fünfhundert Euro. Und es ist ganz einfach, sie anzubringen. Kein Thema.« Skeptisch blickte er an die Decke, wo sich neben dem Kronleuchter ein Großteil des Putzes gelöst hatte. »Aber jetzt möchte ich, dass wir das Haus mal für einen Moment vergessen. Geh duschen und wir treffen uns in einer halben Stunde vor der Haustür.«

»Ich bin müde.« Viel zu müde für was immer er vorhatte.

»Na und? Ich muss morgen zur Arbeit. Zählt also nicht.« Er machte ein Gesicht wie ein Schuljunge, der sich auf Weihnachten freut.

Was hatte er nur vor? »Und was soll ich anziehen?«

»Egal, Hauptsache bequem.«

Eine halbe Stunde später stand sie in »egal, Hauptsache bequem« vor dem Haus. Es fühlte sich seltsam an, auf Henning zu warten. Ihr Magen signalisierte Aufregung, fast so, als hätte sie Schmetterlinge im Bauch. Aber das war unmöglich. Die Anspannung stieg trotzdem von Minute zu Minute weiter. *Herrgott, reiß dich zusammen, Mila.* Die hartnäckigen kleinen Falter blieben dennoch. Als er endlich aus der Tür trat, atmete sie tief ein. Ihre Blicke trafen sich. »Ist das jetzt ein Date?« Sie faltete die Hände.

»Ich zeige dir Hamburg«, antwortete er und winkte dem Taxi, das um die Ecke bog. Während er ihr die Wagentür aufhielt, erklärte er: »Mittlerweile ist die Stadt einer der größten Musicalstandorte weltweit, neben New York und London.«

»Ich war noch nie in einem Musical.«

»Man muss nicht restlos davon begeistert sein, um es sich anzusehen. Aber, du weißt ja, ich singe gern und ich bin Theaterfan.« Er lachte und sie mochte, wie sich seine Mundwinkel nach oben bogen und sich die kleinen Fältchen um seine Augen vertieften. »Allein der Hin- und Rückweg lohnt sich schon.« Er wedelte mit zwei gelben Tickets vor ihrer Nase herum.

»König der Löwen? Ich bin gar nicht richtig gekleidet für so eine schicke Veranstaltung.«

»Es ist nicht wichtig, was du anhast. Wirklich nicht. Du siehst in allem hübsch aus.«

Kurz darauf hielt das Taxi bei den St. Pauli-Landungsbrücken, wo sich eine Menschentraube versammelt hatte. Die Luft roch nach Salz und der Wind wehte Milas Haare durcheinander. Sie hatte Mühe, die Strähnen zusammenzufassen und in ihrem Schal festzustecken.

»Ich hab die Karten kurzfristig von einem Arbeitskollegen übernommen.« Er legte den Arm um sie, was sie gern geschehen ließ. Nicht nur, weil sie es genoss, dass er sie endlich wieder berührte – sondern auch, weil der Wind bei den Landungsbrücken so schneidend kalt blies, dass sie seine Körperwärme dankend annahm. Eine sonnenblumengelbe Fähre fuhr vor und schluckte die Musicalgäste, die alle genau wie sie an der Anlegestelle auf den kostenlosen Shuttle-Service gewartet hatten.

»Das Theater im Hafen liegt im Stadtteil Steinwerder, das ist eine Elbinsel, weshalb wir die Fähre nehmen müssen, um dorthin zu kommen«, erklärte Henning.

Sie hatte von dem Musicalerlebnis mit Fährfahrt gelesen und gehört. Es zu erleben war eine andere Sache. Zu sehen, wie sich der Abend über die Skyline der Millionenstadt senkte, ließ sie die kalte Fahrtluft vergessen. Noch besser war das, was sie im Innern des Theater-Doms erwartete. Die bezaubernde Musik wurde von den Tänzern und Tänzerinnen hochprofessionell interpretiert. Mila erlebte etliche Gänsehautmomente. Die Mischung aus atemberaubenden Tierfiguren, die zum Leben erweckt wurden, und der Afrika-Atmosphäre versetzte sie in eine Fantasiewelt, die sie berauschte. Noch auf der Fährrückfahrt, während sie die Lichter am gegenüberliegenden Elbufer bewunderte, hatte sie kein anderes Thema.

»Es war überwältigend«, schloss sie ihren begeisterten Monolog. Henning hatte einen Arm um ihre Schultern gelegt, genau wie bei der Hinfahrt.

»Das freut mich.«

Sie wollte ihm so viel näher sein, als der Fahrtwind Anlass dazu bot, und gleichzeitig beschwor sie sich, dass ihre Vertrautheit nicht zu weit führen durfte. Nicht jetzt, wo sie sich gerade erst versöhnt hatten. Sie waren Freunde, mehr nicht.

»Magst du mir von dem Prozess erzählen?«, fragte sie, als sie zu einem gemeinsamen Absacker in seiner Wohnung auf der Couch saßen.

»Na ja, der Kläger hat sich selbst belastet und Tix war großartig. Mehr gibt es nicht zu sagen. Außer … ich dachte, du wärst im Sitzungssaal gewesen.«

Er hatte sie gesehen. »Schuldig.« Sie hob eine Hand. »Tix hatte mich darum gebeten, dabei zu sein. Hat dir das noch keiner erzählt?«

Hennings Kinnlade klappte herunter.

»Es war seine Bedingung für eine Aussage. Ich … also, ich wollte mich nicht aufdrängen, ich gehöre ja nicht zur Familie. Aber er wollte unbedingt, dass ich mit reingehe, und für deine Mutter war das okay. Sie hat draußen gewartet. Glücklicherweise hat sie kurzfristig eine Kollegin gefunden, die sie auf der Arbeit vertreten hat.«

»Hab ich also doch richtig gesehen. Als er plötzlich im Saal stand, ist mir fast das Herz stehen geblieben. Aber er war so selbstbewusst in seinem Mantel.«

»Ist sein Zauberumhang, glaub ich. Du konntest das nicht wissen. Dein Bruder hat sich erst morgens dazu durchgerungen. Es war superkurzfristig, auch für Sebastian und deine Mutter. Du warst schon weg und sie wollten es dir sowieso lieber nicht sagen, damit du dich nicht zu sehr auf seine Aussage verlässt.«

»Das weiß ich inzwischen. Aber deine Anwesenheit und dass du den Stein ins Rollen gebracht hast, wurde mir verschwiegen.«

»War nicht so wichtig. Ich war nur Statist.«

»Wahrscheinlich haben sie Rücksicht auf mich genommen, weil du mich rausgeworfen hast.« Er stupste sie an.

»Das hab ich gar nicht. Du bist freiwillig gegangen.«

»Weil du es wolltest.« Er zuckte mit den Schultern.

»Machst du immer, was ich will?«, neckte sie ihn.

»Nein.« Er rückte näher an sie heran. Sie spürte seine Hand in ihrem Nacken und wie er sehr sanft ihr Gesicht zu seinem bewegte. »Manchmal mache ich auch, was ich will.« Er küsste sie.

Die Schmetterlinge in ihrem Bauch tanzten und sie bekam nicht genug davon, seine Lippen zu spüren. Nach und nach flogen ihre Vorsätze über Bord und die Kleidungsstücke zu Boden. Bis auf die Unterwäsche.

Zum Glück hatte sie nach dem Duschen die Spitzenunterwäsche aus der Schublade gezogen und nicht die bequeme. Als hätte sie es geahnt, und doch war sie unsicher, ob sie den nächsten Schritt wirklich gehen wollte. Vorsichtig streichelte Henning über die Narbe auf ihrem Arm. Niemals hätte sie jemand anderem erlaubt, sie dort zu berühren. Die Kruste war zwar längst verschwunden, aber die Haut war nicht mehr dieselbe wie vorher. Doch ihm schien es egal zu sein. Sanft küsste er auch diese Stelle und mit einem Mal war sie nicht mehr von einem hässlichen, traurigen Mal gezeichnet, sondern von seinen wunderschönen Küssen, die über ihren ganzen Körper wanderten und ihr Glücksgefühle bescherten.

Als sie nachts in seinem Bett wach wurde und hörte, wie er im Dunkeln ins Bad schlich, erinnerte sie sich daran, wie Henning ihre Hand genommen und sie ins Schlafzimmer geführt hatte. Er hatte sie gestreichelt und gehalten. Und obwohl sie ihn beinahe dazu gedrängt hatte, mit ihr zu schlafen, hatte er es nicht getan. Vielleicht, weil er spürte, dass sie das überstürzte Übereinander-Herfallen heute bereut hätte. Denn tatsächlich wollte sie ihn zuerst richtig kennenlernen – den Henning, der nichts zu verbergen hatte. Einander fest im Arm haltend waren sie eingeschlafen, was tausendmal erotischer als jede schnelle Nummer gewesen war. Sie rollte sich auf die andere Seite. Wo blieb er denn so lange?

Langsam öffnete sie die Augen, die sich erst an die Dunkelheit gewöhnen mussten. Im Bad lief Wasser und sie hörte Hennings dunkle Stimme durch die Tür. Telefonierte er mit seinem Handy? Als sie überraschend ihren Namen vernahm, spitzte sie die Ohren.

»Ja, Mila geht es gut. Nein, Herr Wirthz, ich kann jetzt nicht mit Ihnen darüber diskutieren«, sagte er. »Sie haben vermutlich die Zeitverschiebung von Delaware nach Deutschland vergessen. Wir haben hier drei Uhr nachts.«

Sie linste auf die Digitalanzeige seines Weckers. Korrekt, kurz nach drei. In Delaware war es erst neun Uhr abends am Vortag.

»Nein, ja, ich habe alles im Griff. Wirklich«, hörte sie ihn zischen. »Ich melde mich bei Ihnen.« Es klang, als verkneife er sich absichtlich die Abschiedsfloskel, aus Angst, sie zu wecken. Die Badezimmertür, die direkt mit dem Schlafzimmer verbunden war, öffnete sich vorsichtig. Schnell stellte sie sich schlafend. Dad war sein Vermieter, es war sicher alles vollkommen harmlos. Nur: Was genau wollte Henning im Griff haben? Seine Wohnung, die er bald nicht mehr bewohnte? Das Haus? Sie?

Leise legte er das Handy zurück auf seinen Nachttisch und kuschelte sich unter der Decke an ihren Rücken. Vertraut und geborgen. Milas Gehirn gab trotzdem in dieser Nacht keine Ruhe mehr. Und auch am nächsten Morgen nicht – aus einem ganz anderen Grund.

DAS PAKET

Henning

Das penetrante Klingeln weckte ihn. So früh am Morgen hatte er nicht mit der Lieferung gerechnet. Henning schielte zur anderen Bettseite und wartete einen Moment. Aber Mila schlief einfach weiter. Kein Wunder. Sie musste hundemüde sein. Er streifte sich ein Shirt über und tapste zur Sprechanlage, um die Haustür zu öffnen, damit der Postbote das Paket oben vor seiner Wohnungstür abladen konnte. Anschließend ging Henning in die Dusche, und weil Mila danach immer noch nicht aufgetaucht war, öffnete er doch die Tür und zog den schweren Karton in den Wohnungsflur. Wo konnte er ihn am besten vor ihr verstecken?

»Was ist das?«, hörte er just in dem Moment ihre Stimme hinter seinem Rücken. Er schnellte herum und da stand sie. Sie hatte seinen Kleiderschrank geplündert, denn auch sie trug eines seiner Shirts. Ihre Rehaugen brachten ihn irgendwann noch um den Verstand, ihre langen, schlanken Beine ebenso.

»Guten Morgen.« Er begrüßte sie mit einem Kuss und positionierte sich vor dem Paket. »Ersatzteile fürs Auto«, sagte er, weil ihm nichts Besseres einfiel. Er küsste sie noch einmal, dieses Mal auf die Nasenspitze, was sie zum Lächeln brachte. »Geh dir doch einen Kaffee kochen. Milch steht im Kühlschrank. Ich muss zur Arbeit.«

»In Unterhose und Shirt?« Sie lachte. »Und ich habe mittlerweile eine eigene Kaffeemaschine. Aber ich nehme dein Angebot gern an. Kann ich noch bei dir duschen?«, rief sie ihm über die Schulter zu und verschwand in der Küche.

»Klar.« Er hievte den Karton auf seine Arme und trug ihn ins Büro. Sicherheitshalber schloss er die Tür hinter sich ab und verstaute den Schlüssel in der Schublade der Flurkommode. Danach zog er seine Bürokleidung an.

»Ich bringe noch die Chaiselongue aus deiner Wohnung runter in den Keller, bevor ich fahre. In Ordnung?« Er steckte den Kopf ins Bad, als Mila gerade die Duschtrennwand zuzog.

»Das ist toll. Stell sie neben die Werkbank, sieht bestimmt stylish aus«, hallte es aus der Dusche, während das heiße Wasser den Raum in Nebel hüllte. »Tix bekommt eine eigene Sitzgelegenheit im Keller fürs Düngermischen.«

»Der freut sich sicher wie ein Schneekönig, wenn er das sieht. Bis später.«

Henning nahm Milas Wohnungsschlüssel von der Ablage im Flur und lief damit eilig die Treppen hinunter. Unten musste er zuerst die Plastikplane, die sie gestern ausgelegt hatten, zur Seite schieben, um die Tür weit genug öffnen zu können. Nachdem das Retrosofa nicht mehr unnötig Platz einnahm, pinselte er testweise einen Streifen schneeweiße Farbe an die Wand und war so vertieft, dass er sich erschreckte, als es Sturm klingelte. Er musste ohnehin dringend los. Durch den Spion sah er, wie Mila im Flur hin- und herging.

»Hab vergessen, die Tür für dich offen stehen zu lassen.« Er drückte sich an ihr vorbei. »Der Schlüssel liegt auf dem Küchentisch.« Ihre Haare hingen halb nass über den Schultern und sie roch nach seinem Duschgel. Die Kombination war zum

Anbeißen. »Die Wandfarbe passt übrigens. Ich hab's getestet.«
Mit dem Kopf deutete er in Richtung Wohnzimmer.

»Du meinst das Blau?«

Erst jetzt registrierte er das Entsetzen auf ihrem Gesicht.

Blau war hier nichts und niemand. »Freust du dich nicht
darüber?«, hakte er nach.

»Ja, aber … aber«, stammelte sie, zu schrill und zu laut und
schlug die Hände vor die Augen. »Der Verkaufsraum!« Sie zog
ihn am Arm mit sich.

»Der ist doch fein und erledigt.« So sehr er ihre kleinen
Eigenheiten mochte, manchmal war es eine Spur zu viel.
Abgesehen davon, dass er tierisch unter Zeitdruck stand. Sie
zog immer noch an ihm und stieß die Tür des To-Go auf.

»Teufel!« Er fand keine anderen Worte für das Drama, das
sich ihm bot. Alle Wände des Innenraums waren verschmiert –
und das mit schlumpfblauer Farbe. Das musste ein schlechter
Scherz sein. Er blinzelte ein paarmal, aber es blieb so.

»Bist du immer noch der Meinung, dass wir keine Polizei
brauchen? Dein Prozess ist vorbei.« Jetzt weinte sie. »Das ist
doch nicht mehr normal. Wer tut uns das an?«

Verdammt! Sie mussten Ruhe bewahren und den Schaden
möglichst schnell beseitigen, um übermorgen eröffnen zu können. »Zum Glück ist nichts von der Farbe auf den Möbeln
gelandet. Gib mir zwölf Stunden, um herauszufinden, wer
dafür verantwortlich ist. Wenn ich es nicht schaffe, übergeben
wir es den Kollegen.« Er nahm sein Handy aus der Hosentasche
und sah aufs Display. Robert hatte versucht, ihn zu erreichen.
Logisch, die Uhr zeigte schon nach acht an. »Ich muss zur
Arbeit.« Er drückte sie fest an sich, weshalb sein Hemd von
ihren nassen Haaren auf der Brust nun einen dunklen Fleck
trug. »Lass diesen Raum außen vor und kümmere dich nur
um die Wohnung. Wir bekommen das wieder hin. Um fünf
Uhr bin ich zurück. Bis nachher.« Schnell schoss er mit der

Handykamera ein Bild des Desasters. Während er das Haus verließ, suchte er bereits online nach der Nummer eines ihm bekannten Malerbetriebs. Doch bevor er endgültig wählte, schickte er das eben geschossene Foto an Peter Wirthz.

Mila

Ein einfacher Kanzlei-Montag wäre ihr so viel lieber gewesen als dieser grausame Schlamassel. Sie fuhr sich mit dem Handrücken über die Stirn, als müsste sie Unmengen Schweiß wegwischen. Entgegen Hennings Ansage hatte sie den Boden geputzt und nun roch es verdächtig nach Meister Proper. Im Anschluss an ihre Putzaktion waren zwei Männer in Malerkitteln aufgetaucht, die sich als ehemalige Schulfreunde von Henning vorstellten und sich, ohne Fragen zu stellen, des Schadens annahmen. Weil er sie, wie der eine belustigt erzählte, am Telefon angebettelt hatte einzuspringen.

»Live wäre der Große bestimmt vor uns auf die Knie gefallen«, prahlte er. »Das hätte ich zu gern gesehen.« Die beiden waren Inhaber des Malerbetriebs *Tinte und Farbe* in Hamburg-Harburg und hatten extra einen anderen Auftrag verschoben. Wahre Götter in Weiß. Sie glichen in der Tat keltischen Gottheiten und sahen dabei fast aus wie Zwillinge: stämmig, vertrauenerweckend und vor allem vollbärtig.

»Denn man tau.« Der Typ, der passenderweise auf den Namen Odo hörte, vermutlich ein Spitzname, zog die Walze über die Streifen an der Wand. Ansonsten war er nicht sonderlich gesprächig. Der von eben dafür umso mehr.

»Das Blau schimmert durch«, gab er zu bedenken. Synchron schoben sie ihre Partikelfiltermasken über Mund und Nase. »Ist das Lack?« Er kratzte mit einem Spachtel an dem Geschmiere herum. »Wir brauchen Zeit.«

»Die haben wir nicht.« Stöhnend lehnte Mila sich gegen die Fensterbank. Sie hatte alles gegeben, alles investiert – und nun das! Kein Mensch würde nach so vielen Tiefschlägen, die sie erlebt hatte, noch aufstehen und weitermachen.

»Nu.« Odo zuckte ungerührt mit den Achseln. »Dat wuppen wir.«

Sie starrte ihn an. »Das wäre die beste Meldung, die ich jemals bekommen habe. Es steckt so viel Arbeit hier drin. Es wäre schlimm, wenn alles umsonst gewesen wäre.«

»Na denn.« Seine Wortkargheit und die typisch norddeutsche Gelassenheit durchbrachen ihre depressive Verstimmung wie ein Hammerschlag. Sie löste den Blick von ihm und der Wandfläche, die es am härtesten getroffen hatte, und ging zurück ins Apartment.

Im Leben muss man vor allem eins: Weitermachen, Mila.
Von selbst tut sich gar nichts.

Ein Spruch ihrer Mutter. Sie dachte an den Strohhut, der wohlbehalten in Hennings Wohnung auf dem Schrank lag. Kurz entschlossen zog sie ihr Handy aus der Tasche, um ihm eine Nachricht zu schicken.

> Danke, dass du da bist. Und danke für den Anruf bei den Malern.

> Die Jungs sind klasse. Du rettest mich – schon wieder.

Es dauerte nicht lange und sie erhielt eine Antwort:

> Die beiden sind mein Eröffnungsgeschenk an dich.

Ihre Mundwinkel hoben sich.

Du bist verrückt, Henning Foster.

Er schrieb:

Nach dir, Frau Winter.

Da war es wieder, dieses flatterige Gefühl in der Magengegend. Das waren ziemlich sicher Schmetterlinge.

Gegen Mittag legte sie eine Pause ein und setzte sich mit einer Tasse Kaffee an den Küchentisch. Odo und sein Kollege saßen im Malerwagen und aßen ihre Brotzeit. Sie selbst hatte keinen Appetit.

»Hey, die Türen stehen ja alle auf.« Luna trug einen Picknickkorb in der Hand und wieder ihre flachen Ballerinas an den Füßen. »Legst du es darauf an, entführt zu werden?«

Unter normalen Umständen hätte Mila gelacht. »Nein, das ist nur wegen der Maler«, antwortete sie matt.

»Henning hat es am Telefon erzählt. Er und ich hatten wohl denselben Gedanken. Wir dachten beide, dass du vermutlich heute nicht zum Essen kommst. Deswegen habe ich dir Sandwiches mitgebracht. Selbst gemacht.« Sie stellte den Bastkorb in der Tischmitte ab und setzte sich. »Ach ja, und die hier hast du im Büro verloren.« Lässig schob sie einen Schlüsselbund über den Tisch, an dessen Ring einige Schlüssel nebst einem leuchtend gelben Etikett befestigt waren.

»Der gehört mir nicht.«

»Aber er lag in der Kanzlei auf der Ablage bei den Aufzügen. Der Stress scheint dich zu verwirren. Pute oder Käse?« Ihre Kollegin hielt zwei in Frischhaltefolie verpackte Toastbrothälften hoch.

»Ehrlich, ich hab die noch nie gesehen. Pute.«

»Das ist ja seltsam.« Luna reichte ihr ein Sandwich. »Auf dem Etikett steht deine Adresse«, fügte sie hinzu. »Was ich übrigens ziemlich fahrlässig finde, auch wenn du zurzeit viel im Kopf hast.«

Mila legte das Brot ab und betrachtete das gelbe Schildchen genauer. Tatsächlich: Finkenstraße 27. Luna trommelte mit den Fingernägeln auf der Tischplatte herum, weshalb Mila aufstand und zur Wohnungstür marschierte. Der zweite Schlüssel, den sie ausprobierte, passte. Verblüffend! Die Schlüssel gehörten zweifellos zu diesem Haus, wahrscheinlich sogar alle fünf.

»Moin.« Die beiden Maler klopften an den Türrahmen und hielten je zwei Farbeimer in den Händen. »Wir haben in Hennings Auftrag eine stärker deckende Farbe im Baumarkt besorgt«, erklärte der Gesprächigere. »Das wird jetzt. Danach helfen wir Ihnen in der Wohnung. Streichen ist unser Spezialgebiet.« Interessiert blinzelte Odo Luna zu, die kurz winkte und unbeeindruckt in ihr Käsesandwich biss. Er hätte sicher gern mit ihr geflirtet, bis er sah, wie sie die Handfläche auf ihren Bauch presste. Im nächsten Moment war er auch schon verschwunden.

»Ich habe anscheinend eine abschreckende Wirkung auf Männer«, sagte Luna lachend.

»Du brauchst keinen mehr. Du hast Yann.«

»Und du Henning. Ihr wärt so ein süßes Paar.«

Mila seufzte laut. »Ich weiß gar nicht, wie viel ich ihm mittlerweile schulde. Im Prinzip müsste ich ihm meine Seele schenken, um all das auszugleichen, was er für mich getan hat. Stattdessen will er ausziehen. Irgendwie verständlich. An seiner Stelle hätte ich auch keine Lust mehr.«

»Ach was, Henning würde dir nicht helfen, wenn er es nicht wollte. Und dass er auszieht, ist noch nicht in Stein gemeißelt. Ganz ehrlich: Wie hätte er sonst reagieren sollen, um dir zu zeigen, dass es ihm um dich und nicht um das Haus geht?«

»Wir sind doch nur Freunde.« Mila packte ihr Brot aus und biss hinein.

»Nein, Henning und ich sind nur Freunde. Ihr seid etwas anderes.« Luna grinste.

»Das schmeckt toll. Lust auf einen Nebenjob bei mir in der Küche?«

»Ne, lass mal, ich bin bei deinem Onkel voll ausgelastet«, antwortete ihre Kollegin lachend. »Und was machen wir nun mit den rätselhaften Schlüsseln?«

»Wenn es für dich okay ist, behalte ich sie vorerst. Vielleicht sind sie von Sebastian. Dad könnte ihm Zweitschlüssel geschickt haben, für den Notfall. Ansonsten fällt mir keine Erklärung dazu ein.«

»Sebastian verliert so etwas Wichtiges nicht«, konterte Luna bestimmt. »Er ist sehr gewissenhaft. Das weißt du doch.«

»Na ja, er lässt auch Akten herumliegen.« Mila dachte an Hennings Akte, die Mason ihr vor ein paar Tagen in die Box geworfen hatte.

»Sebastian? Niemals.« Luna lachte, als wäre das vollkommen abwegig, und erhob sich, eine Hand in den Rücken gestützt.

»Entschuldige, ich hab dich noch gar nicht gefragt, wie es dir und dem Baby geht.«

»Du brauchst dich nicht zu entschuldigen. So wahnsinnig viel verändert sich momentan nicht. Wir wachsen und gedeihen munter vor uns hin.« Zum zweiten Mal, seit sie angekommen war, strich Luna über ihren Bauch und lehnte sich zurück.

»Und Yann?«, hakte Mila vorsichtig nach.

»Das mit Yann wächst und gedeiht auch.« Ein vielsagendes Lächeln huschte über Lunas Gesicht. Sie aß den letzten Happen Sandwich und stand auf. »Es ist so leer im Wohnzimmer.«

»Ja, es gibt noch viel zu tun. Mein Dad will nach der spektakulären Eröffnung, was auch immer daran spektakulär werden soll, hier übernachten.« Mila schüttelte sich. »Er könnte sich problemlos ein Fünf-Sterne-Luxushotel leisten und was macht er? Er will bei mir im Chaos schlafen. Der Mann macht mich wahnsinnig.«

»Und ich dachte, Henning wäre der Mann, der dich wahnsinnig macht.« Luna streckte ihr die Zunge heraus und Mila fühlte, wie ihr Magen Purzelbäume schlug. Sobald sein Name fiel oder er auftauchte, konnte sie anscheinend ihre Gefühle nicht mehr kontrollieren. »Das hier sieht sehr professionell aus«, redete Luna weiter und pfiff anerkennend durch die Zähne. Sie zog eine Apothekerschublade heraus. »Hast du die Gewürze alphabetisch sortiert?«

»Ja, ist so ein Tick von mir.«

»Was ist im Ofen? Das wollte ich eben schon fragen. Es riecht total gut.«

»Das sind Delaware-Cupcakes, ein Testlauf.«

»Die Pralinen sehen auch lecker aus.« Luna schmachtete die Folientütchen auf der Küchentheke an, weshalb Mila ihr lachend eine in die Hand drückte.

»Für dich und den Zwerg. Nervennahrung fürs Büro.«

»Du fehlst mir da.« Ein wehmütiger Blick. Dann drehte Luna sich um und wanderte in Richtung Badezimmer. »Hier stehen nirgendwo Pflanzen«, stellte sie fest. »Frag mal Tix, der kann dir sicher helfen.« Sie öffnete die Badezimmertür. »Und hier soll dein Vater duschen?« Bedächtig legte sie den Zeigefinger an die Lippen. »Ich hoffe, du besitzt mehr als diese zwei Handtücher?«

»Ach herrje.« Wieder etwas, worüber Mila nicht nachgedacht hatte und was sie sich nicht leisten konnte. »Ich muss unbedingt welche besorgen.«

»Und ich muss los.« Luna beugte sich vor und drückte ihr ein Küsschen auf die Wangen. »Du weißt ja, wie ungeduldig dein Onkel werden kann, wenn man zu lange in der Mittagspause bleibt. Danke für die Pralinen.«

»Danke für das Sandwich. Sag Sebastian nichts von meinem Dad. Er möchte ihn unbedingt überraschen.«

»Alles klar.« An der Tür wandte Luna sich noch einmal um. »Wenn ich dir morgen helfen kann, sag Bescheid. Ansonsten sehen wir uns übermorgen zur Eröffnung. Ich bin so gespannt!«

»Und ich erst.« Die imaginäre Überforderungswelle schlug Mila für einen Moment so heftig ins Gesicht, dass sie ein Rauschen in den Ohren hörte und ihr schwindelig wurde. Es gab solche Phasen in der Selbstständigkeit. Die kannte sie zwar, aber sie mochte sie nicht. Sie zwangen sie zum Starksein. Als Luna fort war, meldete Milas Handy eine neue Nachricht, die das Gefühl der Überforderung nicht besser machte.

Ich hoffe, es läuft. Freuen uns! Dad

Henning

Der erste Arbeitstag nach Monaten fühlte sich an wie ein Befreiungsschlag, obwohl er noch nicht mit den Kollegen in den Außeneinsatz durfte. Aber: Er war zurück an Bord und arbeitete sich durch den aktuellen Ermittlungsordner. Es war lange her und ein richtig erfüllendes Gefühl, wieder Teil des Teams sein zu dürfen. Seine Einheit war mehr als gut organisiert, sie waren wie Brüder. Als er Robert heute Morgen von der erneuten Sabotageaktion erzählt hatte, rief der direkt Hannah Fröhlich an, um zu checken, ob Magnus König hinter dem Farbanschlag stecken könnte. Daran hatte Henning auch schon gedacht. Je nachdem, in welcher Verfassung der Junge sich seit Prozessende befand, wäre das durchaus denkbar gewesen. Aber Magnus war trotz ihrer Zeugenaussage angeblich durchgehend mit Hannah zusammen gewesen, wenn er nicht in seinem Club zugange war, und Robert zweifelte nicht daran, dass sie ihm die Wahrheit sagte. Jemand anderes musste also hinter dem Anschlag stecken. Nur wer?

Konzentriert arbeitete er eine Stunde weiter. Mit einem Textmarker markierte Henning im aktuellen Fall der Dienststelle die relevanten Namen in dem Hefter, den seine Chefin ihm zusätzlich auf den Tisch gelegt hatte. Wie so häufig handelte es sich um eine geplante Aktion gegen die Organisierte Kriminalität im Zusammenhang mit Geldwäsche, Shisha-Bars und einschlägig bekannten Clanmitgliedern der Hamburger Szene. Er verschaffte sich einen Überblick über die letzten Abläufe: markieren, Anmerkungen durchlesen, Recherche. Das übliche Prozedere. Wenn das bei der Farbsache doch nur genauso leicht wäre.

Wieder schweiften seine Gedanken ab. Es hatte ihm so leidgetan für Mila. Er hoffte, dass die Jungs von *Tinte und Farbe* das grelle Blau übertünchen konnten. So oft er auch hin und her überlegte, es fiel ihm absolut niemand ein, der ihn oder Mila so sehr hassen könnte, dass er ihnen schaden wollte. Ihn vielleicht schon, aber er stand nicht im Mittelpunkt des Anschlags. Wer immer ihm wehtun wollte, würde es sicher nicht mit einem albernen Paintball-Spiel versuchen. Mila war das Opfer. Doch selbst der alte König würde nicht zu derart lächerlichen Mitteln greifen und einen ganzen Raum in ein Schlumpfhaus verwandeln. Außerdem: Woher sollte der Immobilienguru wissen, dass Mila vorhatte, das Gebäude in der Finkenstraße zu behalten?

Am frühen Nachmittag, mitten in einem Ermittlungstelefonat, erhielt er auf dem Handy einen aufgeregten Anruf von Tix.

»Ich brauche dringend deine Hilfe«, keuchte er in den Hörer, weshalb Henning das andere Gespräch zügig beendete.

»Ich rufe Sie später zurück.« Er legte auf. »Mann, Tix, ich arbeite. Was ist los?«

»Ich brauche eine Geschenkidee für Mila zur Eröffnung. Jetzt sofort.« Die Sätze ließ sein Bruder erst einmal wirken. Wie immer, wenn ihm etwas wichtig war und er erreichen wollte, dass Henning sich darum kümmerte. »Sofort«, wiederholte er, und der harsche Befehlston brachte Henning zum Schmunzeln, zum ersten Mal seit dem stressigen Start in den Tag.

»Mila hat keine Blumen in der Wohnung.« Es quietschte. Henning waren die seltsamen Geräusche des Schreibtischstuhls vorher nie aufgefallen, vermutlich weil er in den letzten Jahren kaum darauf gesessen hatte. Er war eben kein Bürohengst.

»Cool. Besorge ich morgen mit Mom. Und, Henning, meinst du, ich kann die Anna zur Eröffnung mitbringen?« Wie immer sprudelte Tix vor Tatendrang über. »Ich weiß, es ist mitten in der Woche und ich hab ja vorher Schule, aber geht das trotzdem?«

»Klar, das geht. Ich rede mit Mom und Annas Mutter.«

»Cool. Und noch etwas ganz, ganz Wichtiges …« Tix beschleunigte sein Sprechtempo, weshalb Henning sich konzentrieren musste. »Die Mila ist nett, oder? Sehr nett.«

»Ja, das ist sie.« Henning schmunzelte wieder.

»Und hübsch. Sehr hübsch, oder?«

»Auch das«, bestätigte er, und Tix kicherte am anderen Ende der Leitung.

Mila

Man durfte die Wände zwar nirgendwo anfassen, aber die Jungs waren fertig geworden und Odo hatte sogar zusätzlich die kniffeligen Stellen im Wohnzimmer gestrichen. Vielleicht sollten sie Hennings Sofa lieber erst morgen nach unten transportieren. Sie würde mit ihm darüber sprechen, wenn er nach Hause kam.

Nach Hause.

Nachdenklich brach sie ein Stückchen Gebäck ab und steckte es in den Mund. Die feine Vanillenote gab dem Rezept den Kick. Konnte man so lassen. Im Flur waren Schritte zu hören und jemand lud etwas offenbar Schweres auf den neuen Fliesen ab.

»Hey, Honey«, hörte sie als Nächstes. Eine wohlbekannte Stimme. »Ich hab deine Lieferung im Auto.«

Siedend heiß fiel ihr wieder ein, dass sie ihren Juristenkollegen vor einer Woche gebeten hatte, heute mit seinem Pick-up die restlichen Waren vom Großmarkt abzuholen. »Maze, du bist meine Rettung.«

»Ich habe alles in den Flur gestellt und nichts während der Fahrt probiert«, lobte er sich selbst. »Noch nicht einmal die Schokolade. Aber so einen Cupcake würde ich schon … natürlich nur, wenn du einen überhast.«

»Na klar.« Es war beruhigend, ihn zu sehen – ein bisschen Normalität im Durcheinander.

»Ist ja Open-House-Party bei dir.« Er nahm einen Delaware-Cupcake entgegen. »Ich habe zumindest die Haustür mal hinter mir zugemacht. Macht sonst wohl keiner hier.«

»Dann haben die Maler das eben sicher vergessen.«

»Die Maler?« Er hielt verblüfft inne, obwohl er gerade in den Cupcake beißen wollte.

Sie konnte es ihm nicht mehr zeigen, nur erklären. War es nicht dumm gewesen, dass sie die blauen Streifen an den Wänden so schnell überstrichen hatten? So hatten sie keine Beweise für die Polizei. Es war ihr eh schleierhaft, was Henning innerhalb der nächsten zwölf Stunden herausfinden wollte. »Hier und im Verkaufsraum musste gestrichen werden«, erklärte sie.

»Really?« Er verschluckte sich fast an einem Gebäckbrocken. »Luna hat doch erzählt, dass du fertig bist.«

»Ja, das war ich auch. Vor allem fertig mit den Nerven – heute Morgen.«

»Ich hab die Flyer bei Cleo gesehen, darauf wirkte alles einwandfrei. Darf ich den Raum mal live sehen?«

Mila ging mit ihm ins To-Go. Mit dem Finger fuhr Mason über den türkisfarbenen Tresen und wanderte weiter zu den Regalen, die von den Wänden abgerückt dastanden. »Warum stehen die so mittendrin?«

»Irgendein Clown hat sich einen Spaß erlaubt und letzte Nacht alles mit blauer Farbe beschmiert.«

»He, wieso das?« Mason wollte mit einem Finger gegen die Mauer tippen, doch Mila schrie erschrocken auf.

»Stopp, das ist frisch gestrichen. Du machst mir Fingerabdrücke an die Wand.«

»Haha. Fingerabdruck. Wie bei der Polizei«, witzelte Mason, zog aber rasch die Hand zurück.

»Die haben wir nicht eingeschaltet. Henning wollte sich selbst darum kümmern.«

»Dieser Henning scheint sich um alles kümmern zu wollen.«

»Ich kann die Eröffnung nicht verschieben. Die Flyer sind verteilt, die Leute warten drauf. Alles ist für den Tag geplant. Und«, sie trat nah an Mason heran, weil sie ihr Geheimnis nun auch mit ihm teilen wollte, »wenn es meinem Dad gefällt, kann ich das Haus behalten«, flüsterte sie.

»Aber Mila, du hast diesen König doch kennengelernt.« Mit dem Gebäck in der Hand ging er auf Abstand und schaute sich um, als suchte er nach einer Serviette oder irgendetwas anderem. »Warum willst du dich unbedingt mit dem Mann anlegen? Er wird dich vermutlich nicht in Ruhe lassen, wenn du ihm etwas wegnimmst.« Jetzt klang er besorgt.

»Mach dir keine Gedanken, Maze. Ich schaff das. Und ich habe Henning.«

»Ja, sicher. Du hast Henning.« Ein heiseres Lachen entschlüpfte ihm. »Und Sebastian hat Yann. Der rettet auch alles und jeden.«

Nun bekam Mila ein schlechtes Gewissen. »Maze, ich bin dir total dankbar, dass du mir geholfen hast. Du bist ein lieber Freund für mich geworden. Ich hab so ein Glück mit Luna und dir.« Sie nahm ihn so fest in den Arm, dass er sich protestierend befreite und mit einem verlegenen Lachen zurückwich.

»Okay, okay. Ich drück dir die Daumen für das hier.« Er deutete in den Raum. »Ich komme am Mittwoch mit Luna vorbei. Sie hat gesagt, Sebastian plant auch einen Besuch ein. Die halbe Kanzlei wird da sein. Pass bis dahin auf dich auf, Honey.«

Henning

Henning grüßte den Mann freundlich, der ihm aus dem Hauseingang entgegenkam. Der antwortete zwar, fixierte aber dabei den Boden und drückte sich auf der Steintreppe schnellen Schrittes an ihm vorbei. Ganz klar war der Typ an keinem längeren Gespräch interessiert, noch nicht einmal an einem Blickkontakt. Henning hatte sogar von Weitem bemerkt, dass dieser Mann am liebsten wieder heimlich im Haus verschwunden wäre.

Natürlich konnte Henning sich täuschen. Er kannte den Typen schließlich nicht, und nicht jeder, der sich ausweichend verhielt, war automatisch seltsam oder unsympathisch. Trotzdem. Nach diesen Gedanken ärgerte er sich, dass er denn Mann nicht aktiv angesprochen hatte. Schnell drehte er sich um und blickte ihm hinterher. Er ging bereits über den Bürgersteig davon. Dabei fiel Henning auf, dass an seinen feinen Designersohlen etwas Blaues aufleuchtete.

Als er den Laden betrat, fand er Mila dabei vor, wie sie akribisch den Boden absuchte. »Hallo, Henning. Keine Farbe mehr, hier ist jetzt alles tipptopp sauber.«

»Hallo, Süße. Was hat denn dieser Kerl hier gewollt?«

»Mason?« Sie formulierte es als Frage und so, als wäre Henning eifersüchtig, was total abwegig war. Na ja, vielleicht ein bisschen.

»Er kam mir auf der Steintreppe vor der Haustür entgegen.«

»Ja, mein Kollege … Maze … du weißt schon. Mason hat ein paar Sachen vorbeigebracht und einen Cupcake getestet«, erklärte sie.

»Aha.« Henning fühlte, wie sein Mund sich zu einer schmalen Linie verzog. »Unangenehm, dieser Mason.«

»Warum?« Sie stellte sich aufrecht hin und zwinkerte ihm zu. »Weil er ein Mann ist?«

Der Maulwurf

Henning

Die Adrenalinkicks, die sein Körper in den letzten Wochen und Monaten hatte aushalten müssen, erlebten vermutlich noch nicht einmal Extremsportler. Henning atmete tief aus. Klar war er Aufregung gewohnt, aber mehr im Beruflichen. Gestern Abend hatte er die Wand im Verkaufsraum kontrolliert. Unfassbar, was irgendein Vollidiot Mila antun wollte – und es letztendlich doch nicht geschafft hatte. Vielleicht hatte er oder sie es nur nicht ernsthaft genug versucht? Seltsam war das auf jeden Fall. Er selbst hätte sich mit Sicherheit mehr angestrengt, wenn er jemanden hätte vernichten wollen. Jedenfalls schimmerten die blauen Schlieren noch leicht durch, wenn man genau hinsah. Unwissenden Gästen würde das aber nicht auffallen. Schwein gehabt – fürs Erste. Gähnend schälte er sich aus dem Bett und schlurfte ins Bad. Er hatte nur ein paar Stunden geschlafen, doch Mila hatte sicher noch weniger Schlaf bekommen und länger gearbeitet.

Es kristallisierte sich immer mehr heraus, dass sie ein Workaholic war. Ein süßer. So hatte er sie nicht eingeschätzt bei ihrem ersten Kennenlernen. Weil es bei ihr spät geworden war, hatte sie in ihrer eigenen Wohnung übernachtet, und obwohl nur eine Nacht dazwischen lag, vermisste er sie: ihre verstrubbelten Haare am Morgen und wie sie sich ganz selbstverständlich eines seiner Shirts anzog. Er wünschte sich, dass diese Frau ein Teil seines Lebens blieb, und überraschte sich mit diesem Wunsch selbst. Aber er würde lügen, wenn er behauptete, da sei nichts zwischen ihnen und sie sei ihm egal. Sie bereicherte und forderte ihn … und sie machte ihn irgendwie … ja, richtig glücklich. Mila durfte nicht zurück nach München gehen. *Was für ein romantisches Gesülze. Er war ja völlig verweichlicht, seit sie da war. O Mann!*

Allerdings würde Mila hier in Hamburg nicht zur Ruhe kommen, wenn sie diesen gemeinen Saboteur, der es auf sie abgesehen hatte, nicht dingfest machten. Irgendwie hatte Henning eine vage Ahnung, wer es gewesen sein könnte. Aber ohne Beweise war das beste Bauchgefühl nichts wert. So viel war sicher.

»Hey und guten Morgen.« Mila öffnete ihm die Tür und hielt einen Muffin hoch, den sie mit rosa Zuckerguss verziert hatte. Sie stockte und ließ die Hand wieder sinken. »Ach nein, Rosa ist nicht deine Farbe.«

»Ich hätte ihn trotzdem genommen.« Lächelnd folgte er ihr die Küche, wo sie den Muffin gegen einen anderen ohne Guss austauschte und ordentlich mit Puderzucker bestäubte. Eine weiße Wolke stob in die Luft, die sie zum Niesen brachte. »Huch, das war so nicht geplant«, sagte sie lachend. Auf der Küchenarbeitsfläche stand derweil ein ganzes Bataillon Kuchen, Muffins, Cupcakes und Pralinen bereit. Überall türmten sich Kisten, Tütchen, Küchenutensilien, Zutaten und Backzubehör. Es duftete wie in einer französischen Crêperie, wie Weihnachten, Lebkuchen und Urlaub zusammen. Sie kramte in ihrer Jeans herum.

»Hast du überhaupt geschlafen, Mila? Ich will ja nicht unhöflich sein, aber du siehst heute genauso aus wie gestern und am Tag davor.«

»Ich habe ein paar Stunden gedöst.«

»In deinen Klamotten?«

Sie zuckte mit den Schultern. »Wer erfolgreich sein will, muss Opfer bringen. Ich dusche, sobald ich hier fertig bin.« Sie zog einen Schlüsselbund aus der Tasche, den sie zunächst etwas verwirrt betrachtete. »Die hab ich total vergessen.« Sie legte das Bündel auf einem Küchenstuhl ab.

»Wofür sind die? Sind das Ersatzschlüssel?«

»Ich weiß es nicht so genau, ja und nein. Die sind wohl von meinem Onkel Sebastian. Luna hat sie in der Kanzlei gefunden und wusste nicht so recht, wohin damit, weil meine Adresse draufsteht. Er muss sie verloren haben.«

»Verloren?«

»Ja, ich weiß, was du sagen willst.« Sie riss ein Stück Küchenrolle ab. »Ich sollte Sebastian anrufen, aber das ist mir durchgeflutscht. Du siehst ja, was hier los ist.« Sie schnäuzte sich, anschließend landete das Zewa mit einem gezielten Wurf im Mülleimer neben der Spüle. »Was soll's. Er kommt ja morgen zur Eröffnung.« Am Spülbecken wusch sie sich die Hände und reichte ihm dann einen neuen Muffin. »Ingwer-Möhre. Ich überlege, ob ich einen Cupcake daraus mache. Frozen Cupcakes kämen auch gut an, glaube ich. Ich hab so viele Ideen, Henning.«

»Das ist nicht zu übersehen.« Er drehte sich um seine eigene Achse und kam sich vor wie im Süßwarenhimmel.

»Die Hotelkette hatte Überraschungspakete geordert, da konnte ich mich frei entfalten. Die müsste nur morgen jemand ausliefern. Da habe ich noch gar nicht dran gedacht.«

»Ich kann das übernehmen, ich habe mir freigenommen. Der ist echt gut.« Kauend holte er die Schlüssel vom Stuhl und spielte damit herum. »Passen die auf deine Tür?«

»Ja, auf meine und auf die des Verkaufsraums. Das habe ich schon getestet. Die restlichen sind sicher für die anderen Türen im Haus.«

»Okay, ich trage jetzt die Couch runter. Sind zwei Einzelteile. Kannst du die Wohnungstür aufhalten, damit ich durchkomme? Danach muss ich zur Arbeit.« Er küsste sie auf die Nasenspitze, den Schlüsselbund immer noch fest in der Hand, und wandte sich zum Gehen. »Den Muffin und die Schlüssel nehm ich mit nach oben, wenn das für dich okay ist.«

»Klar, probier sie mal aus«, rief sie ihm hinterher. »Und sag mir, wie du den Muffin fandest.«

Oben angekommen testete er sofort alle Schlüssel nacheinander durch. Keiner passte auf seine Tür.

Kurz entschlossen zog er sein Handy aus der Tasche und wählte die Nummer der Kanzlei. Es war ein simples Ausschlussverfahren, nichts Kompliziertes. »Hallo, Herr Wirthz, Foster hier. Kleines Problem. Ich habe mich ausgesperrt und ich meine, dass Ihre Nichte, Mila, erwähnte, Sie hätten Ersatzschlüssel zum Haus in der Finkenstraße 27?«

»Nein, nie gehabt.« Sebastian Wirthz war kein Mann für ausgiebigen Small Talk. »Mila müsste heute zu Hause sein. Entschuldigen Sie, ich bin in Eile. Gerichtstermin.«

»Ja, klar. Dann hab ich mich wohl verhört. Danke und sorry für die Störung.« Er legte auf und überlegte. Es befanden sich also keine Zweitschlüssel in der Familie. Außerdem fragte er sich, weshalb die Reinigungskraft der Kanzlei, die mit Sicherheit jeden Abend durch die Büros und Reihen fegte, den Schlüssel nicht gefunden hatte. Er konnte also nicht lange dort gelegen haben. Irgendetwas passte hier nicht zusammen.

Während er nachdachte, transportierte er das erste Couchteil nach unten. Mila wuselte immer noch in der Küche herum. Sie war voll und ganz in ihrem Element, nicht aufzuhalten. Niedlich irgendwie und wahnsinnig attraktiv. »Wir sollten die Anzeige wegen der Sabotageaktionen nicht vorschnell bei der Polizei aufgeben. Ich glaube, ich weiß, wer dahintersteckt«, platzte er jetzt mit seiner Vermutung heraus. »Dieser Mason-Typ.«

»Unser Mason? Aus der Kanzlei?«

Warum lachte sie denn? Es war nach langem Hin- und Herüberlegen die einzig plausible Erklärung. Außerdem mochte er ihn nicht.

»Er ist ein lieber Kollege, Henning, nicht mehr und nicht weniger.«

»Da bin ich mir nicht so sicher.«

»Das ist wirklich riesengroßer Blödsinn.«

»Die andere Möglichkeit wäre …« Er dachte nach. »Hast du Feinde in München oder hier in der Kanzlei?«

»Wie bitte? Jetzt spinnst du aber.«

Durch die geöffnete Küchentür sah er, wie sie auf einen Hocker stieg, um eine Umverpackung auf dem Schrank zu deponieren. So gefasst wie möglich schlenderte er zu ihr hinüber. »Mila, irgendjemand hatte Schlüssel zu diesem Haus. Und das bestimmt nicht aus Spaß. Ruf bitte mal deinen Vater an. Jetzt gleich.«

»Henning, ich habe keine Zeit für deine Verschwörungstheorien. Lass das die Polizei machen.«

Er hielt ihr sein Handy hin und sie schaute ihn so erschrocken an, dass er deutlicher werden musste. »Ruf ihn an! Ich habe seine Nummer gespeichert.«

Skeptisch legte sie den Kopf schief. »Er hat einen Hausmeisterdienst für so was.«

»Die Hausmeisterschlüssel wird man wohl kaum in der Kanzlei finden, oder?« Er hoffte, seine auffordernde Geste würde genügen.

»Du kannst ganz schön streng gucken«, meinte sie und nahm mit zusammengezogenen Brauen sein Handy entgegen.

Wie schaffte sie es nur, ihn sogar in ernsten Situationen zum Lächeln zu bringen? Sie war so unberechenbar wie das Wetter: heiß, kalt und immer aufregend. Er genoss jede Emotion, die sie zeigte. Auch jetzt, als sie unwillig den Hörer ans Ohr presste und entnervt dem Durchwahlton lauschte.

»Dad?«, sprach sie ins Telefon. Sie fuhr sich durch die Haare und ihm fiel auf, dass ihre Stimme verletzlicher klang als sonst. »Ja, ihr seid unterwegs zum Flughafen. Ich weiß.« Sie schwieg. »Natürlich kann Rachel meine Handtücher mitbenutzen, wenn ihr hier seid.« Vorwurfsvolles Augenrollen in seine Richtung. Mit den Händen bedeutete sie ihm, dass sie gar keine zusätzlichen Handtücher für die beiden hatte, ihre Augen bildeten immer schmalere Sehschlitze. Sie war bereit, ihn zu erdolchen, ganz klar. »Dad, hast du jemandem Zweitschlüssel zu diesem Haus gegeben? ... Nein, keine Ahnung, warum ich dich das frage ... Selbstverständlich bin ich nicht davon ausgegangen, dass du deine Tochter einer Gefahr aussetzt. Okay, bis morgen, Dad. Guten Flug.«

»Und?«

»Nichts und.« Sie zuckte mit den Schultern und warf ihm einen finsteren Blick zu. »Du hast es doch gehört. Er weiß nichts und es gibt keine Ersatzschlüssel.«

»Na, ich fühle diesem Mason trotzdem mal auf den Zahn.«

»Henning, es reicht!« Sie drehte sich so abrupt um, dass sie fast das Gleichgewicht verlor. »Ich möchte nicht, dass du Maze darauf ansprichst. Er war es nicht.« Sie wollte ihm die Schlüssel aus der Hand reißen, doch er hielt sie so hoch, dass sie nicht drankam. Stattdessen küsste er sie auf die Stirn.

»Ist okay«, sagte er beschwichtigend – und kapitulierte. Vorläufig.

»Danke. Deine Couch passt übrigens wie angegossen in dieses Zimmer.« Sie zeigte auf das Sofa und gab ihm einen Wangenkuss. »Mein Dad wird himmlisch darauf schlafen.«

»Da habe ich aber gerade ganz andere Gedanken gehabt, was man darauf alles tun könnte.« Er grinste und sie knuffte ihn in die Seite. »Brauchst du die Schlüssel noch?«

»Nein, im Moment nicht. Aber ich brauche dich.« Sie zog einen Schmollmund. »Nicht auf dem Sofa, mehr so generell.«

»Tja.« Er fasste sie um die Taille und schob sie ein bisschen von sich weg. »Tut mir leid. Keine Zeit.«

»Ach, jetzt erteilst du mir eine Absage?« Sie grinste. »Selbst schuld.«

»Ja, bin im Dienst und muss los.« Was er ehrlich bedauerte.

Draußen auf der Finkenstraße wehte ihm kalte Luft ins Gesicht. Noch dazu nieselte es und er hasste es, einen Regenschirm zu benutzen. Die Dinger waren unpraktisch und nervig. Noch nerviger war nur, dass er den Wagen am anderen Ende der Straße geparkt hatte, weshalb er erst fünf Minuten später halb durchnässt im Auto saß.

In seinem Leben hatte es immer Tage gegeben, an denen so viel los gewesen war, dass er nicht wusste, wo er anfangen sollte. So wie heute. Und er war dankbar – glücklich, dass die Zeit der Anklage, als er nur beurlaubt zu Hause herumgesessen hatte, vorbei war.

Henning überlegte nicht lange und kramte sein Handy hervor, um Luna anzurufen. Er brauchte dringend eine Information.

Mila

Kaffee am späten Abend war ungesund. Das hatte Mom ihr früher vorgebetet. Doch heute kochte Mila sich ausnahmsweise trotzdem einen Filterkaffee und setzte sich mit der roten Sammeltasse an den Küchentisch. Das heiße Getränk wärmte

318

ihre Seele. Sie konnte selbst kaum glauben, dass alles erledigt war: die Behördengänge, der Papierkram, die Renovierung und die Planung und natürlich das Backen. Dad und Rachel konnten anreisen. Die Wohnung war kein Luxusapartment, aber es war gemütlich. Heimelig, aufgeräumt und hell. Sogar die Deckenleuchte hing und trug mit ihrem Licht das Beste dazu bei. Gerade schickte sie ein Stoßgebet zum Himmel, dass hoffentlich nichts mehr dazwischenkommen möge, als es an der Tür klingelte. Sie betätigte den Türöffner und ging zur Wohnungstür.

Im Flur kollidierte Tix beim Öffnen der Haustür fast mit seinem Bruder, der zeitgleich von der Arbeit gekommen sein musste und gerade am Briefkasten hantierte.

»Hey, ihr zwei, Jessi wartet draußen im Auto«, erklärte Tix knapp. Er kam auf Mila zugestürmt und fiel ihr um den Hals.

»Kommst du nicht mit mir rauf?«, fragte Henning überrascht.

»Wozu? Ich will gar nicht zu dir. Ich komme nur vorbei, um die leckeren Pralinen für Anna abzuholen. Die möchte ich ihr morgen geben, bevor wir herkommen. Ich bin halt Romantiker.«

»Und ich nicht, oder wie?«

»Na ja«, lautete Tix' bedeutungsschwangere Antwort.

»Gibt es noch Arbeit, Mila? Dann komme ich gleich runter, wenn ich mich umgezogen habe.« Henning sah sie fragend an.

Sie schüttelte den Kopf, gerührt davon, wie lieb und hilfsbereit er trotz seines langen Tages war. »Genieß du mal lieber deinen Feierabend. Ich brauche dich ja morgen schon wieder in Vollzeit.«

»Ich hoffe, du brauchst mich länger als nur morgen.« Lächelnd betrat er die Treppe nach oben.

»Ihr seid ganz schön eng miteinander.« Tix' Blick wanderte zwischen ihnen hin und her. »Seid ihr ein Paar? Küsst ihr euch?« Typische Tix-Fragen. Direkt und unverfänglich.

»Also, ich denke …« Ja, was genau dachte sie? »Ich glaube, wir mögen uns«, sagte sie vorsichtig, spähte die Treppe hinauf und fing Hennings breites Grinsen auf.

»Cool! Wo hast du die Tüte für Anna?« Tix drückte sich an ihr vorbei in die Wohnung, während ihr Handy in der Hosentasche vibrierte. Eine Nachricht von Dad.

»Henning Foster!«

»Warum schreist du so? Ich kenne meinen Namen.« Er blieb mitten auf der Treppe stehen.

»Mein Vater hat mir soeben mitgeteilt, dass er es super findet, dass das Haus jetzt sogar eine Hausnummer hat. Hättest du ihm geschrieben.« Sie hielt ihr Handy in die Luft. »Warum schreibst du mit ihm und dann so was?«

Sie beobachtete, wie die Farbe aus seinem Gesicht wich, und fühlte, wie sich ihr eigener Atem beschleunigte. »Mila, pass auf, das war so …«

»Nicht noch mehr Geschichten«, warnte sie ihn. Tix trat hinter sie. Er schien die Tüte für Anna, die sie mit ihrem Namen beschriftet hatte, inzwischen gefunden zu haben.

»Dein Vater hatte mich angerufen und mich gebeten, ihn auf dem Laufenden zu halten. Ich vermute, er wollte einfach wissen, ob bei dir alles okay ist.«

»Er ist Geschäftsmann und er hat nie nach mir gefragt. Warum sollte er das jetzt tun? Und dann auch noch dieser Umweg über dich. Wozu?« Sie hatte nicht vorgehabt, so böse zu klingen, erst recht nicht vor Tix, aber es ließ sich nicht verhindern. Vielleicht wegen all der Jahre, in denen ihr Dad nicht für sie da gewesen war. »Du kennst meinen Vater nicht.«

»Du offenbar auch nicht. Er wollte dich nicht mit seinen Nachfragen nerven und ich wohne nun einmal hier. Es war auch nur zwei oder drei Mal. Mach kein Drama draus.«

»Kein was?« Am liebsten hätte sie losgeheult, vor allem, weil Henning so unnachgiebig die Meinung vertrat, ihr Dad wäre aus tiefstem Herzen um sie besorgt. »Wen kenne ich deiner Meinung nach denn noch alles nicht? Meinen Onkel, Luna oder Tix?« Sie deutete auf seinen Bruder, der mittlerweile neben ihr stand und ihr einen Zehneuroschein in die Hosentasche steckte.

»Für die Pralinen und für dich. Hab ich von Mom«, erklärte er und sah unentschlossen aus, ob er die Szenerie verlassen konnte, ohne einen Krieg auszulösen. »Ihr seid also kein Paar?«, fragte er. »Schade.«

»Vielleicht kennst du diesen Mason nicht wirklich, Mila. Ich werde jedenfalls überprüfen, ob er eventuell für die Sabotage verantwortlich ist. Ich habe dir in Bezug auf deinen Vater ehrlich geantwortet und auch das sage ich dir jetzt ehrlich. Und zwar vorher.«

»Untersteh dich, Mason ins Kreuzfeuer zu nehmen!«, rief sie ihm zu, aber er war schon im Treppenhaus verschwunden.

Tix seufzte. »Echt schwierig mit euch. Aber ich schätze, wenn man sich liebt, streitet man auch mal. Und Henning ist stur.«

»Wie ein Stier.«

»Ja. Aber du hast auch einen Dickkopf«, sagte er und drückte sie zum Abschied fest an sich. »Bis morgen.«

Ihr Handy vibrierte erneut. Heute ging es zu wie im Taubenschlag. Eine weitere Nachricht von Dad.

Wegen der Schlüssel, nach denen du gefragt hattest. Mir fiel gerade ein, dass ich dem neuen Käufer welche habe zukommen lassen. Herr König wollte Messungen vornehmen und der untere Gebäudetrakt stand leer. Warum also nicht? Ich wollte Sebastian nicht damit behelligen, der ist ja immer schwer beschäftigt. Nicht so einfach, wenn man alles aus den USA regeln muss.

Haben ziemlich langen Zwischenstopp. Diese Langzeitflüge sind grausam.

Freuen uns auf dich. Dad

Er schickte eine Sonne hinterher.

Danke, Dad. Alles gut. Passt auf euch auf. Bis ganz bald.

Na, super. Sollte sie Henning die Info weitergeben? Besser wäre das, bevor er Mason zu Unrecht auseinandernahm. Sie leitete die Nachricht kommentarlos per Messenger weiter. Vielleicht bekam Henning ja endlich Gewissensbisse wegen seines Hitzkopfs. Er sollte sich dringend Gedanken darüber machen, was er da tat. Einfach einen ihrer Freunde zu verdächtigen war nicht nett. Vor allem, wo die Lösung so offensichtlich vor ihnen lag und es sich um Königs Schlüssel handelte – wie auch immer sie in die Kanzlei gelangt waren. Wie dem auch sei – mit blauer Farbe hatte das Ganze jedenfalls nichts zu tun. Sie lehnte sich nachdenklich an die Küchentheke und schaute zu der hohen stuckverzierten Decke, dann aus dem Fenster hinaus auf die Finkenstraße. Sie mochte dieses Haus und sie mochte, dass sie für den Baufortschritt verantwortlich war. Irgendwie machte sie die Tatsache, dass sie endlich wieder etwas mit ihren eigenen Händen erschaffen hatte, seltsam ruhig. Auch wenn sie wusste, dass das Eröffnungslampenfieber sicher morgen früh noch gebührend zuschlagen würde.

Henning

Jetzt hatte Mila ihm auch noch eine Nachricht von ihrem Vater weitergeleitet. Ohne Erklärung. Aber er wusste ja, was sie ihm damit sagen wollte: Es gefiel ihr nicht, dass er ihren Bürokollegen unter die Lupe nahm. Nur leider konnte er nicht immer nur das tun, was ihr zusagte. Besonders nicht in diesem Fall. Mit Lunas Hilfe hatte Henning herausgefunden, wo dieser Mason wohnte: Elbchaussee. Hier gab es eine Menge denkwürdiger Herrenhäuser und Villen, eingebettet in großzügige Parkanlagen. Die Bewohner waren Unternehmer, Ärzte, Anwälte, Familiendynastien. Aber nicht ausschließlich. Seit dem 19. Jahrhundert war die Chaussee eine beliebte Ausflugsstrecke und auch heute beeindruckten ihn die grau-weißen Gebäude und das Flair des Viertels aufs Neue. Er parkte das Auto direkt vor einem stilvollen Wohnhaus, stieg aus und ging die Treppe hinauf zu der von vier wolkenweißen Säulen eingefassten Haustür. Dort inspizierte er die Türschilder. Alles Weitere war eine Sache von wenigen Minuten. Kollege Mason bewohnte eine Mietwohnung, die offensichtlich eine beachtliche Größe aufwies – wie es sich für einen aufstrebenden Juristen gehörte. Er schaute sich um. Weit und breit niemand zu sehen, aber wozu sollte er sich überhaupt verstecken? Er hatte schließlich nicht vor, etwas Ungewöhnliches zu tun.

Gemächlich zog Henning den Schlüsselbund aus der Hosentasche und versuchte, einen der Schlüssel ins Schloss zu stecken, was nicht funktionierte. Er probierte es mit einem weiteren, wieder nichts. Okay, die gehörten zur Finkenstraße. Beim dritten hatte er mehr Glück. Ein Sicherheitsschloss. Es klackte zwei Mal, als er den Schlüssel drehte und sich die Tür problemlos öffnete.

To-Go or not to go

Mila

Gegen neun Uhr am Eröffnungsmorgen drehte Mila die letzte Isolierkanne zu. Ein weiteres Mal rückte sie Tische, Pralinenpäckchen, Kuchen, Cupcakes und Muffins zurecht. Rasch zog sie ihren roten Wollmantel über das knöchellange Kleid und ging hinaus auf die Straße. Von draußen wirkte das *Ziemlich sicher Liebe* wie ein verwunschener Teeladen aus einem Märchen. Durch die Scheibe leuchteten Lichterketten und das flackernde Licht der künstlichen Stumpenkerzen im Innern des Ladenlokals mutete vollkommen natürlich an.

Sie öffnete die Haustür bis zum Anschlag und befestigte sie mit einem Türstopper. Im Flur roch es verführerisch nach Karamell und Vanille, fast wie auf einem Jahrmarkt. Zufrieden begutachtete sie die hübschen Metrokacheln und dachte daran, wie sie zusammen mit Tix die alten Fußbodenplatten ausgetauscht hatte. Das war anstrengend gewesen, aber irgendwie auch schön. Im Laden öffnete sie eine Flasche Sekt und sah auf die Uhr. Noch keine Gäste, der Raum war leer – das würde sich hoffentlich bald ändern. Luna hatte eigentlich kurz vor zehn erscheinen und ihr bei der Bewirtung helfen wollen, aber sie war nicht da. So langsam bekam Mila richtige Magenschmerzen und natürlich … Lampenfieber.

Doch ihre Aufregung verflog auf der Stelle, als das erste Pärchen pünktlich um zehn in Urlaubsstimmung das Geschäft betrat. Angeregt plauderte sie mit den neuen Gästen und schenkte gerade den ersten Begrüßungssekt aus, als Henning auftauchte.

»Hey, ich hab die Überraschungsboxen im Hotel abgegeben.« Er sagte es so stolz, als wäre er zum Mitarbeiter des Monats gekürt worden. »Der Geschäftsführer des Harrot-Hotels hat angeboten, die Kisten künftig von einem seiner Azubis abholen zu lassen. Sie denken sogar über einen Dauerauftrag nach. Es war klug von dir, eine zusätzliche Gratis-Box für das Management mitzugeben«, fuhr er fort. »Du hättest mal sehen sollen, wie der Anzugtyp sich auf die Muffins gestürzt hat. Er hat dem Concierge einen angeboten und die haben sich benommen wie die Geier.« Er lachte und ihr schoss durch den Kopf, wie gut er in seinem weißen Hemd zur hellblauen Jeans aussah. Spontan küsste sie ihn auf den Mund. Der kleine Ärger von gestern war verraucht.

»Ich habe mir gestern nur Sorgen um dich gemacht«, flüsterte er und küsste sie gefühlvoll. »Übrigens« – wie jedes Mal spürte sie die Stärke seiner Unterarme, als er einen Arm um sie legte, um sie zärtlich zu halten –, »Robert kann heute nicht kommen. Einer von uns beiden muss ja auf der Arbeit erscheinen. Aber ich soll dir viel Glück wünschen.«

»Danke schön.« Blitzschnell wand sie sich aus seinem Griff. Und zwar nicht, weil sie seine Berührung nicht gewollt hätte – das Gegenteil war der Fall – sondern, weil sie sich nicht von der Arbeit ablenken lassen durfte. Nicht jetzt. »Herzlich willkommen«, sprach sie die neu eingetroffenen Kunden an. Eine persönliche Begrüßung war superwichtig, damit sich die Leute wohlfühlten. »Auf den Tischen stehen Probier-Etageren.

Schauen Sie sich in Ruhe um. Die verwendeten Zutaten sind aus rein biologischem Anbau. Sie dürfen alles kosten, und wenn Sie Fragen haben … ich bin für Sie da.«

Eine ältere Kundin strahlte. »Das finde ich ja toll. Was ist in diesem Küchlein denn zum Beispiel alles drin?« Sie deutete auf ein Schokoladenexemplar, das als geheime Zutat Kardamom enthielt.

»Einfach probieren. Ich helfe Ihnen, es selbst zu erraten.« Sie zwinkerte ihr zu. Anscheinend hatte sie den Umgang mit der Kundschaft nicht verlernt, und als sie sah, wie die Frau in den kleinen Gugelhupf biss und sich danach beseelt die Lippen leckte, tat Milas Herz einen Hüpfer. Schokolade hatte heilende Kräfte. Das war nicht nur so ein Spruch. Wo war eigentlich Henning die ganze Zeit über hin?

Jetzt kam er, eine Hand hinter dem Rücken haltend, auf sie zu.

»Kardamom«, jubilierte die Dame.

»Richtig.«

»Hast du eine Minute für mich?«, fragte Henning, nickte der Frau zu und zog den Strohhut hervor. »Nur ein kleiner Glücksbringer für die Eröffnung. Es war albern von mir, ihn überhaupt anzunehmen. Ich brauche kein Pfand von dir.« Er setzte ihr den Hut so schräg auf, dass sie lachen musste. »Du bist wahrhaftig Pfand genug.«

Sie nahm den Hut vom Kopf und drückte ihn an ihre Brust. Jetzt konnte nichts mehr schiefgehen. »Danke schön.«

»Wir wissen nicht, wie das enden wird, wenn dein Vater angereist ist. Aber egal wie, du bist ein ganz besonderer Mensch für mich. Und«, er räusperte sich, »ich möchte nicht, dass du jemals wieder gehst.«

Als er sie dieses Mal in den Arm nahm, stiegen Tränen in ihren Augen auf. Mit den Zeigefingern betupfte sie die Augenwinkel, um sie zu trocknen. Wie immer verflüchtigten sich Anspannung und Stress in Hennings Armen und Ruhe kehrte in ihren Körper ein. Kurz. Denn dann platzte Luna ins Lädchen.

»Zu spät, ich bin ja viel zu spät«, quietschte sie wie der weiße Hase aus Alice im Wunderland. »Hab ich was verpasst? Ist dein Vater schon da? Soll ich den Thekendienst übernehmen?« Sie schob Mila einen Stapel fein säuberlich zusammengelegter Handtücher in die Arme. »Du hast zu wenige davon. Die sind frisch gewaschen.« Sie zog die Teddyfelljacke aus. »Mann, ist das heiß hier.«

»Dir ist seit Monaten heiß, Lulu«, korrigierte Henning sie und rollte mit den Augen, aber sie hörte gar nicht zu. Stattdessen sortierte sie Gläser und schenkte weiter Sekt aus. Was gut war, denn kurz darauf enterte eine Münchener Reisegruppe das To-Go. Sie sahen sich um, zwei wollten Tassen kaufen, drei hatten es auf die Muffins abgesehen, vier auf die Pralinenpäckchen und alle zehn griffen nach den Sektgläsern. Mila drapierte den Strohhut auf der roten Küchenanrichte – dort, wo sie ihn sehen konnte. Es war seltsam, aber durch diesen albernen Hut fühlte sie sich ihrer Mutter wieder ein Stück näher. So, als sähe sie ihr von oben zu, und vielleicht tat sie das wirklich.

Ein Taxi fuhr draußen vor. Sie spürte es eher, als dass sie es wirklich hörte oder sah. Augenblicklich sackte ihr Herz eine Etage tiefer. Sie wischte sich die Hände mehrfach an der Schürze ab. Atmen! Nur einen Wimpernschlag später übertrat Dad die Schwelle zu ihrem Geschäft, im Gepäck Rachel und zwei Reisekoffer. Komischerweise wirkte er nicht mehr so geschäftsmännisch und einschüchternd, wie sie ihn in Erinnerung hatte. Und auch seine Frau war nicht die studiogebräunte, topgestylte Dame von einst. Im Gegenteil. In Jogginghosen, Rollkragen und Mantel sahen die beiden wie ganz normale Leute aus.

Dad. Die Furchen in seinem Gesicht hatten sich vertieft, er war schmaler geworden, immer noch etwas zu kurz geraten und hatte lichteres Haar. Wie lange hatte sie ihn nicht mehr gesehen? Sein Blick wanderte suchend umher, bis er sie bemerkte. Natürlich wollte sie ihn umarmen, aber gleichzeitig schreckte sie auch vor ihm zurück. Wer war dieser Mann? Eine Frage, die sie sich stellte, seit sie wusste, dass er ihr Erzeuger war. Ihre Blicke trafen sich, verschmolzen zu einer Vater-Tochter-Einheit, die nur eine winzige Momentaufnahme darstellte. Dann winkte Rachel ihr überschwänglich zu.

Mila griff nach zwei Sektgläsern, atmete noch einmal durch und ging langsam zu ihnen hinüber. »Herzlich willkommen.« Ihr Willkommen klang wie der Empfang in einem Gourmetrestaurant. Steif und viel zu einstudiert, was nicht ihre Absicht war.

»Mila.« Auch nicht viel besser. Dad nahm die Gläser entgegen und reichte eines seiner Frau. Anscheinend wusste er genauso wenig, wie er sich verhalten sollte, weshalb Rachel spontan vortrat und Mila ohne Zögern herzlich umarmte.

»Schön, dass wir bei dir bleiben können. Es tut so gut, mal etwas anderes zu sehen. Das hier«, sie deutete mit dem Kopf in den Raum, »ist ganz entzückend geworden. Du hast dir so viel Mühe gegeben. All die kleinen Details. Wirklich bezaubernd.«

»Ja, bezaubernd«, bestätigte Dad unentschlossen und nippte an seinem Glas.

»Können wir die Koffer irgendwo abstellen und uns frisch machen?« Rachel warf ihm einen mahnenden Blick zu und trank ebenfalls einen Schluck.

»Ja. In meiner, also ich meine, in eurer Wohnung.« Mila knetete ihre Finger. Sie konnte Luna sicher ein paar Minuten allein hinter der Theke lassen. »Ich zeige es euch.«

Das Holpern der Reisekofferrollen hallte befremdlich durch den Flur, und als sie die Wohnungstür öffnete, rutschte Dad ein wohlgefälliger Pfeifton heraus. »Ich habe das Haus nur einmal gesehen, als ich es gekauft habe. Die Wohnung war ein Albtraum. Das Ganze war ein Blitzkauf, eine Fehlinvestition, wie ich sie selten tätige. Deswegen wollte ich es unbedingt wieder abstoßen.« Er spuckte das Wort förmlich aus.

Sie konnte nicht so richtig einordnen, welche Bedeutung es für ihn hatte. Wollte er ihr damit mitteilen, dass er die Immobilie schnellstmöglich loswerden wollte? Und sie gleich mit?

»Hing da nicht mal ein Kronleuchter?« Skeptisch blickte er an die Zimmerdecke, an der Hennings Industrieleuchte baumelte. Er kreuzte die Arme vor der Brust. »Soso«, machte er dann und marschierte zur Küche. »Und hier fehlt auch eindeutig etwas Wesentliches«, kritisierte er weiter, während sein Zeigefinger durch die Luft schnitt.

»Was denn?« Mila spürte, wie ihr Herz raste, und biss sich auf die Unterlippe. Wovon redete er? Das fing ja prima an.

»Auf jeden Fall ein ordentliches Arbeitsgerät und …«

»Es ist blitzsauber«, unterbrach Rachel ihn aus dem Bad, das Mila heute Morgen extra zwei Mal gewienert hatte. »Und diese Handtücher sind so superflauschig. Ganz toll! Habt ihr in Deutschland einen speziellen Weichspüler?«

»Nicht, dass ich wüsste.« *Und wenn, wäre es nicht wichtig.*

»Hattest du gesehen, dass da feuchte Stellen im Keller an der Wand waren? Der Hausmeisterdienst hat mir an einem Tag so etwas gemailt und ein paar Tage später schrieb er, die Stellen seien jetzt weg. Ich habe dann nicht mehr nachgefragt. Warst du das? War da ein Feuchteschaden und du hast ihn behoben?« Dad platzierte den Sektkelch auf dem Küchentisch. »Das hatte ich beim Hauskauf gar nicht festgestellt. Aber ich bin ja auch kein Experte. Normalerweise nehme ich immer einen Sachverständigen mit. Bei diesem Objekt nicht. Manchmal meint man, man wäre erfahrener, als man ist.«

Mila räusperte sich. »Wir haben das abgedichtet. Henning vor allem.« Ihr Herz raste noch schneller als vorhin.

»Wirklich? Ist ja beeindruckend. Kann ich das Resultat mal sehen?«

»Du hast doch noch gar nicht die ganze Wohnung gesehen.«

Dad winkte ab. »Die Wohnung ist in Ordnung. Das mit dem Keller interessiert mich. Das ist immerhin Bausubstanz. Sag ich jetzt mal so als Laie.« Er kratzte sich an der Nase, als würde diese Geste irgendetwas bedeuten.

»Geht ihr zwei nur. Ich mache mich in der Zeit frisch«, mischte sich Rachel ein. »Ich mag diese Wohnung und das Haus jetzt schon«, schwärmte sie weiter.

»Es hat keinen Pool«, gab Dad zu bedenken. Als hätte jedes Haus in Hamburg standardmäßig einen. »Dann mal los in den Keller. Gucken wir uns die Sache an.«

Das Herzrasen wurde in der halben Stunde, die sie zwischen Keller, Garten und Obergeschoss pendelten, nicht weniger. Teilweise hatte Mila das Gefühl, jeden Moment umzukippen. Hennings Apartment war für die Besichtigung selbstverständlich tabu. Dafür dachte Dad aber sogar daran, den Speicher zu begutachten, den Mila sträflich vernachlässigt hatte.

Als sie endlich zurück in den Laden kam, war sie mehr als ernüchtert, und Dad hatte sich erschöpft zurückgezogen. Er wollte eine Pause einlegen, was seiner Aussage nach dem Jetlag geschuldet war und nicht an ihr oder der Hausbegehung lag. Trotzdem.

»Alles okay mit deinem Dad?«, fragte Henning und wischte mit einem Lappen ein paar Kaffeeflecken von der Theke.

»Er hat sich bezüglich des Hausverbleibs noch nicht geäußert.« Sie fühlte, wie ihre Stimme kippte. Scherzhaft hob sie einen Daumen in die Luft. »Aber ansonsten geht es ihm blendend.«

Henning

Henning ging es exakt in dieser Sekunde nicht mehr blendend. In einem schnieken Anzug und mit einer überdimensionalen Torte auf dem Arm tauchte Milas Lieblingskollege Mason im Türrahmen auf. Als gäbe es hier nicht genug Kuchen. Am liebsten hätte Henning laut gelacht. Er hatte gewusst, dass der Moment kommen würde. Im Grunde war die Überführung solcher Sabotagedelikte für jeden Kriminalbeamten ein Klacks, aber wegen Milas emotionaler Bindung zu dem Kerl würde er wohl oder übel improvisieren müssen.

»Hey, Honey. Die Torte ist von der Belegschaft und mir. Ein Gemeinschaftsgeschenk. Wir hoffen damit auf lebenslangen Rabatt in deinem Liebesladen.« Mason küsste in die Luft, woraufhin Henning einen leichten Würgereiz verspürte. »Hoffentlich belieferst du bald unsere Cafeteria. Dann ist Schluss mit fettigen Käsesandwiches bei Sebastian und Co.« Mason lachte wiehernd.

»Du bist der Hammer, Maze!« Mila las die Beschriftung auf der Torte laut vor. *»Alles Gute zur Eröffnung.«* Eingerahmt von Marzipanherzchen und -rosen. Wie kitschig.

»Habe ich höchstpersönlich ausgesucht«, lobte Mason sich. War klar.

Bedauerlicherweise blieb Henning nichts anderes übrig, als still zu beobachten, wie Mila ihren Juristenkollegen dankbar drückte. Falscher Zeitpunkt, jetzt einzuschreiten und herauszuposaunen, was er wusste.

»Ich wünsche dir von ganzem Herzen, dass dein Laden brummt. Brummen. Sagt man doch so, oder?« Mason nahm sich einen Pizza-Muffin von der Etagere im Regal und biss hinein. »Vorzüglich, Honey.« Henning hätte ihm den Muffin am liebsten ins Gesicht gedrückt.

»Du hast ja mitbekommen, wie chaotisch es gestern noch war.« Mila verzog die Mundwinkel. »Man merkt nichts mehr davon. Zum Glück.«

»Ja, zum Glück«, wiederholte Henning gereizt und etwas zu laut. Er legte einen Arm um Mila und durchbohrte Mason mit seinem Blick. Leider konnten sie nicht lange so stehen bleiben, weil Mila von einer Frau angesprochen wurde, die wissen wollte, wo sie die Lichterketten gekauft hatte. Sie begleitete die Kundin zum Tassenregal, nicht ohne ihn vorher warnend anzuschauen. Jaja, er würde es ja gut sein lassen für heute. Es war ihr großer Tag und er respektierte das.

»Hallihallo«, rief Tix von der Tür aus. Die Sonne ging auf. Genau rechtzeitig, um die dunklen Wolken aus Hennings Kopf zu vertreiben. Und Tix hatte ein Mädchen dabei, mit blauen Mandelaugen. »Das ist die Anna. Boah, ist das voll hier.« Im Arm hielt er ein Bündel langstieliger Rosen, das er sofort an Henning weitergab. »Die sind für Mila. Aber sie hat ja zu tun. Cool, sie hat die Schoko-Bananen-Muffins gebacken, die ich wollte.« Seine Augen leuchteten auf und er zog Anna mit zum nächsten Tisch.

»Willst du mich nicht erst einmal vorstellen?«, rief Henning ihm sanft hinterher. Aber gegen den Kuchen hatte er keine Chance. Er ging zu Mila. »Hey, wo finde ich eine Vase für die Rosen? Die sind von Tix.« Er nickte dem Kunden, mit dem sie sich gerade unterhielt, entschuldigend zu.

»Die sind so hübsch! Aber ich habe keine Blumenvasen. Du vielleicht?« Mila formte die Lippen zu einem leisen »Danke« und wandte sich wieder dem Mann zu. Henning schmunzelte. Sie hatte ihn zur Hilfskraft degradiert. Tststs. Kein Problem, in seiner Wohnung würde er auf jeden Fall ein geeignetes Gefäß finden, notfalls musste eben der alte verrostete Sektkühler herhalten.

Als er eine Viertelstunde später wieder nach unten kam, war der Verkaufsraum bis zum Anschlag voll und sein Bruder samt Begleitung verschwunden. Schade, er hätte sich gefreut, Anna näher kennenzulernen. Stattdessen stellte er die Blumen auf die Theke und suchte in dem Gewühl nach Mason.

Aber auch der war weg. So ein Mist!

Mila

Mittlerweile fühlte sich die Party so an, wie sie sich eine große Familienfeier vorstellte, nur dass Dad die meiste Zeit nicht anwesend war. Also ziemlich realistisch. Dafür waren Cleo und Sebastian eingetrudelt und so langsam sollte Dad wirklich mal dazuzustoßen. Stattdessen erhielt sie eine Nachricht von ihm auf ihrem Handy.

Komm mal rüber.

Himmelherrgott. Er hätte ja wohl genauso gut selbst rüberkommen können. Dennoch folgte sie seiner Anweisung. Was sollte sie auch sonst tun?

»Ah, da bist du ja«, trällerte Dad, als sie die Tür aufschloss. Er und Rachel hatten sich ausgehfein hergerichtet, es roch nach Shampoo und Duschgel und auf der Küchenarbeitsplatte stand ein riesiges Paket. Moment mal, das kannte sie doch …

»Wir haben dir etwas mitgebracht. Genau genommen hat Foster uns dabei geholfen.«

»Sag mal, läuft da was zwischen euch beiden?« Rachel kicherte wie ein junges Mädchen. »Er ist anscheinend ein netter Kerl.«

Dad zog eine Augenbraue hoch. »Sagen wir so, er war extrem hilfsbereit.«

»Ja, das ist er. Aber ihr müsst mir doch nichts schenken, Dad.«

»Papperlapapp. Nun mach schon auf.«

Der Karton war schwer und trug lediglich die Beschriftung des Versandunternehmens. Mit einem Teppichbodenmesser schnitt sie das breite Klebeband auf und klappte die Deckel hoch.

Der Inhalt verschlug ihr die Sprache. Zum Vorschein kam eine professionelle Hightech-Küchenmaschine. Edelstahl. Genauso eine hatte sie in München besessen. Dad faltete die Hände und wartete offenbar auf eine Reaktion. Er wirkte angespannt. Auch Rachel erweckte den Anschein, als hielte sie die Luft an.

»Die habe ich mir gewünscht«, flüsterte Mila. »Ich hatte nur … also, ich hatte …« Sie schluckte.

»Kein Geld mehr«, ergänzte Dad. »Ich weiß.« Er legte ihr eine Hand auf die Schulter. »Foster hat mir den Tipp gegeben. Ich wollte dir etwas mitbringen, das dich glücklich macht. Unabhängig vom Haus.« Jetzt hatte sogar er Tränen in den Augen. »Das Gerät ist für all die verpassten Geburtstage und Weihnachtsfeste, auch wenn man das niemals aufwiegen kann. Und ich kann die Zeit nicht zurückdrehen, so gern ich das täte. Aber nun hast du etwas, das dich an mich erinnert. Jeden Tag.«

»Ach, Peter.« Rachel nahm Mila zum zweiten Mal an diesem Tag in den Arm.

Vielleicht hatte Mila sie immer falsch eingeschätzt. Vielleicht wollte sie sie falsch einschätzen – einfach, weil sie nicht ihre Mutter war. Um irgendetwas zu tun, hob Mila die Küchenmaschine aus der Verpackung. Wahnsinn, es handelte sich um die allerneueste Version. Die hatte locker ein paar tausend Euro gekostet. Sicher gab es jede Menge cooler Funktionen.

»Damit kann ich, also könnte ich, wieder richtig loslegen und viel effektiver arbeiten.« Sie streichelte über den Edelstahl der Maschine und Dad hüstelte bewegt. »Wegen des Hauses. Du hast noch nichts dazu gesagt, aber ...«, setzte sie gerade an, als sie von Henning jäh unterbrochen wurde.

»Hey, ich möchte nicht stören. Die Tür war auf. Hast du zufällig Tix gesehen?« Er blickte auf die Küchenmaschine und dann auf sie. »Schickes Teil.«

»Ja, sehr. Danke auch an dich dafür. Tix? Nein.«

»Er ist weg und na ja ... nicht, dass ich mir direkt Sorgen mache. Aber es sind ziemlich viele Gäste da und solche Menschenansammlungen hält er manchmal schwer aus. Deshalb wollte ich nachsehen, wo er ist.«

»Ist Anna auch weg? Vielleicht zeigt er ihr seinen Kräutergarten. Er hat schon beim ersten Date davon gesprochen.«

»Stimmt. Dass ich da nicht selbst draufgekommen bin.« Er schüttelte den Kopf. »Bis gleich.«

Mila ertappte sich dabei, wie sie sich ebenfalls sorgte, auch wenn Tix bestimmt ganz in der Nähe war.

Henning

Eigentlich wollte er die beiden nicht beim gemeinsamen Kräutergucken belästigen. Er wollte einfach nur wissen, ob es seinem Bruder gut ging. Vorher schaute Henning noch einmal im Laden vorbei, der nach wie vor gefüllt war. Luna machte es Spaß, die Gäste zu bequatschen und zu bewirten. Gerade erzählte sie einer Frau etwas von »Keine Rohmilch in der Schwangerschaft, aber Cupcakes sind okay«. Cleo schenkte Kaffee aus und stand ihr hilfreich zur Seite.

»Du hast noch gar nichts probiert, Großer.« Luna warf ihm eine Tüte Pralinen zu. Als wäre er der Pralinentyp. Na, er würde sie mal mitnehmen. Vielleicht konnten die beiden Turteltäubchen im Garten eine zuckerige Stärkung gebrauchen.

»Bin mal kurz raus.« Mit der Pralinentüte in der Hand machte er sich auf den Weg in den Keller. Die Schokodinger sahen wirklich lecker aus, eine kleine Praline für unterwegs konnte ihm nicht schaden. Er nestelte an der Tüte herum, als er Tix' Stimme vernahm. Er klang anders als sonst: fester und klarer. Vielleicht sogar ein bisschen härter, was Henning gar nicht von ihm kannte.

»Du kannst doch hier unten nicht Sachen umstellen, wie du willst«, schimpfte sein Bruder lautstark. »Wer bist du überhaupt?«

»Geht raus spielen, ihr beiden«, ertönte die genervte Antwort, und Henning wusste sofort, mit wem Tix diskutierte. »Mila weiß, dass ich hier unten bin. Das geht in Ordnung«, sprach die Stimme weiter.

Er wollte loslaufen, zwei Stufen auf einmal nehmen, sich neben seinem Bruder bedrohlich aufbauen, ihn beschützen und rumschreien. Doch irgendetwas hielt ihn zurück. Dieses Mal würde er genau das nicht tun. Weil er es nicht musste.

»Du lügst! Mila weiß nicht, was du hier machst«, wetterte Tix überraschend deutlich. »Hör auf, an dem Kasten zu fummeln! Das darf man nicht, wenn man kein Elektriker ist.«

Komischerweise nahm Henning von Anna gar keine Geräusche wahr. Sofort machte er sich wieder Sorgen. War sie überhaupt dabei? Gut möglich, dass die Situation, die er immer noch nicht sehen, dafür aber hören konnte, sie einschüchterte. Das wäre allerdings nicht ideal.

»Was hast du da in der Hand?«, brüllte Tix los.

Der Typ hatte doch wohl keine Waffe dabei? Das traute Henning ihm beim besten Willen nicht zu, also blieb er ruhig.

»Ist das etwa eine Zange?«

Aha. Werkzeug.

»Verzieht euch nach draußen, Kids, oder geht wieder hoch«, knurrte die Stimme statt einer Antwort.

Aber Tix ließ sich nicht beirren. »Was hast du eben auf dem Boden gesucht?« Im Direkte-Fragen-Stellen war er nach wie vor der ungekrönte Meister. Man hätte ihn ohne Weiteres bei schwierigen Verhören einsetzen können.

»Ich habe gar nichts gesucht.«

»Für nichts kriecht keiner über den Boden und guckt unter Regale. Deine Hose ist ganz dreckig. Du bist ein seltsamer Typ und ich rufe jetzt meinen Bruder.«

»Ist ja gut. Ich geh ja schon wieder hoch.«

»Nein, Freund, du bleibst hier«, ordnete Tix an. »Du bist ein Verbrecher.«

»Ha, genau«, erwiderte die Stimme lachend. »Und du? Wer bist du?«

»Ich bin James Bond«, kam die prompte Antwort.

Henning lächelte. Tix war mit Abstand der beste Bond, der je existiert hatte. Zeit, ihm Rückendeckung zu geben. Niemand hatte Henning auf der Treppe bemerkt, weshalb ihn alle drei verblüfft anstarrten. Anna, wie er sich das gedacht hatte, schräg hinter Tix und verstummt. Mason stand am Sicherungskasten, eine Schneidezange in der Hand. Was zur Hölle hatte er vorgehabt? Leitungen durchtrennen?

Der Jurist ließ ertappt das Werkzeug in seiner Hosentasche verschwinden und knetete seine Finger. Die Enden der Werkzeuggriffe ragten oben aus dem Hosenstoff heraus. »Ich habe in meiner Wohnung ein paar Probleme mit der Elektrik. Wollte mir mal anschauen, wie das in diesem Haus geregelt ist.« Er straffte den Rücken. »Gründerzeithäuser halt.«

Mason wohnte in keinem Gründerzeithaus.

»Das ist mein Bruder.« Tix versenkte seine Hände in den Manteltaschen. »Er ist die Polizei.«

»Ja, und?« Mason runzelte die Stirn. »Ich habe nichts getan.« Er drehte die Handflächen nach oben wie ein Taschendieb. »Echt nicht.«

»Was hast du dann eben gesucht?«, forschte Henning. Keine Ja-Nein-Fragen. Das lernte man schon in der Grundausbildung.

»Nichts«, wiederholte Mason gelangweilt und grinste schief.

»Vielleicht die hier?« Henning zog den Schlüsselbund aus seiner Tasche. Sein Gegenüber räusperte sich, stierte zu Boden, dann an ihm vorbei.

»Nein. Ich sagte doch, ich wollte mir nur den Kasten ansehen. Ich habe nichts gesucht.«

»Okay. Was hast du dann auf dem Boden gemacht?«

»Ich war nicht auf dem Fußboden«, empörte Mason sich, wurde jedoch leiser, als Henning wortlos auf seine schmutzigen Knie deutete. Für einen Moment herrschte Stille.

»Es gibt jetzt zwei Wege, wie wir das lösen können. Tix, du bist Zeuge, und Anna, du auch.« Beide nickten. »Entweder du gestehst sofort oder wir verhören dich auf dem Revier.« Er stand circa einen Meter von Mason entfernt und fixierte ihn mit seinem Blick. »Zwei der Schlüssel passen auf dein Haus. Irgendeine Idee dazu?«

»Nope.«

Er blieb also bei seiner Aussage. Wie dumm von ihm. Dann half nur noch die harte Tour. Henning trat näher an ihn heran, hielt Blickkontakt. »Okay, Mason. Ich sag dir, wie es gewesen ist. Du hast nach deiner letzten Sabotageaktion gemerkt, dass du den Schlüsselbund mit Milas und deinen Schlüsseln verloren hast. Du hast sicher einen guten Nachbarn in der Elbchaussee, bei dem du Ersatzschlüssel für deine eigene Bude hinterlegt hattest, weshalb das kein Problem war. Aber die Schlüssel zu Milas

Haus, die konntest du nicht so einfach ersetzen. Du musstest sie unbedingt wiederfinden und dachtest, sie wären hier. Da du sie jedoch bei deinem letzten Besuch im Verkaufsraum nicht entdeckt hast, dich aber bei der Sabotage überall im Haus bewegt hattest, hast du heute hier unten danach gesucht. Du bist davon ausgegangen, dass Mila dich auf der Eröffnungsparty nicht vermissen würde, weil sie genug zu tun hat. Das war schlau. Du hättest also in Ruhe suchen und dabei sogar noch etwas anderes sabotieren können, wenn Tix nicht aufgetaucht wäre.«

Der junge Rechtsanwalt presste die Lippen aufeinander.

»Und weißt du, was wirklich witzig ist, Mason? Die Schlüssel waren in der Kanzlei. Du hattest den Schlüsselbund auf der Ablage vor den Aufzügen abgelegt. Vielleicht erinnerst du dich daran. Du hattest vielleicht etwas in deiner Aktentasche gesucht oder was auch immer, ich weiß es nicht. Du warst auf jeden Fall abgelenkt, und als der Aufzug kam, bist du gedankenverloren eingestiegen und hast die Schlüssel dummerweise liegen lassen. Luna hat sie kurz darauf gefunden, als sie ebenfalls auf den Aufzug gewartet hat. Da Milas Adresse draufstand, hat sie sie eingesteckt und hierhergebracht. Tja. So sieht es aus. Nicht wahr?«

Mason schwieg beharrlich.

»Es ist aus. Wir haben deine Fingerabdrücke auf den Schlüsseln identifiziert.« Das entsprach zwar nicht der Realität, würde aber spätestens auf der Polizeidienststelle sowieso passieren. »Die Beamten kommen gleich, um dich abzuführen. Das kann eine saftige Freiheitsstrafe werden, mein Freund. Vor allem, wenn du nicht gestehst.«

»Okay, okay, okay.« Mason fasste sich an die Stirn. »You are right. Ich gebe alles zu.«

»Was gibst du zu, Maze?«, fragte eine Frauenstimme von der Treppe aus. »Hey, was treibt ihr alle hier unten? Die Party findet oben statt.« Mila. Verdammt. Das hatte Henning nicht gewollt, sie sollte fröhlich sein und in Ruhe feiern.

»Das ist alles deine Schuld«, zischte er Mason zu.

»Der Typ da hat mit einer Zange am Sicherungskasten herumgefummelt«, fasste Tix zusammen. »Und ich habe ihn entdeckt. Entlarvt.«

»Was?« Die Verwirrung stand ihr ins Gesicht geschrieben. Mason sah aus, als wäre er aufgrund ihrer Anwesenheit nicht mehr in der Lage, klar zu denken, geschweige denn, sich zu bewegen.

War er in Mila verknallt? Scheiße. Aber gut, geschenkt. Der Kerl war schließlich auch nur ein Mann und schien Gefühle für sie zu haben. Obwohl diese Vermutung Henning extrem störte, hoffte er doch inständig, dass sie stimmte. Das machte es leichter für ihn. Dementsprechend versuchte er es anders. »Ich glaube, Mason möchte sich bei dir entschuldigen.« Mit einer Hand warf er Mason den Schlüsselbund zu, den dieser reflexartig auffing. »Das ist seiner.«

»Was bedeutet das?« Betretenes Schweigen. Mila schaute Mason lange an. »Du hast mich sabotiert?«, folgerte sie schließlich. Kluge Frau.

Mason senkte den Kopf, seine Schultern sackten nach unten.

»Warum, Maze?«

»Komm, Anna«, fiel Tix ihr ins Wort, »ich will dir das Hochbeet zeigen.« Er wartete keine Antwort ab, sondern nahm seine Freundin stumm bei der Hand und zog sie vorsichtig mit nach draußen.

»Warum, warum … blöde Frage«, brummelte Mason vor sich hin. »Hast du mal die Augen aufgemacht in der Kanzlei?«

»Was hat das denn mit der Kanzlei zu tun?«, fuhr sie ihn an.

Henning lehnte sich an die Wand.

»Sebastian schätzt meine Arbeit nicht. Ich werde nie weiterkommen bei ihm. Er ignoriert mich die meiste Zeit.«

»Das stimmt doch gar nicht, Maze. Und du wirst nirgendwo weiterkommen, wenn du Straftaten begehst. Warum tust du so etwas?«

»Schon wieder ein Warum? Ich hab König kennengelernt, als wir den KaroLIVE-Fall übernommen haben. Er wollte über mich an Insider-Informationen gelangen. Doch dann ist er plötzlich umgeschwenkt und wollte nur noch ... well, Honey, er wollte nur noch Informationen über dich. Und er wollte, dass ich dich aufhalte. Irgendwie. Ich habe ihm erklärt, dass ich dich nicht verletzen will und dass ich nicht bestechlich bin.«

»Ja, aber ... das war doch ...«, Mila hielt inne, »... das war doch gut, oder?«

»Jeder Mensch ist bestechlich, Mila«, antwortete Mason trocken. »Everybody.«

»Er hat recht.« Ausnahmsweise einmal eine Stelle, an der Henning dem Typen beipflichten musste. »Was hat er dir geboten, Mason?«

»Well ... König hat mich in der Hand ... Also, er hatte herausgefunden, dass ich ...«, Mason schluckte schwer. Er zog die Zange aus der Tasche wie eine Waffe. Allerdings schien er sich eher selbst als irgendjemand anderen bedrohen zu wollen.

»Was ist denn los, Maze?«

»König hatte etwas Schwerwiegendes über mich herausgefunden.«

»So weit waren wir schon. Ich rufe jetzt die Kollegen an.«

»Bitte, ich ...« Mason griff sich nervös in den Nacken. »Er hatte über Freunde in den Staaten herausgefunden, dass meine Dokumente aus den USA, mein Abschluss ... dass sie ...«

»Sag nicht, der Scheiß ist gefälscht.« Henning hatte das Gestammel satt. Mason wand sich, als bekäme er einen

Migräneanfall und Bauchkrämpfe zusammen, und Mila hielt die Hand auf den Mund gepresst.

»Ich bin trotzdem ein guter Verteidiger. Ich bin fit in dem Job. Ich habe nur diese blöde Prüfung versemmelt. König hat mir einen besseren Posten in seiner Rechtsabteilung angeboten. Mit Perspektive. Nicht so einen Aushilfsanwaltsjob wie bei deinem Onkel. Wenn ich erst bei ihm gearbeitet hätte, hätte niemand erfahren, dass die Papiere gefälscht sind und die Anerkennung in Deutschland nicht echt ist. Ich wäre seine rechte Hand gewesen.«

»Des Königs rechte Hand. Das nenn ich mal ein Ziel.« Am liebsten hätte er dem Kerl eine verpasst. »Gefälschte Urkunden und Betrug. Klar, dass jemand wie König so etwas wittert.« Henning schenkte Mila einen Ich-habs-dir-doch-gesagt-Blick.

Sie schaute weg.

»Ich …«, druckste Mason herum, »ich kam aus der Nummer nicht mehr raus. König hat gesagt, er lässt mich auffliegen, wenn ich dich nicht aufhalte, Mila.«

»Du hast dich wirklich erpressen lassen?« Mila schlug die Hände über dem Kopf zusammen. »Mason, wie konnte dir so was passieren? Du hättest das klären können. Mit Sebastian. Es hätte sicher einen Weg gegeben, der …«

»Sebastian. Pfff«, machte Mason verächtlich. »Nein, ich musste es durchziehen. Außerdem hat König immer was von Mühlespiel geredet … und der Anordnung seiner Häuser … Er klang durchgedreht.« Mason wandte sich ab, weshalb sie nur noch seinen Rücken sahen.

»Wer hier der Durchgedrehte ist, wäre noch zu beweisen.« Henning hatte genug gehört. »Königs Psychomacken spielen nun wirklich keine Rolle.«

»Ich weiß, dass das alles dumm von mir war, Leute. Aber was hätte ich denn tun sollen?« Der Kerl seufzte theatralisch. »Ihr versteht mich doch, oder? Wirst du mich anzeigen, Mila?«

»Nein, das wird sie nicht tun.« Henning legte einen Arm um ihre Taille. »Aber ich werde dich anzeigen.« Jetzt wirkte der Kerl paralysiert, so, als realisierte er erst in dem Moment, was er getan hatte. Das war oft so, besonders bei Tätern, die eigentlich keine waren. Er hatte sich in seinen Lügen verstrickt und keinen Weg mehr aus dem Lügenlabyrinth herausgefunden.

Der Anwalt, der keine Zulassung hatte, ließ sich auf den kalten Betonboden sinken.

Henning ergriff die Gelegenheit, ihm den Sachverhalt zu erläutern. »Wir haben insgesamt drei Sabotagedelikte. Ich muss die Kollegen von der Wache dazu rufen. Ich sag es dir direkt: Es ist besser, wenn du gestehst.« Henning tippte eine Nummer in sein Handy. »Gefälschte Urkunden, Betrug und Sabotage.«

»Stopp, nein, kann man da nicht noch irgendwas machen?« Panik überfiel den Möchtegern-Juristen und er drehte sich hastig zu ihnen um. »Mila, es tut mir so leid. Ich wollte das alles nicht.«

»Ich verstehe dich nicht, Maze.« Sie sagte es leise und ruhig, zu ruhig für die Situation.

»Die Polizei ist in ein paar Minuten da.« Jede weitere Diskussion brachte nichts mehr. Es war nur schmerzhaft für Mila, dass sie sich so in ihrem Kollegen getäuscht hatte.

»Ich dachte, du bist mein Freund«, stieß sie hervor, und Henning hielt sie ein bisschen fester im Arm.

»Wenn du gestehst und sagst, wer dir den Auftrag dazu gegeben hat, wäre das besser für dich. Ich sag's nur einmal.« Eigentlich gab es keinen Grund, dem Kerl zu helfen. Zumal der emotionale Betrug Mila sicher noch lange beschäftigen würde. Es ging nie spurlos an Menschen vorbei, wenn sie derart belogen wurden. »Ich bleibe bei ihm, bis die Beamten da sind. Geh hoch auf deine Party.«

»Danke, Henning«, erwiderte sie leise.

Er sah, wie schwer sie atmete und dass es ihr nicht gut ging mit der neuen Erkenntnis. Der Tag musste eine echte Gefühlsachterbahn für sie sein.

»Ich laufe nicht weg«, beteuerte Mason.

»Yep.« Das hatte Henning schon zu oft gehört. »Ich bleibe trotzdem bei dir, bis die Polizei da ist.«

DAS, WAS BLEIBT

Mila

Sie lieferte den Beamten im Flur einen kurzen Lagebericht und hoffte inständig, dass ihre Gäste von Masons Festnahme nichts mitbekamen, was natürlich utopisch war. Dennoch schien es keinen wirklich zu interessieren. Die Leute waren vollauf mit Essen und Trinken beschäftigt. Hie und da hörte sie Ausrufe wie »Oh, die Polizei!«, gefolgt von Gelächter, als sei lediglich eine Männer-Stripgruppe in Uniform vorgefahren. Glücklicherweise nahm niemand die Lage richtig ernst.

Außer Dad natürlich. »Ach du liebes bisschen!«, rief er entsetzt, als die Polizeibeamten festen Schrittes an ihm vorbei in den Keller stiefelten. »Was ist passiert?«

Bevor sie zu einer Erklärung ansetzen konnte, kehrten die Männer bereits mit Mason im Schlepptau zurück, gefolgt von Henning. Sie führten ihn durch den Flur ab und Mila sah weg, als ihr ehemaliger Kollege an ihr vorbeiging. Sie konnte seinen Anblick momentan nicht ertragen.

»Ich gehe mit ihnen raus«, sagte Henning und gab ihr einen Kuss auf die Wange. Wahrscheinlich spürte er, wie zerstört sie innerlich war. Masons mutwillige Betrügereien und die Bosheit hatten ihr den Boden unter den Füßen weggezogen. Dabei hatte sie immer an das Gute in den Menschen geglaubt. Vielleicht war sie bisher zu naiv gewesen – in allem.

»Ist er das? Haben sie den Kerl gefasst, der für die Beschädigungen verantwortlich ist? Foster hatte mir seine Vermutung mitgeteilt und mir das Foto der blauen Wände geschickt, was ich sehr informativ fand.« Dad rückte dicht an sie heran. »Wie du das alles geschafft und jeden Rückschlag so tapfer verdaut hast, Mila.« Liebevoll drückte er ihren Oberarm, zum ersten Mal seit seiner Anreise. »Du bist eine echte Kämpferin.«

Irgendwo hatte sie den Satz schon einmal gehört. Sie erinnerte sich und ein Schauer lief ihr über den Rücken. Mason hatte das gesagt, als es um den König-gegen-KaroLIVE-Fall ging. Noch gar nicht so lange her. Sie durfte nicht darüber nachdenken, wie sehr er sich ihr und allen anderen gegenüber verstellt hatte. Als hätte er zwei Persönlichkeiten. Jekyll und Hyde. Nur, dass das hier keine klassische Literatur war.

»Ganz ehrlich – Respekt für das, was du geleistet hast«, wiederholte ihr Vater.

»Danke für das Kompliment.« Egal, wie er sich wegen des Hauses entschied, er würde es ihr offen sagen. Das war viel wert. Denn das Schlimmste, was einem passieren konnte, war, mit schlechter Absicht hinters Licht geführt zu werden. In diesem Augenblick war sie unendlich dankbar für das, was sie hatte: Henning, Dad, Rachel und die Menschen um sie herum, die nur das Beste für sie wollten. Sie sah Dad lange an, dessen ganze Aufmerksamkeit auf den Verkaufsraum gerichtet war. Offenbar hatte er Sebastian in der Menge erkannt. Er riss die Arme hoch und winkte. Dann spurtete er für seine Verhältnisse ungewöhnlich flott in den Laden hinein und tauchte zwischen den Gästen unter.

Ihr Onkel und Luna reagierten genauso geschockt auf die Mason-Sache. Aber sie hatten keine Zeit, sich länger darüber zu unterhalten, nicht vor den Kunden.

Stattdessen legte Luna leichte Lounge-Musik auf und schüttelte hin und wieder den Kopf, während sie die Etageren neu auffüllte, so, als könnte sie dadurch ihre Gedanken ebenfalls neu sortieren. »Ich habe mal einen Artikel über Lügner gelesen«, sagte sie. »Im Grunde sind Typen wie Mason zutiefst verunsicherte Menschen. Frag mal Henning, der kennt sich berufsbedingt damit besser aus. Auf jeden Fall ist das krass.« Sie streichelte über ihren Schwangerschaftsbauch. »Sich als Anwalt und echter Freund auszugeben und in Wahrheit beides nicht zu sein. Wie krank!«

»Total.« Mila füllte gedankenverloren die Gläser und hob erst wieder den Blick, als Luna ihr unsanft den Ellenbogen in die Rippen stieß.

»Sieh dir die beiden mal an. Ist das nicht herzig für so gestandene Männer?«

»Du bist ein Halunke«, rief Sebastian immer wieder, und Milas Herz quoll über, während sie beobachtete, wie die Brüder sich zum x-ten Mal auf die Schulter klopften. »Warum hat mir niemand vorher gesagt, dass mein Bruder anreist?«, beschwerte sich ihr Onkel und kam mit ihrem Vater zur Theke, während Cleo und Rachel sich in einen angeregten Plausch vertieft hatten.

»Weil ich es verboten habe. Du bist eine Nervensäge und ich hasse dich neunundneunzig Prozent der Zeit, aber ich wollte dich trotzdem überraschen«, antwortete Dad triumphierend. »Und dein verblüfftes Gesicht sehen.«

»Ist dir geglückt.« Sebastian knuffte ihn in die Seite und Dad verzog den Mund, als hätte er ihn wirklich verletzt. »Heute bin ich allerdings doppelt verblüfft worden. Dass einer meiner

347

Mitarbeiter … ich finde gar keine Worte für eine derartige kriminelle Energie.«

»Du und keine Worte? Das ist ja mal was«, frotzelte Dad und erntete erneut einen sanften Schubs.

»Und du bist und bleibst ein Ganove, Peter.« Sie führten sich auf wie zwei Schuljungen, die nichts anderes um sich herum mehr wahrnahmen. Mila widmete sich dem Glasbehälter, den sie auf dem Tresen aufgestellt hatte und in den die Gäste ihre Wünsche und Bestellungen für die kommende Woche hineinwerfen konnten. Der Behälter war bereits bis oben hin gefüllt.

»Mila, wegen der Sache mit Mason …« Sebastian hielt sie sanft am Arm fest. »Eigentlich wäre er ein kompetenter Anwalt gewesen. Sehr kompetent. Er hatte großes Potenzial. Ich hatte sogar vor, ihn demnächst zu befördern. Es ist auch für mich komplett unverständlich, warum jemand so etwas tut. Wir wissen allerdings nicht, warum er die Prüfungen nicht geschafft hat. Ich weiß nur, dass er aus schwierigen New Yorker Verhältnissen stammt. Es gibt meistens zwei Seiten, die man betrachten muss. So bitter es ist, es wird vermutlich seinen Grund gehabt haben. Und ich verstehe das genauso wenig wie du.«

»Mir war er einfach nur irgendwie suspekt.« Henning war auch wieder da. »Aber ich kann das nicht beurteilen, ich hab ihn nicht so gut gekannt.«

»Ich wünschte, ich hätte Ihr Gefühl in dieser Sache gehabt.« Sebastian strich mit den Zeigefingern unter seinen Augen entlang, dann fasste er sich an die Schläfen. »Ich weiß gar nicht, wie ich in der Sache jetzt vorgehe. Ich brauche schnellstmöglich Ersatz. Wir haben so viel Arbeit. Aber es ist ja nicht nur das.« Er schüttelte betroffen den Kopf.

»Ein ungutes Bauchgefühl kann einen manchmal warnen. Wenn es sagt: ›Da stimmt was nicht‹, dann stimmt auch meistens was nicht. Aber man kann damit auch danebenliegen. Ich glaube, das, was hier passiert ist, hätte niemand in diesem

Ausmaß erwartet. Ich zumindest nicht.« Henning griff nach einem Sektglas. »Ich brauch mal einen Schluck.«

»Verdient.« Ihr Onkel brummelte. »Im Moment sagt mir mein Bauchgefühl, dass hier in unseren Reihen auch etwas nicht stimmt.« Wie auf Kommando räusperte Dad sich und hielt Ausschau nach Rachel. Offenbar hatte er keine Lust, sich Sebastians Überlegungen weiter anzuhören.

»Gibt es ein Problem? Können wir dir irgendwie weiterhelfen?«, hakte Mila deshalb nach.

»Mir? Peter, jetzt sag dem Kind doch endlich, was los ist.« Er tippte ihren Vater in die Seite. »Ist ja nicht zum Aushalten mit deiner Geheimniskrämerei.«

»Bisher hatten meine Tochter und ich noch keine Sekunde für uns«, konterte Dad und klopfte mit den Fingerknöcheln auf den Tresen. »Mal abgesehen von der Hausbegehung.«

Oder wie Mila es in Gedanken nannte: *dem Mängelbericht*. »Du hast vollkommen recht mit den Mankos, die du aufgezählt hast«, sagte sie rasch. »Aber ich habe mich wirklich bemüht. Ich hab so viel Zeit investiert und ich … das Haus ist mir so sehr ans Herz gewachsen. Der Garten. Das Hochbeet und der Walnussbaum … und dieser Laden. Ich weiß, dass ich es akzeptieren muss, wenn du die Entscheidung triffst, das Haus zu verkaufen. Aber es würde mir sehr schwerfallen, mich davon zu trennen.« Mila stemmte die Hände in die Hüften, sie hatte sich selbst mit dieser Rede überrascht. »Ich kann das Haus nicht kampflos aufgeben.«

»Kampf? Also, ich habe dir die Mängel nur genannt, damit du etwas daran ändern kannst. Und ich gebe das Haus ganz sicher keinem Mann wie diesem König. Nach allem, was ich über ihn gehört habe.« Er wandte sich an Henning. »Foster, Sie haben heute einen guten Job gemacht. Dachte immer, Sie wären ein düsterer Typ, dem alles egal ist. Aber das liegt wohl nur an Ihrem Auftreten. Nicht falsch verstehen.«

Henning grinste. »Tu ich nicht.«

»Ich bin unendlich froh, dass ihr extra aus Delaware gekommen seid. Ich wollte dich nicht angreifen. Es ist nur …«

»Magst du das To-Go, das du dir aufgebaut hast?« Dad hob eine Braue.

»Nein.« Sie schluckte, blinzelte. Dann flüsterte sie: »Ich mag es nicht nur. Ich liebe es.«

»Dann merk dir mal eine Sache, Mila. Man kann nichts aufgeben, was man von Herzen liebt.« Dad griff nach einem Delaware-Cupcake, brach ein Stück ab und steckte es in den Mund.

»Wenn das so ist, warum hast du dann nicht schon viel früher versucht, den Kontakt zu mir herzustellen?« Natürlich hatte sie ihm diese Frage längst gestellt, am Telefon – aber nie von Angesicht zu Angesicht. Die wenigen Male, die sie sich gesehen hatten, hatte sie nicht durch unnötige Diskussionen zerstören wollen. Doch dieses Mal war es anders. Sie hatte das Gefühl, dass es nicht mehr möglich war, etwas zu zerstören. Sie fühlte sich ihm so viel stärker verbunden, vielleicht durch das Haus oder durch den täglichen Handykontakt. Selbst wenn es sich nur um einen Smiley oder ein Foto gehandelt hatte – sie hatten eine Verbindung zueinander aufgebaut und gehalten.

Er ließ das Gebäck in seiner Hand sinken und sah sie lange an. »Ich wusste, wo du warst. Ich wusste, dass es dir gut ging. Und deine Mutter wollte es nicht. Sie hatte Angst, es würde ihre Ehe gefährden, und ich hatte auch eine eigene Familie. Wir, also besonders ich, haben viel falsch gemacht. Wenn nicht sogar alles. Das werde ich mein Leben lang bereuen. Ich kann jetzt nur versuchen, es ein wenig besser hinzubekommen.«

Er hielt sich am Tresen fest.

»Als das mit dem Brand passiert ist, wollte ich dich unbedingt aus der Depression befreien, in die du gestürzt bist. Ich war zwar nicht vor Ort, aber ich habe es bei jedem Telefonat, auch wenn es nicht viele waren, herausgehört. Sebastian musste mir helfen, er war in Deutschland und konnte nach dir sehen. Allerdings saß er in Hamburg und du in München.«

»Ihr habt das gemeinsam ausbaldowert?«

»So würde ich das nicht nennen. Wir sind einfach deine Familie, Mila«, schaltete ihr Onkel sich von der Seite ein. »Da passt man aufeinander auf.«

»Sebastian hat bereits alles in die Wege geleitet. Das Haus gehört dir«, schloss ihr Vater. »Ich hoffe, es bringt dir weiterhin so viel Glück wie bisher und viele unvergessliche Momente in dieser Stadt. Du musst mir unbedingt mehr davon zeigen.«

»Was?« Fassungslos starrte sie von einem zum anderen. Ihr Puls überschlug sich, in ihren Ohren rauschte es und alles um sie herum verschwamm. »Ernsthaft? Das Haus gehört …«

»Dir!«, quietschte Luna und hüpfte auf und ab. »Hab ich es nicht gesagt? Und wir haben noch nicht einmal Weihnachten.«

Dad biss wortlos und ein bisschen pikiert von Lunas Überschwang in das Gebäck. Schließlich hatte er sich seinen Erfolg und alles, was er besaß, hart erarbeitet. Mila wusste das und wusste seine Großzügigkeit daher umso mehr zu schätzen. Er deutete auf seinen vollen Mund, wohl um zu zeigen, dass er jetzt nicht sprechen wollte. Vermutlich war es ihm peinlich, dass er drohte, sentimental zu werden. »Herzlichen Glückwunsch«, nuschelte er schließlich.

Sebastian rollte mit den Augen. »Hätte schönere Wege gegeben, das zu sagen, Peter.«

»Jaja, ist nicht jeder so hochemotional wie du«, quietschte Dad zwischen zwei Bissen heraus.

»Auch von mir alles Gute, Mila. Ich hoffe, du kannst trotzdem noch ein paar Stündchen für die Kanzlei erübrigen. Wir brauchen dich.«

Mila kam kein Wort über die Lippen, sie musste sich an der Theke festhalten und hatte es immer noch nicht realisiert. Das Haus gehörte ihr. Ihre Finger zitterten richtig.

»Ohhh, ist es so weit?« Rachel wedelte mit einer Flasche herum. »Wir haben dir Champagner mitgebracht. So ein Ereignis muss man doch feiern!«

Das bauchige Glas, das Rachel ihr in die Hand drückte, fühlte sich kalt an. Am liebsten hätte Mila es sich kühlend an die Wange gehalten. Stattdessen brachen alle Dämme in ihr. Ungefragt fiel sie ihrem Vater um den Hals, der vor Schreck den Cupcake fallen ließ. »Danke, danke, danke, Dad!«

Er lachte. »So leidenschaftlich bin ich ja schon lange nicht mehr umarmt worden.«

»Also, Peter«, sagte Rachel trocken.

»Von einer anderen Frau.« Er zwinkerte Mila zu.

Henning

Endlich war der Laden leer und sie waren zu viert übrig geblieben. Peter und Rachel hatten sich in die Wohnung zurückgezogen, weil sie nach wie vor den Jetlag spürten. Wenn es nach Henning gegangen wäre, wäre er jetzt auch am liebsten ins Bett gefallen, und zwar mit Mila, ohne Jetlag. Stattdessen räumte er mit ihr, Tix und Anna den Müll weg und wischte mit dem Spüllappen zum x-ten Mal über die Tische. Dabei beobachtete er die neue Haus- und Ladenbesitzerin. Möglich, dass Mila noch Schulden in München hatte, das wusste er nicht so genau. Sie hatten nie darüber gesprochen. Fakt war, dass sie es trotzdem geschafft hatte, sich etwas Neues aufzubauen. Natürlich wäre das ohne ihren reichen Daddy nicht umsetzbar gewesen, aber manche hatten eben dieses Glück. Wobei er niemals sagen

352

würde, dass er kein Glück hatte, nur weil seine Familie nicht über diese finanziellen Mittel verfügte. Er war reich an anderen Dingen. Sein Blick glitt hinüber zu Tix, dann wieder zu Mila. Mit dem Handrücken wischte sie sich eine Strähne aus der Stirn, während sie mit Anna redete. Mila war keine Prinzessin, definitiv nicht. Sie konnte hart arbeiten und besaß ein großes Herz. So manches Mal in den vergangenen Wochen hatte er sich gefragt, warum ausgerechnet diese Frau ihn so ansprach. Er hätte schon gefühlt hundertmal das Handtuch werfen können, weil sie so kompliziert war. Aber – wirklich Wertvolles gab es nun einmal nicht umsonst.

Das Klingeln seines Handys riss ihn aus den Überlegungen. Es war Mom.

»Ja, er ist hier.« Tix trug gerade einen Müllsack in den Flur. »Er hilft uns beim Aufräumen … Mom, ich weiß doch, dass du so viel arbeitest und keine Zeit hattest zu kommen. Robert war auch nicht da. Mach dir keine Gedanken … Ich bringe Tix gleich vorbei und Anna fahre ich auch nach Hause. Kein Problem.«

»Alles okay?«, fragte Tix, als er aufgelegt hatte.

»Ja. Oder eigentlich eher … nein.« Er machte ein gespielt finsteres Gesicht.

Tix riss die Augen auf. »Was meinst du damit? Wenn ich Mila richtig verstanden habe, können wir den Garten doch behalten und du deine Wohnung. Alles ist gut.«

»Ich habe die ganze Zeit überlegt, wie ich es schaffen kann, diesen Mason zu überführen, und du tust es einfach so nebenbei.« Er schnippte mit den Fingern. »Du hast mir meinen Job abgenommen.« Er versuchte, noch etwas ernster zu gucken.

»Nö.« Tix winkte ab und griff nach einem weiteren Müllsack auf dem Tresen. »Ich musste dich halt retten. Immer dasselbe.«

Henning lächelte in sich hinein. Wie eh und je konnte sein kleiner Bruder mit Ironie nicht viel anfangen.

»Ist ja noch mal alles gut gegangen«, seufzte Mila. Sie atmete so lange und tief aus, dass er fast schon befürchtete, sie würde vor lauter Erleichterung umfallen.

»Ein bisschen Angst hatte ich schon«, gab Anna zu. »Unten im Keller.«

»Bei mir brauchst du nie Angst zu haben.« Tix plusterte die Backen auf. »Ich beschütze dich.«

»Na, der Gerichtstermin hat dich ja ganz schön selbstbewusst gemacht«, stellte Henning fest.

»Nö. Mich macht keiner zu irgendwas«, widersprach Tix empört und legte seinen Arm um ihn. »Krasse Zeiten, oder?«

»Das kannst du laut sagen.«

Mila

Sie spürte ihre Beine kaum noch, als sie sich neben Henning in die Loungeecke sinken ließ. Eigentlich war es zu kalt, um so spät abends draußen auf dem Balkon zu sitzen, aber sie waren nicht eher mit dem Aufräumen fertig geworden und ihnen war beiden nach frischer Luft. Er hatte Wolldecken auf den Polstern und eine Felldecke über ihrem Körper ausgebreitet. Außerdem gab der Heizpilz eine kuschelige Wärme ab. Im Schneidersitz saß sie vor Henning, mit dem Rücken an ihn gelehnt. Zärtlich hatte er seine Arme um ihren Oberkörper geschlungen und ließ sie nur kurz los, um nach den Champagnergläsern zu greifen. Anders als die Gäste im *Ziemlich sicher Liebe* hatte sie heute noch kein einziges Mal mit jemandem angestoßen.

»Auf dich«, sagte er feierlich.

»Auf uns alle. Ohne euch und besonders dich wäre das gar nicht möglich gewesen. Cheers.« Als das leise Klirren der Gläser ertönte, ergriff Mila die Gelegenheit, ihn zu küssen, bevor sie einen Schluck tranken. Am liebsten hätte sie es gleich noch mal getan. Stundenlang. »Tix war mutig heute«, sagte sie stattdessen und schmiegte sich noch inniger an ihn. »Ich weiß gar nicht, was das Beste an deinem Bruder ist«, murmelte sie. »Er ist so cool.«

»Das ist er. Er geht unvoreingenommen an die Dinge heran, umarmt jeden und ist immer direkt und ehrlich. Es ist nicht in Worte zu fassen, wie sehr er imstande ist zu lieben. Wenn ich in seiner Nähe bin, habe ich das Gefühl, die Welt strahlt ein bisschen heller und bunter.« Er räusperte sich ein paarmal, als hätte er einen zu großen Schluck Champagner genommen. »Ich klinge vermutlich gerade ziemlich gefühlsduselig.«

»Ich mag es, wenn du gefühlsduselig bist.«

»Ich hatte immer eine Scheißangst, dass ich unfähig bin, so zu lieben wie er. Verstehst du das? Aber wenn ich mit Tix zusammen bin, dann kann ich das auch. Und … wenn ich mit dir zusammen bin.« Er stöhnte. »O Mann. Ich höre mich wirklich an wie ein Vollidiot.«

»Du hörst dich echt an.«

»Dann eben wie ein echter Vollidiot.«

Sie musste lachen. Der ganze Tag war wie ein Krimi verlaufen und sie hoffte auf ein Happy End.

»Jetzt, wo wir allein sind, muss ich dir noch etwas gestehen«, sagte Henning gar nicht im Happy-End-Style. »Wegen meines Auszugs aus diesem Haus und dem Apartment.«

»Du brauchst dir keine Wohnung zu suchen«, warf sie hastig ein. »Tix hat seinen Garten hier und … ich bin auch hier.«

»Ich hab schon eine Wohnung«, bemerkte er trocken.

Sie fuhr auf und starrte ihn an. »Nicht wahr!«

»Doch. Hier bei dir. Das wollte ich dir sagen – nur für den Fall, dass du mir kündigen möchtest. Ich ziehe nicht aus.«

»Mann, Henning.« Sie atmete aus und ließ sich wieder gegen ihn sinken. »Ich hatte gerade eine echte Panikattacke, weil du … ich bin schon so oft allein gelassen worden.« Sie faltete ihre Finger ineinander und er legte seine Hand darüber. Er würde bleiben. Jetzt fühlte sie sich warm und geborgen.

»Ich geh nicht weg, Mila. Du müsstest mich schon zum Teufel jagen, damit ich dich verlasse.« Er drückte sie ein bisschen fester an sich. »Weil, ich …« Er stockte. »Also, ich …«

»Ja?« Sie fühlte, wie ihre Wangen glühten. Die Anspannung war kaum auszuhalten.

»Du hast mir noch nie gesagt, dass du mich liebst«, sagte er anstelle der drei Worte, auf die sie gehofft hatte. Typisch Mann. Sie drehte sich zu ihm um.

»Ich konnte es nicht aussprechen, obwohl ich es so empfunden habe. Ich konnte dir anfangs nicht vollständig vertrauen. Du hast dich als Handwerker ausgegeben. Erinnerst du dich?«

»Ich bin ja auch einer. Auch wenn die Lehre ziemlich lange her ist. Ich war immerhin mal Zimmermann.« Seine Brust vibrierte, als er heiser lachte.

»Ja, und heute bist du YouTube-Handwerker.« Sie kicherte, wurde aber rasch wieder ernst. »Es ist schwer, jemanden zu lieben, wenn man nicht voll und ganz vertraut. Verstehst du das?«

»Das ergibt Sinn.«

So lagen sie eine Zeit lang ineinander verschlungen da. Niemand sagte etwas. Dann schob er sie von sich weg und stand auf, um direkt vor ihr auf die Knie zu gehen. Das Bild rührte sie. Ihre Lippen fingen an zu zittern, dabei war ihr kein bisschen kalt. Sie presste sie aufeinander.

»Ich. Liebe. Dich«, sagte er laut und deutlich in die Stille hinein. Ihr Herzschlag schien für einen Moment auszusetzen. »Ich habe dir immer vertraut, Mila. Du bist meine Freundin, aber auch die Frau, die ich begehre. Du bist mein Ein und Alles, mein Engel, meine Prinzessin und meine kleine Hexe. Mir egal, wie ich mich anhöre. Ich liebe dich.«

»Ich …«, setzte sie an, doch er verschloss ihre Lippen mit einem Kuss, bevor sie seine Liebeserklärung erwidern konnte. »Nein, sag es nicht. Erst, wenn du es wirklich fühlst. Und wenn du mir wieder vertrauen kannst – auch, wenn das Zeit braucht. Ich werde warten.« Er küsste sie erneut auf den Mund.

Vielleicht war die Zeit, diesen Satz ihrerseits laut auszusprechen, noch nicht gekommen. Aber sie fühlte, dass sie auf einem guten Weg waren. Auf einem, der sich jetzt schon beinahe rundherum richtig anfühlte. Sie lächelte, schwindelig vor Glück. Und dann erwiderte sie seinen Kuss auf eine Art und Weise, die alle Worte auf dieser Welt vollkommen unwichtig machte.

Outro

Hamburg, Schanzenviertel, Frühling

Timothy Foster, genannt Tix, 18 Jahre alt

Manchmal ist es einfach besser, wenn man nicht weiß, was als Nächstes passiert. Man würde sonst vieles erst gar nicht erleben. Dabei sind oft sogar die schlechten Dinge für irgendetwas gut. Glaube ich.

Die Frühlingssonne scheint mir ins Gesicht und ich muss die Augen zukneifen, damit ich nicht allzu sehr geblendet werde. Ich rutsche ein bisschen zur Seite und sitze jetzt im Blätterschatten des Walnussbaums. Es ist schön, hier zu sein. Um mich herum wachsen die Krokusse aus dem Boden, die ich vergangenes Jahr zusammen mit Henning eingesetzt habe, kurz bevor der erste Schnee kam. Aber am hübschesten ist die rote Tulpe direkt neben meinem Hochbeet. Ich könnte sie stundenlang anschauen. Könnte. Denn leider habe ich nicht so lang Mittagspause. Ich atme tief aus. Mila ist ziemlich streng als Chefin, aber nicht immer. Meistens ist sie gut gelaunt, witzig und lacht viel.

Ich helfe ihr jedenfalls total gern im Laden, während sie Rezepte ausprobiert und die Bestellungen organisiert. Ich wische dann über die Tischplatten, räume Regale ein oder kümmere mich um das neue Ausgabefenster. Die Leute drücken immer mit den Fingern gegen das Glas anstatt auf die Klingel. Manchen muss man echt alles zweimal erklären. Ab und zu stibitze ich mir einen Muffin als kleines Extra. Genauso sollte das Leben sein, finde ich.

Klar kann es nicht immer so locker-leicht und fluffig wie ein Muffin sein. Für Mila war es sicher schlimm, als ihr Haus in München abgebrannt ist. Aber gestern erst hat sie gesagt, dass es irgendwie das Beste war, was ihr passieren konnte. Komisch, oder? Vielleicht meint sie wegen Henning, vielleicht aber auch meinetwegen.

Denn mal unter uns: Dass Mila hier aufgetaucht ist, war eher für Henning das Beste, was ihm passieren konnte. Der hatte ja echt große Probleme, eine richtige Frau zu finden. Kann ich gar nicht verstehen. Ich hab jede Menge Angebote. Aber ich will nur Anna. Sie hat so schöne blaue Augen. So blau wie der Himmel und das Meer.

Jedenfalls ist es total cool, dass ich neben meinem Job bei Gitte hier arbeiten kann. Bei ihr konnte ich natürlich nicht kündigen. Schließlich brauchen sie mich alle: Gitte, Mila, Anna ... und Henning kommt sowieso nicht ohne mich klar. Und nebenbei spielen wir alle noch Kindermädchen für Lunas Baby. Die Kleine ist wirklich goldig, obwohl sie dauernd schreit. Wer weiß, vielleicht ist das irgendwann auch mal was für mich und Anna, so ein Baby. Aber darüber machen wir uns noch keine Gedanken. Im Grunde genommen braucht man eh keinen Plan im Leben.

Es kommt immer so, wie es soll – und meistens anders, als man denkt.

Eigentlich muss man sich nur überraschen lassen.

Moin-Franzbrötchen

Zutaten

Für den Teig:
250 ml Milch, lauwarm
70 g Zucker
1 Würfel Hefe (40 g)
500 g Mehl
70 g Butter
1 Prise Salz

Für die Füllung:
150 g Butter gekühlt, in dünne Scheiben schneiden
Etwas Wasser
170 g Zucker
2 TL Zimt

Zubereitung

Milch, Zucker und Hefe zusammenrühren. Mehl, Butter und Salz hinzugeben und durchkneten. Den Teig umfüllen und abgedeckt an einem warmen Ort eine halbe Stunde gehen lassen, bis sich das Volumen verdoppelt hat.

Anschließend den Teig noch einmal durchkneten und auf einer leicht bemehlten Arbeitsfläche zu einem Rechteck (ca. 30 x 25 cm) ausrollen. Die dünnen Butterscheiben auf der einen Hälfte des Rechtecks verteilen, die andere Hälfte darüberklappen und leicht andrücken.

Die Teigplatte erneut ausrollen (ca. 30 x 50 cm) und ein Teigdrittel zur Mitte hin auf das in der Mitte liegende Drittel einklappen. Dann von der anderen Seite das andere Drittel darüberklappen. Nun liegen drei Teigschichten übereinander.

Diese Teigplatte 15 Minuten im Kühlschrank kaltstellen.

Teigplatte anschließend erneut auf einer bemehlten Fläche ausrollen (40 x 75 cm) und mit etwas Wasser bestreichen. Zucker und Zimt in einer Schüssel mischen. Ein wenig Zucker-Zimt-Mischung zur Seite stellen. Die restliche Mischung gleichmäßig auf den Teig streuen.

Die Teigplatte von der Längsseite her aufrollen und in ca. 4 cm dicke Scheiben schneiden (ca. 20 Stück).

Die Scheiben aufrecht auf ein mit Backpapier vorbereitetes Backblech setzen. Mithilfe eines Kochlöffelstiels die Scheiben kräftig nach unten drücken, sodass die inneren Schichten seitwärts nach außen quellen. Weitere 20 Minuten gehen lassen.

Backofen auf 200 °C vorheizen (Ober-/Unterhitze).

Franzbrötchen mit der restlichen Zucker-Zimt-Mischung bestreuen und 20 bis 25 Minuten (je nach Ofen) bei 200 °C abbacken.

Willkommen in Hamburg!

WINTERLICH-WEISSER LIKÖR

Zutaten
150 g weiße Schokolade
80 g Zucker
1 Ei
500 ml Sahne
350 ml Amaretto

Zubereitung
Schokolade in Stückchen zerbrechen und über dem Wasserbad schmelzen. In einen Topf umfüllen, Zucker und Ei hinzugeben und verrühren. Anschließend Sahne und Amaretto zufügen, rühren und 5–7 Minuten gut erhitzen.

In hübsche Flaschen umfüllen und abkühlen lassen.

Wichtig: Ausschließlich im Kühlschrank aufbewahren!

Prost!

Hinweise zum Handlungsort

Bereits mehrfach durfte ich die beeindruckende Hansestadt Hamburg und ihre Umgebung besuchen. Viele Orte dort sind mir sehr ans Herz gewachsen.

Zugunsten der Geschichte wurden jedoch einige Details und Gegebenheiten verändert. So findet man beispielsweise keine Sternenhöfe in Hamburg, in denen eine Secondhand-Boutique neben einer Anwaltskanzlei liegt, und keine Finkenstraße in Sichtweite der Roten Flora.

Die meisten Locations sind von Hamburg inspiriert, jedoch nach meinen Vorstellungen und Bedürfnissen umgestaltet beziehungsweise daran angepasst. Ebenso sind die Charaktere frei erfunden.

Eventuelle Ähnlichkeiten sind also rein zufällig und nicht beabsichtigt.

DANKSAGUNG

Dieses Mal bedanke ich mich zuallererst bei dir, liebe/r Leser/in. Danke, dass du meine Bücher gern liest, kaufst und weiterempfiehlst. Es ist kaum in Worte zu fassen, wie schön es für mich als Autorin ist, wenn ich eure warmherzigen Rezensionen zu meinen Texten, die mir so sehr am Herzen liegen, lese. Danke dafür!

Jedes meiner Bücher beinhaltet Erfahrungen, die ich selbst gemacht habe. Natürlich ist das nicht so offensichtlich, aber so arbeite ich dennoch. Man sieht, hört und erlebt etwas, lernt Menschen kennen und irgendwie fließt alles unterbewusst in die jeweils neue Geschichte mit ein. Und so handelt das Buch vom wahren Leben. Davon, dass man niemals aufgeben darf. Von Menschen, die immer zu einem stehen, von Familie und Freundschaft. Und nicht zuletzt davon, dass Lügen ziemlich kurze Beine haben.

Lasst euch niemals von irgendjemandem entmutigen und hört immer auf euer Bauchgefühl!

Ihr könnt alles schaffen, was ihr wollt!

Ich danke meiner Mutter, die als Erst-, Test- und Endleserin immer zur Stelle ist. Ich weiß gar nicht, wie oft sie jedes Buch schon gelesen hat. Auf jeden Fall: oft. Danke, Mama!

Danke an meine Tochter, die jedes Mal die Cover mit mir zusammen beurteilt. Ich liebe dich!

Danke an meine Lektorinnen und meine Kontakte bei Amazon Publishing dafür, dass ihr immer ein offenes Ohr habt und wir alles gemeinsam besprechen können. An dieser Stelle auch einen riesigen Dank an meine wunderbare Literaturagentur erzähl:perspektive. Ihr habt mir mitten im Corona-Chaos 2020 den Wunsch erfüllt, bei einem Verlag/Amazon Publishing ver-öffentlichen zu dürfen. Und gleichzeitig auch den Traum, dass alle meine vorherigen Bücher nun als Audible-Hörbücher, gesprochen von der zauberhaften Schauspielerin Rike Schmid, erhältlich sind. Ein herzliches Dankeschön dafür an Klaus und Micha Gröner.

Ich danke meinem Mann und meinem Sohn … Erstens: Dafür, dass ihr eure zwei kreativen Mädels, die ständig neue Ideen haben, zu Hause ertragt. Und zweitens: Dafür, dass ihr mit uns zusammen das Schiff durch die Stürme und Wellen der Corona-Pandemie gesteuert habt. Ich liebe euch!

Es kann nicht immer nur Sonnenschein geben, das wissen wir jetzt alle. Und wenn es mal regnet? Dann teilen wir uns zu viert einen Schirm.

Egal, wie klein er ist.

Ich danke meinen Autorenkolleginnen und engen Freundinnen Claudia Winter und Silvia Konnerth dafür, dass ihr meine Bücher vorab lest und mir mit eurem professionellen Rat zur Seite steht. Ohne dich, Winti, gäbe es gar keine Bücher von mir. Jetzt gibt es schon vier. Danke an euch für all die schönen Stunden und intimen Gespräche. Ich kann mir gar nicht mehr vorstellen, wie es ohne euch wäre. Und das möchte ich auch nicht.

Danke an Carmen von Rose Snow und Jil für eure Ratschläge am Anfang dieses Buchs. Danke auch an die Insta-Autorengruppe, die als Anlaufstelle bei akuten Fragen immer da ist. Im ersten Lockdown haben wir unermüdlich zu den unmöglichsten Zeiten miteinander geschrieben. Das hat mir wahnsinnig geholfen. Dicker Kuss.

Danke an meine Lesungsagentin Charlotte Zeiler, dass du die erste Ladies-Night-Lesung für uns vermittelt hast.

Normalerweise habe ich mehr Erstleser/-innen bei meinen Büchern als dieses Mal. Aber es war ein verrücktes Jahr. Anstrengend mit Homeschooling und Homeoffice und all dem anderen Drumherum. Da kommt man nicht mal eben mit Zusatzarbeit um die Ecke.

Deshalb: Ich danke dir, Lisa Argendorf, dass du dir neben deinem Job und den Kindern die Zeit genommen hast, mich mit deinem juristischen und Versicherungsfachwissen zu unterstützen. Dir war kein Weg zu weit und keine Zeit zu schade. Tausend Dank dafür!

Danke an meinen Anwalt Alexander Bergweiler für den juristischen Rat und danke an Jörg Servatius von der Provinzial für die Erklärungen zum Hausbrand.

Ich danke meinen Freundinnen für jeden Spaziergang, jeden Kaffee, jedes Gespräch, das Dasein und für jede Nachricht im vergangenen Jahr. Ich würde sagen, wir haben die Pandemie mit Kind und Kegel ganz gut gewuppt. Ich kann nicht sagen, wie viele Schritte der Schrittzähler meiner Uhr mittlerweile insgesamt gezählt hat oder wie viele Nachrichten wir geschrieben oder per WhatsApp aufgesprochen haben … aber auf jeden Fall viele.

Meinem Bruder danke ich dafür, dass er immer für mich da ist. Auch wenn er 200 Kilometer weit weg ist und ich ihn anrufe, weil mein Auto liegen geblieben ist … oder einfach nur, um zu quatschen. Ich danke meiner Nichte Arabella, weil sie für meine Kinder nicht nur eine tolle Freundin, sondern auch eine supergute Französischlehrerin ist. Merci beaucoup! Bisous.

Und nicht zuletzt danke ich all jenen, die mich und meine Familie in irgendeiner Form immer unterstützen, mit denen wir Freude haben, Zeit verbringen und nun viele neue, schöne Erinnerungen sammeln dürfen.

Auf eine gute neue Zeit für alle!

FSC
www.fsc.org
MIX
Papier | Fördert
gute Waldnutzung
FSC® C083411

Zeitfracht Medien GmbH
Ferdinand-Jühlke-Straße 7
99095 Erfurt, Deutschland
produktsicherheit@kolibri360.de

Druck:
CPI Druckdienstleistungen GmbH
im Auftrag der
Zeitfracht Medien GmbH
Ein Unternehmen der Zeitfracht - Gruppe
Ferdinand-Jühlke-Str. 7
99095 Erfurt